여시아문

如是我聞

여시아문 如是我聞

펴낸날 2016년 7월 16일 1판 1쇄

지은이 곽병수

펴낸이 김영선
교정·교열 이교숙
디자인 차정아
그림 안성구

펴낸곳 (주)다빈치하우스-미디어숲
주소 경기도 고양시 고양시 일산서구 고양대로632번길 60, 405호
전화 02-323-7234
팩스 02-323-0253
홈페이지 www.mfbook.co.kr
출판등록번호 제 2-2767호

값 14,500원
ISBN 979-11-5874-014-6

이 도서의 국립중앙도서관 출판예정도서목록(CIP)은 서지정보유통지원시스템 홈페이지
(http://seoji.nl.go.kr)와 국가자료공동목록시스템(http://www.nl.go.kr/kolisnet)에서
이용하실 수 있습니다.
(CIP제어번호: CIP2016015838)

여시아문

如是我聞

곽병수 장편소설

미디어숲

차 례

에필로그

용어해설

먼저 하는 말

　한 사람의 수행승과 그와 인연을 맺었던 몇몇 사람들의 삶을 글로
남기리라 마음을 정한 후 사 년 반을 자판과 씨름했다.

　그 수행승은 오래 전에 어디론가 자취를 감추었고, 그 뒤 그의 소
식은 바람결에라도 들은 이가 없다. 또 한 사람, 한 떨기 풀꽃 같았
던 비구니, 그녀 역시 소식을 모르기는 매한가지지만 어느 곳에선
가 풀꽃처럼 살고 있으리라 믿는다.

　그리고 내 시선이 미치는 곳에 있었던 몇몇 사람들… 지금은 이
세상 사람이 아니지만 나에게는 언제까지나 산 사람으로 남아있는
스승 같은 사람이 있다. 그는 직접 눈으로 보지 않고는 믿기 어려운
신비스러운 무인이었다. 그리고 그 무인을 사랑했던 여인과, 그 여
인을 사랑한 파계승 하나와, 이들 모두를 인연의 끈으로 묶어주었
던 아름다운 소년이 있다.

　그 밖에 말로만 전해 들은 한 사람이 더 있다. 그는 탁월한 결기를
지닌 수행승이었는데 나중에 승복을 버리고 사제복으로 갈아입었다.

그들은 텅 빈 진공 속에서 마침내 생겨나 존재하는 온갖 '보이는 것들'의 그림자와 그 기멸의 섭리를 알고자 궁구窮究했다. 스무 겁 옛적의 아득한 무無에서 묘한 유有의 씨앗이 맺히고, 마침내 색과 공의 세계가 열리던 때에 울렸던 신령한 소리를 들으려고 그들은 안타까이 귀를 세웠다. 그로 말미암아 작은 지혜가 열린 자는 조심스럽게 입을 열어 그 앎의 환희와 그 뒤안길의 허무를 말했다.

　깨달음, 그는 꿈속에서 보았다. 육진을 여읜 자리에 절로 들어와 앉는 앎을, 새벽 선잠의 꿈속에서…….

　또 다른 그는 말했다. 다 같은 것이라고. 모두가 한 물건으로 그것을 싼 보자기만 다를 뿐이라고. 아니, 그는 이렇게 묻고 싶었는지도 모른다. '대관절 그 물건이 있기나 한 것이냐? 있다면 누가 만든 것이냐?'라고.

　'달은 왜 보나 손가락부터 봐야지!' 그는 선지식들의 가르침을 사정없이 비틀어버리는가 하면, '기도를 바로 해야 한다. 당신네들은 안 하니만 못한 기도를 하고 있다.' 붓다의 가르침을 따르는 모든 이들을 향해 쏜 소리를 퍼붓기도 했다. 붓다를 흠모하고 중생을 긍휼히 여겼던 그는 왜 승복을 벗고 사제복으로 갈아입었던가, 그는 그 대답을 하였던가?

도중에 몇 번인가 글쓰기를 중단했었다. 나는 무엇을 위해 소설 따위를 쓰느라 편치 않은 몸을 다그치고 있는가? 또한 그들이 남긴 삶의 궤적을 글로 옮길 만큼 내 속에서 그들의 말들이 익었는가? 회의가 고개를 들 때마다 선뜻 자판 앞에 다가앉지 못했다.

아무것도 하지 않는 동안에도 나는 여전히 견디기 어려울 만큼 숨이 찼다. 그들의 삶과 그들이 내게 남긴 말들의 무게를 떨쳐버릴 수가 없었으므로 늘 등짐을 진 것 같이 호흡이 가빴다. 그리고 도리 없이 자판 앞으로 다가앉기를 반복했다. 도리 없이…….

하늘공원 아래서 곽병수

두 아이

　사내아이는 계집아이를 끔찍이 거두었다. 먼 기억의 심연 속, 옅은 보랏빛이기도 하고 연둣빛이기도 한 서광이 꽃분처럼 흩날리던 막다른 시공, 그 기억의 끝자락에서부터 사내아이와 계집아이는 함께였다.

　사내아이와 계집아이는 찔레꽃이 드리운 돌담 아래서 소꿉놀이를 하며 놀았다. 사내아이가 찔레 순을 벗겨서 주면 계집아이는 받아먹었다. 찔레가시가 계집아이의 손끝을 찔러 피가 날 때면 사내아이는 작은 손으로 흙가루를 비벼 핏자국 위에 얹어주었다. 계집아이가 무단히 울면 사내아이는 엉거주춤 계집아이의 목을 안고 등을 토닥여서 달랬다.

　마을을 통틀어 두 아이의 아래위 다섯 살 안에는 또래들이 없었으므로 둘은 언제나 함께였다. 이마에 희끔한 마른버짐을 달고 들판을 쏘다니던 유년기에도, 발그레하게 찰진 볼이 눈부시던 사춘기에도 둘은 언제나 함께였다. 둘은 서로 부끄러워하지 않았고 다른 아이들도 뒤에서 수군거리지 않았다. 계집아이는 사내아이를 열심히 따라다녔다.

국민학교와 중학교가 있는 면소재지 길은, 반은 신작로이고 반은 들길로 십 리가 채 못 되었다. 사내아이는 사람이 뜸한 들길에서는 계집아이의 가방을 받아서 대신 멨다. 하나는 등 뒤에 메고 하나는 앞가슴에 멨다.

국민학교 삼 학년 어느 날, 학교에서 돌아오는 길에 계집아이가 물었다. 보리밭 두렁길로 막 접어들어 사내아이가 계집아이의 가방을 받아 멘 뒤였다.

"이건 그냥 한번 물어보는 건데… 나중에 커서 내가 니하고 결혼한다 그라믄… 니는 어쩔래?"

계집아이는 앞서 걸어가는 사내아이의 뒤통수를 똑바로 쳐다보았다. 일렁이는 보리 이삭 위로 두 아이의 이마에 번진 땀이 반짝반짝 빛났다. 사내아이는 어깨를 부르르 떨었다. 계집아이의 목소리가 뒤통수를 쿡 찌르고, 댕! 댕! 댕! 교무실 앞 측백나무에 매달린 시작종소리처럼 맑고 청량한 소리가 사내아이의 등짝 아래서 울려나왔다.

꼭뒤에 꽂힌 계집아이의 눈빛을 견디던 사내아이는 천천히 뒤를 돌아보았다.

"가시나! 쪼맨한 게!"

툭 쏘아붙이며 사내아이는 계집아이의 어깨너머로 초점이 덜 맞은 눈을 흘겨주고는 동구 쪽을 향해 종종걸음으로 내뺐다.

그 후 며칠 동안, 사내아이는 계집아이에게 조금 서먹하게 굴었지만 계집아이를 데리고 다니는 일만은 게을리하지 않았고, 계집아이도 아무렇지 않은 듯이 따라다녔다.

둘은 면소재지 중학교를 졸업한 뒤 읍내 고등학교까지 함께 다녔다. 사내아이는 계집아이를 열심히 데리고 다녔다. 맑은 날은 자전거를 타고, 비가 오는 날은 버스를 탔다.

사내아이가 마을에서 종적을 감춘 것은 고등학교 졸업식을 보름가량 남겨둔 어느 날이었다. 사내아이는 아무 말 없이 마을을 떠났고, 그가 사라진 자리에는 '산으로 들어갔다'는 말만이 잠시 떠돌았을 뿐이다. 계집아이는 사내아이가 사라진 이유가 무엇인지, 간 곳은 어디인지 알고 싶었지만 알 길이 없었다. 사내아이의 어머니도 아들의 속을 다 몰랐고 마을 사람들은 묻기를 조심했다.

일주문에 뜬 달

혜명은 삼존불을 향해 삼배를 올린 뒤 불이사의 대웅전을 나왔다. 절집 마당에는 매미 울음소리가 낮게 깔려서 흐르고, 노을빛 잠자리들이 대웅전 처마와 불탑 사이를 천천히 떠다녔다. 공양간 안에서 절복을 입은 여자 두엇이 기척을 보일 뿐 여름 한낮의 경내는 고적하고 덥다.

뜨겁게 달궈진 불탑 끝을 내려다보며 미간을 모으고 섰던 혜명은 작심한 듯 요사채 쪽으로 걸음을 옮겼다.

'그래, 떠나자. 떠나야 해!'

그는 거처하던 요사로 들어가 벽에 걸린 걸망을 벗겨내어 한 손에 움켜쥐었다.

천왕문 앞에서 발걸음을 멈추고 선방 쪽을 물끄러미 바라보다가 이내 몸을 돌렸다. 천왕문을 지나면서는 사천왕과 눈길을 섞지 않은 채 한달음에 일주문을 향해 걸었고, 일주문을 벗어나서야 뒤를 돌아보았다. 숲은 매미소리로 들끓었다. 혜명은 그제야 움켜쥐었던 걸망을 등 뒤로 돌려 어깨에 걸쳤다.

"나무관세음보살!"

한숨처럼 불호를 토해내며 절을 향해 허리를 꺾는 비구는 지난 한 달 동안 불이사의 선방에 앉아 있었다.

번뇌와 망상은 파도처럼 밀려왔다. 끊임없이 밀려와 부딪히고 깨어지기를 반복하는 파도는 아무런 의지도 없었고, 의지가 없는 파도를 상대로 그 앞을 가로막기란 불가항력이었다.

'행주좌와 어묵동정 간에 한순간도 놓치지 말아야 할 것이야. 간절히 참구懺咎하고 또 참구하여라.'

은사 스님의 밤하늘처럼 깊은 눈이 혜명을 노려보았다.

혜명은 두 주먹을 틀어쥐었다.

'스님, 화두를 들 수가 없습니다. 아무리 애를 써도 잡을 수가 없습니다.'

'호흡을 다스려라. 마음을 모아서 들고 나는 숨을 바라보거라.'

'스님, 용서하십시오.'

매미가 울었다. 골짜기에 가득 고여 들끓는 매미 소리는 정미소 피대소리였고 쇠 긁는 소리였다. 숨이 가빴다. 숨 한 번 들고 나는 사이에도 화두는 팔만사천 토막으로 끊어지고, 산창을 넘어 설핏 스쳐가는 작은 바람에도 숙생의 업장이 파도처럼 뒤채었다.

혜명 앞에 나타나는 아버지는 언제나 안개 속에 서 있다. 안개 저편에서 절뚝거리며 걸어 나와서 잠시 섰다가 다시 안개 속으로 사라진다. 아버지가 서 있는 곳은 늪이다. 혜명이 나서 자란 마을 앞의 늪, 사람들은 그 늪을 갈미벌이라고 불렀다.

형의 눈은 언제나 슬펐지만 가끔은 화난 듯 두 눈을 부릅뜨기도 한다. 늘 동생에게 미안해하던 형은 띠동갑인 동생의 시선을 받아 내지 못한다. 그의 시선은 언제나 동생을 비낀 채 말이 없다. 단 한마디라도 형이 일러주는 말을 듣고 싶은 혜명의 마음을 아는지 모르는지 형은 침묵으로 일관할 뿐이다.

어머니는 늘 혜명을 향해 손을 흔든다. 아래위로 휘젓는 어머니의 손짓은, 여섯 해 전, 산으로 떠나는 아들에게 '그래 가거라! 안 가고 안 되거들랑 가거라! 가서, 훌륭한 스님 돼서 니 아부지, 니 형 좋은 곳으로 인도해라.' 뒤돌아보는 아들에게 어이 가라 하셨던 그 손짓이다.

아, 그리고 댓잎 그림자! 달빛이 대낮같이 환하던 그 밤, 여자 아이의 모로 누인 얼굴에는 댓잎 달그림자가 선명하게 찍혀 있었다.

'살생을 하지 않아야 한다. 지키겠느냐?'
'능지!'
'남의 것을 훔치지 않아야 한다. 지키겠느냐?'
'능지!'

'거짓말을 하지 않아야 한다. 지키겠느냐?'

'능지!'

'술을 마시지 않아야 한다. 지키겠느냐?'

'능지!'

'음행을 하지 않아야 한다. 지키겠느냐?'

'능지!'

혜명은 눈을 찔끔 감고 도리질 치며 대웅전 바닥에 엎드렸다. '옴 살바못자모지 사다야사바하' 숨 가쁘게 참회진언을 불어내며 대웅전 바닥에 이마를 붙이고 묻는다. '부처님! 제게 길을 일러주십시오. 소승은 이제 부처님과 인연이 다한 것입니까? 그리 된 것입니까?'

부처님은 미소만 지을 뿐 아무 말이 없다. 짓누르는 업장의 무게로 숨이 턱턱 막힐 때마다 혜명은 부처님께 길을 물었지만 부처님은 미소만 지을 뿐이고, 혜명은 부처님의 속내를 짐작하지 못한다.

말은 후불탱화 속에서 흘러나왔다. 탱화 속의 문수보살과 보현보살과 부처님의 십대 제자들이 앞다투어 말했다.

"비구여, 생사의 사슬을 벗어나려면 먼저 탐욕을 끊고 애욕의 불길을 꺼야 하느니라."

"육도중생이 생사부침을 반복함은 모두가 애욕의 망상 때문이며, 삼악도에서 고통을 부르는 것도 정욕의 습기가 그 원인이 아니더냐?"

16

"애욕이 윤회의 근본이 되고 정욕은 몸을 받는 뿌리가 됨을 몰랐더란 말이냐?"

"모르는 것이 아니오고……."

비구는 풀썩 고두배를 한다.

"칼날에 발린 꿀은 혀를 상하게 하고 음욕은 독사의 머리와 같거늘, 어찌하여 이를 경계하지 못하였더냐?"

"아! 음욕이라 하심은……."

"애욕과 음욕이 다르더란 말이냐? 애욕은 음욕에 뿌리를 두었고, 음욕은 애욕에 의지하지 않더냐?"

"그 여인은 진실로 저를 위했고, 저 또한……."

비구는 다시 풀썩 고두배를 한다.

말은 부처님의 등 뒤로부터 흘러나와 신중단과 영단을 돌아 성큼성큼 내려왔다.

"진실이라고 하였느냐? 그대가 진실의 뜻함을 아는가?… 일러라! 눈으로 보는 것이 진실이더냐? 귀로 듣는 것이 진실이더냐? 입으로 맛보고 코로 냄새 맡는 것이 진실이더냐? 손으로 만지는 것이 진실이더냐? 그도 아니면 생각으로 뜻하는 바가 진실이더냐?"

후불탱화 속에서 쏟아져 나오는 말을 신중단의 말이 가로지르고, 오백나한의 말이 섞여서 서로 부딪혔다.

"죽고 없는 그대의 부모가 진실이더냐? 피와 정액과 고름뿐인 그대의 몸뚱어리가 진실이더냐? 이 중에 어느 하나라도 진실한 것이 있으면 일러라! 일러라! 일러라!"

"모릅니다! 모르기에…….."

숨쉬기조차 버거운 듯 어깨를 들먹이던 비구는 미간을 타고 흐르는 땀을 한 손으로 걷어내며 고개를 절레절레 흔든다. 대웅전에 가득 찬 말들이 매미소리와 함께 들끓어 여름 한낮의 열기를 뜨겁게 달구었다.

"수좌는 안거 중에 절을 떠났소. 내 일찍이 이와 같은 말은 들은 바가 없소. 이 일로 해서 수좌의 본사와 은사 스님의 욕됨이 무엇인지 수좌는 알기나 하시오?"

입승은 눈길을 바로 주지 않는다.

"아, 부처님! 소승을 벌하여 주십시오. 그리고 부디 제 길을 가르쳐 주십시오."

비구는 또다시 대웅전 바닥에 이마를 찧는다.

"길을 일러달라고 하지 마라! 묻는 자는 누구며 답할 자는 누구더냐?'

'쿵!' 주장자가 내리꽂히고, 법상이 부르르 떨었다.

흠칫, 혜명이 눈을 떴다. 길가에 박힌 작은 돌 모서리에 볼기짝을 붙이고 앉은 혜명의 눈앞에 버스 한 대가 멈춰 서고, 누런 흙먼지가 땀에 젖은 혜명을 삼킬 듯이 휘감았다.

혜명이 왔던 길을 되짚어 올라 불이사에 도착한 때는 일주문 지붕 위로 노을빛이 꺾일 무렵이었다. 혜명은 밀짚모자 아래로 뚝뚝 떨어지는 땀을 손등으로 걷어내며 등짝에 매달린 걸망을 추슬렀다.

"오후에 보이지 않아서 떠난 줄 알았는데 어인 일이요?"

입승이 의아하다는 눈빛으로 물었다.

"말씀은 드리고 떠나야 할 것 같기에······."

"괜한 수고를 하셨소. 오는 사람 막지 않고 가는 사람 잡지 않는 것이 절집의 풍속이거늘."

'······.'

"하기야 어설피 절밥만 축내며 젊음을 허송할 양이면 하루라도 빨리 길을 바꾸는 편이 그나마 양가득죄를 면하는 길일 터."

가랑잎처럼 바삭거리는 입승의 말이 가슴을 후볐으나 혜명은 말 없이 두 손을 모아 합장을 했다.

불이사를 나온 혜명이 단양읍으로 건너가는 남한강 다리 위에 섰을 때 달은 중천을 훌쩍 지나 있었다. 단양읍을 올가미 모양으로 감아 흐르는 강물은 정물처럼 고요해서 물속에 잠긴 하늘과 산과 상현달이 마치 판화 속 풍경처럼 또렷하다.

죽령을 넘는 도로를 걸어올라 정상에 도착할 무렵에야 먼동이 희붐하게 밝았다. 남쪽 발아래의 영주에서 불빛들이 하나 둘 깨어나고, 뒤쪽으로는 멀리 충주호의 수면이 얼음 같은 희끄무레한 빛을 뿜었다. 혜명은 고개를 돌려 소백산 쪽을 바라보았다.

'이 일로 해서 수좌의 본사와 은사 스님의 욕됨이 무엇인지 수좌는 알기나 하시오?' 선방 입승의 시선이 송곳처럼 미간을 찌른다.

'나무관세음보살, 소승을 벌하여 주십시오!'

혜명은 걸었다. 앉아 있기가 버거워서, 더 이상 앉아 있다가는 숨이 막혀 죽을 것 같아서 걸었다. 때로는 길을 걸었고 때로는 길이 아닌 곳을 걸었다. 화두는 얼레에서 떨어져 나간 연처럼 어디론가 날아가 보이지 않는다. 방하착放下着! 내려놓아라, 쉬어라. 그러나 어쩌란 말인가? 파도처럼 밀려드는 번뇌를 무슨 수로 내려놓으며 어떻게 쉬란 말인가? 혜명은 머리를 흔들었다.

더위가 한풀 꺾인 늦여름, 혜각사 경내는 나뭇잎 냄새가 달았다.

"스님, 덕운 스님, 전화 받으셔요."

"……."

"덕운 스님, 전화 받으시라니까요. 혜명 스님이네요."

저녁 공양을 마치고 토굴로 향하던 덕운은 공양주 보살이 몇 번이나 부르고서야 걸음을 멈추었다. 계를 받은 지 여섯 달이 지났는데도 덕운이라는 법명이 귀에 익지 않는다.

종무소 쪽을 쳐다보며 덕운이 물었다.

"오늘이 며칠이지요, 음력으로?"

20

"칠월 열사흘이네요. 백중이 내일 모레니까요."

공양주 보살의 목소리는 늘 생기가 넘친다. 그녀의 목소리에는 남에게 뭔가 베풀고 싶은 마음이 습관처럼 배어 있다.

덕운이 종무소로 들어오자 공양주 보살은 얼른 수화기를 들어서 덕운에게 건네준 뒤 호기심이 가득한 눈으로 덕운을 쳐다보았다.

수화기 저편에서 지친 목소리가 건너왔다.

"저 혜명입니다. 큰스님 안녕하시죠?"

혜명은 큰스님만 입에 올릴 뿐 덕운의 안부는 묻지 않았다. 덕운에게 안녕하시냐는 인사가 가당치 않다고 여기는 것이다.

"그럼요. 잘 계십니다. 그런데 무슨 일이 있습니까? 내일 모레가 해제일인데."

"사실은 제가 지금 선방에 있지 않습니다. 한 달이 넘었습니다, 불이사를 나온 지가."

덕운은 뭐라 말을 하지 못하고 수화기를 바득 귀에 밀착시켰다. 말하기가 힘이 든 듯 혜명은 한 호흡을 쉬었다가 말을 이었다.

"업장의 두께가 수미산보다도 큰가봅니다."

"그러면 지금 어디에 계십니까?"

덕운이 물었다.

"길 위에 있습니다. 지금 여기는 이화령 휴게소고요. 발자국이나 세면서 정한 데 없이 걷고 있습니다. 마음이 나댈 뿐이지 몸 바쁠 거야 없으니…."

혜명은 길게 숨을 불어내며 다시 말을 이었다.

"한 달 넘게 걸었더니 숨 쉬기는 조금 나은 듯합니다."

덕운은 혜명이 겪고 있는 아픔의 정체가 가늠이 되지 않는다. 혜명은 혜각사에서 불이사로 하안거를 떠나기 전, 한 보름 동안 속가를 다녀왔는데 혜명이 달라진 건 그가 속가를 다녀오면서부터였다. 마치 숨어들듯이 돌아와 요사에 칩거한 혜명은 몸과 마음이 완전히 탈진한 모습이었고, 무엇 때문인지 덕운과의 대화마저 피했다. 덕운이 조심스럽게 떠보았으나 그는 아예 말문을 닫은 사람이 되어 있었다.

"내일 모레 음성에는 오실 거죠?"

덕운이 물었다.

"사실 그 때문에 전화를 드렸습니다. 불이사를 나와 마냥 걷다가 음성에서 만나기로 한 약속이 생각나서, 그래서 남쪽으로 가던 길을 돌려 음성을 찾아갔습니다. 진 선생님에 대한 궁금증도 컸고 또……."

"저에게 먼저 전화를 주시지 않고요?"

덕운이 말을 가로챘다.

혜명은 덕운의 물음에는 대답을 피한 채 무성에 대해 한마디를 더했다.

"진 선생님은 덕운 스님 말씀대로 어떤 한계를 넘어 선 분이더군요."

"아, 네. 두 분을 소개해 드리고 싶었는데 어떻든 만나셨다니 됐습니다. 그건 그렇고 혜명 스님은 언제 돌아오실 겁니까?"

"모르겠습니다. 그냥 기다리지 마시고……."

말을 끝내지 못하는 혜명의 목소리에서 울음 같은 떨림이 전해왔다. 둘의 통화는 오래 걸리지 않았다. 덕운은 혜명이 떠난 후 그를 찾아 온 사람에 대해 말하기를 망설였고, 혜명 또한 묻지 않았다.

혜명이 혜각사를 떠나 불이사로 간 뒤 이틀인가 사흘인가 지난 무렵, 동승 명석이 대학생으로 보이는 여자 둘을 덕운의 토굴로 데려왔다.

"누구신지요?"

덕운의 굵고 쉰 듯한 목소리가 두 여자를 추궁하듯 찔렀다.

해를 등지고 선, 키 큰 승려의 눈에는 방금 그가 나온 토굴 속 같은 서늘한 한기가 서렸고, 미간에 패인 세로주름에서는 수행승의 곤고함이 진하게 배어나왔다. 그의 처진 어깨 아래로 아무런 작위도 없이 늘어뜨린 긴 팔은 참담하리만치 쓸쓸한 모습이기도 했다.

"혜명 스님 일로 찾아왔는데, 스님께 가보라고 해서요."

무릎을 살포시 덮은 회색 바탕의 감색 체크무늬 치마와 살구색 반팔 티셔츠를 입은, 둘 중에서 키가 조금 작은 여자가 덕운을 올려다보았다. 그녀는 희고 밝은 피부를 지녔고 도톰하게 살진 이마와 영리한 눈에서 여성의 살뜰한 고집이 엿보였다. 청바지에 흰색 남방셔츠를 입은 다른 여자 역시 이목구비의 선이 시원한, 나무랄

데 없는 미인이었다.

"혜명 스님은 며칠 전 소백산 불이사로 떠났습니다. 그곳에서 여름 한철을 나실 겁니다."

"미리 전화를 드렸었는데, 혹 떠나기 전 무슨 말씀은 없으셨나요?"

청바지를 입은 여자가 되물었다.

"조금 서둘러 떠난다는 생각은 했습니다만 수행승들이야 워낙 오고 가는 것이 바람 같으니… 음력 칠월 보름에 안거를 마칩니다. 그 후에 저와 음성에서 만나기로 했으니 그때 말씀을 전하겠습니다. 안거 중에는 찾아가셔도 만날 수가 없습니다."

덕운은 다소 긴 설명을 했고, 덕운의 말을 끝으로 그녀들은 손에 들고 있던 종이백 하나를 덕운의 발치 앞에 놓아두고 돌아섰다. 종이백 속에는 회색 털실로 짠 모자와 목도리가 들어 있었다.

갈미벌의 전설

돌아보면 유년기는 꿈길 속에 있고, 눈을 감으면 그때 그 길이 오롯이 보인다. 그 길에는 언제나 순지가 있다. 신작로 길가에는 민들레, 질경이, 토끼풀, 강아지풀과 이름을 모르는 들풀들이 돋아있고 옹이가 썩은 늙은 미루나무들이 긴 줄로 늘어서 있다.

봄이면 물오른 미루나무 가지를 꺾어 피리를 만들어 불었다. 가느다란 나뭇가지의 속을 돌려서 뽑아낸 뒤 통으로 남은 껍질을 다듬어서 만든 버들피리는 맑고 청아한 소리를 낸다. 순지는 피리 불기를 좋아하지 않았으므로 피리는 동석이 혼자 불었다.

동석은 보리밭 그늘에 핀 작은 풀꽃들을 뜯어 동그랗게 엮어서 순지의 머리에 씌워주곤 했다. 그는 보리 그늘 속에서 풀꽃을 딸 때 손끝에 전해지던 보드랍고 서늘한 감촉을 잊지 못한다. 머리에 화관을 쓰고 사뿐사뿐 앞서 가는 순지의 등 뒤에서 동석은 버들피리를 불었다. 순지의 얼굴에는 늘 미소가 피어났다. 예쁘게, 너무

나도 예쁘게…….

속가의 집 바깥마당에서 순지와 헤어진 뒤로 보름 동안을 들짐 승처럼 헤매고 다니다가 혜각사로 돌아온 며칠 후 혜명은 순지의 전화를 받았다.

"전화번호는 어떻게……?"

당황한 혜명이 물었다.

"그게 중요해, 오빠?"

혜명은 고향 친구이자 면사무소에 근무하는 경태를 떠올렸다. 고향 마을에서 우연히 순지를 만난 이틀 후에 혜명은 순지의 어머 니를 찾아갔었다. 그런 뒤 산으로 돌아오기 전에 경태를 만나 자신 에게 상속된 재산에 관한 처리를 부탁했고, 그때 경태가 필요하다 고 하여 자신의 전화번호를 알려줬었다.

"나 거기 오빠가 있는 곳에 가보고 싶은데."

"안 돼! 오지 마!"

혜명은 미리 대답을 생각해 둔 사람처럼 내뱉었다.

"왜, 그냥 한번 보려는 것뿐인데?"

"내가 갈 길은 정해져 있어! 장애가 될 뿐이야!"

두 눈을 찔끔 감으며 전화기를 내려놓은 혜명은 그 자리에 풀썩 주저앉았고, 한참 동안 무릎에 머리를 묻은 채 일어나지 못했다.

산으로 둘러싸인 옴팍한 분지는 아무도 모를 긴 시간을 넘어 차츰 늪이 되었고, 언제부턴가 마을사람들은 그 늪을 갈미벌이라 불렀다. 어린 동석에게 늪은 바다처럼 넓었다.

겨울에는 늪의 물이 낮아졌다. 얼음이 두꺼워져서 바닥에 닿으면 검고 진득한 갯벌이 얼음에 붙어 함께 얼었다. 투명한 얼음 아래 얕게 고인 물웅덩이에는 고기들이 옹기종기 모여 잠을 잤다.

겨울 새벽에는 늪에서 얼음 터지는 소리가 '쩡쩡' 울렸다. 얼음이 터지는 소리는 문풍지를 흔들 만큼 커서 개들이 소리를 향해 짖었다. 개 짖는 소리에 잠을 깬 동석은 분지 안에 갇혔던 바람이 밤새 얼었다가 늪이 터지는 소리에 자잘하게 부서지는 모양을 상상하곤 했다.

새벽 잠결에 동석은 방문을 여는 어슴푸레한 기척과 함께 '눈이 오시네!' 하는 어머니의 푸념 같은 목소리를 들었다. 먼동이 트는지 창호가 희부옇게 드러나 보였다.

흰 눈이 소복이 쌓인 마당을 상상하던 동석의 기대와 달리 아침까지도 마당에는 눈다운 눈이 쌓이지 않았다. 아마도 어머니가 부엌으로 나갈 때 눈이 막 내리기 시작한 듯했다.

아침상을 물린 뒤 아버지가 곡괭이를 찾아 들고 집을 나서며 부엌 쪽을 향해 소리쳤다.

"내 뱀장어 좀 캐서 오꾸마!"

"눈이라도 그치마 가지, 조심하이소!"

부엌에서 고개를 내민 어머니는 눈발이 날리는 하늘을 걱정스럽게 올려다보았다.

어떤 물고기들은 진흙 속에서 겨울을 난다. 곡괭이로 얼음을 깨뜨린 다음 얼음 아래 꾸들꾸들 언 진흙을 뜯어내면, 진흙 속에 박혀있던 뱀장어나 미꾸라지들이 모습을 드러낸다. 때로는 팔뚝만한 메기나 가물치도 박혀 있다. 부지런한 사람들은 그렇게 언 고기를 캐서 가마니에 넣어 처마 밑에 두었다가 한두 마리씩 꺼내서 구워 먹곤 했다.

마을 청년이 동석의 아버지를 업고 온 때는 오전 반나절이 지난 무렵이었다.

"얼음판에서 뒤로 넘어지신 모양인데, 엉치뼈를 많이 상했는 갑심더. 소리도 못내시네예."

동석의 아버지는 오래 전에 이미 허리와 한쪽 다리를 크게 다쳐 허리에는 철심을 박았고, 한쪽 다리는 꼬챙이처럼 말라 있었다. 의사는 골반뼈에 금이 갔다면서 큰 병원에서 수술을 받으라고 권했지만 엉덩이에 깁스를 한 채 집으로 돌아온 그는 큰 병원으로 가지 않았다. 엉덩이에 쇠붙이를 박는다고 거덜나버린 허리나 다리가 되살아나지 않을 바에는 돈 들여서 몸에 칼 댈 일은 없다고 본 것이다.

갈미벌에 수초가 파르스름하게 돋아나와 봄 색깔을 되찾을 무렵, 마침 큰아들 동철이 군을 제대해 함께 지켜보는 가운데 동석의 아버지는 세상을 떴다. 그는 뒷산 비탈의 고구마밭 한 모퉁이를 차지하고 누웠다. 그의 나이 마흔 일곱이었고, 동석이 국민학교 오 학년이 되던 해였다.

동석의 형, 동철은 아버지가 죽은 지 칠 년 뒤인 나이 서른둘에 암으로 죽었다. 그가 서울법대에 합격했을 때는 국민학교와 중학교의 정문과 면사무소 건물 벽에 플래카드가 내걸렸고, 그 후 사법고시에 합격하자 면장이 동석의 집을 다녀갔다.

동철이 죽던 날 어머니는 뼈가 없는 사람처럼 무너졌다. 누가 봐도 그녀에게는 생명의 불을 이어줄 기름이 공급되지 않았다. 동철은 고구마밭의 아버지가 묻힌 바로 아래에 묻혔다. 그 후 동석의 어머니는 삼 년을 더 살았다.

나이 차이가 많은 형은 동석에게 아버지나 다름없는 울타리였고 등대처럼 빛나는 존재였다. 동철은 전교 일등 정도의 수준을 넘어선 특별한 수재로서 인근의 읍면에까지 그를 모르는 사람이 드물었다. 동석에게 형의 죽음은 발아래의 땅이 송두리째 무너져 내린 것이나 다름없었다.

동석이 그 무섭고 지긋지긋한 환청을 듣기 시작한 것은 형이 죽은 그해 겨울부터였다. 최초의 환청은 얼음 터지는 소리에 이어서 들렸다. '쩡-' 하는 얼음 터지는 소리가 들리고 이어서 그 소리만큼이나 날카롭고 묵직한 굉음 덩어리 하나가 동석의 뇌리에 들어와 박혔다.

동석은 생각했다. 늪의 밑바닥 어느 곳에는 지구의 중심으로 통하는 깊은 동굴이 있고 동굴의 뚜껑은 사람이 풀지 못하는 암호로 잠겨 있다. 그런데 참으로 우연히도 얼음 터지는 소리가 수천 년에 한 번 있을까 말까 한 신비한 파장의 조합을 만들었고, 마침내 그 암호가 풀리고 말았다. 그로 인해 잠시 동굴의 뚜껑이 열린 사이에 자신의 집안에 드리운 예언의 말들이 동굴 속에서 세상 밖으로 흘러나왔다.

동석은 그렇게 믿었고, 그 생각은 동석에게 옳았다. 그날 이후, 동굴을 빠져나온 말들은 구름이나 바람 속에 섞여 떠돌다가 시시때때로 동석의 귓속을 파고들었다.

바람처럼 사라지다

혜각사를 다녀온 뒤, 이틀째 누워만 있는 순지를 희경이 부축해 일으키며 너스레를 떨었다.

"일어나시옵소서, 아가씨! 소녀가 잣죽을 끓였사옵니다!"

희경의 손에 축축한 습기가 전해졌다.

"애, 이러지 말고 제발 병원에 가자, 응?"

희경이 이미 여러 번 했던 말을 또 했다. 순지는 눈만 찔끔 감았다가 떴다. 여러 번 오갔던 대화였으므로 대답은 이미 그녀의 얼굴에 있었다. 순지는 잠결에 헛소리를 하고 식은땀이 흘러 요를 흠뻑 적시는데도 병원에 가자는 희경의 말은 듣지 않았다.

"오늘 너네 실장님이 물으시기에 상사병 때문이라 그랬더니 무지 웃더라. 어떤 녀석인지 보고 싶대. 후훗!"

희경이 순지의 손에 숟가락을 쥐어주며 말했다.

"근데 믿는 눈치는 아니더라. 존심 상하게."

"……."

순지는 말이 없고 희경이 혼자서만 말했다.

"이 순지랑 상사병은 줄이 안 그어지는 거지 뭐. 그런 병은 원래 범생이나 하는 건데도 말이지. 하기야 몇 년째 목매는 사람 있는 거 아는데, 웬 상사병?"

대구를 하지 않던 순지가 눈을 흘기며 숟가락을 치켜드는 시늉을 하자 희경이 과장된 몸짓으로 순지의 손을 잡으며 또 너스레를 떤다.

"고정하시옵소서! 아가씨, 이러시면 아니 되옵니다. 상사병에 해롭사옵니다!"

대학시절 사 년 내내 과대표를 맡았던 희경이 시골에서 유학 온 똑똑하고 용모가 단정한 순지에게 남다른 관심을 보이면서 둘은 단짝이 되었다. 첫 강의시간에 희경은 맨 앞자리에 앉은 순지의 옆자리에 앉으며 말을 걸었다.

"안녕! 촌닭."

따뜻한 미소를 머금은 희경의 얼굴에는 악의가 없었다. 살짝 굳은 얼굴로 돌아보던 순지는 굳었던 표정을 풀고 마주 웃어주었다. 순지는 누가 봐도 시골에서 유학 온 학생임을 알 수 있었다.

순지는 영리하고 사려 깊은 눈매를 지닌 예쁜 얼굴이었지만 그녀의 첫인상은 얼굴보다는 전체적인 몸의 균형미가 먼저 눈에 띄었다. 과대표 백 미터 달리기 선수를 뽑는다면 누구나 그녀를 지목

할 것이 틀림없었다.

순지의 태도나 행동에는 모든 걸 새로 경험하는 사람의 조심스러움이 드러났다. 그러나 그녀의 표정에서는 주눅이 든다거나 위축된 듯한 불안함이 보이지 않았다. 희경이 보기에 순지는 내면에, 어쩌면 자신도 의식하지 못하는, 의심의 여지가 없는 자신감을 감추고 있는 듯 보였다. 순지의 얼굴에서 희경은 대단한 내면의 힘을 지닌 사람이 그것을 밖으로 드러내기를 부끄러워하는 겸손함 같은 것을 느꼈다. 희경과 순지의 우정은 대학시절 내내 이어졌고, 졸업 후에도 헤어지기가 싫었던 둘은 의류 회사 '세화'에 함께 입사했다.

순지가 막 저녁 숟가락을 놓고 자리에 누웠을 때 똑똑 노크 소리와 함께 기훈의 목소리가 들렸다.

"윤기훈입니다. 순지 씨 계십니까?"

그는 자신의 이름을 말할 때 꼭 성을 붙여서 말했다.

순지가 희경을 째려보았다.

"미안해. 퇴근하려는데 전화를 했더라구. 그래서 그만 요 입이 후훗!"

희경이 속삭이듯 변명을 하며 일어났다.

"전화도 없이 오시면 어떡해요. 여자들만 사는 집에."

희경은 눈을 찡긋하며 기훈에게 핀잔을 주었다.

"전화 드리면 허락하셨겠습니까. 순지 씨가 아프다니까 도무지

붓이 손에 잡혀야지요."

기훈도 찡긋했다.

대학 삼 학년 때 희경이 주선한 미팅에서 기훈은 순지의 파트너였다. 처음부터 순지는 남자친구가 있다며 선을 그었지만 기훈은 그냥 아는 사람이나 되자고 했다. 그 후 기훈은 그들 사이에 희경을 끼워 넣어서 셋을 하나로 묶는 묘한 구도를 만들고는 기꺼이 두 여자를 위해 흑기사가 되기를 자처하고 나섰다. 기훈은 때때로 그녀들의 회사 앞에서 기다렸다가 밥을 사거나 명절을 핑계로 선물을 하면서 관계를 이어갔다. 자연스럽게, 주로 희경이 그랬지만, 여자들이 해결하기 어려운 일이 생기면 기훈에게 도움을 청하는 일이 잦았고, 그러면서 셋의 우정 관계는 기정사실로 굳어졌다.

기훈은 말로써 순지에게 구애를 하거나 그와 비슷한 의심을 받을 만한 행동을 하지는 않았지만, 그가 하는 짓은 누가 봐도 사랑하는 여인에게 헌신을 다하는 사람이었다. 다만 말을 하지 않음으로써 처음의 약속을 충실하게 지킨다는 주장을 하는 것이었고, 세 사람 모두 그것을 알면서도 그 상황을 깨뜨리거나 바로잡을 명분을 찾지 못한 채 이 년 동안 친구 관계를 이어왔다. 물론 그런 이상한 우정관계가 지속될 수 있는 데는 희경의 기훈에 대한 관대한 태도가 가장 큰 이유라면 이유였다.

기훈은 슬쩍 순지의 머리를 짚어보고는 화들짝 놀랐다.

"아니, 열이 심한데요. 병원에 가셔야겠어요. 희경 씨, 뭐 편한 걸로 순지 씨 옷 좀 갈아 입혀주세요."

기훈은 곧바로 자리를 차고 일어나며 희경을 재촉했다. 그의 손
은 이미 자동차 키를 꺼내 들고 있었다.

"어쩔 수 없다. 차라리 얼른 다녀오자. 안 그러면 저 사람 오늘
여기서 밤을 셀 거야."

희경이 순지를 부축해 일으키며 한마디 덧붙였다.

"우릴 위해 뭔가 할 수 있는 기회를 놓칠 사람이 아니야."

희경은 널 위해 대신 우릴 위해라 했고, 결국 순지는 병원으로
실려 가서 엉덩이에 주삿바늘을 꽂고 몸살 약을 처방받았다.

"그 스님은 안녕하신가요?"

맥주 한 모금을 천천히 넘기던 기훈이 마주앉은 희경을 향해 툭
던지듯 물었다. 이층 호프집에서 내려다보이는 폭이 좁은 길에는
어깨와 허리를 드러낸 젊은 여자들이 도시의 불빛 속을 홍학의 무
리처럼 둥둥 떠다녔고, 그 홍학의 무리 사이에 택시들이 조급한 경
적을 울려대고 있었다. 기훈은 얼굴을 모르는 어떤 스님을 라이벌
로 생각하거나 그에게 적의를 느끼지는 않았다. 그가 승복을 벗고
환속할 의사를 밝히지 않는 한은 그는 적이 아니라 오히려 많은 잠
재적인 적들에 대한 방어막이었다.

"그 스님이 잠수를 탔다고 하네요."

희경이 대답했다.

"네! 무슨 말씀이죠?"

기훈이 의아한 눈으로 희경을 보았다.

"며칠 전에 둘이서 절에 다녀왔거든요. 떠났대요. 바람처럼~."

'바람처럼'을 말하며 희경은 발아래 거리의 풍경으로 얼굴을 돌렸다.

'바람처럼…….' 기훈은 등을 의자에 기대며 '바람처럼'을 곱씹었다. 그러고는 혼잣말을 중얼거렸다.

"네… 그래서 순지 씨가 아프군요?"

"몸살이야 곧 낫겠죠 뭐. 아무튼 잘 된 거 아닌가요, 기훈 씨를 위해서는?"

희경이 말을 하며 기훈에게로 시선을 옮기는데, 기훈은 희경의 시선을 비껴 창밖 어딘가를 바라보며 어떤 생각에 골똘한 사람처럼 입을 꾹 다물었다.

희경이 보기에 기훈은 꽤 괜찮은 남자다. 개인병원을 하는 집안의 두 아들 중 둘째인 그는 큰 키에 표정이 선하고 밝다. 미대를 졸업한 뒤 하는 일 없이 빈둥대고는 있지만 유산으로 받도록 예정된 오층 상가건물 하나를 이미 자신이 관리하고 있었고, 등기 이전만 남겨놓은 상태다. 하지만 희경이 그에게 높은 점수를 주는 진짜 이유는, 무엇보다도 한 여자에게 오랫동안 정성을 다하는 그의 성실함 때문이다.

희경과 헤어진 기훈은 차를 주차해둔 곳으로 걸어가면서 손목시계를 들여다보았다. 채 여덟 시가 못 된 이른 저녁이었다. 기훈은 아무 여자나 한 명 불러낼까 하다가 바로 지난밤에도 여자를 봤다는 생각을 하고는 고교 동창인 형기를 떠올렸다. 형기는 전철 안에서 전화를 받았다.

"잘됐다. 너 지금 바로 '바위섬'으로 와. 알았지? 내가 차가 막혀서 좀 늦을 거야. 식사는 못했을 테니까 먼저 시켜서 먹어라."

제 말만 쏟아놓고 기훈은 전화를 끊었다.

예상대로 마포경찰서 앞에서부터 도로가 막히기 시작했지만 기훈은 느긋하게 핸들을 두드리며 콧노래를 흥얼거린다. 조급할 게 하나도 없다고 생각한다. 삼각지 교차로 건너편 전쟁기념관 앞 플라타너스 길은 심한 정체로 늘 주차장이나 다름없다. 전쟁기념관 다음의 미군부대 앞 신호등은 두 번쯤 넘기는 건 예사로 있는 일이다.

미8군 10번 게이트 안에서 얼룩무늬 군복을 입은 흑인 여군 병사 하나가 걸어 나왔다. 키가 작고 엉덩이가 한 아름이 넘어 보이는 여자는 한국인 위병근무자와 몇 마디 말을 나눈 뒤 위병소를 나와 전쟁기념관 쪽으로 향했다. 기훈은 고개를 돌려 가로등 불빛 속으로 멀어져가는 엉덩이를 바라보다가 뒤에서 빵빵거리는 소리를 듣고서야 씩 웃으며 액셀러레이터에 발을 얹었다.

혼자 술잔을 기울이던 형기는 맞은편에 털썩 주저앉는 기훈에게

잔부터 내밀었다.

"어딜 다녀온 거야?"

"공 좀 들이고 왔다."

형기도 아는 일이므로 기훈은 거두절미로 대답하고는 잔을 입으로 가져갔다.

"하하! 이건 불가사의한 일이야. 천하의 윤기훈이가 이 년째 끝을 못 내고 이게 뭐하는 짓이야. 너, 그 시골 아가씨와 결혼이라도 하려는 거냐. 아니면 오기로 그러는 거냐?"

"글쎄, 그 애의 마음이 문제겠지. 워낙 그 중놈의 골이 깊어서 말이야. 난 몸만 오는 건 싫거든."

"몸은 온다는 소리네. 아니면 그 사이에 뭔 일이?"

"조만간에."

선언이라도 하듯 내뱉고는 입을 꾹 다물던 기훈은 금방 다시 말을 이었다.

"살면서 내 영혼을 떨어 울린 한마디 명언이 있다면 그건 바로 '지성이면 감천'이란 말이거든."

"잘도 가져다 붙이는군."

형기는 기훈의 얼굴을 외면했다. 기훈이 자신의 여성편력에 대해 은근히 과시할 때마다 형기는 심사가 뒤틀렸다. 자위로 해결하거나 가끔 남모르게 사창가를 드나드는 그로서는, 그쪽으로는 아무런 아쉬움을 모를 뿐 아니라, 멀쩡한 처녀들을 예사로 자빠뜨리는 기훈이 부러우면서도 한편으로는 얄미웠다. 일단 표적으로 삼은 여자는 단 한 번도 놓치지 않았다는 것, 그것이 기훈이 친구들에게 내세우는 가장 큰 자랑거리였다.

기훈은 운동선수가 기록 경신을 위해 쏟는 열정만큼이나 여자 헌팅에 시간과 돈을 들였다. 거쳐 간 여자들에 대해서는 순서대로 노트에 기록을 남겼다. 간단한 신상 명세표 같은 것이었는데, 이름과 나이, 출신학교, 만난 날과 보낸 날, 첫 섹스를 한 날, 여자마다의 신체적 특징이나 섹스할 때의 느낌 등을 간단하게 기록했다.

"그림은 잘 되냐?"

형기가 잔에 술을 따르며 물었다.

"뭐, 그럭저럭."

기훈은 술잔을 털듯이 비운 뒤 빈 잔을 형기에게 넘겼다.

기훈의 아버지는 두 아들이 모두 자신의 뒤를 이어 의사가 되기를 바랐지만 성적이 모자랐던 기훈은 의사 대신 그림 쪽을 선택했다. 그러니까 기훈이 미대를 간 이유는 특별한 재능이 있어서가 아니었던 것이고, 그 사실을 아는 형기가 '그림은 잘 되냐?'라고 묻는 말 속에는 기훈에 대한 편치 않은 심사가 배어 있는 셈이었다.

늘 그랬듯이 두 사람은 술잔을 빠르게 비웠고, 테이블 위에 빈 소주병이 하나씩 쌓여가면서 둘의 얘기는 점점 도도한 물살을 타기 시작했다. 둘은 자신의 식견과 정보력을 과시하기 위해서는 말을 과장하거나 근거 없는 뜬소문을 사실로 인용하기를 주저하지 않았다. 두 사람의 얘기는 정경사문을 거침없이 넘나들었고, 얘기의 끝은 늘 연예계 뒷골목까지 낱낱이 털어서 뒤집고 나서야 마무리가 되었다.

"너, 영주 씨는 어떡할 생각이지? 그리고 지낸 지가 벌써 이 년쯤 됐잖아?"

형기가 목기침을 한 뒤 화제를 바꾸었다.

"왜, 이상해? 걔는 아주 편한 캐릭터야. 다른 애들과는 달라."

"아무리 그렇더라도 결혼할 생각이 아니라면 다른 애들처럼 단타를 치고 빠져야지, 길게 가져가는 건 상도가 아니잖아?"

기훈은 잠시 미간을 꿈틀하다가 금방 기분 좋은 얼굴을 하며 침을 꿀꺽 삼켰다.

"난 요즘 순지 문제가 좀 심각해졌어. 내가 점점 더 빠져드는 것 같아."

"왜, 마음대로 안 되니 더 몸이 다는 거냐?"

형기의 비꼬는 말투 따윈 관심 없다는 듯이 기훈은 얘기를 계속했다.

"얘가 분명 흔히 볼 수 있는 애는 아니거든. 똑똑한 데다 정숙하기까지 하단 말이지. 요즘 그런 애를 어디서 구하니. 거기다가 그 내용물은 또 어떻고. 대단한 글래머는 아니지만 몸매가 죽여주잖아. 얼굴이야 말할 것도 없고."

"네가 봤어, 그 내용물을?"

형기는 술잔을 내려다본 채로 말했다.

"화가의 심미안이지!"

기훈이 무엇인가를 떠올리려는 듯 실눈을 떴다.

'화가 좋아하시네.'

형기가 입속말을 중얼거리는 동안 기훈은 술잔을 들어 단숨에 털어 넣고는 다시 한마디를 덧붙였다.

"그렇게 안팎으로 두루 빵빵한 애를 어디에서 만나겠냐?"

"그렇다면 우선 니 주변부터 정리를 해야 되는 것 아니냐. 그래야 지성이 하늘에 닿아서 하늘이 감동을 하든지 말든지 할 거 아니겠어?"

형기가 기훈의 잔을 채워주며 이죽거렸다.

"틀린 말은 아니지. 하지만 그건 너무 가혹하잖아. 끓어오르는 내 젊은 리비도는 어떡하니. 이건 어떤 여자든 여자가 책임을 져줘야 하는 문제잖아. 그 애 때문에 내가 금욕이라도 해야 한다는 거냐? 이것과 저것, 그냥 사이좋게 공존하면 안 되냐고?"

"공존? 물론 그럴 수 있지. 그건 어디까지나 너의 자유의지니까. 다만 내 말은 복잡한 여자관계가 네게 덫이 될 수도 있다 그런 말이지."

형기는 '너만 끓냐, 나도 끓어' 하는 말을 목구멍으로 밀어 넣었다.

"여하튼 그 애에 대한 나의 작전은 이제 조금 다른 국면으로 접어들 모양이야. 드디어 떨어질 때가 된 것 같거든. 나팔을 불 때가 된 거라고.”

　기훈은 얼굴을 앞으로 쑥 내밀며 목소리를 낮추었다. 그의 목소리에서 풍겨나는 은밀한 생기와 형광등 불빛이 밴 눈동자의 반짝임이 묘한 조화를 이루었다.

　“뭔 소린데?”

　형기가 졸린 눈을 치켜떴다.

　“흐하하! 바람처럼 사라졌거든!”

　기훈은 기분 좋은 웃음을 터뜨렸다.

도심의 달

토요일 저녁, 순지와 희경은 퇴근길에 가끔 들리는 식당의 구석 자리를 차지하고 앉았다. 내켜하지 않는 순지를 희경이 억지로 끌고 간 것이다. 희경이 제 잔을 먼저 채우고는 순지의 잔에도 술을 따랐다. 희경은 첫 잔을 단숨에 입속으로 털어 넣은 뒤 다시 제 잔에 술을 따르며 조심스럽게 입을 뗐다.

"그렇게도 힘드니?"

몰라보게 수척해지고 얼굴빛도 창백한 순지를 희경이 비스듬한 시선으로 바라보았다. 혜각사를 다녀온 뒤로 한 달이 지났지만 그동안 순지는 주변 사람들에게 먼저 말을 건네거나 마음 편히 웃는 모습을 보인 적이 없었다.

대답이 없는 순지에게 희경이 다시 한마디를 더 했다.

"그 스님은 널 피해서 떠났잖니? 나는 네가 좀 더 현실적이었으면 좋겠어."

"……."

순지는 한손으로 턱을 고였다. '그는 왜 스님이 되었을까?' 그가 떠난 후 수없이 곱씹었던 물음을 그녀는 다시 떠올렸다. 이미 집 앞 이면도로만큼이나 익숙한 사유의 미로를 타박타박 걸어 들어가고 있었다.

하지만 여전히 대답은 떠오르지 않는다. 동석에게 형의 죽음은 견디기 어려운 충격임에 틀림이 없었지만, 그 이유만으로 그가 떠났다고는 믿어지지 않는 순지였다.

대학 이 학년 여름에 순지는 동석이 근무하는 군부대를 찾아갔었다. 비무장지대의 남방한계선에 근접한 육단리는 철원군 김화행 시외버스의 종점인 작은 마을이었다.

'필승회관'이란 방석만한 글자 넷이 붙어 있는 건물에서 면회를 신청한 지 두 시간쯤 지난 무렵에 국방색 트럭 하나가 건물 앞마당으로 들어와 멈추었다. 트럭에서 뛰어내린 십여 명의 병사들 중에서 동석이 순지를 확인하던 순간, 그의 눈은 금방이라도 울음을 터뜨릴 것처럼 부풀었다가 이내 빗장을 걸어 잠그듯 서늘하게 바뀌었다.

그날 오후 내내 동석은 순지와 눈을 마주치지 않았다. 많지 않은 말을 나누면서, 몇 번인가 말속에 미세한 떨림 같은 울음기가 비쳐 나오기도 했지만, 주워 담듯이 평상의 목소리로 돌아가곤 했다.

'왜 스님이 되고 싶었어?'라고 순지가 물었을 때 동석의 눈에는 불그레한 핏기가 서렸고, 들이 쉰 숨을 한참동안 내쉬지 않다가 간신히 뱉어냈다.

창밖 어딘가에 못 박힌 순지의 시선 끝에 그날 육단리에서 본 동석의 눈빛이 불규칙한 곡선을 그리며 표류했다. 순지는 그 시선을 붙잡으려고 애를 써보았지만 그것은 어둠 속 짐승들의 눈빛처럼 유영하며 순지의 시선을 비켜갔다.

희경은 반 쯤 남은 잔을 입으로 털어 넣고 다시 술병을 쥐었다.

"넌 내 말은 아예 안 듣는구나."

제 잔에 술을 따른 뒤에 희경은 술병으로 탁자를 툭 때리듯이 내려놓았다. 그제야 순지는 창밖 어둠 속에서 시선을 끌어들이며 앞에 놓인 술잔을 두 손으로 감싸 쥐었다.

"희경아, 나도 술 한 잔만 먹어 볼래."

순지는 허락이라도 받듯이 희경을 쳐다보다가, 눈을 찔끔 감으며 술 한 잔을 단숨에 삼켜버렸다. 그러고는 '욱' 하며 가슴을 움켜쥐고, 숨이 넘어갈 듯이 구역질을 하고서야 가까스로 고개를 들었다. 술이라고는 입에 대지 못하던 순지였다. 희경이 놀란 눈으로 순지의 얼굴을 살펴보는데, 한동안 속을 달래던 순지가 고개를 들고 희경을 빤히 쳐다보았다.

"나 옛날 얘기 하나 해줄까?"

순지의 눈은 과거의 어느 시점을 되돌아보고 있었다.

"아마 초등학교 이 학년 가을이었을 거야. 오빤 봄으로 기억했던 것 같은데, 난 매일 오빠와 같이 학교엘 가고, 또 같이 집으로 돌아오곤 했어. 입학 후 첫 등교를 하던 날 엄마가 나를 데리고 오빠네 집으로 가서 그랬어. '동석아, 우리 순지 잘 데리고 댕기그래이. 니가 한 살이 많으니까' 하면서 오빠 머리를 쓰다듬어 주었거든. 그날부터 난 오빠한테 위탁이 된 거구, 오빠에겐 나를 보호하고 데리고 다니는 것이 숙명처럼 각인이 된 것 같아."

순지는 잠시 틈을 두고 '후훗' 웃었다.

"근데 초등학교 이 학년 가을 어느 날이었어. 수업이 끝나고 집으로 가야 하는데 오빠가 없는 거야. 그날 무슨 일이 있었냐면, 종례가 끝나고 선생님이 교실을 나가자 어떤 남자아이가 나한테 '아이스깨끼'를 했거든. 그러자 오빠는 그 아이를 깔고 앉아서 거의 반 죽여 놨지. 근데 선생님이 그걸 보신 거야. 오빤 교무실로 불려가서 벌을 섰나 봐. 난 혼자 집에 간다는 건 생각도 해본 적이 없었어. 그래서 학교 운동장에 있는 플라타너스 나무에 기대앉아서 마냥 오빠를 기다렸어. 그러다가 난 잠이 들었던 거야. 오빤 내가 혼자 집으로 간 줄 알았던 거구.

시간이 얼마나 흘렀는지도 몰랐어. 잠에서 깼을 때는 운동장이 어둑어둑하더라. 교실 뒤편에 있는 숙직실의 전등불빛이 측백나무 사이로 반히 비쳐 나오던 게 기억나. 무서워 죽는 줄 알았어. 그래도 난 무릎에 머리를 박고 마냥 앉아 있었어. 그러구 있는데 갑자기 '바보 같은 가시나야! 니 여기서 뭐하노?' 하고 바로 내 앞에서 오빠가 고함을 빽 지르는 거야.

엄마가 밭일을 마치고 집으로 돌아왔을 때 내가 안 보이니까 첨에는 놀러나갔나 생각했는데 가방도 없다는 걸 알고는 오빠를 찾아갔나 봐. '니 순지 안 데리고 왔나? 순지가 없네?' 하는 엄마의 말을 듣고, 오빠는 잠시 멀뚱하게 서 있다가 갑자기, 엄마 표현을 빌리면, 눈이 쇠눈처럼 벌어지더니 다짜고짜 들판으로 뛰더란 거야."

거기서 순지는 다시 후훗 하고 웃었다.

"난 오빠를 보자마자 '왕~' 하고 울어버렸어. 무섭고 배고프고 거기다가 오빠가 야속하고 그랬거든. 지금까지 그렇게 거침없이 울었던 건 그때뿐인 것 같아. 어둠 속에 가라앉은 운동장을 순식간에 뒤집어놓았지. 그러자 오빠는 내 손을 붙잡고 교문 밖으로 막 뛰어나갔어.

나중에 들은 얘기가, 그때 숙직실 앞에서 선생님인 듯한 사람 그림자가 어른거렸대. 마음이 급했던 거지. 교문을 벗어나자 오빠는 돌부리를 걷어차면서 짜증을 부렸어. '가시나야, 좀 고마 울어라. 미안하다.' 그랬던 것 같아. 난 사실 그때 그만 울고 싶었었는데 오빠가 짜증을 내기에 다시 왕~ 하고 울었어. 눈을 막 흘겨주면서."

순지는 그때처럼 하려는 듯 희경을 향해 눈을 치켜떴다. 그러자 희경이 얼른 끼어들었다.

"너 그 사람이랑 동급생이잖아. 근데 왜 아까부터 오빠, 오빠 그러구 난리야?"

"응, 그거? 오빠가 한 살이 많거든."

그리고 조금 틈을 둔 뒤에 말했다.

"그냥 언제부턴가 오빠라고 부르고 싶어서 그렇게 부르는 거야."

순지는 다시 말을 이었다.

"소재지 입구의 자전거포 앞에서 헐레벌떡 쫓아오는 엄마가 보였던가 봐. 오빠가 짐짓 큰 소리로 외쳤어. '순지 찾았습니더!' 하고. 참 재밌는 건 엄마를 보자 난 얼른 울음을 그치고는 울지 않은 척을 했었어. 오빠가 야단맞을까 봐 그랬던 것 같아."

순지는 얘기를 끝낸 듯 말을 멈추었다가 다시 한마디를 더 했다.

"나중에 커서 오빠와 그때 얘기를 한 적이 있었는데, 오빠는 그날 집으로 돌아오면서, 앞으로는 순지를 더 잘 데리고 다니겠노라고 마음속으로 여러 번 다짐을 했었대. 그런데 오빠는 그 소리 하고 얼마 안 돼서 말도 없이 사라졌어……."

"그래 떠났어. 우리가 함께 확인했잖아. 잊어버려."

희경이 순지의 잔에 술을 따랐다.

"내가 오빠에게 죄를 지었어. 너무 힘들게 했어."

순지의 눈언저리가 젖어들었다. 순지는 술잔을 움켜쥐고 들이키는가 싶더니 구역질을 하며 잔을 내려놓았다.

"정신 차려, 기집애야. 그 인간은 널 무시했어. 넌 아무것도 아니었어, 그 인간에겐. 모르겠어? 비겁한 인간이야!"

희경이 다시 순지의 잔에 술을 따랐다.

"천천히 마셔봐. 전혀 못 먹는 것도 자랑은 아니야."

희경은 순지가 술 힘이라도 빌어서 마음을 달랠 수만 있다면 그러기를 바랐다.

"오빠는 너무나도 많은 상실을 겪었어. 이젠 뭐든 소유하는 것이 두려운가 봐. 가여워."

혼잣말을 중얼거리며 순지는 술잔을 입으로 가져갔다.

"나는 네가 더 가여워, 기집애야. 잘 간직했다가 박물관에 기증이라도 할 거니?"

날선 말투로 빈정거리는 희경에게 순지는 말을 돌려 물었다.

"넌 그분과는 아주 끝냈니?"

희경이 눈을 크게 떴다. '얘는, 그 얘기를 왜 꺼내는 거니?' 하는 말이 눈자위를 스쳐지나가고, 희경은 고개를 창밖으로 돌렸다.

순지는 언젠가 희경이 한 말을 떠올렸다. '몇 번 잤다고 뒤로 눕는 인간, 재수 없어. 더 재수 없는 건 내가 돌아서니까 그때서야 너 아니면 안 된다. 용서해다오. 그러는 거구.'

"한동안 보채다가 며칠 전에는 전화로 욕까지 하더라. 잘 끝냈다 싶더라."

희경이 창밖을 내다본 채로 말했다.

"그 후에 만나는 사람 또 있었잖아?"

순지가 다시 물었다. 희경의 대답을 듣기 전에 순지는 앞에 놓인 잔을 들어 몇 번인가 나누어 마셨다. 그러고는 박듯이 잔을 내려놓으며 심하게 구역질을 했다.

"이러다가 너 술 배우겠다."

희경은 신기한 물건이라도 보듯이 순지를 살피다가 다시 창밖으로 고개를 돌렸다. 밖은 분주한 발걸음들이 불빛 사이를 헤엄치듯 떠다녔다.

창밖 어딘가에 시선을 고정한 채 희경이 중얼거렸다.

"난 남자 복이 없나 봐. 그 자식은 뭐래는 줄 알아? 경험이 많은 것 같대."

"그리구?"

순지가 물었다.

"어린아이 하나 데려다 기르라고 했지 뭐. 근데 남자들 웃기는 건 똑같더라. 내가 돌아서니까 그때서야, 모든 걸 이해한다. 과거는 묻지 않겠다 그러며 잡더라."

"그렇게 간단하게 돌아설 수 있는 거니?"

"그러는 것들 오래 안 가. 당장 아쉬우니까 잡아두려는 것뿐이야. 얘, 오늘 내 얘기 하자고 여기 온 거 아니다. 주제의 일관성은 지키자 우리."

희경이 손을 휘저으면서 술 한 잔을 입속에 털어 넣었다. 순지도 술병을 잡아 제 잔을 채웠다.

순지는 핸드백 속을 더듬어 새까맣고 반질반질한 돌 하나를 꺼냈다. 부대로 찾아갔던 그날, 동석은 육단리 마을 앞개울에서 작은 조약돌 하나를 집어서 만지작거리다가 헤어질 때 그것을 순지의 손에 쥐어주었다. '산으로 간 이유라도 말해주면 안 돼?'라고 서울행 버스를 타기 전에 순지가 또 한 번 물었지만 동석은 못들은 척했다.

반쯤 감은 눈으로 희경이 말했다.

"나는 네가 기훈 씨를 붙잡았으면 좋겠어. 아까운 사람이기도 하고, 그리고 사랑 때문에 아플 때는 또 다른 사랑이 약이거든."

순지의 귀에는 이미 희경의 말이 들리지 않았다. 희경은 희경의 말을 하고, 순지는 순지의 말을 하는 사이에 어느새 홀은 사람들이 대부분 빠져나가고 썰렁했다.

"보고 싶어!"

혼잣말을 중얼거리며 순지가 이마를 천천히 탁자 위에 얹었다. 순지는 두 팔을 탁자 아래로 늘어뜨린 채 미동도 하지 않았다.

기훈이 도착한 건 희경이 전화를 한 지 삼십 분가량 지난 무렵이었다. 순지는 여전히 탁자 위에 엎드린 채였고 희경도 몸을 가누기가 어려웠다. 기훈은 순지를 업어서 자신의 승용차 뒷좌석에 태우고, 다시 희경을 부축하고 나와 택시 안으로 밀어 넣었다. 그들이 떠난 자리에는 까만 조약돌 하나만이 빈 탁자를 지켰다.

"희경 씨도 많이 취하셨어요. 바로 댁으로 가서 주무세요. 순지 씨는 제가 모셔다 드리겠습니다."

기훈이 희경을 향해 손을 흔들었다. 희경도 마주 손을 흔들었다. 희경은 늘 기훈이 고맙고 든든했다.

기훈은 자신의 침대에 순지를 눕혔다. 여전히 정신을 차리지 못하는 순지는 몸을 뒤척이며 딸꾹질과 신음 소리를 번갈아 뱉어냈다. 기훈이 물 컵을 순지의 입에 갖다 대자 순지는 물을 마신 뒤 이내 기절한 듯 깊은 잠 속으로 빠져들었다. 그녀의 입에서는 가느다란 신음소리만이 간간이 새어나왔다.

기훈은 순지의 투피스 상의를 벗겨서 소파 위에 가지런히 놓았다. 양팔을 내려뜨리고 한쪽 다리를 조금 구부린 자세로 위를 향해 누운 순지를 기훈이 내려다보았다. 여자의 가슴이 살구색 티셔츠를 팽팽하게 밀어 올려서 허리의 맨살이 드러나 보였다. 얇은 어깨 아래로 곳듯이 내려온 허리의 선은 그 끝자락에서 양쪽으로 가파른 경사를 그리다가, 다시 완만한 곡선을 그리며 아래로 뻗어 내려 널찍한 타원형의 평원을 이루었다. 평원은 보라색 치마 속에서 기름진 호흡을 했다. 그 호흡을 기훈이 내려다보았다.

'드디어 때가 왔어. 성문은 빗장이 풀렸고 적은 무력해. 나팔을 부는 일만 남았어!'

'아무런 저항도 못하는 성을 유린하는 건 비겁하지 않을까?'

'천만에, 역사는 승자를 위해 팡파르를 울리게 되어 있어.'

52

'그래도 이건 좀 창피하잖아?'

'무슨 소리. 기회가 다시 온다는 보장은 없어.'

'그러나 마음을 얻지는 못할 거야.'

'알잖아? 마음은 변한다는 거.'

'그건 경우에 따라 다르지 않을까?'

기훈은 형광등의 스위치를 눌러 끄고 순지 곁에 누웠다. 옅은 도심의 빛이 방 안을 채웠다. 기훈은 여자의 어깨를 두 팔로 감싸 안으며 그녀의 입술을 가만히 물었다. 술과 안주 냄새가 섞인 호흡이 입속 가득 들어왔지만 싫지가 않다. '넌 내꺼야!' 기훈은 한쪽 손으로 여자의 곡선을 천천히 쓸어내렸다.

커튼 사이로 기운 상현달이 얼굴을 반쯤 가린 채 걸려있다. 사람들에게서 외면당한 도심의 달, 그 달을 멀리 소백산 아래의 남한강다리 위에서 지친 객승이 올려다보았다. 난간에 기대 선 객승의 그림자는 강물 속에 달과 함께 잠겨 있었다. 혜명이 불이사의 선방을 도망치듯 뛰쳐나온 날이었다.

순지는 밑도 끝도 없이 헝클어진 꿈속을 부표처럼 떠다녔다. '레드리버 벨리'의 조용하고 서정적인 멜로디가 머릿속을 파고들고, 금방이라도 갈라져 버릴 것처럼 머리가 아파왔다. 익숙한 멜로디와 노랫말이 의식의 표피에서 보였다가 사라지고 다시 나타나기를 반복한다.

당신이 이 계곡을 떠난다는 말을 들었어요.

당신의 밝은 눈동자와 상냥했던 미소가 그리워지겠지요.

잠시나마 우리의 길을 비춰주었던 그 햇볕도

갖고 떠날 거라고 하데요.

나를 사랑한다면 이리 와서 내 곁에 앉아 보세요.

작별인사를 그렇게 서두르지 마세요.

부디 이 '홍하의 계곡'을 잊지 마세요.

그리고 당신을 진심으로 사랑했던 이 카우보이도

잊지 말아주세요.

당신이 한 번도 내색하지 않았던

달콤한 말들을 난 오랫동안 생각해 왔어요.

아! 당신이 떠난다니,

그 달콤한 소망들도 이젠 함께 사라지겠지요.

나를 사랑한다면 이리 와서 내 곁에 앉아 보세요.

작별인사를 그렇게 서두르지 마세요.

부디 이 '홍하의 계곡'을 잊지 마세요.

그리고 당신을 진심으로 사랑했던 이 카우보이도

잊지 말아주세요.

이 노래는 미시시피 강의 지류인 '레드리버'를 소재로 한 곡으로 미국 동남부 산악지대에서 널리 불렸던 카우보이 포크송이다. 그러나 원래 이 노래는 1860년대 '메티스 반란군'을 진압하기 위해 영국이 캐나다 매니토바(Manitoba)에 군대를 파견할 때 유행했던 노래로, 당시 군에 간 남편이나 애인을 둔 여자들이 즐겨 불렀다. 그 후 이 노래가 미국으로 건너와 카우보이들이 가사를 바꿔서 불렀고, 제목을 '레드리버 벨리'라 붙였다.

별명이 베토벤이었던 음악 선생님은 베토벤처럼 굵은 곱슬머리에 눈빛이 애잔했다. 유명대학 음대를 나온 후 유럽 어딘가에서 유학까지 한 사람이 덕유산 자락의 작은 고등학교에 온 것부터가 호기심을 불러일으키기에 충분하였지마는, 무엇보다 나이 서른아홉에 독신이었다. 워낙 말이 없어서인지 아무도 그의 신상에 대해 자세히 아는 이가 없었다. 천재적인 음악성을 지닌 분이었는데 무슨 일인지는 모르나 깊은 좌절을 겪은 후 이곳으로 왔다는 소문만이 무성하게 떠돌았다.

피아노 소리에 이끌려 순지가 이층 복도 끝의 음악실 안을 들여다보았을 때 피아노 앞에는 음악 선생님이 앉아 계셨다. 커튼이 닫힌 어두컴컴한 음악실은 커튼 사이로 파고든 몇 줄기 햇빛 속에 뽀얀 먼지가 연기처럼 서려 있었다. 선생님이 연주하는 곡은 며칠 전 음악 시간에 배웠던 '레드리버 벨리'였다. 몇 번인가 반복하여 치던 선생님은 건반 위에 손을 올려놓은 채 연주를 멈추었다. 목을 뒤로 젖히고 천정 어딘가를 응시하던 선생님의 눈에는 눈물이 그

렁그렁 고였고 마침내 귀밑으로 주르륵 흘러내렸다. 며칠 전 그 노래를 가르칠 때도 선생님의 얼굴은 슬퍼 보였었다.

순지는 '레드리버 벨리'를 들을 때면 어김없이 한 장의 흑백사진 같았던 그날, 그 어둑했던 교실과 선생님의 모습을 떠올렸고, 그 사진 위에 동석의 크고 검은 눈과 어머니의 주름진 얼굴이 겹쳐졌다.

음악이 끝날 때쯤, 곁에서 누군가의 기척을 느끼고 순지는 눈을 떴다. 문을 열고 나가는 남자의 뒷모습과 낯선 천정, 벽에 기대어 아무렇게나 쌓인 크고 작은 캔버스들이 동공 속으로 들어왔다. 순지는 손으로 입을 틀어막았다.

반쯤 열린 방문 사이로 보이는 낯선 거실에서 낯설지 않은 남자의 목소리가 들렸다.

"아니에요. 제 오피스텔로 모시고 왔습니다. 빨리 쉬게 하려고요. 아, 그럼요. 그럴 리가요."

"예, 나가서 해장국 한 그릇씩 먹고 모셔다 드리겠습니다."

순지는 자신의 모습을 살펴보았다. 치마와 티셔츠를 입고 있다. 갑자기 가슴속이 울렁이며 구토가 나오려 하는 걸 누르며 침대를 내려와 소파 위에 놓인 투피스 상의를 집어 들었다. 전화기를 내려놓고 방으로 들어오는 기훈의 곁을 비껴 재빨리 거실로 뛰쳐나왔다. 남자의 구두와 운동화, 슬리퍼들이 어지럽게 섞여 있는 현관 바닥에서 검정색 통굽 펌프스 힐을 찾아 발을 꿰며 순지는 온몸을 부딪쳐 현관문을 열었다.

"순지 씨, 기다려보세요!"

다급한 기훈의 목소리가 순지의 등에서 파편처럼 흩어졌다. 순지는 큰길 쪽으로 뛰어가며 지나가는 택시들을 향해 손을 흔들었다. 택시 한 대가 순지 앞에 멈춰 섰다. 뒤따라온 기훈이 택시의 문을 두드렸지만 택시기사는 백미러를 통해 여자의 얼굴을 힐끔거리며 액셀러레이터를 밟았다. 아침햇살이 눈부시게 쏟아져 내렸다.

농장 사람들

지난해 봄 덕운이 무성의 농장에서 한 달가량 머문 때는 그가 아직 현진국이란 이름으로 살 때였다.

아내와 딸의 유골을 혜각사 토굴 곁에 묻은 진국은 고향인 파주로 돌아가 가을과 겨울 내내 병든 사자처럼 웅크리고 있었다. 이듬해 봄에야 큰 처남 경석이 불러내어 음성농장으로 나들이를 했고, 그로부터 한 달을 농장에 머물렀다.

음성으로 떠나기 전 날, 저녁 무렵에 경석이 전화를 했다.

"자네 내일 나와. 음성농장에 가서 토종닭이나 삶아먹자고. 오래 박혀 있었잖아. 내일 아침에 영숙이 갈 거야."

이튿날 오전 늦은 시간에 처제 영숙이 도착했다. 그녀는 운전석 옆자리에서 바바리코트를 집어 뒷좌석으로 던져놓고 진국이 타기를 기다렸다가 그가 앉자 그의 안전벨트를 끌어당겨 꽂은 뒤 자신도 안전벨트를 채웠다.

"회사로 가서 오빠를 태우고 음성으로 갈 거예요."

은은한 난향이 진국의 후각을 깨웠다. 두 자매는 같은 향수를 쓴다. 진국은 영숙의 옆얼굴을 뚫어지게 바라보며 아내의 얼굴을 기억해 내려고 애를 써보았지만 부질없는 일이다. 이내 손바닥이 축축하게 젖어들고 상복부에는 묵직한 통증 덩어리가 똬리를 튼다.

진국은 작년 여름의 그날, 관사촌 계곡에서 아내와 망울이의 마지막 모습을 본 후로는 지금까지도 그들의 웃는 얼굴을 기억해내지 못한다. 눈과 입술과 귓속에 마사토 부스러기가 낀 푸르스름하게 변색된 얼굴만이 진국의 뇌리를 장악하고 있는 단 하나의 영상이다. 영혼이 떠난 후 그저 그만한 크기의 질량일 뿐인 육신은 단순했지만, 그 단순함이 차단한 시야에는 그 이전의 다른 어떤 모습도 비집고 들어올 틈이 허락되지 않았다.

"자네는 진무성 그 사람에 대해 자세히 모르지?"

중부고속도로 톨게이트를 지나 한참을 달렸을 때 뒷좌석에 나란히 앉은 경석이 무성의 얘기를 꺼냈다.

"중국 무협소설 그거 말이야, 백퍼센트 뻥은 아닌 모양이야. 물론 내 눈으로 직접 본 건 아니고 우리 직원들이 하는 얘기지만. 그 사람들이 헛소리를 할 필요는 없거든. 특히 미스 정은 거짓말 할 사람도 아니고 말이야."

경석은 혹시라도 진국이 믿기 어려울까 염려가 되었든지 이야기를 꺼내기 전에 단속부터 했다.

"알겠지만 우리 공장에는 외국인 불법체류자들이 여럿 있잖아. 언젠가 주변의 건달 녀석들이 그걸 빌미로 돈을 뜯으러 온 모양이야. 그 전에도 내가 몇 푼 집어준 적이 있었거든. 그 날은 마침 내가 자리를 비웠는데, 그 자식들이 와서는 경리과 미스 정의 어디를 좀 만졌나 봐. 그래서 옥신각신하다가 한 녀석이 미스 정의 뺨을 때렸고, 그걸 본 무성이 실력 발휘를 한 모양인데 정말 볼만 했다는 거야."

거기까지 얘기를 하고 나서 그는 옆자리의 진국을 돌아보며 잠시 뜸을 들인 뒤에 다시 얘기를 이었다.

"세 놈이 글쎄, 그 사람의 옷깃 한 번을 못 건드렸다는 거야. 빙글빙글 돌고 뭐 그러면서 피하기만 했다는데, 뭘 어떻게 했는지 삽시간에 세 놈이 드러눕더니 꼼짝을 않더래. 그냥 손가락으로 쿡쿡 찌르기만 했다는데 그렇게 됐다네."

"점혈을 했나 보죠."

진국이 무심한 목소리로 대꾸했다.

"그런 것 같지?"

진국이 관심을 보이자 경석의 목소리에 한결 생기가 더해졌다.

"그리고 진짜는 지금부터야. 그 다음 날, 미스 정이 출근을 안 해서 알아보니, 전날 퇴근 후에 아예 집에 들어오지를 않았다는 거야. 그래서 모두들 걱정을 하고 있었는데, 무성이 놈들 중 한 녀석을 잡아 족쳐서 입을 열게 했지. 알고 보니 그놈들이 퇴근하는 미스 정을 납치해서 끌고 갔더라고. 그것으로 그놈들 조직은 끝이 나고 말았지."

"어떻게요?"

진국이 경석에게로 고개를 돌렸다.

"그날 무성 그 사람은 거의 이성을 잃었던 것 같아. 단신으로 놈들 아지트를 찾아가서 미스 정을 데려왔는데, 그 과정에서 그놈들은 아주 작살이 난 거지. 나중에 미스 정이 얘기를 하더군. 대략 일곱 여덟 명이 그 곳에 모여 있었나봐. 무성이 그 놈들 사이를 이리저리 헤집고 다녔다는데, 한 번 부닥칠 때마다 한 놈씩 무릎을 푹푹 꺾더니 못 일어나더라는 거야. 그리고는 다시 한 놈씩 배꼽 언저리를 쿡쿡 찍더래. 그런 다음에 등짝을 후려치니까 겨우 몸을 추스르기는 했다는데 그 뒤로는 놈들이 영 맥을 못 추더란 거지. 그 후, 무성은 한 보름 동안 그 놈들 나머지를 하나하나 찾아서 그렇게 손을 본 모양이야."

경석은 이 얘기를 여러 번 한 듯 토씨 하나 흐트러지지 않고 읊었다. 음성 톨게이트에서 통행료를 내는 사이 경석은 잠시 말을 쉬었는데, 거스름돈을 받아 조수석 시트 위에 놓고 게이트를 빠져나오며 영숙이가 얘기를 거들었다.

"오빠, 왜 그 언니가 농장에서 같이 산다는 말은 안 하세요? 그 얘기가 젤 재밌는데?"

"급하기는, 지금 그 얘기 할 차례잖아. 그리고 같이 사는지 아닌지 아가씨가 어떻게 아누?"

"참, 오빠도. 두 사람이 같이 살고 있잖아요? 지금 우리가 가는 곳에."

"그래도 아, 다르고 어, 다른 거지. 이 아가씨야!"

진국의 눈가에 잠시 실낱같은 미소가 비쳤다. 경석은 다시 얘기를 이었다.

"무성이 그러더군. 다시는 놈들이 그 바닥에서 얼쩡거릴 수 없을 거라고 말이야. 그 뒤 사람들은 무성이 중국에 들어간 것으로 알고 있는데 사실은 내가 여기 농장관리를 맡겼어. 중국에서 건너와 잠시 호구지책으로 우리 회사에서 일을 하긴 했지만, 애당초 회사 따위에 취직을 해서 살아갈 사람은 아니었거든. 농장을 맡겼더니 뭣보다도 무예 수련을 제대로 할 수 있겠다며 흡족해 하더군. 근데 얼마 후에 미스 정이 나를 찾아와서 자기도 농장에서 살겠다며 통사정을 하는 거야."

갑자기 경석은 진국에게로 몸을 기대며 목소리를 낮췄다.

"무성 그 사람만 괜찮다면 나는 상관없다고 했더니 그 길로 미스 정이 보따리를 싸가지고 내려간 모양인데, 무성인들 방법이 있나. 떡 하니 와서는 밥하고 빨래하고 그러는데 어떡하겠어."

"그분이야 얼마나 좋아요. 편하지, 외롭지도 않지."

재미있어 죽겠다는 얼굴로 영숙이 거들었다.

음성읍을 가로질러 나와 청주와 충주를 연결하는 36번 도로에 들어서면서 얘기는 끝이 났다. 36번 도로에서 충주 방향으로 약 오 분가량을 달린 뒤, 왼쪽의 들길로 접어들자, 들 건너 야트막한 산기슭 아래로 작은 마을이 보였다.

진국은 일동야전병원에서 무성을 처음 보았다. 큰비가 중부전선의 산과 들을 뒤섞어 놓았던 그 이튿날이었다. 일동야전병원에는 산사태 속에서 파낸 이십여 병사들의 시신과 함께 진국의 아내 현숙과 딸 망울이의 시신이 안치되어 있었다. 경석 남매와 함께 일동 병원에 왔던 무성은 그 후 두 주검의 장례와 사십구재를 치르기까지의 크고 작은 일들을 도맡아 처리했다. 장례는 혜각사의 토굴 옆 자작나무 숲에서 수목장으로 치러졌다.

장례를 마치고 사람들이 토굴 앞에 모여 앉았을 때 경석이 무성과 진국을 인사시켰다. 손을 마주잡은 두 사람은 서로의 눈을 차분하게 응시했다. 두 사람은 두 달 가까운 시간이 흐르는 동안 몇 마디 말을 나눈 것이 전부였으나, 무성의 존재는 부지불식간에 진국 앞에 큰 언덕으로 다가와 있었고, 무성 또한 그동안 적나라하게 내보일 수밖에 없었던 진국의 모습에서 그의 선의와 사나이다운 기개를 알아보았다.

무성은 아래위로 면 소재의 검정색 옷과 목 짧은 운동화를 즐겨 신으며 중키에 얼굴은 희고 갸름하다. 반듯한 이마 아래로 쌍꺼풀이 없는 눈은 날카로우나 선량하고 맑아서 대하기가 어렵지는 않았다. 또 입 주위로 법령이 깊어 귀하고 지적인 분위기를 더했고, 걸음걸이는 매우 날렵하여 웬만해서는 발자국을 남기지 않을 것처럼 보였다. 나이는 서른다섯으로 진국보다 다섯 살 위고, 경석보다는 여섯 살 아래다.

집 앞 마당에서 기다리고 있던 무성과 여자가 경석에게 허리를 숙여 인사했다. 경석은 무성과 악수를 나누며 여자에게 농담을 했다.

"미스 정은 나이를 거꾸로 먹나 봐. 여기가 아주 좋은 모양이야. 허허허!"

"네, 아주 좋은 모양입니다. 사장님."

여자가 경석의 말투를 흉내 내며 예쁘게 웃었다.

무성이 맑게 웃으며 진국의 손을 잡았다.

"어서 오십시오. 오랜만입니다."

"반갑습니다. 그동안 안녕하셨습니까?"

무성과 진국이 악수한 손을 놓자 인경이 진국에게 인사를 했다.

"어서 오세요. 정인경입니다."

"처음 뵙겠습니다. 현진국입니다."

인경은 경석의 얘기 속 여자와는 사뭇 다른 분위기였다. 커피색 개량 한복이 썩 잘 어울리는 그녀는 매우 이지적인 내면의 색깔을 지닌 사람으로 보였다. 그렇게 보이는 데는 그녀의 솔직한 눈빛과 또렷하고 독특한 울림을 지닌 목소리가 큰 몫을 하는 듯했다. 웃지 않을 때도 눈에는 늘 잔잔한 미소가 떠나지 않는 그녀는 진국보다 두 살 위였다.

남자가 혼자 사는 곳을 허락도 없이 찾아와 동거를 시작한 것은 분명 평범한 일이 아님에도 불구하고 왠지 주변 사람들은 그녀의 처신을 비난하기보다는 그럴 만한 이유가 있을 것이라 이해를 하는 편이었다. 그녀에 대한 진국의 선입견도 첫인사를 나누는 순간 바뀌었는데, 아마도 그녀의 단정하고 절제된 언행 때문인 것 같았다.

진국이 황토방에서 이런저런 상념에 젖어 있을 때 작은 인기척과 함께 현관문 열리는 소리가 들리고 이어서 '똑똑' 진국의 방 미닫이문에 누군가 노크를 했다.

"네."

진국이 대답을 하자 조심스럽게 문을 열고 들어온 사람은 인경이었다. 그녀는 쟁반 하나를 진국 앞에 내려놓고 꽃무늬가 수놓인 보자기를 벗겨냈다.

"도토리묵하고 감주를 했는데 좀 드셔 보세요."

"고맙습니다. 제가 수고를 너무 많이 끼쳐드리는 것 같습니다."

황급히 사례를 하는 진국 앞에 인경이 검정색 비닐보자기 하나를 더 내밀었다.

"담배예요. 담배가 떨어졌을 거라며 영숙 씨가 부탁을 해서, 영숙 씨가 형부 생각을 참 많이 해요."

"아, 네."

진국은 감주를 두어 모금 마신 뒤 그릇을 내려놓으며 무성의 얘기를 꺼냈다.

"선생님께서는……?"

"밭에 거름을 내시는가 봐요. 아마 한 이틀이면 끝날 것 같아요."

"아, 네. 제가 도와드릴걸 그랬습니다. 내일부터는 같이 나가야겠습니다."

"그러지 마세요. 선생님은 누구와도 오랫동안 함께 하는 걸 좋아하지 않습니다. 수행에 방해가 돼서 그런다고는 하시는데, 저도 처음에는 많이 서운했답니다."

누군가를 사랑하는 마음은 숨기기가 대단히 어렵다. 무성의 얘기를 할 때 인경이 그랬다. 그녀의 얼굴에 떠오르는 홍조와 애틋한 눈빛은 누군가를 깊이 사랑하는 사람의 얼굴에서만 볼 수 있는 아름다움이었다.

인경이 이번에는 영숙의 얘기를 꺼냈다.

"영숙 씨는 의류사업을 새로 시작하려나 봐요. 디자인도 함께 해서 언젠가는 독자적인 브랜드를 가지겠다는 꿈도 있더라구요."

"그렇군요. 형님이 허락하실지 모르겠네요."

진국이 의아한 표정을 지었다. 영숙이 오빠의 식품회사 제품개

66

발실에서 제몫을 톡톡히 한다는 건 진국이나 인경이 모두 아는 사실이었다.

"누가 말리겠어요. 근데 영숙 씨는 연애도 안 하나 봐요. 그만한 미모에, 남자들이 줄을 섰을 텐데…….."

말을 하며 인경은 쟁반을 챙겨들고 일어섰다.

인경이 현관문을 나서자 진국은 두 손으로 가슴을 감싸 안으며 거실 소파에 얼굴을 묻었다. 이마에서 배어나온 땀이 소파를 적셨다. 언제부턴가 아내와 망울이를 생각할 때마다 그는 가슴 한가운데에 뜨거운 숯덩이를 찔러 넣는 것 같은 통증이 일었다. 하지만 어깨와 목덜미는 오히려 한기가 내려서 몸은 마치 마른 억새처럼 떨려오곤 했다. 대략 오 분가량 그러고 나면 눈조차 뜰 수 없어 한동안 널브러져 있어야 한다.

진국이 조락헌에 온 지도 한 달이 지났다. 계절은 며칠 사이에 바뀌었다. 어느 날 아침 문득 바람에 냉기가 덜하다 싶었는데, 며칠 사이에 밭고랑에서는 두엄 익는 냄새가 풍겨 오고 여기저기서 파릇한 풀잎들이 들뜬 흙을 비집고 고개를 내밀었다.

아침 식사를 한 뒤 무성과 진국은 조락헌 현관 아래로 나섰다. 아침 숟가락을 놓으며 진국이 '혜각사를 다녀오겠다'고 했을 때 무성의 눈빛은 뭔가를 가늠하듯 했으나 늘 그렇듯이 생각을 밖으로 드러내 보이지는 않았다.

"혜각사에서 오래 머무르실 생각이십니까?"

"잠깐 바람만 쏘이고 오겠습니다. 이것저것 생각도 좀 할 겸······."

짧은 물음에 짧은 대답이 오가고, 무성은 잠시 미간을 모았다가 폈다.

"처음부터 삶의 분명한 의미와 목표를 가지고 길을 선택한다면 참으로 다행이겠지만, 그렇지 못한 경우가 더 많은 것 같습니다. 가야 할 길이 분명치 않을 때는 갈 수 있는 길을 선택하는 것도 한 방법이 되겠지요. 그러다 보면 그 길에서 새로운 의미를 발견할 수도 있지 않겠습니까?"

무성의 목소리는 늘 조용하고 나지막하지만 소리가 단단하고 한 길로 모아져서 듣기에 또렷하고 편하다.

"선생님이 보시기에 저는 어떤 길을 선택하면 좋을까요?"

"보이는 길이라고 하는 편이 옳을지도 모르겠습니다. 바둑처럼 말이죠. 바둑을 두다 보면 국면은 늘 자신의 의도를 거스르기 마련이고, 그럴 때마다 저마다의 기량에 따라 보이는 반상 최대의 자리에 착점을 합니다. 그렇게 한 점씩 돌을 놓다 보면 각기 다른 한 판의 바둑이 완성되지요. 물론 바둑이 끝나면 돌은 거두어서 쓸어 담고 말지만. 그래서 종종 바둑을 사람의 삶에 비유하기도 한답니다."

진국이 고개를 작게 끄덕였다.

"그러고 보니 바둑은 사람의 한평생과 흡사하군요. 살아간다는 것은 결국 매 순간마다 자신만이 할 수 있는 선택일 테니까요. 바둑이 끝나면 놓았던 돌들을 쓸어 담아서 흔적을 남기지 않는 것도 그렇고요."

"그건 그렇지 않을지도 모릅니다. 기보를 남기니까요."

"네? 기보라면……."

"바둑의 결과는 기보로 남게 되지만, 사람의 말과 행위와 생각은 업을 남기지요. 중생이 지은 업은 제8아라야식에 기록되어 육도 윤회를 주도한다고 하지 않습니까. 한 번 지은 업은 그것이 소멸되기까지는 끊임없이 육도를 윤회하며 그 업을 갚도록 인연이 지어진다, 윤회설의 본질이지요."

"무서운 말씀이군요."

"엄숙하지요. 삶이 경건해지지 않습니까?"

"뭐 하나 여쭤 봐도 되겠습니까?"

도중에 말을 자르기가 미안했던 진국은 잠시 목소리를 더듬었다.

"선생님께서는 무예의 궁극에 이르시기가 어려울지 모른다고 하셨는데 그 까닭이 무엇인지 궁금합니다."

진국은 아이처럼 똑바로 무성을 쳐다보았다.

"모르는 것이 아니라 사실이 그렇습니다. 사부님께서 그러시더군요. 십성을 이루려면 갓 태어난 아기 때부터 기혈을 다스려주어야 한다고요. 그것도 타고난 기질이 훌륭한 아이를 말입니다."

"그렇다면 따로 좋은 인연을 기다릴 것이 아니라 선생님께서 자제분을 보셔서 전수하는 편이 낫지 않을는지요?"

"바둑은 늘 자신의 의도대로 두어지기보다는 의도가 거슬러지기 마련이지요."

진국의 물음에 바둑을 빗대어 대답을 한 뒤 무성은 알 듯 모를 듯한 짧은 한숨을 불어냈다.

기획실로 올릴 신제품 개발에 관한 서류를 검토 중이던 영숙은 전화벨이 울리자 서류에서 눈을 떼지 않은 채 수화기를 들었다.

영숙의 '네' 소리를 인경의 목소리가 덮었다.

"영숙 씨, 저예요."

"아, 네. 언니!"

"사업계획은 잘 돼 가나요. 사장님이 허락은 하셨어요?"

"난감해하죠, 뭐. 첨부터 찬성이야 하겠어요. 근데, 웬일이세요. 커피 마시나 봐요?"

"형부가 방금 여길 떠나셨어요. 혜각사로 가신다면서."

"네에? 혜각사를요? 좀 일찍 알려주시지 않고요."

"오늘 아침 식사 중에 말씀하신 걸요. 그래서 지금 막 버스터미널에 모셔다 드렸어요. 열 시 반 차를 탔으니까 동서울터미널에는 열한 시 반쯤에 도착하겠네요. 아마 터미널에서 점심을 드시려나 봐요. 거기 이층에 식당이 많거든요."

"언니, 알았어요. 이만 끊을게요. 고마워요."

'고마워요' 하는 말이 끝나기도 전에 수화기를 내려놓은 영숙은 검토 중인 서류와 벽시계를 번갈아 보았다.

대합실 벽에 걸린 시계가 열한 시 반 어림을 가리키고 있었다. 진국은 홀의 한가운데쯤에서 이층으로 통하는 콘크리트 계단을 발견하고, 그쪽으로 몇 발자국 옮기다가 다시 몸을 돌려 매표소 앞으로 다가섰다. 매표소 위에 적힌 버스시간표를 잠시 훑어본 뒤, 허리를 숙여 매표소 안을 향해 물었다.

"속초 방향으로 가는 버스 언제 있습니까?"

"지금 바로 가시면 됩니다. 속초 한 장이세요?"

"아니, 상미까지 가는데요."

"구천사백 원입니다."

반달 모양으로 뚫린 구멍으로 차표 한 장이 밀려나왔다. 잠시 머뭇거리던 진국은 차표를 도로 밀어 넣지 못하고, 대신 만 원짜리 한 장을 밀어 넣었다.

진국을 태운 속초행 버스가 뒷걸음질을 시작할 때쯤 터미널 대합실의 문을 밀치고 영숙이 들어섰다. 그녀는 대합실 안을 한 바퀴 휘둘러본 뒤, 맞은편의 긴 유리창 너머 승강장으로 향했다. 잉어 떼처럼 머리를 앞으로 모으고 줄을 선 버스들을 차례로 훑어보다가, '음성'이라고 써 붙인 버스 앞에서 노란색 모자를 쓴 남자와 몇 마디 말을 주고받은 뒤, 다시 대합실로 들어와 한 차례 휘둘러보고 는 대합실 가운데의 콘크리트 계단을 또각또각 걸어 올랐다.

인연

진국이 혜명을 처음 본 곳은 큰스님의 방문 앞이었다. 혜명은 여기저기를 돌아다니다 석 달 만에 돌아와 큰스님으로부터 한 차례 걱정을 듣고 나오던 중이었고, 진국은 음성의 농장을 떠나 혜각사를 찾은 날이다.

혜명이 큰스님 방에서 나올 때 진국은 섬돌 옆에 서 있었는데 서로 힐끗 쳐다본 것이 다였다. 혜명은 웬 키 큰 처사가 큰스님을 뵈러 왔나 보다 했고 진국은 절집에서 스님을 보는 일이 특별할 리 없었다.

진국이 방으로 들어와 앉자 큰스님이 물었다.

"그래 그동안 어디서 지냈는가?"

"파주 고향집에서 겨울을 보내고, 한 달가량 음성 진 처사에게 가있었습니다."

"그리고 이곳으로 왔다?"

"네, 며칠만 있다 갈까 합니다."

"그러고는 또 어디로 갈 텐가?"

"네……."

진국은 얼른 대답을 못하고 얼버무렸다.

"딱히 갈 곳이 없겠지?"

큰스님은 허리를 앞으로 숙여 진국의 입을 쳐다보았다.

"지난해, 내가 한 말 다시 한 번 생각해보게. 내 생각한 바가 있어 하는 말일세."

작년 여름, 진국이 아내와 딸의 유골을 자작나무 밑에 묻고 난 뒤, 큰스님은 그를 불러 말했었다.

"자네 머리 깎을 생각은 없는가?"

"……."

"미망에서 벗어나 자성을 바로 보자는 것이야. 구름이 걷히면 밝은 달을 보듯이 번뇌와 망상의 끈을 놓아버리고 대 자유인이 돼보라는 것이야."

"아내와 아이를 생각하는 것도 번뇌와 망상입니까?"

"그렇다네. 티끌만 한 분별심도 일어나지 않는 자리에서 여래를 보는 것이야. 사문은 속가의 인연이라면 죽은 자뿐 아니라 산 사람까지도 무참히 끊어내야만 해."

"……."

고개를 숙인 채 말이 없는 진국을 큰스님은 눈을 지그시 감고 기다려주었다.

"저는 스님의 말씀을 따를 수가 없습니다."

"어째서?"

"불쌍한 그들을 마음에서 지울 수는 없습니다."

"누가 불쌍하다는 것이야? 불쌍해서 슬퍼하고 행복해서 즐거워할 그 무엇이 어디에 있느냐 그 말이야."

"제 마음속에 있습니다. 제가 사는 한은 그들도 함께 살아있습니다."

"그래, 맞네. 자네 마음속에 있어. 일체유심조一切唯心造인 게야. 모든 존재는 오직 마음이 만드는 것이지. 한 마음이 일어나서 일체 만법이 생하고, 그 마음이 사라지면 일체 만법이 멸하는 것이야. 중생의 마음속에 허환의 상이 있어 분별하는 마음을 일으킬 따름이지. 불쌍하게 생각하는 자네의 마음이 있을 뿐이다 그 말이야."

"설사 그렇더라도 저는 그들을 마음속에 간직하겠습니다. 제가 그들을 마음에서 지운다면 그들은 너무……."

진국은 말을 끝맺지 못했다. 큰스님도 그것으로 말을 그쳤다.

진국은 또 다시 출가할 것을 권하는 큰스님의 말에 대꾸를 않은 채 자리에서 일어났다.

"그럼 나가보겠습니다, 큰스님."

"나무 관세음보살."

문을 열고 나오는 진국의 등 뒤에서 큰스님의 불호 소리가 나지막이 들렸다.

진국이 섬돌을 내려서는데, '아저씨!' 하고 누군가 속삭이듯 불렀다. 명석이 벽 모서리에서 머리만 갸웃 내민 채 웃고 있었다. 그 옆에서 대덕이 꼬리를 흔들었다.

"명석 스님, 그동안 잘 계셨어요?

진국이 두 손으로 명석의 어깨를 감싸 안자 명석은, '쉬' 하고 얼른 손가락 하나를 입술에 붙여 보이고는 진국을 벽 모서리 뒤로 잡아끌었다. 명석은 진국이 산신각을 돌아나갈 때까지 속사포처럼 질문을 퍼부었다.

"아저씨 왜 암말도 안 하고 가셨어요? 전 몰랐잖아요."

"미안해요, 스님. 잘못했어요."

"어딜 가셨어요? 아저씨 가신 뒤에 공양주 보살님이 울었잖아요. 아저씨 불쌍하다며 많이 울었어요."

"……."

"아저씨, 또 가실 거예요? 이젠 가지 마세요."

"왜요, 내가 여기 있으면 좋겠어요?"

"그랬으면 좋겠어요. 그리고 이젠 혜명 스님도 오셔서 좋잖아요."

"혜명 스님이 누군데요?"

"아참, 아저씨는 모르시는구나. 있어요, 잘생긴 스님. 근데 혜명

스님은 큰스님한테 맨날 야단맞아요."

"큰스님께서 왜 야단을 치시는데요?"

"자꾸 돌아다닌다고요."

"아하! 그래서 야단을 치시는군요."

"큰스님이 젤 좋아하는 사람이 누군지 아세요?"

"글쎄, 누굴까요?"

"혜명 스님이요!"

"야단치신다면서요?"

"그래도 좋아해요. 보면 알아요."

"명석 스님은 안 좋아하세요?"

"히히, 전 빼고요."

산신각 아래서 명석을 돌려보내고 진국은 혼자 토굴로 향했다.

작년 여름, 진국이 혜각사 토굴에서 지냈던 첫 며칠 동안, 동승 명석은 이름이 '대덕'인 커다란 개를 데리고 토굴로 공양을 날랐다. 동승은 멀찍이 앉아서 사내를 지켜보며 기지개를 켜기도 하고 작은 돌로 암반 위에 그림을 그리기도 하다가, 사내가 공양을 마치면 얼른 보자기를 싸서 도망을 쳤다. 동승도 절집 안에서 오가는 말을 들어서 사내의 일에 대해 대강은 알고 있는데다, 무엇보다도 제 키에 배는 될 듯한 사내가 웅숭그려 앉아 있는 모습이 무서운 모양이었다.

공양을 나른 지 이틀이 지나서야 비로소 동승이 말을 걸었었다.

"아저씨, 정말로 군인이세요?"

동승은 세운 무릎 위에 턱을 고이고 사내를 올려다보았다.

"……."

"대위면 무지 높죠? 그렇죠, '큰 대짜'잖아요."

"……."

동승이 여러 마디를 물은 뒤에야 진국이 고개를 돌렸다.

"몇 살이냐?"

"열 살이에요, 우리 나이로."

동승은 열 손가락을 활짝 펼쳐 보였다.

"이름이 뭐지?"

"최명석인데요."

"언제부터 절에서 살았니?"

"처음부터요. 어떤 공양주 보살님이 저를 놔두고 갔는데요, 나중에 찾으러 온다고 했대요."

"학교는 다니니?"

"근데요, 아저씨. 절에서는 아무도 스님한테 하대를 안 한다고요. 할머니 보살님들도요."

동승은 볼멘소리를 해놓고는 고개를 자라목처럼 움츠렸다. 진국은 동승의 말이 들리지 않는 사람처럼 다시 계곡 너머로 시선을 던져놓고 있었다. 그런 진국을 말갛게 바라보던 동승이 벌떡 일어나 계곡 입구 쪽을 가리켰다.

"저기 우리 학교 보이죠? 평동초등학교 상미 분교 삼 학년 최 명석 짠!"

동승은 손가락으로 '브이'자를 만들어 앞으로 쑥 내밀었다.

"선생님이 그러는데요, 제가 전교 일등이래요. 본교까지 합쳐서 일등이래요."

동승은 빠르게 종알거렸다.

그날, 진국은 동승 명석에게서 절하는 법을 배웠다. 진국은 큰스님이 일러준 대로 미친 듯이 절을 하고 염불을 했다. 쉬지 않고 절을 하다가 자신도 모르는 사이에 쓰러져 잠이 들기도 했다. 눈을 뜨면 다시 절을 하고 염불을 했다. 그리고 울음이 북받쳐 올라오면 울었다. 토굴은 진국이 울기에 편했다.

토굴은 절에서 멀지 않은 조금 높고 외진 곳에 있었다. 대웅전 뒤 산신각을 왼쪽으로 돌아서 오솔길을 따라 잠시 올라가면 자작나무가 우거진 둔덕이 나오고, 자작나무 숲을 벗어나면 산죽과 억새풀이 질펀한 완만한 산자락이 모습을 드러낸다. 그 산자락의 끝부분에 십오 층 아파트만 한 암벽 하나가 뿌리를 내리고 있는데, 토굴은 암벽 아래의 움푹 들어간 동굴을 의지해 지어져 있다. 토굴의 앞은 통나무 기둥을 두 개 세워서 그 사이에 사람 하나 허리 숙여 드나들 만한 쪽문을 만들었고, 쪽문 위는 동굴 천정에 너와지붕을 덧대어 처마를 내었다. 토굴 안은 흙벽돌로 사방의 벽을 둘렀

고, 바닥은 온돌을 놓은 위에 멍석을 깔았다. 토굴은 서너 평 남짓
되었다.

토굴 앞 암반 위에 무릎을 세우고 앉은 진국의 눈에 저만치 산죽
길로 올라오는 스님 한 분이 보였다. 중키에 마른 모습의 낯 선 스
님은 빠른 걸음으로 토굴로 다가와 진국의 얼굴을 살피듯이 바라
보았다. 큰스님 방문 앞에서 스쳤던 그 스님이었다.

"맞군요. 대위님이군요!"

스님의 얼굴에 놀라움과 반가움이 뒤섞여 떠올랐다.

"누구신지?"

진국이 엉거주춤 일어나며 말을 흐렸다.

"혜명이라고 합니다. 물론 대위님은 저를 기억 못 하실 겁니다.
저는 명월리 사단 법당에서 군종병으로 근무하다가 작년 가을에
전역을 했습니다. 그 구십 년만의 폭우는 제가 전역하기 약 두 달
전 일이었고요. 전역 후 이곳에 와서 얘기를 듣고 대위님이 틀림없
다는 생각을 했지만, 그때는 이미 떠나고 안 계셨습니다."

"아! 그러셨군요."

"군종병으로 근무하면서 가끔 법사님을 수행하여 철책 부대를
방문했었습니다. 그때 대위님을 몇 번 뵌 적이 있습니다."

몇 마디 말을 주고받는 동안 두 사람은 조금 색다르면서 쉽게 밀
어내기 어려운 감정의 흐름을 경험했다. 그것은 두 사람 사이에 정

체를 알 수 없는 뭔가가 있어 서로를 강하게 끌어당겨 주는 듯한 느낌이었다.

그날 이후부터 두 사람은 토굴과 혜명의 요사를 오가며 많은 얘기를 나누었다. 그렇게 시간이 흐를수록 그들은 스스로도 의식하지 못하는 사이에 한 가지 생각을 공유하고 있었다.

그것은 과거 어느 알 수 없는 시공의 미로에서 서로 깊이 알던 사이였는데, 어떠한 연유로 서로를 잊었다가 이제 먼 시공을 돌아서 다시 만났다는 그런 믿음… 수십 년 만에 보는 초등학교 친구의 얼굴을 처음에는 전혀 기억을 못 하다가 어느 순간 문득 지금의 모습에 과거의 모습이 오버랩되는 가슴 시원한 현상 같은 것을 첫 대면을 한 두 사람이 경험하는것이다.

그들은 서로에 대한 연민을 감추지 않았다. 같은 사단에서 같은 시기에 근무를 하였고, 아내와 딸의 죽음을 가까이에서 아파했다는 사실만으로는 설명하기 어려운, 뭔가 정체를 알 수 없는 묘한 인력이 두 사람을 강하게 끌어당김을, 둘은 몸으로 느껴 알았다.

혜명은 가족들의 연이은 죽음과 끊임없이 들려오던 환청, 고단했던 삶의 여정을 숨김없이 털어놓았다. 그런 혜명의 손을 진국이 힘껏 움켜잡았다.

"형님이 타계하신 뒤 바로 출가를 결심하셨군요?"

"더 이상 어떠한 인연도 새로 짓는 것은 죄란 생각이 들었습니다. 그리고 그 생각은 지금도 변함이 없습니다."

혜명은 잠시 틈을 두었다가 말을 이었다.

"세상에 대한 일말의 기대나 미련마저 놓아버렸을 때, 이상하게도 저의 뇌리에 선명한 영상 하나가 떠올랐습니다. 초등학교 육 학년 때의 일인데, 군복무를 마치고 돌아온 형은 고시공부를 하느라 한동안 고향집 근처의 조그만 절에 머물렀지요. 저는 가끔 그 절에 어머니의 심부름을 다녔었는데, 그때 노스님께서 저를 보실 때면 늘 '허 그놈 참!' 하시며 혀를 끌끌 차시곤 했습니다. 그런데 그 노스님의 모습이 영 잊히지가 않고 제 의식의 통로를 시시로 막아서는 겁니다. 결국 암시처럼 코끝에 매달려 있던 그 기억이 저를 그 노스님에게로 이끌었고, 스님께서는 집 가까이에서 머리를 깎지 말라시며 당신의 사형이 계시는 이곳 혜각사로 저를 보내셨습니다."

"그 사형 스님이 바로 큰스님이시군요?"

진국의 물음에 혜명은 고개를 끄덕여 대답을 대신했다.

"출가를 결심할 당시에는 오직 분노만이 가슴속에 가득했었습니다만, 지금은 그 분노를 훨씬 편하게 바라볼 수 있게 되었습니다."

진국은 '그렇게 되기까지 시간이 얼마나 흘렀습니까?'라고 묻고 싶었지만 그 말을 입 밖으로 내지는 않았다. 자신의 마음속에 들어앉아 있는 불덩어리, 그것이 분노든 죄책감이든 아니면 스스로도 깨닫지 못하는 다른 어떤 것이든, 그것으로부터 벗어나서 편해지기를 바란 적이 없는 진국이었다. 다만 혜명의 말을 듣는 동안 '죽은 자는 죽음으로 업연을 갚았으나, 산 자는 살아서 풀어야 할 업연이 있는 법'이라 하셨던 큰스님의 말씀만이 자꾸만 되살아났다. 귓속에서 윙윙거리는 큰스님의 말씀은 마치 감추고 있던 부끄러운 허물을 추궁이라도 하듯 집요하게 진국을 다그쳤다.

진국은 자신이 처음 혜각사에 왔던 때의 얘기를 혜명에게 들려주었다.

"어디 지낼 곳은 정했냐며 큰스님께서 물었지요. 아내와 어린 딸의 유골을 안고 온 제게 어린아이 같이 해맑은 목소리로 묻더군요."

혜명은 계곡 아래 어느 곳으로 시선을 보낸 채 귀를 기울였다.

"저는 물론 할 말이 없었고, 스님은 저를 여기 토굴에서 지내라고 하셨습니다. 함께 왔던 처남과 처제, 그리고 진무성이란 분이 저를 혼자 토굴에 둘 수 없다며 큰스님을 말렸습니다만, 큰스님은 '토굴이 괜찮아' 하시며 그들의 입을 막아버리셨죠."

혜명은 고개만 가끔 끄덕이며 진국의 말을 들었다.

"그때 큰스님께서 제게 하신 말씀이 두고두고 제 기억 속에 남아 있습니다. '행여 먼저 간사람 따라 간다 어쩐다, 그런 짓은 하지 마시게. 죽는 것도 죽을 인연이 돼서 하는 게야. 그렇지 않으면 업장의 두께만 보탤 뿐이지. 죽은 자는 죽음으로 업연을 갚았으나 산 자는 살아서 풀어야 할 업연이 있는 법이야'라고요."

"네, 저도 큰스님 법문 중에 그 말씀을 들은 기억이 납니다." 혜명이 혼잣말처럼 대꾸했다. 진국이 말을 이었다.

"그리고 큰스님께서는 제 무릎 앞에 노란 표지의 『금강경金剛經』을 밀어 놓으시며 일념으로 독송하라고 하셨지요. 부처님의 가르침이 그 한 권 속에 다 들어있다고 하시면서요. 큰스님께서는 처음부터 금강경을 보기는 쉽지 않을 테니 먼저 절부터 시작하라더군요. 그리고 절을 하다가 지치면 '나무아미타불 관세음보살'을 지극한 마음으로 염송하라고 하시면서 '죽은 자를 보내지 못하면 살아도 산 게 아니야' 하실 땐 아주 무서운 눈으로 저를 쏘아보시더군요."

진국은 그때를 회상하듯 잠시 눈을 감았다가 다시 말을 이었다.

"토굴에 홀로 남겨졌던 첫날, 해가 지고 어두워졌을 때 저는 저기 암벽 끝으로 올라갔었지요."

진국은 손가락으로 토굴 위의 암벽을 가리켰다.

"암벽 끝에 바투 다가서서 저는 아내와 딸의 모습을 떠올리려 했습니다. 삶의 마지막 페이지에 그들의 모습을 간직하고 싶었으니까요. 그러나 그들의 모습이 도무지 눈앞에 그려지지 않더군요. 떠오르는 건 오직 끔찍한 그들의 마지막 모습뿐이었습니다.

그때 어딘가에서 '죽은 자는 죽음으로 업연을 갚았으나 산 자는 살아서 풀어야 할 업연이 있는 법이야!' 하셨던 큰스님의 말씀이 들려왔습니다. 저는 어둠 속을 향해 악을 썼습니다. '그것이 무엇입니까? 속 시원하게 일러주십시오!' 그날 하늘에는 별이 쏟아져 내릴 것처럼 빽빽이 박혀 있더군요. 그 별 사이에서 '나무아미타불 관세음보살!' 염불 소리가 들리는 것 같았습니다."

말을 마친 진국은 긴 숨을 불어내며 서쪽으로 기우는 해를 바라보았다.

　그해 겨울에 진국은 머리를 깎았다. 혜명은 동안거에 들지 않고 진국과 함께 겨울을 보냈다. 그러고는 봄이 되자 부모님의 산소를 다녀온 뒤 이내 소백산 불이사로 하안거를 떠났다. 떠난 지 두 달 후 혜명은 선방이 아닌 길에서 전화를 했고, 혜명과 몇 마디 얘기를 나눈 덕운은 혜명이 오랫동안 혜각사로 돌아오지 않으리란 예감을 떨치지 못했다.

무극무 無極舞

무성과 인경은 덕운의 도반인 혜명을 진심으로 반겼다. 혜명은 검정색 면 티셔츠와 면바지를 입은 삼십대 중반의 사내를 보자 바로 그가 무성임을 알아보았다.

농장은 마을로부터 오른쪽으로 대략 삼백 미터쯤 되는 거리에 있었다. 마을 앞을 횡으로 지나는 농로를 따라가다가 '대터교'란 표석이 서 있는 작은 콘크리트 다리를 건너면, 길 위로 완만한 산자락이 나타나고, 농장은 산자락의 중간쯤에 자리를 잡고 있다.

산자락을 따라 대략 백 미터쯤 걸어 올라가면 붉은 벽돌집 하나가 모습을 드러낸다. 집의 둘레는 담장 대신 잘 정돈된 관목들이 빽빽이 에워쌌고, 대문을 대신해 장승 둘을 양쪽에 세워 놓았는데 그 사이에 한자로 조락헌[鳥樂軒]이라 쓴 목판 편액을 달아놓았다. 붉은색 벽체 위에 흑적색 아스팔트슁글 지붕을 얹은 집은 주변의 암갈색 나무들의 색조와 어우러져 무척 고적한 정취를 만들어냈다.

무성은 자신이 거처하는 별채로 혜명을 안내했다. 조락헌 안마당의 우물 펌프를 돌아서 집 뒤의 대나무 숲길을 따라 나가면 이천 평 남짓한 농장이 나타나고, 농장 초입에 별채가 있다. 야트막한 언덕을 의지한 별채는 황토로 지은 토담집으로 가운데에 거실을 두고 양쪽에 방 한 개씩을 넣었다.

토담집은 암녹색 라파즈 기와를 얹은 지붕 위에 수십 년은 되어 보이는 산목련 한 그루가 뒤에서 넘겨다보듯이 가지들을 걸치고 있고, 울타리는 자연석을 쌓아서 주변과 구분을 지었다. 당호를 걸어놓지는 않았으나 별채를 '목련당'이라 불렀다. 뜰에는 군데군데 마른 다년생 화초 줄기들이 우묵하게 섰고, 그 가운데 서너 발자국 사이로 화강석 돌절구와 맷돌 하나씩이 박혀 있다. 벗나무나 살구나무 등의 활엽수들이 드문드문 서 있는 사이로 농장 구석에는 닭장과 창고로 보이는 조립식 건물 두엇이 눈에 띄었다.

혜명을 안내한 방은 작년 봄, 덕운이 한 달 동안 머물렀던 방으로 무성이 거처하는 방과 거실을 사이에 둔 건넌방이었다. 방바닥은 옛날식 장판을 발랐다. 한지를 초벌로 깔고 그 위에 시멘트 포대 속 종이를 일정한 크기로 잘라서 바른 뒤 콩기름을 먹인 장판은 온돌의 열기로 익어서 색깔이 곱다. 천정과 벽체는 진 붉은 황토로, 황토 사이에 대들보와 서까래가 반쯤 나신을 드러내고 있다.

그가 연무를 하는 곳은 목련당 뒤 언덕 너머에 있는데 목련당에

서 대략 오십 미터 거리였다. 언덕 아래 오래된 적송 여남은 그루
가 듬성듬성 서 있는 사이로 분묘 하나가 보이고, 분묘 앞 스무 평
남짓한 좁은 공간이 그의 연무장이었다.

처음 혜명의 눈에 비친 그의 모습은 천천히 춤을 추는 것처럼 보
였다. 그러나 분명히 춤은 아니었고 무술과도 사뭇 달랐다. 그것은
춤도 아니고 무술도 아니었는데, 다만 그의 몸짓에 장단과 흥을 곁
들인다면 춤이라 할 것인지, 강과 유를 섞으면 무예가 되는 것인지
자신 있게 말하기 어려운 그 무엇이었다.

몰래 지켜본 지 사흘이 되던 날, 연무를 마친 무성이 평소처럼
곧바로 목련당으로 가지 않고 혜명이 몸을 숨기고 있는 언덕을 향
해 성큼성큼 올라왔다. 들켰음을 알아챈 혜명은 몸을 드러내며 그
를 향해 합장을 했다.

"사실은 사흘째 여기서 지켜봤습니다. 용서하십시오."

"괜찮습니다."

무성은 싱긋 웃어 보이며 말했다.

"같이 좀 걸을까요?"

막 떠오르는 햇빛을 등지고 두 사람은 양쪽에 마른 억새가 늘어
선 농로를 거슬러 올랐다.

"지내시기는 어떻습니까?"

"더 바랄게 없습니다. 다만 아주머님께 폐가 돼서 송구스러울 뿐입
니다."

인경을 아주머니라 부른 건 은근히 장난기가 발동한 때문이었는데 무성은 모른 척했다. 무성은 줄곧 농사 얘기에만 열중했다. 그런 그의 모습에는 조금 전 연무를 하던 무인은 온데간데없고 그저 한 사람의 소박한 농부만이 보였다.

이천 평 남짓한 농장을 거의 다 둘러본 때쯤에야 혜명이 조심스럽게 입을 뗐다.

"동작은 무술로 보이는데 저로서는 이해하기 어려운 점이 많습니다."

혜명의 물음에 무성은 잠시 생각에 잠긴 듯 침묵하다가 혜명이 듣기를 원하는 얘기를 풀어놓았다.

"그럴 겁니다. 그리고 보니 스승님을 만난 지 스물두 해가 지났군요. '무극무'를 전수해주신지도 이미 열두 해가 흘렀으니……."

"무극무? 무극무란 어떤 무예입니까?"

혜명이 급히 물었다.

"처음 십 년 동안은 보통의 무예로써 기초를 다졌는데, 스승님께서는 그 같은 방법으로는 무예의 궁극에 이르지 못한다고 하셨습니다. 그리고 그 말씀은 옳았고요. 다만 무극무 수련을 하는 데는 보통의 무예와는 다른 목표가 따로 존재한답니다."

거기까지 말을 하고 나서 무성은 들릴 듯 말듯 긴 한숨을 불어냈다.

혜명은 다시 무슨 말인가를 하기 위해 무성에게로 고개를 돌렸으나 더 이상 묻지 못하고 말았다. 허공 어딘가를 바라보는 무성의 눈에는 어떤 회한 같은 것이 절절하게 뿜어져 나왔는데, 그의 눈빛에서 엿보아서는 안 될 것 같은 깊은 고뇌를 읽고 더 이상 말을 시키지 못했다.

잠시 동안 말없이 걷던 혜명은 화제를 바꿀 겸해서 언제부턴가 마음속에 자리 잡았던 의문 하나를 불쑥 꺼냈다.

"혹 금강경에 대해 여쭈어 봐도 되겠습니까?"

"경이라면 속인인 제가 스님께 물어야지 어찌… 그리고 저는 경전 공부를 별로 한 적이 없습니다."

무성의 말이 옳았다. 누가 봐도 혜명이 무성에게 불경을 묻는다는 건 프로골퍼가 아마추어 주말골퍼에게 스윙자세를 묻는 것이나 다름이 없는 모양새였다. 하지만 혜명은 내친김에 하려던 말을 입밖으로 밀어냈다.

"응무소주 이생기심〔應無所住 而生其心〕이란 말의 의미가 도무지 짐작되지 않습니다. 육조 혜능대사께서는 그 한마디에 출가를 결심하셨다는데…….."

"마땅히 머무르는 바 없이 그 마음을 일으키라… 저의 좁은 생각으로는, 마음을 일으키되 머물러서 흔적을 남기지 말라는 뜻 정도로 이해를 합니다. 마음에 흔적을 남긴다는 것은 그것이 곧 인因이 되어 연緣을 만나 업을 짓게 됨을 의미할 테니까요. 하지만 머무름이 없이 마음을 일으키는 그 경지가 무엇인지, 또는 거기에 이르는 길이 어디에 있는지에 대해서 저 같은 사람이 말을 만든다면 오히려 공연한 구업만 지을 뿐이겠지요."

말을 마치며 무성은 입꼬리에 겸연쩍은 미소를 떠올렸다.

그 후 사흘 동안 혜명은 무성이 연무하는 모습을 좀 더 가까이에서 지켜보았다. 보면 볼수록 이 세상에 존재하지 않는, 상식적으로는 가능할 수가 없는 동작들이었다.

권식이란 본래 강剛과 유柔의 조화를 통하여 그 난해한 동작을 소화해내는 것임에도, 그는 매우 느리면서도 일정한 속도로 권식을 펼쳤다. 그의 동작은 시종일관 속도에 변함이 없을 뿐 아니라 신체 각 부위의 움직임이 완벽한 일체감을 보임으로써, 분명 한순간도 정지하지 않음에도 불구하고 때때로 정지해 있는 것 같은 착각을 불러 일으켰다.

동動과 정靜의 경계가 모호한 동정일여動靜一如였다. 그토록 현란하고 난해한 동작을 깃털 하나만으로도 깨어지고 말 것 같은 극정極靜으로 이어가는 그의 움직임은, 보는 사람의 마음에 선적禪的 희열을 불러일으키기에 충분했다. 적어도 그의 눈빛을 보기 전까지는 그랬다.

그가 천천히 몸을 돌리는 순간, 가까이에서 그의 눈동자를 본 혜명은 선적 희열과는 다른 한줄기 서늘한 한기를 느꼈다. 두 개의 반투명한 유리구슬처럼 미동도 없는 무성의 눈에서는 인간의 오욕

칠정을 티끌만큼도 찾아볼 수가 없었다. 그의 눈을 본 후로는 그의 몸 어디에서도 살아 숨 쉬는 동물성이라고는 느껴지지가 않는 것이다. 그저 파도 위를 지나가는 바람이 떠올랐고 자연의 소리와도 같은 알 수 없는 소리가 들리기도 했다.

연무를 마친 후 무성은 더욱 놀라운 말을 했다.

"권식을 연마하는 동안 들고 나는 호흡의 리듬이 시종 일정해야 하고 흔들림이 없어야 합니다. 그리고 심장이 뛰는 속도까지도 평소와 변함이 없어야 하지요.

혜명의 눈이 크게 벌어졌다.

"그것이 가능한 일입니까? 처사님께서는 그게 된다는 말씀입니까?"

"어림없지요. 저에게는 불가능한 일인지도 모릅니다. 다만 제가 수련을 게을리하지 않는 이유는 언제라도 좋은 인연을 만나서 무예의 맥을 잇기 위함이지요."

거기까지 말을 마친 뒤 두 사람은 연무장을 떠나 조락헌을 향해 걸음을 옮겼다.

"처사님께서는 어느 수준을 이루신 것인지 여쭤 봐도 되겠습니까?"

벚나무 사이를 지나 울타리를 돌아나갈 때 혜명이 물었다.

"오 년 전, 스승님께서 돌아가시기 전에 제게 말씀하기를, 이 성 二成 남짓 하다고 하셨습니다."

"수련의 경지는 어떤 것입니까?"

혜명이 다시 물었다.

"무예의 관점에서 얘기를 하자면 이렇습니다. 수련의 깊이가 어느 수준에 도달한 사람은 웬만해서는 몸을 상하지 않습니다. 왜냐하면, 그런 자가 공력을 끌어올려 몸을 보호하는 동안은 주변의 모든 움직임을 자신의 신체파동 속으로 흡수할 수가 있기 때문이지요."

혜명은 묵묵히 들었다.

"방자防者는 공자攻者의 파동을 자신의 그것과 일치시킴으로써 공자가 공격을 하기 전에 저절로 그 동작의 움직임이나 속도가 감지되고, 그로 인해 방자는 스스로도 인식하지 못하는 중에 공자와 동일한 속도와 움직임으로 이를 피하게 되지요. 이는 마치 공자와 방자 사이에 뚫을 수 없는 얇은 막이 존재하는 것과 같아서 극히 간발의 차이로 방자는 공자의 공격을 피하게 됩니다. 아마, 공자와 이를 지켜보는 다른 사람에게는 방자의 움직임이 매우 부드럽고 빠르게 느껴지겠지요."

무성의 말은 거기에서 끝났다. 혜명도 입을 열지 않았다. 여러 가지 의문 덩어리들이 마음속에서 들끓었지만 묻지를 못했다. 지금까지 단 한 번도 지각한 적이 없는 세계를 맞닥뜨린 혜명은 인식의 기능이 작동을 멈춘 것 같았다. 우주 공간처럼 텅 빈 머릿속을 수많은 별들이 마치 가창오리 떼처럼 휩쓸고 지나가며 회오리칠 뿐이었다.

조락헌에서 엿새를 묵고 농장을 떠날 때야 혜명은 무성과 많은 얘기를 나누지 못했다는 사실을 깨달았다. 불이사를 도망치듯 빠져나온 혜명으로서는 타인과 편히 담소를 나눌 기운이 남아 있지 않았던 탓도 있었지만 무엇보다도 그가 무극무에 대한 생각에 깊이 함몰된 때문이기도 했다.

　　걸망을 어깨에 달고 정한 곳 없이 걸으며 혜명은 무성을 생각했다. '그는 무예의 궁극에 도달할 수 없다고 한다. 그 연유가 무엇일까? 그리고 무예의 궁극과는 별개로 존재하는 목표는 또 무엇이며, 그의 눈에 그토록 절절한 회한을 담기까지 그는 과연 어떤 삶을 살았을까?' 의문이 꼬리에 꼬리를 물었다.

임신

토요일, 고성댁은 아침부터 벽시계에서 눈을 떼지 못하다가 한낮의 햇볕이 수긋해지자 사립문을 나섰다. 아직 버스가 지나갈 시간은 꽤 많이 남아 있었지만, 늘 그랬듯이 그녀는 동구 밖 회나무 아래서 딸이 오는 길목을 지킬 참이다.

멀리 들판이 끝나는 산자락에서 뿌연 흙먼지가 일기 시작하면 머지않아 버스가 들판의 가운데를 가로질러 온다. 신작로와 산판 길이 갈라지는 곳에서 버스가 서면 흙먼지가 크게 일어나고, 조금 기다리면 딸의 모습이 나풀나풀 보인다. 그 모습을 보기 위해 고성댁은 언제나 동구 밖에서 딸을 기다린다.

순지는 옷에 묻은 먼지를 털어낸 뒤 마을로 향하는 산판 길로 들어섰다. 그 길은 오래 전에 산판 트럭이 닦았던 길인데, 지금은 트럭이 끊긴 지 오래 되었다.

회나무 아래서 지팡이를 세우며 천천히 몸을 일으키는 어머니는 지난번 볼 때보다 더욱 힘겨워 보였다. 지팡이에 몸을 의지한 채 '순지야!' 하며 내미는 어머니의 손을 마주잡으며 순지는 화들화들 떨었다. 목에 차오르는 뜨거운 덩어리를 감추려고 얼른 어머니의 등 뒤로 돌아가 겨드랑이를 부축하는데, 고성댁의 시선이 딸의 얼굴에서 떨어지지를 않는다.

"와 이카노, 뭔 일 있나?"

"그냥… 그런 거 없다. 엄마 무릎이 더 심해진 거 같네?"

목소리에 떨림이 섞여들었다.

"괜찮다. 장 그대로다."

고성댁은 등 뒤의 딸을 물끄러미 보았으나 더는 묻지 않았다.

흠잡을 데 없이 예쁘기만 한 딸의 모습에서 눈을 떼지 못하는 고성댁의 시선에는 늘 불안함이 함께 배어나온다. 가을 풀씨처럼 집요하게 달라붙는 불안한 마음, 그것은 '저것이 좋은 짝 만나서 사는 거 보고 죽어야 할 텐데' 하는 염원과 닿아 있고, 그 염원의 꼬리를 잡고 떠오르는 한 생각은 딸은 어머니의 운명을 닮는다는 속설이다. 고성댁은 치를 떨면서 그 생각을 밀어내려 애써보지만 언제나 악령에 홀린 듯 그 속설의 수렁 속으로 빨려 들어가고 만다.

순지는 한 손에 행주를 든 채 부뚜막 한 귀퉁이에 앉았다. 어머니에게 말을 하기 위해 마음을 다져 먹는 데만 며칠이 걸렸다. 무슨 말을 어떻게 할지 수없이 궁리하고 배우처럼 연습도 했지만 어머니의 얼굴을 대하는 순간 머릿속이 하얗게 비고 말았다.

그때 어머니의 목소리가 쪽문을 건너왔다.

"우엉김치 담가 났다. 그리고 부뚜막에 작은 냄비는 쪼매 뎁히야 될끼다."

고성댁은 순지가 올 때마다 딸이 어릴 적부터 좋아하던 음식을 해놓곤 했다. 순지는 우엉김치를 잘 먹었다. 우엉김치는 밥 김에 살짝 데친 우엉을 반으로 쪼갠 뒤 손가락 한마디 길이로 잘라서 얇게 쓴 무와 버무려 담근다. 작은 냄비에는 역시 순지가 좋아하는 붕어를 조려놓았다. 대여섯 마리쯤 되어 보이는 손바닥만 한 붕어와 뭉툭뭉툭 썰어 넣은 무가 진한 적갈색으로 조려져 있다. 붕어찜 냄새를 맡아보던 순지가 욱 하며 손을 입으로 가져갔다. 처음 있는 일이었다.

술에 취해 기훈의 오피스텔에서 잔 이튿날, 순지는 평소보다 한 시간쯤 일찍 작업실을 나와 산부인과병원을 찾았다. 의사는 예상한 대로 임신이라고 했다.

희경은 순지로부터 임신을 했다는 말을 전해 듣고 잠깐 동안 눈을 껌벅거리다가 이내 환하게 웃었다.

"얘가 제대로 사고를 쳤구나. 후훗, 아무튼 잘 됐다. 이 언니가 한시름 놨어."

그러다가 의아스러운 얼굴로 다시 물었다.

"근데 그렇게 금방 나타나는 거래니?"

"팔 주째래. 지금은 구 주째고."

"그럼 뭐야. 너, 설마?"

화들짝 놀라는 희경과는 달리 순지는 남의 얘기라도 하듯이 차분했다.

"그래, 맞아. 두 달쯤 전에 내가 엄마 보러 시골 갔었잖아. 그때 마침 왔더라."

"그래서?"

"얜, 뭐가 그래서야?"

애써 태연한 척하는 순지다.

"그래, 어쩌겠대. 중 그만둔대?"

희경의 표정이 점점 허탈하게 변했다.

"나쁜 인간, 그거 파계잖아. 그러고도 중질은 계속한대?"

"그러지 마, 희경아."

희경의 손을 순지가 끌어 쥐었다.

"희경아, 네 마음은 알아. 하지만 다시는 그런 말하지 마. 내가 원한 일이야."

"듣기 싫어. 너나 말 같지 않은 소리 하지 마. 그리고 주말에 나랑 병원 가. 가서 지우자."

희경의 눈에 분노가 어른거렸다. 그녀는 순지의 손을 밀어내었고, 순지는 다시 희경의 손을 끌어 쥐었다.

"아주 어릴 적부터, 오빠와 함께 했던 추억들은 내 삶의 그 어떤 것보다도 소중해. 그때를 되돌아보는 것만으로도 난 충분히 행복하구…….”

“그런 니 마음을, 그 잘난 스님도 알아?”

희경이 입 한 가득한 적의를 내뱉었다.

“또!”

순지의 간절한 눈빛을 보고 희경은 입을 다물었으나 시선만은 순지를 향한 채 움직이지 않았다. 그녀는 순지의 등 뒤에서 불 그림자처럼 일렁거리는 한 스님의 비겁하고 이기적인 환영을 무섭게 노려보았다.

밥숟가락을 들자마자 순지는 다시 구역질을 했다. 스스로 입을 떼기 어려울 바에는 차라리 잘된 일인지도 몰랐다.

“와? 속이 안 좋나? 여기 어데 소화제가 있을 낀데.”

보건소에서 타다 놓은 소화제를 찾으려고 반짇고리를 향해 손을 뻗다가 고성댁은 멈칫하며 딸의 얼굴을 돌아보았다.

“니, 무슨 일 있제? 무슨 일이고?”

정작 묻기는 하였으나 대답을 듣기가 두려운 고성댁은 말끝을 입 안으로 끌어 담았다.

“엄마!”

순지는 풀썩 어머니의 무릎 위로 얼굴을 묻었고, 고성댁의 마른 몸이 신대처럼 떨리기 시작했다.

얼굴을 천정으로 향한 채 한참 동안 말을 하지 못하던 고성댁이 입을 뗐다.

"희경이가 말하던 그 청년이가?"

"엄마, 미안해. 미안해."

순지가 머리를 흔들었다.

"그러면 누고… 동석이가? 동석이구나?"

"……."

"아이고, 그넘 자슥이. 그넘 자슥이. 그래, 우짜기로 했노? 동석이는 알고 있나?"

어떤 대답도 하지 못하는 순지는 어머니의 무릎에 얼굴을 묻은 그대로 숨만 죽일 뿐이었고, 고성댁은 굳게 입을 닫았다.

이튿날, 순지는 여느 때와는 다르게 아침을 먹고 바로 떠날 채비를 하는데 고성댁이 장롱 속에서 누런 서류봉투 하나를 꺼내 순지 앞에 밀어놓았다.

"동석이 친구라 카는 사람이 주고 갔다. 지난번에 동석이 댕기 간 뒤로 며칠 됐을 끼다."

봉투 속에는 몇 가지 서류와 도장 하나, 그리고 경태가 쓴 편지가 들어있었다. 경태는 면사무소 호적계에서 일하는 동창 친구였다.

순지에게

오랜만이다. 순지야! 동석이로부터 소식은 들었다. 이젠 서울 사람 다되었겠구나. 얼마나 더 예뻐졌는지 궁금하다. 용건만 간단히 적을게. 동석이는 수행자의 길로 들어섰으니 재산이 필요 없는 모양이다. 그래서 부모님이 남긴 재산을 모두 너에게 맡기겠다고 하는구나. 동석의 부탁을 받고 내가 서류를 준비했다.

재산 내역은 집과 대지 일백오십 평, 밭 이천육백 평, 논 천 이백 평이다. 여기 동석의 자필 위임장과 인감증명, 인감도장 그리고 토지와 집문서 일체가 들었다.

편지라도 한 장 써서 넣으라고 해보았지만, 한참 동안 볼펜을 붙잡고 있더니 그냥 일어서더라. 그리고 동석이가 너에게 재산을 양도한 사실은 나 외는 아무도 모른다. 동석이가 특히 그 점을 당부하더라.

경태가.

'떠났구나!' 순지는 비로소 동석이 떠났음을 실감했다. 오래 전에 떠났었고 떠나보냈다고 믿었는데, 그가 다시 떠난 것이다.

고성댁은 옆으로 돌아앉아 담배에 불을 붙였다. 봉투를 도로 담아서 밀어 놓은 뒤 순지가 가방을 들고 일어서는데, 그때까지도 고성댁은 앉은 자리에서 담배 연기만 불어냈다. 고성댁은 순지를 태운 버스를 바라보기 위해 동구 밖 회나무 밑으로 나갈 생각이 없어 보였다. 순지가 섬돌을 내려설 때야 고성댁이 입을 열었다.

"동석이 연락 되제? 한 번 댕기가라 캐라."

다짐을 두려는 듯 그녀는 목소리에 힘을 실었다. 순지는 발을 멈췄으나 뒤돌아보지도, 대답을 하지도 못한 채 잠시 그 자리에 섰다가 종종걸음으로 사립문을 벗어났다.

'그때는 와 그 생각을 못 했을고…….' 순지가 떠난 빈 사립문을 응시하며 고성댁은 혼잣말을 중얼거렸다.

환청

달이 대낮처럼 밝았던 그날 새벽, 순지와 헤어진 뒤 혜명은 이틀간 빈 집에서 물 한 모금 넘기지 않은 채 엎드려 있었다. 혹시라도 그 어둡고 칙칙한 운명의 인자가 순지에게 전이되지는 않았을까? 만일 그렇다면 수년 동안 감내해온 희생은 아무것도 아닌 게 되고 만다. 그의 순지에 대한 걱정은 의심할 여지가 없는 진실이었다. 순지를 잊기 위한 일이라면 어떤 희생이라도, 그것이 목숨을 내놓는 일일지라도 망설이지 않을 자신이 있었다.

그런데 그 견고한 의지에 틈이 생기기 시작했다. 그의 내면에서 분화구처럼 끓어오르는 순지를 향한 갈망, 그것 역시 진실이었다. 어느 틈엔가 혜명의 의식 깊은 곳에 결국은 순지를 떠나지 못하리라는 불안감이 들어앉았고, 거역할 수 없는 운명이라면 차라리 순응하고 싶다는 유혹마저 고개를 들기 시작했다. 그건 변명일 뿐이라며 부인해보았지만 전과 같은 완벽한 의지가 아님을 스스로 알았다.

혜명은 마음속으로 말했다. '미안하다, 순지야. 날 용서해다오. 난 이기적인 놈이야. 처음부터 나와 이웃한 너의 피할 수 없는 운명이라 생각하렴. 받아들이자. 그래다오, 순지야!'

혜명은 이틀 동안 엎드려 있던 자리를 떨치고 일어나 고성댁을 만나기 위해 순지의 집을 찾아갔다.

막 저녁상을 윗목으로 밀어놓던 고성댁은 언제 왔는지도 모르게 사립문 곁에 우두커니 서 있는 혜명을 발견했다.

"동석이 아이가? 니 우짠일이고? 아직 안 갔더나?"

"……."

혜명은 말없이 서 있기만 했다.

고향을 찾은 동석을 먼발치에서 보고, 마침 다니러 온 순지와 함께 저녁을 먹여 보낸 것이 이틀 전 일인데, 떠난 줄 알았던 동석이 다시 나타났으므로 고성댁은 적잖이 의아했다.

"와 그래 서 있노? 올라오너라. 내 금방 밥 채리주꾸마."

"밥은 냅두이소."

혜명은 걸망을 어깨에 걸친 그대로 가만히 마루에 걸터앉았다.

"와? 무슨 일로 재차 걸음을 한기고?"

고성댁이 무릎걸음으로 다가앉으며 혜명의 팔을 쓸어내렸다.

"어무이!"

혜명이 무겁게 입을 뗐다. 시선은 사립문 어딘가를 더듬었다.

"와?"

고성댁이 조심스럽게 혜명의 옆얼굴을 살폈다.

"제가 그만 환속을 할까 합니더."

혜명은 무릎에 올려놓은 두 손으로 다리를 꽉 움켜쥐었다.

혜명의 말을 알아듣지 못한 듯 멀뚱한 표정을 짓던 고성댁의 눈
자위가 젖어들었다.

"니가 출가한 뒤로 너거 엄마 속은 내밖에 모린다."

고성댁은 새끼손가락으로 눈물을 찍어냈다.

"그래, 그 길이 어데 쉬운 길이더나? 어렵제, 하모 어렵고 말고. 잘
생각했다. 니 생각대로 하거라. 너거 엄마 아부지도 반가버 할끼다."

"어무이, 그라고예. 제가 순지와 인연을 맺어도 되겠습니꺼?"

혜명은 비로소 고개를 들어 고성댁을 보았다. 결연한 눈빛과는
달리 그는 떨리는 목소리를 누르느라 숨을 몰아쉬었다.

"너거 둘이 그리 약속 했더나?"

고성댁이 되물었다.

"말로 약속한 건 아니지만……."

"그래, 너거 사이에 무슨 약속이 따로 필요하겠노."

고성댁이 혜명의 두 손을 끌어 쥐었다.

"동석아, 너거 둘 마음은 나도 안다. 그라고 두 사람이 정히 그렇
게 할라카마 말릴 생각은 없다. 너거 둘이 맺어지면 평생 정 안 변
하고 살겠다 싶기도 하고. 그러나 동석아, 나는 한편으로 이런 생
각도 든다."

고성댁은 혜명의 손을 놓고 어둑한 마당 어딘가로 시선을 옮겼다.

"너거 집이나 내나 이 골짝에서 살아온 역사가 참말로 모질었다. 그래서 인자는 이 골짝하고는 인연을 끊어야 옳지 싶고, 그럴라 카마 여기하고는 아무 상관이 없는 인연을 만나서 훌훌 털고 이 골짝을 뜨는 기 옳다는 생각도 드는구나. 내가 안 할 말을 하는지 나도 잘은 모르겠다마는, 살아온 과거사를 아무리 되짚어 봐도 언제 한 번 빤한 날이 없었으니 하는 말이다."

말을 하며 고성댁은 담뱃갑을 더듬어 한 개비를 꺼내 불을 붙였다. 그리고 길게 연기를 뿜어냈다.

"니가 산으로 들어간 뒤에 너거 엄마가 한 말이 생각나는구나. 스님 될라고 산으로 가는 너를 붙잡을라 카다가, 이 박복한 집을 떠나면 제 명은 지키고 살랑가 싶어서 안 잡았다 카더라."

'쩡—' 얼음이 터지고, 또다시 그 소름끼치는 환청이 혜명의 머릿속에서 소용돌이를 쳤다.

겨울 새벽, 갈미벌에서 얼음이 터지는 소리는 쇠처럼 차갑고 무거웠으나, 따뜻한 온돌방의 이불 속에서 듣는 동석에게는 몽롱하고 정겨운 소리였다. 그러나 형이 죽던 해의 겨울, 첫 얼음 터지는 소리를 들은 후부터, 그 얼음 터지는 소리는 환청이 되어 무시로 들리기 시작했다. 초저녁에도 들렸고, 때로는 낮에도 들렸다. 동석이 어떤 심리적인 갈등으로 마음이 흔들릴 때나 깊은 생각에 잠길 때는 어김없이 '쩡—' 얼음 터지는 소리가 들렸다.

얼음 터지는 소리는 늘 몇 마디의 말과 함께 들렸다. 그것은 알수 없는 허공 어느 곳에서 들리는 소리 같기도 했고, 때로는 자신의 몸 깊숙한 어디에서 울려나오는 소리 같기도 했다.

'너의 가족과 넌 어둡고 불행한 카르마를 짊어지고 태어난 존재들이야. 밑바닥에 구멍이 뚫린 배를 타고 있어. 배는 머지않아 침몰하고 말거야. 그건 피할 수 없는 운명이지. 그 배를 탄 사람은 모두 운명을 함께 할 수밖에 없어.'

그해 겨울 동석은 자신의 갈 길을 선택했다. 순지를 그 끔찍한 운명의 수렁으로 끌어들이지 않을 방법으로 그가 택한 길은 출가였다.

'어떻게 하면 순지를 잊을 수 있습니까?'

마음이 답답할 때마다 혜명은 부처님 앞에 엎드려 물었다. 그때마다 혜명은 부처님의 똑같은 미소만을 보았고, 끝내 대답을 기다리지 못한 채 머리를 흔들었다. 혜명은 애초부터 부처님이 대답을 주리라 기대하지 않았는지도 모른다.

마음은 어디에 있는가? 몸뚱이 속 어딘가에 마음은 깃들어 있는가? 마음에서 순지를 지우기 위해 마음을 찾으려 했으나 찾을 길이 없다. 만져지는 것은 오직 몸뚱이뿐이다. '내가 몸을 버린다면 순지를 잊을 것인가?' 보이는 몸은 버릴 수가 있으나 보이지 않는 마음에서 순지를 지울 방법을 찾을 수가 없었으므로, 혜명은 끝내 순지를 잊지 못한다면 몸을 버리겠다는 각오를 마지막 양식처럼 마음 한구석에 간직해 두었다.

혜명은 미친 듯이 붓다의 가르침을 파고들었다. 잠을 줄여서 경전을 탐독했고, 무시로 선참 스님들의 방을 드나들며 공부를 구했다. 사문으로서 내면의 깊이를 더해가는 것, 그것만이 몸뚱이를 순지로부터 붙잡아두기 위해 자신이 할 수 있는 마지막 수단이라 여겼다.

시간이 흐르고 공부가 쌓이면서 혜명의 내면에서는 불가사의한 변화가 일어나기 시작했다. 단지 순지를 잊기 위한 방편일 뿐이었는데도 붓다의 가르침은 작은 실개천이 되어 대지를 적셨고, 풀 한 포기 없는 불모의 땅 속에서 술이 익듯이 발효된 포자가 터져 나왔다. 삶의 전부라 여겼던 것을 무참하게 도려낸 자리에 조금씩 고여든 것, 그것은 무지에 대한 각성이자 진리를 향한 목마름이었다. 너는 누구이며, 또한 나는 누구인가? 그리고 온갖 것들은 다 무엇이며, 어디에서 와서 어디로 가는가?

혜명은 감고 있던 눈을 퍼뜩 떴다. '그랬어, 그랬구나! 그 소리는 나만이 듣는 소리가 아니었어! 내가 그 어둡고 칙칙한 운명의 장막이 드리운 지붕 밑을 떠날 때, 어머니는 한편으로 잘된 일이라 생각하셨어. 순지 어머니도 다행이라 여기며 안도하셨던 거야. 어쩌면 순지 어머니의 눈에는 그 칙칙하고 불길한 장막이 훨씬 더 선명하게 보였는지도 몰라.'

혜명에게서 비스듬히 시선을 비낀 채 담배 연기를 불어내던 고성댁이 다시 말을 이었다.

"그라고 언젠가 희경이라는 처녀가 귀띔해준 말인데, 서울 청년 하나가 순지를 오래 전부터 마음에 두고 있다 카는구나. 그 청년이 사람도 나무랄 데가 없지마는, 순지한테 워낙 잘하고 근본이 좋은 집이라서 순지도 마음에 없지는 않은 모냥인데… 너거 둘이 어릴 적부터 각별했으니 나도 생각을 안 해본 것은 아니지마는, 니가 출가 한 뒤로는 이미 다한 인연이라 여겼는데……."

아쉬운 마음을 숨기지 못하는 고성댁이었다. 그녀는 마당 한쪽에 시선을 묶어둔 채 언젠가 희경이 한 말을 곰곰이 되씹었다.

"제가 보기에 순지와 그 사람이 잘 어울리거든요. 그 스님만 아니면 순지도 마음 정하기가 쉬울 텐데. 놓치기가 아까운 사람이에요."

고성댁이 말을 마치자 잠시 생각에 잠겼던 혜명이 몸을 일으켰다. 혜명은 길게 숨을 들여 마셨다가 천천히 내쉬며 고성댁을 향해 합장을 했다.

"어무이 말씀이 옳습니더. 제가 생각이 모자랐습니더. 그라고 어무이, 제가 다녀간 걸 순지는 모르도록 해주이소. 꼭 그러셔야 됩니더."

그 말을 끝으로 혜명은 허리를 꺾어 절을 한 뒤 사립문을 나섰다.

'나무 석가모니불! 나무 석가모니불! 나무 시아본사 석가모니불!'
어둠이 내려앉은 신작로를 걸으며 혜명은 발자국 하나하나마다 칼끝으로 새기듯이 석가모니불을 불렀다.

댓잎 달그림자

혜명은 발을 감쌌던 수건을 풀었다. 언저리만 붙어 덜렁거렸던 엄지발톱이 수건에 묻어나왔다. 마침내 양쪽 엄지발톱이 모두 빠지고 다른 발톱들도 여러 개가 거멓게 죽어 있다. 낙동강을 건너 현풍을 저나면서부터는 신발을 신을 수가 없어 맨발에 수건을 두르고 걸었다. 죽은 발톱은 들뜬 채로 붙어 있다가 비를 맞아 퉁퉁 불은 뒤 저절로 빠져나갔다.

음성농장을 떠난 후 석 달을 걸었다. 가끔 눈에 들어왔던 이정표를 더듬어볼 때, 새재를 넘어 예천과 청송을 지났고, 영천과 현풍, 성주를 거쳐 이곳 덕유산 동편 자락에 이른 것으로 짐작된다. 번잡한 길을 피해 아무 목적지를 정하지 않은 채 걸었을 뿐 고향을 찾아간다는 생각을 한 적은 없었다. 그랬는데 무엇이 발길을 이곳 덕유산 자락으로 이끌었는지 혜명은 알 수가 없다.

혜명은 손바닥으로 얼굴을 만져보았다. 거친 피부가 뼈와는 아무 상관이 없는 것처럼 미끄러진다. 얼굴뼈의 형상이 질그릇을 더 듬듯이 손바닥에 잡힌다. 이미 몸은 몰라보도록 변해 있다. 앙상하게 드러난 뼈대와 검게 탄 피부 사이에 살점이라고는 없다. 눈꺼풀이 작동을 멈춘 듯한 눈은 움푹하게 꺼진 눈자위 속에서 좀체 떨어질 것 같지가 않다. 행색이 광인처럼 보였든지 어린아이들이 따라다니며 돌팔매질을 해댔다. 때로는 어른들까지도 다짜고짜 붙들어 앉히고는 염불을 시키거나, 온갖 모멸스러운 말로써 노리갯감을 삼기도 했다.

혜명은 인간적인 모멸감 따위로 마음을 다치지는 않았다. 다만 푹푹 찌는 더위에 몸이 견디지를 못했으므로 대개 낮보다는 밤에 걸었다. 목숨이 위태로웠던 적도 적잖이 넘겼다. 비슬산 어느 골짜기에서 밤새 쏟아진 비를 맞고 정신을 잃었을 때는, 마침 지나가던 심마니들이 아니었다면 살기가 어려웠을 것이다. 하지만 자신의 안위에 대해 명징한 인식을 하기에는 몸과 마음이 너무 많이 지쳐 있었다.

가을은 어느새 깊어서 여기저기 깨알을 털어낸 깻단들이 허수아비처럼 섰고, 해바라기씨도 여물어 몇 안 남은 꽃잎을 가까스로 붙이고 있다. 밭두렁에는 철늦은 코스모스와 들국화들이 허리가 꺾이거나 무엇에 눌린 형상으로 그들의 계절을 마감하는 중이다. 묘지가 있는 비탈 밭은 잡초가 우거져 한때 고구마 밭의 흔적은 어디에서도 찾아볼 수가 없다.

혜명은 봉분 둘레에 우거진 개망초와 쑥부쟁이들을 대강 손으로 뜯어낸 뒤 묘지 앞에 앉았다. 가을 햇살 아래, 어지러이 흔들리는 억새꽃 너머 빈들에는 마을과 신작로를 연결하는 들길이 오롯이 보이고, 신작로 길을 따라 늙은 미루나무가 두 줄을 섰다.

산바람이 목덜미를 훑고 지나가고, 들판을 노란색으로 뒤덮었던 민들레가 하얀 홀씨로 피어서 날아오른다. 눈을 감은 채 앉은 혜명은 어느새 미루나무 피리를 불고, 피리소리는 보리밭 사이를 돌아서 구름 위로 퍼져나간다.

여섯 달 전 그날도 혜명은 이 자리에 앉아 마음속으로 피리를 불었고, 피리소리를 타고 날아오른 민들레 씨앗이 하늘을 하얗게 덮었을 때 문득 길 한가운데서 순지가 보였다. 해맑게 웃는 순지는 손가락에 토끼풀 반지를 하고 머리에는 작은 풀꽃 화관을 썼다. 순지가 혜명에게로 걸어왔다. 순지는 어느 사이에 혜명이 앉아 있는 묘지 가까이 와 있었다.

'아! 환영인가!'

혜명은 눈을 찔끔 감았다가 떴다. 순지는 있었다. 혜명이 다시 눈을 찔끔 감았을 때 순지는 혜명의 곁에 치마 뒤를 쓸어내리며 가만히 앉았다. 익은 사과 냄새가 후각을 스치고, 혜명의 가슴속에서 뭔가 무거운 것이 툭 떨어져 내렸다.

  고등학교 이 학년 여름방학 때였다. 그날도 그랬다. 갈미벌 옆
언덕에 둘이서 나란히 앉았던 그날 밤, 물풀에 깃든 왕잠자리의 날
개 빛이 곱던 그 밤에, 동석은 순지의 어깨를 감싸 안았다. 그때
손바닥으로 전해져오던 여자 살의 감촉……. 어떻게 다가갔는지
생각나지 않는다. 입술과 입술이 닿았던 순간에는 온몸의 세포가
툭툭 터졌던 기억뿐이다. 둘은 마을로 들어와 헤어질 때까지 아무
말도 하지 못하다가 헤어질 때 동석이 순지의 손을 잠깐 쥐었다가
놓았다.

  "오빠 어쩐 일로 왔어?"
  "응, 오랜만에 산소나 좀 돌아보려고. 순지는 어쩐 일이야?"
  "휴일이잖아, 난 휴일이면 가끔 와. 이번에 어쩐지 오고 싶더라."
  "우리 얼마 만에 보는지 알아? 오빠!"
  "…….."
  언덕 아래 갈미벌에는 백로 서너 마리가 발목을 담그고 놀았다.
순지는 그 순백의 새들을 바라보았다. 긴 목을 구부려 부리를 물에
담갔다가 다시 고개를 들어 하늘 보기를 반복하는 새들의 움직임
은 단조롭고도 지루하였으나, 그것을 바라보는 순지의 가슴 깊숙
한 곳에서는 새의 날갯짓과도 같은 떨림이 일었고, 마침내 떨림은

오한처럼 전신을 휩쓸며 목소리를 흔들었다.

"오빠는 내 속이 어떤지 모르지?"

그날 밤은 유난히 달이 환했다. 사람이 살지 않은 지 오래되었으므로 전기는 끊어져 불이 켜지지 않았다. 집안을 뒤져보면 쓰던 양초가 있을 법도 하지만 달이 대낮 같이 밝았으므로 혜명은 그냥 쇠죽방에 자리를 펴고 누웠다.

쇠죽방이 있는 사랑채는 형의 공부를 위해 아버지가 지은 집으로, 방 하나와 외양간을 양쪽에 들이고 그 사이에 헛간 겸 아궁이를 넣은 세 칸짜리 토담집이다. 아궁이에 무쇠 솥을 걸어 쇠죽을 끓였으므로 쇠죽방이라 불렀다. 겨울이면 쇠죽을 끓여내고 남은 쇠죽물로 발을 씻곤 했는데, 볏짚을 우려낸 물에 발을 담가 불리면 묵은 때가 잘 벗겨졌다.

쇠죽방은 형이 대학에 가자 동석의 차지가 되었으나, 형이 병을 얻어 돌아온 후부터 죽기 전까지 거처했다. 네 사람이 살았지만 하나씩 줄어서 지금은 아무도 없다. 어머니마저 가신 뒤로는 온전히 빈집이다.

어머니는 군에 간 동석이 첫 휴가를 나와 있던 늦은 가을 어느 날 죽었다. 타작마당에 해거름이 잦아들 무렵 어머니는 손을 저어 동석을 찾았고, 동석이 손을 잡아 드리자 잠시 눈을 떠서 아들을 쳐다보듯 하다가 짚불처럼 사그라졌다.

바깥마당에서 발자국 소리가 들렸다. 사립문 쪽으로 자박자박 이어지던 발자국 소리는 쇠죽방 앞에서 멈추었다.

'순지구나!'

혜명을 찾아올 사람은 순지밖에 없었다. 순지의 집에서 고성댁이 차려준 저녁을 먹고 나왔을 때 바로 떠나야 옳았다. 떠나지 않으면 안 될 것 같은 예감이 등에 찬물을 끼얹듯 분명했지만 무엇 때문인지 혜명은 결망을 집어 들지 못했다.

"오빠, 자?"

"……."

순지가 문을 열고 방으로 들어왔다. 혜명은 밭은 숨을 몰아쉬며 천정만을 응시했다. 잠시 혜명을 내려다보며 서 있던 순지는 가만히 무릎으로 앉아, 스웨터를 벗어 윗목에 밀어 놓았다. 그리고는 혜명의 곁에 반듯이 누웠다.

봉창으로 쏟아져 들어오는 달빛과 가쁜 호흡을 토해내는 소쩍새 소리가 방 안을 휘젓듯이 넘실거렸다. 둘은 그렇게 한참을 말이 없었다. 심장의 박동과도 같이 일정한 간격으로 우는 밤새의 목쉰 울음소리를 듣는 동안 시간은 정지되었고, 둘은 공회전하는 시간을 밭은 호흡으로 헤아렸다.

달빛 속에서 순지의 윗몸이 가만히 일어났다. 순지는 잠시 정물처럼 앉았는가 싶더니 옆으로 돌아앉아 입고 있던 옷을 하나씩 벗었다.

티셔츠를 벗고 브래지어마저 떼어냈다.

"순지야?"

홑이불 속에서 스커트의 옆 단추를 풀 때 혜명은 눈을 감았다.

"순지야!"

마침내 온전한 나신이 된 순지는, 혜명의 손을 끌어당겨 팔베개를 한 뒤 혜명의 가슴에 얼굴을 묻었다.

익은 사과 냄새였다. 혜명의 후각을 타고 들어온 스물네 살 여자의 살 냄새가 온몸의 실핏줄을 따라 숨 가쁜 유영을 했다.

'옴 아로늑계 사바하! 옴 아로늑계 사바하!'

혜명은 가쁜 호흡으로 멸업장진언을 불어내었다. 부드러운 바람이 불었다. 먼 길을 돌아오는 동안 켜켜이 쌓인 세월의 흔적들이 바람에 꽃분처럼 피어올랐다. 꽃분은 동석이 부는 버들피리 소리를 타고 하늘 가득히 퍼져나갔다. 순지는 머리에 풀꽃 화관을 쓰고 손가락에는 풀꽃반지를 끼었다.

순지는 온전한 나신으로 보리밭 길을 건너와서 희고 가느다란 손가락으로 동석의 얼굴을 쓰다듬었다. 봉긋하게 내민 젖가슴은 부끄러움을 몰랐다. 동석이 순지의 가슴에 얼굴을 묻었다. 소쩍새가 울었다. 소쩍새는 여기저기 옮아가며 아무런 상관이 없는 제 울음을 울었다.

격랑 속에서 배는 보이지 않았다. 바다 깊은 곳으로 가라앉았던 배가 몇 번이나 자맥질을 한 다음 이윽고 다시 파도 위로 모습을 드러냈을 때, 모로 누인 순지의 볼에는 댓잎 달그림자가 어른거렸고, 소쩍새는 여전히 아무런 상관이 없는 제 울음을 울었다.

"저 새는 왜 저렇게 밤을 새워 울까?"

나란히 누웠을 때 순지가 혼잣말처럼 중얼거렸다.

"의붓어미 시샘으로 몸이 죽어 한이 돼서 그런가 봐."

"무슨 말?"

순지가 혜명을 향해 돌아누웠다.

"소월素月님이 '접동새'라는 시에서 그랬잖아. 의붓어미 시샘으로 몸이 죽은 누이가, 아홉이나 남아 되는 오랍동생을 못 잊어서, 접동새가 되어 남들 다 잠든 야삼경에 이산저산 옮아 다니며 운다고."

"으응, 그런 시가 있었구나. 근데 새 이름이 참 예쁘네."

순지는 혜명의 가슴 위에 한 손을 올려놓으며 꿈을 꾸듯 중얼거렸다.

"저 새는 이름도 참 많지요. 소쩍새, 두견새, 접동새라고도 하고요. 그리고 귀촉도라고도 하고, 자규라고도 하지요. 그 말고도 또 다른 이름이 두어 개는 더 있지요."

혜명은 노래하듯 곡을 붙여 말했다. 새들은 지칠 줄 모르고 여기저기 옮아가며 울었다.

"순지야!"

혜명이 순지의 이름을 웅얼거렸다.

"……."

대답 대신 순지는 윗몸을 일으켜 혜명의 가슴 위에 가만히 제 몸을 포개며 한 손으로 혜명의 얼굴을 매만졌다.

"오빠 사랑하니까… 가엾기도 하고."

첫닭이 몇 번인가 날개를 털며 울고, 달이 서쪽 하늘로 비스듬히 기울 무렵 둘은 밖으로 나왔다. 달빛으로 하얗게 바랜 마당에 둘의 그림자가 머리카락 한 올마저 보일 만큼 선명했다.

"갈게!"

순지가 혜명의 목 뒤로 팔을 둘러 안았다. 길게, 아주 길게 안았다.

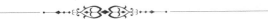

혜명은 가을이 깊게 드리운 마을을 내려다보았다. 열다섯 호가 덜 되는 작은 마을에 혜명과 순지의 집은 서로 한 집 건너에 있다. 이엉갈이를 하지 않은 혜명의 집은 지붕이 거멓게 죽고, 돌담 위로 주렁주렁한 홍시의 진홍 빛깔이 죽은 지붕을 배경으로 선명하다. 집 안팎은 잡초가 빈틈없이 우거져 멀리서도 폐가의 스산함이 확연히 드러나 보인다.

달이 대낮처럼 밝았고 접동새가 지칠 줄 모르고 울던 그날 새벽, 긴 포옹을 끝으로 순지와 헤어진 후 여섯 달이 흘렀다. 그때 마당에 길게 드리웠던 순지의 그림자가 먼 전생의 기억처럼 바깥마당의 그 자리에 찍혀 있다. 지난 여섯 달을 혜명은 육십 년 같은 아득한 시간으로 반추한다. 그날 있었던 일들의 기억이 토막토막 끊어진 환영으로 쇠죽방과 바깥마당에서 어른거린다.

혜명은 꿇어앉아 무덤을 향해 말했다.

"아버지, 어머니, 형! 왜 당신들만 여기에 있습니까, 뭣 때문에 저만 혼자 남겨두신 겁니까? 아버지, 왜 그러셨어요? 외로우셨습니까? 그러면 형이라도 남겨두셔야지요. 저는 어떡하라고 그러신 겁니까. 저를 벌 줄 작정이셨나요? 네? 아버지! 말씀 좀 해보세요. 누구든 말씀을 해주세요. 아무 말이라도 말이 듣고 싶어요."

혼잣말은 점점 울먹임으로 변했고, 마침내 말을 잇지 못하고 혜명의 어깨가 흔들리기 시작했다.

혜명은 오래 울지 않았지만 울음을 그친 뒤에도 그 자리에 잠든 듯 엎드려 있었다. 늦가을 석양이 비스듬히 기울 즈음에야 혜명은 머리를 들었다.

"아버지, 어머니, 형! 안녕히 계십시오. 오래 찾아뵙지 못할 것 같습니다."

혜명은 무덤을 향해 절을 한 뒤, 지팡이에 의지한 긴 그림자와 함께 남쪽을 향해 발걸음을 옮겼다.

병

순지의 배가 확연히 높아진 무렵, 희경은 혜각사에 전화를 했다. '처녀의 몸으로 무슨 볼일이 있어 출가 사문을 찾는고?' 혜각사 노스님의 시퍼런 목소리가 전화기를 '쩡' 하고 울릴 것만 같아서 마음이 조마조마했다.

"혜명 스님은 여기 안 계세요. 벌써 오래 됐어요."

우려와는 달리 전화기 저편에서는 넉넉하고 편한 목소리가 건너왔다. 봄에 순지와 함께 보았던 공양주 보살이었다.

"네, 아주머니, 그 키 큰 스님은 계시죠?

"계시기야 하죠. 하지만 덕운 스님도 혜명 스님이 어디에 계신지는 모르실 거구만요."

"네, 아주머니. 제가 그 덕운 스님을 좀 만나고 싶어서요. 내일 그곳에 가려고 합니다. 아마 점심때가 좀 지나서 도착할 것 같아요."

전화를 끊자마자 희경은 다시 기훈에게로 전화를 걸었다. '희경

씨 같은 미인의 청을 거절할 수야 없지요', 조금은 꾸미는 말투였지만 기훈은 함께 혜각사에 가달라는 희경의 부탁을 반기는 눈치였다.

　조수석에 앉은 희경은 반쯤 감은 무렴한 시선으로 기훈의 옆얼굴을 바라보았다. 기훈은 머리를 길게 길렀다. 희경은 보라색 재킷의 옷깃을 덮은 기훈의 긴 머리가 그의 흰 얼굴과 썩 잘 어울린다는 생각을 했다. 능숙한 솜씨로 핸들을 다룰 때마다, 걷어 올린 재킷의 소매 아래로, 빈약하지도 넘치지도 않은 두 팔의 근육이 보기 좋게 꿈틀거렸다. 팔오금에서부터 손등까지 부드럽게 도드라진 정맥은 흰 살갗 아래서 얼음 속의 물풀처럼 푸르스름하고 곱다.
　세련된 수컷, 어느새 희경은 남자를 벗겼다. 안개등처럼 흐릿한 조명 속에서 벗은 남자의 몸이 꿈틀꿈틀 움직였다. 남자의 몸이 아나콘다와 닮았다고 생각하던 희경은 자신도 모르게 묘한 웃음을 흘렸고, 그것을 들키지 않으려고 눈을 크게 치켜뜨며 표정을 고치는데 아나콘다가 머리를 쑥 내밀었다. 희경은 흠칫 고개를 돌려 차창에 머리를 던지듯이 기댔다.
　"왜 그렇게 보셨어요?"
　기훈이 전방을 주시한 채 물었다.
　"제가 누굴 봤다고 그러세요?"
　"아니, 방금까지도……."

희경은 강물 쪽으로 시선을 돌리며 쿡 웃었다.

"고마워서요. 기훈 씨가 아니었다면 지금쯤 엄청 불안에 떨고 있을 텐데, 전 아직까지 멀리 운전해서 나가는 건 겁나거든요."

"우린 서로 비슷한 생각을 했군요. 저도 모처럼 기분이 상쾌해서 희경 씨가 고마운 중이었으니까요."

"기훈 씨, 정말 괜찮으세요?"

"뭐가요?"

"편한 마음으로 가시냐구요?"

"글쎄요, 제가 워낙 속없는 사람이라서."

"그런 말 아닌 거 모르세요?"

"하하하!"

기훈이 크게 웃었다. '그런 말 아닌 거 모르세요?'라는 희경의 말이 왠지 정겹게 들렸다.

"물론 마음이 편하다면 거짓말이겠지요. 그러나 받아들이기로 했습니다. 그리고 한 번 보고 싶다는 생각이 들더군요. 그 스님이라는 사람들이 도대체 어떤 분들인지 알고 싶기도 하고요."

양수리를 지나 북한강으로 접어들면서 물빛은 훨씬 더 청량해졌다. 가끔 젖은 모래를 실은 덤프트럭이 아스팔트 위에 물을 흘리며 지나칠 뿐 길은 한적했다. 산자락 뒤에 숨었던 강이 컨베이어벨트처럼 모습을 드러내었다가 빠르게 뒤쪽으로 밀려났다.

희경은 차창에 턱을 고이고 강물을 내려다보았다. 강물 속에서 산과 구름이 같은 속도로 흘렀다. 가벼운 현기증을 느끼고 몸을 시트에 묻으며 기훈에게로 고개를 돌리는데 다시 아나콘다가 눈앞에 어른거린다. 그녀는 자신을 향해 '참 싫다!' 입속말을 하며 다시 차창에 머리를 기댔다.

그들을 태운 승용차가 혜각사의 천왕문 계단 앞에 멈춰 섰을 때, 키 큰 스님의 모습이 바로 눈앞에 나타났다.

"덕운입니다."

스님은 합장을 했다. 그는 낮았으나 우렁우렁한 목소리로 자신을 알렸다. 그의 말은 '당신들이 나를 찾아온다는 말은 전해 들었다. 그러니 피차 시간 낭비할 것 없지 않느냐? 바로 용건부터 얘기하라'는 무언의 압력처럼 들렸다. 얼떨결에 희경은 마주 합장을 했고, 기훈도 황급히 허리를 숙였다.

희경이 '저~' 하며 입을 떼었으나 혜명이라는 이름을 얼른 떠올리지 못하고 머뭇거리자 덕운이 말문을 열어주었다.

"혜명 스님이 어디에 계신지는 저도 모릅니다."

듣기에 따라서는 매우 무례하게 들릴 수도 있는 말투였다.

"봄에 뵈었을 때, 음성에서 만나기로 하셨다고 그러셨는데, 무슨 말씀이 없으셨는지요?"

"그때 음성에서 만나지 못했습니다. 대신 전화를 받았지만 별로 드릴 말씀은 없습니다."

"통화하실 때 저희가 다녀갔다는 말씀은 안 하셨어요?"

"미처 못 했습니다. 그럴 만한 분위기가 아니었으니까요."

거기까지 말을 마친 덕운은 '이제 더 이상 할 말이 없지 않느냐'라고 묻듯이 희경을 물끄러미 내려다보았다. 역시 할 말을 찾지 못하고 마주 바라볼 뿐인 희경은 뭔가 편치 않은 심사로 인해 호흡이 가빠졌다.

"그럼……."

덕운이 합장을 했다.

"스님, 그 스님이 계신 곳을 찾을 방법은 없을까요?"

돌아서는 덕운을 향해 희경이 물었다.

"혜명 스님께서는 세속의 인연에는 관심이 없으십니다."

덕운은 고개를 돌리지 않은 채 짧은 한마디를 흘리고는 돌계단 위로 뚜벅뚜벅 걸음을 옮겼다. 천왕문 안으로 걸어 들어가는 덕운의 어깨가 시야에서 사라지기 직전에 희경이 발악하듯 소리를 질렀다.

"친구가 아파요. 언제 죽을지 모른단 말예요! 죽기 전에 한 번만이라도 만나게 해줄 순 없는 건가요? 그것마저도 안 되는 건가요?"

하지만 덕운은 뒤돌아보지 않았고 희경의 목소리만이 그가 모습을 감춘 천왕문 처마 끝에서 잠시 공허한 울림으로 머물렀다.

혜각사를 내려오는 길은 눅눅히 쌓인 낙엽이 카펫을 깔아놓은 듯 푹신했다. 늦은 가을, 바람 한 점 없는 하늘에서 쉼 없이 흘러내리는 나뭇잎들이 앞 유리와 보닛 위에 노랗고, 붉고, 푸릇푸릇한 반점들을 만들었다.

가을 산의 풍경에 마음을 던져놓고 있는 희경에게 기훈이 말을 걸었다.

"희경 씨, 거짓말을 곧잘 하시던데요?"

"후훗! 저도 그 생각 중이에요. 근데 모르겠어요, 왜 그런 말을 했는지."

희경은 소리 내어 웃었다. 그녀는 한 번 웃기 시작하자 그칠 줄 모르고 상체를 출렁이며 까르륵까르륵 웃었고, 나뭇잎 사이로 언뜻언뜻 비치는 가을 햇살이 그녀의 희고 가지런한 치아와 목덜미를 타고 흘러내렸다.

기훈의 호흡이 가빠졌다. 축적된 습이 전류가 흐르듯이 온몸의 세포를 흔들어 깨웠다. 기훈은 계곡을 돌아나가는 모퉁이에 나무숲으로 가려진 호젓한 공간을 발견하고 그 속으로 차체를 밀어 넣었다. 사이드브레이크를 끌어당기며 기훈은 거칠고 긴 숨을 천천히 불어냈다.

차에서 내린 기훈은 반대편으로 돌아가 희경의 문을 열었다. 차에서 내리는 희경의 벌어진 앞섶 사이로 가슴이 보였다. 기훈은 손을 내밀어 희경을 부축한 뒤에 곧바로 그녀의 허리를 낚아

채 차의 옆면으로 밀어붙였다. 낮은 신음소리를 내며 희경이 기훈의 목을 안아 오고, 둘은 입술을 섞었다. 밀착된 하복부를 비집으며 기훈이 익숙한 손놀림으로 희경의 스커트 속을 더듬어 가는데, 그때 희경의 목소리가 그의 귓속을 파고들었다.

"왜 차를 세우셨어요, 기훈 씨?"

기훈은 고개를 번쩍 들었다. 희경이 의아한 눈으로 그를 쳐다보았다.

"아, 아닙니다! 아무것도……."

핸들을 꽉 움켜쥐며 머리를 좌우로 흔드는 기훈, '하마터면 그르칠 뻔 했어. 윤기훈 정신 차려! 지금은 때가 아니야. 조금만 더 뜸을 들이는 거야.' 기훈은 그녀가 순지의 단짝 친구라는 사실을 상기하며 브레이크를 풀었다. 그리고 카오디오의 스위치를 '온'으로 돌렸다.

희경은 혜각사에 다녀온 사실을 순지에게 숨겼다. 숨겼다기보다는 그냥 모르는 편이 낫다는 생각에 말을 하지 않았을 뿐이다. 먼 길을 다녀오기는 했지만 순지에게 전해줄 만한 아무런 성과도 없었고, 기훈이 동행한 것 역시 순지가 반길 만한 일은 아니었다.

혜각사를 다녀온 며칠 후, 희경은 그날도 순지에게 가기 위해 집을 막 나서는데 전화벨이 울렸다.

"신경숙 산부인과 병원입니다. 혹시 서희경 씨인가요?"

"네, 그런데 무슨 일로……?"

"이순지 씨 일로 좀 봤으면 합니다만, 오늘 시간 되세요?"

그제야 퍼뜩, 희경은 수색시장 옆의 그 조그만 산부인과병원을 떠올렸다. 순지와 함께 병원을 들렸었고, 그때 오십 대의 원장이 희경의 전화번호를 따로 묻기에 가르쳐준 기억이 났다.

순지는 배가 불러오자 회사를 그만두고, 대학 삼 학년 봄부터 세 들어 살던 집에서 나와 수색의 조그만 아파트로 옮겼다. 주위 사람들의 따가운 시선도 감당하기가 쉽지는 않았지만, 그 문제라면 마음먹기에 따라서는 오히려 의연하게 대처하는 편이 낫다고도 생각했다. 숨긴다고 언제까지나 숨겨질 일도 아니지만, 어차피 남의 일이란 한낱 얘깃거리에 지나지 않기 때문이다. 다만 희경의 고집을 이기지 못해서 순지는 이사를 했고, 병원도 집 가까운 곳으로 옮겼다.

"아이를 낳은 담에는 독신주의를 선포하는 거야. 그리고 아이는 입양했다고 하는 거구. 복잡할 것 하나 없어. 아자! 아자!"

희경은 링에 오르는 권투선수를 응원하듯이 순지에게 주먹을 불끈 쥐어 보였다.

산부인과 의사가 순지의 검진 결과를 말해 주었다.

"검사를 한 내과전문의가 마침 내 친구이기도 하고, 그리고 피검

자가 임신 팔 개월째인 특수한 경우라서 내게 먼저 의논을 해왔어요. 간단히 설명을 드릴 테니까 자세한 것은 대학병원으로 가셔서 그 선생님을 직접 만나보세요."

의사가 한 말의 요지는, '순지가 처음 병원을 찾았을 때부터 얼굴색이 예사롭지 않았고, 구역질을 심하게 해서 유심히 보았는데 입덧과는 느낌이 달랐다는 것. 암 검사를 받게 한 결과 위에 악성종양이 발견되었다는 것, 예정일을 두 달여 남긴 임신부라 중절수술이 불가능하며 항암치료 역시 할 수 없다는 것. 아기를 낳을 수는 있겠지만, 문제는 그때쯤 종양이 얼마나 자라 있을지가 문제라는 것' 등이었다.

'아니 이 여자가 지금 무슨 말을 하는 거야?' 희경은 귀를 의심했다.

'아니야! 이건 현실이 아닐 거야! 내가 잘못 들었을지도 몰라! 희경은 머리를 흔들며 자신의 청각을 부정하려 했지만 그럴수록 의사의 목소리는 소방차의 사이렌 소리만큼이나 스산스럽게 귓가를 휘저었다.

희경은 순지가 암 검사를 받은 대학병원 의사를 찾아가 만났다. 미혼인 채로 임신을 한 순지에게 그녀만 보고 사는 노모 한 분만이 계시다는 사실을 털어놓고 사정을 한 끝에 들은 얘기는 산부인과 의사가 전해준 말과 다르지 않았다.

저녁나절에야 희경은 순지의 아파트에 도착했다.

"지난번에 넣어 둔 것도 그냥 있는데, 입맛이 없어서."

순지가 희경이 들고 온 시장바구니를 받아들며 말했다.

"입맛은 내가 더 없어, 기집애야."

희경은 식탁의자에 털썩 주저앉으며 식탁 위에 놓인 육아 책을 벽 쪽으로 확 밀쳤다. 희경은 점점 불러오는 순지의 배를 보는 것만큼이나 육아 책을 읽는 순지가 보기 싫었다. 더군다나 순지가 스님의 아이를 낳아 기르는 일이 자신의 사명이라도 되는 것처럼 결연함을 보일 때는 속까지 메스꺼워지곤 했다.

"엄마가 전화를 하셨어. 동석 오빠가 왜 소식이 없냐고."

예사로운 목소리를 가장하려 했지만 순지의 목소리에는 진한 걱정이 묻어났다. 희경은 순지의 말은 무시한 채 식탁 앞 벽에 걸린 달력만 바라보고 있었다. '잊으시라고 해. 세속 인연 따윈 관심이 없으시데.' 그녀는 며칠 전 혜각사에서 만났던 덕운의 말을 떠올렸다.

그때 순지가 뜻밖의 말을 했다.

"오빠를 찾아야겠어!"

"찾아서 어떡할 건데?"

희경이 순지에게로 고개를 돌렸다.

"돌아오라고 할래."

"오라면… 온대?"

희경이 힘이라고는 전혀 없는 눈으로 순지를 올려다보았다. 순지는 희경과 시선만 한 번 마주치고는 입을 다물었지만 순지의 눈은 '그래, 오라고 하면 올 거야!'라고 말하고 있었다.

"며칠 전에 내가 절에 다녀왔어. 덕운인가, 그 농구선수 같은 스님이 그러더라. 행방을 찾을 수도 없지만, 찾더라도 너 따윈 관심도 없다고."

희경은 숨겼던 말을 하고 만다.

"……잘 계시기는 한데?"

"한심하기는, 네가 그럴수록 난 그 인간이 더 싫어져!"

희경이 발끈했다. 희경은 분을 참지 못하겠다는 듯이 다시 쏘아붙였다.

"넌 내 말을 어디로 듣니. 행방을 모른다고 했잖아!"

겸연쩍게 웃으며 순지가 희경의 어깨에 손을 얹었다.

"미안해, 희경아. 힘들게 거긴 왜 갔어."

"이젠 한심하지도 않네. 미안한 게 고작 그거구나."

기진한 듯이 식탁에 엎드리는 희경의 목소리에 울먹임이 섞여들었다.

"내 말대로 애만 지웠어도 좋았잖아!"

엎드린 채로 희경이 악을 썼다. 그러자 순지가 희경의 등에 얼굴을 포개며 그녀의 어깨를 끌어안았다.

"처음부터 아기를 원했던 건 아니야. 근데 아기가 생겼고, 차라리 잘됐다는 생각이 들었어. 오래 전부터 난 오빠와 나의 아기를 가지고 싶다는 생각을 했었거든."

희경이 순지를 밀치고 앉으며 그녀의 얼굴을 똑바로 쳐다보았다. '누구보다도 순지가 알아야 해. 생명의 주인으로서 당연한 권리이자 책임이기도 하지만, 그보다도 순지라면 병을 이겨낼지도 모르잖아.'

희경은 한 가닥의 희망을 순지에게서 붙잡고 싶었다. 평소 다른 사람의 눈에 비치는 순지는 남다른 자제력과 신중함이 몸에 밴 사람이었고, 그것이 그녀의 단아한 용모와 어우러져 그녀 특유의 여성적인 매력과 카리스마를 만들어냈다. 그런 순지의 내면세계에 대해 희경은 깊은 신뢰를 가지고 있었기에, 순지라면 자기로서는 흉내조차 낼 수 없는 뭔가를 해낼지도 모른다는 생각을 하는 것이다.

희경은 담담한 목소리로 의사가 그녀에게 한 말을 순지에게 전했다. 순지는 고개를 숙인 채 희경의 말에만 귀를 기울였다.

"혜명 스님은 내가 어떻게 해서든 찾아볼게."

의사의 말을 순지에게 전한 뒤 희경이 말했다.

순지는 혜명을 찾겠다는 희경의 말에만 간단히 대답했다.

"아니, 찾지 마. 안 찾을래!"

희경의 기대와는 달리, 순지는 믿기지 않을 정도로 빠르게 무너져갔다. 날이 갈수록 순지는 매우 혼란스러운 심리상태에 빠져들어 자제력을 잃고 울먹이는 일이 잦았다. 장차 태어날 자신의 아이를(무사히 태어날 지도 미지수지만) 스스로 돌보지 못한다는 사실이 여자에게 어떤 의미인가에 대해서는 희경의 생각이 미치지 못했던 것이다.

"아이를 낳을 수 있을까. 낳더라도 누가 키우지?"

"치료해야지. 넌 이겨낼 수 있어. 넌 강해. 내가 알아."

순지와 희경 사이에 여러 차례 같은 말이 되풀이되곤 했다.

희경의 마음속에서 순지가 자신의 병을 이겨낼지도 모른다는 기대를 버렸을 때, 희경은 기훈과 함께 순지의 고향 마을, 갈미리를 찾아갔다.

"지금 순지에게는 어머님이 필요해요. 같이 가주세요."

서울로 가자는 희경의 말이 채 끝나기도 전에, 고성댁은 두 팔을 휘둘렀다.

"나는 안 간다. 애비도 없이 아 놓는 년, 내 눈으로는 못 본다."

고성댁의 초췌한 모습이 새삼스럽게 희경의 눈에 선명히 들어왔다. '순지 어머님도 생명력이 꺼져가고 있다.' 희경은 직감했다. 오직 좌절과 분노로 인한 거친 호흡만이 남아 그녀의 육신을 지탱하는 것처럼 보였다. '이 분을 모셔가서 순지가 위로를 받을까? 오히려 순지를 더욱 고통스럽게 하지는 않을까? 그렇다고 그냥 돌아간다면… 그 후에 일어날 일들을 내가 감당할 수 있을까?'

"어머님, 순지 씨가 건강이 좋지 않습니다. 어머님을 몹시 보고 싶어 합니다."

희경이 생각을 정리하는 사이 기훈이 희경을 대신해 입을 뗐다.

"와, 어데가 아픈데?"

고성댁의 눈빛에 두려움이 스쳤다. 고성댁은 말을 더듬거렸다.

희경이 대답을 못하고 머뭇거리자, 고성댁은 처음 보는 기훈을 돌아보았다.

"와 말을 몬하요? 죽을병이라도 걸렸소?"

"위에 종양이 있다고 합니다."

기훈이 말했다.

"종양? …뭐시고, 그라믄 그게 암이라 카는……?"

희경이 고성댁의 손을 감싸 쥐는데 고성댁의 눈언저리가 파르르 경련을 일으켰다.

"이기 무신 소리고? 이기 무신 일이고?"

고성댁은 전신을 부들부들 떨었고, 그 떨림이 희경의 손으로 전해졌다.

고성댁은 무슨 말인가를 하려 했으나 말이 되어 나오지 않는 듯 입술을 더듬거리다가 갑자기 옷장을 열고 옷가지들을 주섬주섬 챙기기 시작했다. 부릅뜬 눈에서는 불티가 뚝뚝 떨어졌다.

고성댁은 한 손에 옷 보퉁이를 들고 몸을 일으키며 희경을 재촉했다.

"가자, 순지한테 가자!"

희경이 얼른 다가가 부축을 하려는데, 고성댁은 황급히 도로 주저앉으며 전화기를 끌어당겨 어딘가로 전화를 했다.

"영동아잰교? 내요, 급합니더. 얼른 우리 집에 좀 오소."

전화기를 놓자마자 고성댁은 장롱 깊숙한 곳에서 서류봉투 두 개를 꺼냈다.

조금 후, 찾아온 오십 줄의 남자는 단순한 농사꾼만은 아닌 듯했다. 그는 바깥출입을 하려던 참이었는지 자전거를 끌고 사립문을 들어섰다.

남자가 마루에 앉기도 전에 고성댁이 말했다.

"여기 우리 전답문서 전부하고 인감도장 있심더. 다 팔아 주소. 집만 놔두고 다 팔아 주소."

고성댁은 봉투 하나를 사내 앞으로 내밀어 두고, 다른 하나는 도로 장롱 속 본래의 자리로 넣었다.

"아지매, 뜬금없이 무신 소린교? 이유라도 알아야 팔든지 말든지 하지요?"

남자는 난감한 얼굴로 희경과 기훈을 번갈아 힐끔거렸다.

"아재요, 급합니더. 우리 순지가 모진 병이 든 모양이라요. 넘들이 알 건 없고, 아재만 알고 있으소. 그라고 땅은 내놓으면 오래 안 갈 깁니더. 우리 땅 탐내던 사람들 더러 있었으니… 시세에 조금 빠지더라도 속히 팔아주소."

급히 말을 쏟아내며 고성댁은 자리에서 일어섰다.

고성댁을 태운 승용차가 갈미리를 빠져 나올 무렵에는 해거름 햇살이 뉘엿했다. 초겨울 바람이 갈미벌의 마른 갈대 위를 쓸고 가는 소리가 고성댁의 숨소리를 닮아 있었다.

"순지야! 순지야!"

고성댁은 울부짖었다. 그녀는 참혹하게 변해 버린 딸의 얼굴을 감싸 안으며 이름만 거듭해서 불렀다. 처음 몇 번인가 비명처럼 딸의 이름을 부르던 목소리는 급격히 쇠잔해지더니 마침내는 신음처럼 크르릉 거리기만 하였고… 그 후 며칠 사이에 고성댁은 혼자서는 운신조차 어려울 만큼 기력을 잃었다.

희경은 고성댁이 상경한 며칠 후 회사를 그만두었다. 그 즈음 순지의 얼굴은 누가 봐도 그 끝이 멀지 않았음을 알아차릴 수 있었고, 희경은 그 상황을 감당하기에 힘이 부쳤다. 하지만 그녀는 온몸으로 그 명확한 사실에 맞섰다. 아니 맞서고 싶었다고 해야 할 것이다. 스스로 그 상황을 인정하지 않으려 안간힘을 쓸 뿐, 마음은 이미 그 무서운 순간이 닥치기 전까지 둘의 우정에 대한 책임을 다해야 한다는 절박함에 쫓기고 있었는지도 몰랐다.

다행히도 희경에게 기훈이 큰 의지가 되었다. 번거롭고 귀찮은 일들은 대개 기훈이 도와주었기에 그나마 희경은 숨을 쉴 수가 있었다. 한때 순지에게로 집중되었던 기훈의 '지성이면 감천'이란 신조는 이제는 고스란히 희경에게로 옮겨와 있었다.

그날은 겨울 날씨 답지 않게 훈훈했다. 희경이 기훈의 전화를 받은 건 그녀가 순지의 아파트에서 나와 주차장으로 향하던 늦은 저녁이었다.

"희경 씨, 피곤하시죠? 이러다간 희경 씨까지 쓰러질까 걱정입니다."

훈훈한 바람과 함께 기훈의 목소리가 희경의 오감을 파고들었다. 어둠 속에서 옷 속을 파고드는 훈훈한 바람은 거부하기 힘든 유혹의 촉수를 지녔고, 희경은 그 유혹을 물리치지 못하는 자신을 알았다. 아니 어쩌면 그것을 기다리고 있었는지도 몰랐다.

희경이 말했다.

"기훈 씨, 저 술 한 잔 사주실래요?"

그날, 희경은 기훈과 맥주를 마신 뒤 그가 이끄는 대로 호텔에 들었다. 기훈은 아나콘다처럼 그녀를 감아왔다. 그녀 역시 목마른 사람처럼 기훈을 마주 안았다.

두 번째 약속

　어둑한 산길을 걸어 오르는 혜명은 산모롱이를 돌 때마다 만나는 생소한 풍경에 기이한 생각마저 든다. 억새풀이 질펀하던 산허리와 더덕향이 밴 골짜기, 길가에 드문드문 박힌 바윗돌과 그 사이에 돋아난 머위 잎까지도 눈을 감으면 선명한 그림처럼 눈앞에 떠오르지만, 육 년이란 시간 탓인지 희미한 달빛 아래서 보는 길은 익숙한 풍경보다는 낯선 풍경이 더 많다.

　동석과 순지가 어머니들을 따라 처음 월명사에 간 때는 아마 초등학교 이 학년이거나 삼 학년이었을 것이다. 그때도 순지는 동석의 뒤만 졸졸 따라다녔었다. 그런 순지를 두고 두 엄마가 무슨 말인가를 하며 웃던 기억이, 오래된 책갈피 속에서 단풍잎 하나가 툭 떨어지듯 떠오른다.

　초등학교 육 학년 때는 월명사에서 고시공부를 하던 형에게 어머니의 심부름을 다녔었다. 그리고 다시 문득 떠오르는 것은, 큰스님의 '허, 그놈 참!' 하던 소리다.

　저녁예불이 끝났는지 경내는 인기척이 없고 공양간의 여닫이문
틈에서만 불빛이 새어나왔다. 발자국 소리를 들은 늙은 공양주 보
살이 공양간에서 머리만 내밀고 절뚝거리며 돌계단을 오르는 객승
을 지켜보았다.

　육 년이 흘렀으나 변한 것이 눈에 띄지 않는다. 큰스님의 거처는
옛 모습 그대로, 빗살 창호에서는 발그레한 불빛이 스미어 나오고
까만 섬돌 위에는 고무신 한 켤레가 가지런히 놓여 있다. 바뀐 것
은 자신뿐이었다. 자신만이 '동석'이 아닌 '혜명'이라는 이름으로,
잔등에 얹힌 걸망마저도 버거워 보이는 지친 객승의 행색을 하고
있다.

　혜명의 동여맨 발을 보시고 큰스님께서 '됐어, 한 번만 하시게'
하며 말렸으나 혜명은 천천히 삼배를 올리고 스님 앞에 앉았다.

　"저 아래 갈미 마을에 살던 김동석입니다. 육 년 전에 스님께 머
리를 깎아달라고 졸랐던……."

　큰스님은 난데없이 쳐들어온 객승의 얼굴을 한참이나 들여다 본
뒤에야 이윽고 반색을 했다.

　"그래 맞아, 자네로구먼. 그런데 왜 이리 몸을 상했노? 폼 잡고
많이 돌아다녔구먼."

　눈가에 장난스런 웃음을 지으며 하신 말씀이지만 혜명은 가슴속

이 먹먹하다. 송곳 하나 꽂을 틈도 없이 절박한 심정으로 내면세계의 미망과 맞섰던 지난 석 달이었다. 그것은 오직 참회하는 한 마음이었고, 산 너머 어딘가에 떨어진 연을 찾아 얼레를 되감으려는 처절한 몸부림이었다. 그 인고의 시간을 스님은 폼 잡고 다녔다고 한다. 그러나 혜명은 아니라고 부정하지 못한다. 아니, 부정하는 마음이 고개를 들지 않는다.

혜명이 큰스님의 그 한마디를 코끝에 매단 채 지난 석 달간의 여정을 머릿속으로 그려보는데, 큰스님은 다시 말을 덧붙였다.

"사치하는 마음을 걷어내야 해. 수행은 멋으로 하는 게 아니거든."

이건 또 무슨 소린가, 사치라니? 멋이라니? 순간, 인광과도 같은 하얀 섬광이 혜명의 정수리를 관통했고, '쩡-' 어릴 적 겨울 새벽의 그 얼음 터지는 소리가 고막을 흔들었다.

"스님, 제게 가르침을 주십시오."

"가르치고 배울 게 무엇이더냐?"

"제가 중이 된 데는 스님 탓이 반입니다."

"허허허! 애프터서비스를 해달란 소리냐?"

"예, 해주십시오!"

어릴 적부터 할아버지처럼 따랐던 큰스님과 몇 마디 말을 나누는 사이 혜명의 마음에는 주체할 수 없는 서러움이 차오르기 시작했다.

"스님, 저는 부처님과의 약속을 지키지 못했습니다."

말을 다 하기도 전에 목울음이 섞이며 고개를 숙이는 혜명의 두 볼에 눈물이 주르륵 흘렀다.

"……."

"용서받지 못할 죄를 지었습니다. 부처님은 말씀이 없으시고, 저는 그분의 말씀을 짐작할 수가 없습니다."

"죄를 지어서 중생이 아니더냐. 그리고 용서는 네 마음속의 부처가 하는 게야."

"제 마음속 부처라면……?"

"네 스스로 용서하는 것이 먼저다 그 말이야. 자신이 자신을 용서할 때에야 부처님도 비로소 용서를 하는 것이지. 그리고 더 이상 약속을 저버리지 않을 자신이 생길 때, 그때 다시 약속을 하면 되는 거구."

혜명은 지난 석 달 동안 그 약속을 거듭 했었다. 발자국 하나하나마다 참회와 약속을, 인장을 찍는 마음으로 새기며 걸었다. 그런데 큰스님의 입을 통해 듣는 '약속'이란 말의 무게는 지금까지와는 다른 태산 같은 울림으로 다가왔다.

"올 겨울은 여기서 지내면서 몸부터 추스르게. 그 몸으로는 아무것도 할 수가 없겠어."

스님은 문밖의 어둠 속 어딘가를 꿰뚫어 보기라도 하듯 묵직한 시선을 창호에 둔 채 말을 이었다.

"지금 몸 바꾸면 백 번을 고쳐 나도 그 자리가 그 자리야. 사람 형상 부지하기도 쉽지 않아. 마침 여기 미련한 젊은 중 하나가 와 있으니 말벗도 될 테고."

혜명은 앉은 자리에서 반배를 올리고 큰스님의 방을 나왔다. 방을 나와 지팡이를 집어 드는데, 어둠 속에서 윙윙거리는 소리와 함께 수많은 하루살이들이 혜명을 에워쌌다. 혜명은 문득 자신의 몸에서 역한 냄새가 난다는 생각을 했다. 승복을 언제 빨아 입었는지는 기억도 없지만 당장 온몸이 땀으로 미끈거리고 있다. 뿐만 아니라 오랫동안 위가 빈 탓인지 언제부턴가 식도를 통해 음음한 냄새가 올라오기도 했다.

어둠 속에서 회오리바람처럼 윙윙거리는 미물들의 소리는 현실 세계의 소리가 아닌 영혼의 소리로 들렸다. 끊임없이 돌아가는 윤회의 수레바퀴에 오물처럼 묻어 있는 음습한 유정들의 소리, 그것들이 자신에게서 풍기는 악취를 좇아 몰려드는 것인지도 몰랐다.

혜명이 손을 휘저으며 계단을 내려오자 어떤 젊은 스님이 그를 기다렸다. 큰스님께서 말씀하신 미련한 중이 그였고, 법명은 '우일'이었다.

혜명은 오랜만에 절밥을 먹은 뒤, 몸을 씻고 자리에 누웠다. 우일 스님이 혜명에게 마련해준 처소는 오래 전 형이 머물렀던 그 방이었다.

석 달 만에 천정으로 하늘을 가린 방에 몸을 눕혔다. 봉창 아래

놓인 작은 앉은뱅이책상과 그 앞에서 책을 보는 형의 모습이 깜박이는 불빛처럼 눈앞에 나타났다가 사라지고, 동시에 혜명은 깊은 수렁 아래로 굴러 떨어지듯이 잠속으로 빠져들었다.

월명사에서 겨울을 나는 동안 혜명의 몸은 빠르게 회복되었다. 치아의 윤곽이 밖으로 두드러져 보일 만큼 야위었던 얼굴에 차츰 살이 붙기 시작했고, 거무죽죽하게 죽었던 눈언저리도 조금씩 핏기를 보이기 시작했다. 발톱이 빠진 자리에서는 보드랍고 맑은 새 발톱이 밀고 나왔다.

몸이 조금씩 회복되면서 혜명의 마음도 빠르게 안정을 찾아갔다. 지난 수개월 동안의 고행이 가져다준 정신적인 카타르시스 효과도 있었겠지만, 무엇보다도 직접적인 계기는 큰스님의 말씀이었다.

'용서는 네 마음속의 부처가 하는 게야… 더 이상 약속을 저버리지 않을 자신이 생길 때, 그때 다시 약속을 하면 되는 거구' 스님의 말씀을 듣는 순간 혜명의 막혔던 가슴에는 작은 틈이 벌어졌고, 그 틈새 사이로 바람 한 줄기가 파고들면서 비로소 숨통이 트이기 시작했던 것이다.

혜명은 절집의 일상에도 차츰 익숙해졌다. 정해진 시간이 되면 어김없이 반복되는 조석예불과 사시마지, 공양 등 절집의 일상 하나하나가 더없이 소중한 일과로 자리를 잡아갔다.

새벽 세 시, 우주의 기운이 동쪽에서부터 열리는 시각에 '똑또르 ~ 똑또르~' 부전 스님의 도량석 목탁소리를 시작으로 절집의 새벽이 열린다. 부전 스님의 다라니와 목탁소리가 산사의 정적을 깨우는 동안, 혜명은 종루에 올라 어둠을 향해 고요히 합장을 한다.

도량석에 이어 사방찬과 도량찬이 끝나면, 이윽고 종송을 알리는 금종과 더불어 파지옥진언과 장엄염불 소리가 우렁우렁 들리고, '문차종성 이고득락', 후렴의 끝 소절에 맞추어 목탁소리가 똑또르 내리면, 혜명은 절집 사물을 차례로 두드린다.

법고를 쳐서 땅에 사는 네 발 중생을 제도하고, 목어를 두드려 바닷속 미물을 건져내고, 운판을 울려서 하늘의 날짐승을 구제하고, 범종을 쳐서 지옥중생까지 끌어내어 삼악도의 일체 중생들이 고통에서 벗어나기를 염원한다.

혜명은 조석예불에 사물을 전담하겠다고 자청했다. 법고로부터 시작하여 목어와 운판을 두드리고, 범종까지 치고 나면 차가운 겨울 새벽에도 잔등이 후끈해졌다.

"과앙 ~ "

"과앙 ~ "

"과앙 ~ "

종마치를 길게 뒤로 빼서 힘껏 당좌를 겨냥해 부닥칠 때마다 범종소리가 어둠을 뚫고 뻗어나가 얼어붙은 산야를 흔들어 깨운다. 범종 속에서 맴돌던 여음이 빠져나오기를 기다렸다가 다시 종마치를 뒤로 빼서 부딪쳐간다.

　새벽 범종은 스물여덟 번을 친다. 욕계의 6천과 색계의 18천, 무색계의 4천에까지 범종소리를 울려서 일체 중생의 번뇌를 쉬게 하기 위함이다. 저녁에는 서른세 번을 치는데, 도리천忉利天 33천의 방방곡곡에 범종소리가 고루 울려 퍼지게 하기 위함이다.

　혜명이 그 비현실적이고 이상한 경험을 한 것은 늦추위가 기승을 부리던 어느 날이다. 그날 새벽, 종루를 향해 가는데 밤새 내린 눈으로 발목까지 푹푹 빠졌다. 목덜미가 서늘하여 돌아보니, 그때까지도 큼직한 눈발이 법당 앞의 불빛 위로 줄줄 흘러내리고 있었다.

　스물한 번째 범종을 쳤을 때였다. '과앙~' 소리에 이어서 여음이 '웅~' 하고 이어지는데, 갑자기 혜명의 몸이 범종의 진동과 공명하여 소리를 내기 시작했다. 조금 전까지 귀에 들리던 종소리는 온데간데없이 사라지고, 혜명의 몸에서 범종소리가 뿜어져 나오는 것이 아닌가. 그 소리는 육신의 감각기관으로 듣는 소리가 아니었다. 혜명 자신이 바로 범종이었고 소리였다. 아니 어쩌면 사람도 범종도 없이 오직 소리만이 존재하는지도 몰랐다.

　혜명은 그 신기한 현상이 멈출까 봐 스물두 번째부터는 여음이 끝나기도 전에 종을 쳤는데, 그 현상은 스물다섯 번째 타종을 할 때까지 지속되다가 그쳤다. 몸의 진동이 사라지자 종소리는 다시 귀를 통해 들렸다.

그날 새벽, 혜명은 두 번째 약속을 부처님께 올렸다.

"능지!"

혜명은 종루 바닥에 이마가 닿을 때마다 숨 가쁘게 '능지'를 외쳤고, 백여덟 번의 오체투지를 마친 뒤에 생각을 다듬어서 마음에 다짐을 두었다.

'부처님! 차라리 목숨을 버리는 한이 있어도 소승이 또다시 약속을 저버리는 일은 없을 것입니다.'

아침 공양을 마친 뒤 우일이 물었다.

"혜명 스님, 오늘 새벽에는 종을 좀 달리 치시더군요."

"아 예, 그랬습니다."

"큰스님께서 '오늘은 종소리가 조금 다르구나.' 하셨습니다."

우일이, 새벽예불 중에 큰스님이 하신 말씀을 혜명에게 전했다.

스님의 아이

　혜명이 월명사에서 겨울을 나던, 1월 20일 오전 11시경에 순지는 제왕절개로 사내아이를 낳았다. 그날은 새벽부터 싸락눈이 흩날리다가 아침이 되자 함박눈으로 바뀌었다.

　아기의 몸무게가 보통의 신생아에 비해 조금 부족한 것 외에는 정상이라는 말을 듣고 순지는 얼마간 혼수상태에 빠졌다. 의식이 돌아온 것은 누군가가 창문의 커튼을 젖혀 여는 소리가 들렸을 때였다.

　'눈이 참 푸지게도 내리네. 아기가 복을 많이 타고 났나 봐.' 간호사의 가물가물한 목소리가 의식 속을 비집고 들어왔다. 순지는 울었다. 처음에는 소리 없이 눈물을 흘리다가 차츰 턱을 떨며 흐느껴 울었다.

　희경은 순지가 아기를 낳자 곧바로 그녀가 항암치료를 받도록 주선하였으나 순지는 어머니의 병상 곁을 떠나려 하지 않았다. 서울에 왔던 첫날, 병든 순지의 모습을 보고 정신을 놓았던 고성댁은 끝내 맑은 의식을 회복하지 못한 채 연신내의 조그만 종합병원에 누워있었다.

"어머니 곁은 내가 지킬게, 어머니가 원하시는 건 너가 사는 거야."

희경의 말에 순지는 희미한 웃음만 보일 뿐이었다.

"그동안 난 엄마에게 너무 이기적이었어. 이제 내가 할 수 있는 거라곤 떠나실 때 곁을 지켜드리는 것뿐이잖아. 엄마는 나보다 먼저 가셔. 얼마 남지 않은 거 같아."

순지는 자신에게 남은 짧은 시간 동안에 자신이 해야 할 두 가지에 대해 명료한 예정표를 짜놓고 있었다. 그 중 한 가지는 어머니가 살아 계시는 동안 한 번이라도 더 눈을 맞추어서 어머니와 딸로서 맺은 인연을 확인하고, 떠날 때 잘 가시라 손 흔들어 드리는 것이며, 또 다른 한 가지는 자신이 죽기 전에 아이가 자랄 곳을 정해주는 일이었다. 순지는 아기를 낳기 전보다 더 자주 구토를 했고 구토 속에서는 피가 섞여 나왔다.

"내 정신이 흐려지기 전에 입양 보낼 곳을 알아봐 줘. 아이를 키울 사람이 어떤 사람인지 내 눈으로 보고 싶어."

순지가 아이를 입양 보낼 곳을 알아봐 달라는 말을 했을 때 희경은 많이 울었다. 그날 희경은 혜각사에 또 한 번 전화를 했다.

"혜명 스님의 친구가 위독해요. 죽기 전에 두 사람은 꼭 만나야 해요. 시간이 없어요. 혜명 스님의 행방을 찾아서 이 사실을 알려야 해요. 그리고 덕운 스님께도 말씀을 꼭 전해주세요. 부탁드립니다."

희경은 전화기 저편의 공양주 아주머니를 향해 연신 절을 하며 혜명 스님을 찾아 달라 애원하였고, 마지막엔 자신의 전화번호를 또박또박 일러주며 받아 적게 했다.

"후훗! 그러니까 스님께서 남의 연애 뒷수습 때문에 하산을 하셨다는 거죠? 그리고 저는 그 일을 돕느라고 약속한 장소로 스님을 모시고 가는 중이고."

영숙은 오른손으로 핸들을 두드리며 웃었다. 그녀는 승복을 입은 진국의 모습을 처음 보았지만 형부나 오빠가 아니라 스님이라 불렀다.

'나밖엔 없어서, 그분의 말이라도 들었다가 전해줄 사람이……'
뒷좌석에 앉은 덕운은 대답을 입 속에 담아둔 채 스쳐 지나가는 시가지 풍경만을 내다보고 있었다.

덕운이 산에서 내려온 직접적인 이유는 혜명을 대신하여 순지라는 여자를 만나보기 위해서지만 그 외에도 한 가지 이유가 더 있었다. 덕운은 이 기회에 영숙과의 사이에 있었던 낯 뜨거운 기억을 털어버리고 싶었다. 별다른 대화가 필요하지는 않으리라 생각했다. 다만 승복을 입은 모습으로 그녀를 만나서 마주보고 웃어버리면 되리라고 덕운은 믿었다.

작년 봄, 진국이 경석 남매와 함께 음성농장을 처음 방문하던 날이었다. 그날 해질 무렵에 시작된 술자리는 어둠이 짙게 깔릴 때까지 이어졌다. 경석은 주량도 대단했지만 입심 역시 주량에 못지않아 모두를 유쾌하게 만들었다. 특히 인경과 영숙은 연신 자지러지게 웃었다. 그렇게 이른 봄 농장의 밤은 황토방의 고색한 정취와 잘 익은 모과주 향기에 젖어 깊어갔다.

"진 선생이 주량만 받쳐준다면 내가 여기를 한 달에 한 번은 올 텐데 말이야. 허허허!"

두 되들이 주전자를 세 번이나 비우고 나서야 경석은 만족한 듯 뒤로 물러앉았다. 그런 뒤 무성과 바둑을 두었다.

진국은 밖으로 나왔다. 낮에 보았던 기억을 더듬어 목련당 둘레의 숲을 벗어나자, 산자락에 농장의 모습이 어슴푸레 드러났다. 밭두렁을 따라 산기슭 쪽으로 손수레길이 나 있고, 손수레 길이 끝나는 즈음에 굵다란 소나무 한 그루가 있었다. 진국은 소나무에 등을 기대고 마을을 내려다보았다. 마을에서 개 짖는 소리가 컹컹 들렸다.

그때 저만치 목련당의 불빛이 새어나오는 곳에서 누군가 길을 따라 산기슭으로 올라왔다. 산책을 나올 만한 사람은 영숙밖에 없다는 생각을 하며 진국은 담배 한 개비를 피워 물었다.

담배 하나를 다 태웠을 때쯤, 조금 어리광을 부리는 듯한 비음 섞인 목소리가 난향과 함께 밀려왔다.

"담뱃불을 등대 삼아 왔어요."

영숙이었다.

"나도 처제가 오는 줄 알았어."

"형부, 저 담배 하나만 주실래요?"

"으응……?"

혹시 잘못 들었나 싶어서 진국이 어리둥절 하는데, 영숙은 쿡쿡 웃었다. 그리고는 춤을 추듯이 두 팔을 치켜들고 밤하늘을 올려다보았다.

"아! 좋다. 밤바람이 이렇게 시원할 줄 몰랐네!"

그리고는 불쑥 진국을 향해 돌아섰다.

"대학 다닐 때 다들 조금씩 피워보거든요. 근데 오늘 왠지 피워보고 싶네요."

평소 말을 아끼던 그녀와는 달랐다. 뭔가 작정한 듯 목소리가 상기된 그녀에게 진국이 담배 하나를 건네고 불을 붙여주었다. 진국과 나란히 소나무에 등을 기댄 영숙의 입에서 담배불빛이 발갛게 달아오를 때마다 그녀의 얼굴이 불빛과 함께 깜박였다. 그러기를 몇 번인가 반복하던 영숙이 몸을 돌려 진국을 올려다보았다.

"무슨 생각하셨어요. 오빠?"

"어, 응?"

진국은 적잖이 당황한 듯 했으나 애써 태연을 가장했다.

"왜… 안돼요? 전엔 그렇게 불렀잖아요. 아니면 불쌍하고 아픈 이름을 끼워서 불러 드려요?"

"처제."

"꼭 그렇게 박현숙의 동생, 박현숙의 남편이라고 상기시켜야 해요? 난 오빠에게 그냥 영숙이가 될 수는 없는 거예요?"

술기운과 어리광이 섞인 목소리였으나 말은 매우 도발적이었고 서두름이 느껴졌다. 진국은 자신도 모르게 소나무에 기대고 있던 등을 뗐다. 조금 둔감한 데가 있는 그였지만 영숙의 마음을 전혀 눈치 채지 못할 리는 없었다. 하지만 영숙에게서 그런 낌새를 느낄 때마다 진국은 오히려 자신을 나무라곤 했다. 그런데 막상 우려했던 바가 눈앞에 닥치자 머릿속에는 아무런 생각도 자리를 잡지 못했다.

진국이 할 말을 찾지 못하는 사이에 더욱 당황스러운 사태가 벌어지고 말았다. 영숙이 뒤에서 진국을 와락 껴안아버린 것이다. '처제!' 진국은 다급한 목소리로 영숙을 불렀고, 영숙은 진국의 허리를 더욱 힘주어 안으며 그의 등에 얼굴을 묻고는 꿈을 꾸듯 중얼거렸다.

"그냥, 그냥 계셔주셔요. 제발요!"

그녀는 소중한 무엇을 절대로 놓치지 않으려는 사람처럼 진국의 허리를 조여 안으며 들릴 듯 말듯 중얼거렸다.

"말하지 마세요. 아무 말도……."

힘겨운 침묵의 시간이 째깍째깍 흘렀다. 그러나 시간이 흐를수록 시야를 가려주는 어둠이 조금씩 아늑하게 변해갔다. 타인의 강요에 의해 어쩔 수 없이 받아들인 피동성과, 그로 인한 안도감 같은 것이 차츰 그의 마음을 어루만져 주었다.

영숙의 전신에서 미세한 떨림이 일어나고 그것은 진국에게로 고스란히 전해졌다. 어처구니없게도 진국의 몸이 깨어나기 시작했다. 세상과 부대끼며 산다는 것, 사람과 사람 사이에서 시시각각 일어나는 기쁨, 분노, 사랑, 즐거움 따위는 이미 자신과 상관이 없는 일이라 여겼던 그였는데, 몸이 기억하고 있었다. 육신이 되살린 기억은 스스로 그 사실을 납득하지 못한다거나 그로 인한 자괴감으로 가슴에 비수라도 박아 넣고 싶다거나 하는 것과는 상관없이, 오히려 그런 마음을 비웃기라도 하듯, 전신의 세포 하나하나까지 흔들어 깨웠다.

눈을 찔끔 감은 채, 아마도 실제보다는 훨씬 길게 느껴졌던 시간이 흐른 뒤, 진국은 머리를 좌우로 흔들며 눈을 번쩍 떴다. 그리고 토막토막 갈라진 목소리를 밀어냈다.

"처제, 술이 좀 과했던 것 같아. 이러면 안 되잖아."

진국은 영숙의 팔을 풀고 앞으로 걸음을 내딛었다.

'후회는 안 할 거야! 예전에 이미 들켰는걸 뭐.' 영숙은 입속말을 중얼거렸다.

발자국 소리가 진국의 귀에 들리지 않을 만한 거리를 두고 뒤따라 걷던 영숙은 토담집 가까이에 다다르자 진국의 등 뒤에 바짝 다가서며 그의 왼팔에 자신의 오른팔로 팔짱을 꼈다.

"형부, 화났어요?"

"……"

"화나셨구나."

"…… 그런 게 아니야."

"화났는데, 뭘."

"그렇지 않아. 나 자신이 부끄러웠을 뿐이야."

　진국은 생각했다. 영숙의 팔을 풀고 한 발을 앞으로 내딛던 짧은 순간 영숙이 다시 끌어안아주기를 바라는 또 다른 자신이 있었음을. 그리고 지금 이 순간에도 그의 몸은 첫서리를 맞은 대지처럼 긴장하고 있었다.

"형부가 왜 부끄러우실까. 내가 부끄러워야지."

　영숙이 진국을 올려다보았다.

　말과는 달리 그녀의 목소리는 그다지 부끄럽지 않았고, 듣기에 따라서는 남동생을 어르는 누나의 말투 같기도 했다.

　토담집 앞에 다다랐을 때 영숙이 물었다.

"형부는 앞으로 어떻게 하실 거예요?"

　진국이 얼른 대답을 못 하고 망설이자 영숙이 다시 물었다.

"그럼, 당장 내일은 어떡하실 거예요?"

"진 사범님이 양해를 해주신다면 여기에 좀 더 머무를까 해. 그분과 더 많은 대화를 나누고 싶기도 하고……."

"좋은 생각이에요. 여기서 푹 좀 쉬세요."

영숙이 반색을 하며 진국을 올려다보았다. 그리고 그의 얼굴을 물끄러미 바라보다가 팔짱을 풀며 말했다.

"그럼 안녕히 주무세요. 전 인경 언니랑 아랫집에서 잘게요."

토담집 쪽으로 걸어가는 진국의 등 뒤에서 영숙은 긴 숨을 내쉬었다.

'그래, 안 되겠지… 다들 안 된다고 하겠지. 하지만 그는 처음부터 내게 특별하게 다가왔어. 그런 마음을 난 끊임없이 나무라며 숨기려 했었어. 그가 언니의 남자라는 사실이 좋으면서도, 그러면서도 늘 그에게로 향하는 내 시선을 어쩌지 못했어.'

텅, 현관문 닫히는 소리가 들리고, 진국이 토담집 안으로 들어가는 모습을 지켜보던 영숙은 선 채로 잠시 울었다.

덕운과 희경이 약속한 장소는 고성댁이 입원한 연신내의 병원 옆 찻집이었다. 덕운과 영숙이 찻집에 도착했을 때 희경은 먼저 와서 덕운을 기다렸다.

"감사합니다. 이렇게 와주셔서."

희경이 가볍게 고개를 숙였다.

합장으로 인사를 한 뒤 덕운이 영숙을 소개했다.

"이쪽은 제가 아는 보살님인데……."

영숙에게로 시선을 돌리던 희경은 깜짝 놀랐다.

"어머나! 어머, 어머, 맞아요. 영숙 선배 맞죠?"

"그래, 맞아요. 기억나요. 졸업하고 사 년이나 지났는데 바로 알아보네."

영숙도 희경을 알아보았다.

"선배님이야 워낙 스타였으니까요."

"오히려 그쪽이 더 만만찮았죠. 그리고 늘 붙어 다니던 단짝도 있었는데, 유명한 커플이었지?"

"네, 순지요, 이순지. 그리고 저는 희경이구요, 서희경."

그들은 대학의 같은 과 선후배 사이로, 영숙이 희경의 두 해 선배였다.

"이렇게 만나다니 재미있네. 근데 희경 씨는 어떻게 지냈나요?"

"졸업하고 의류회사에 다녔어요. 순지도 같이."

"그 순지라는 친구 보고 싶네. 되게 참했는데……."

영숙의 말에 대답을 하지 않은 채 희경은 덕운에게로 시선을 돌렸다.

"친구는 집에 있어요. 같이 가셔요. 수색역 근처니까 멀지는 않아요."

"언니는 어떻게 지내세요?"

조수석에 앉은 희경이 영숙에게 물었다. 희경은 호칭을 언니로 바꾸었다.

"난 졸업하고 바로 오빠 회사에 나갔어요. 삼 년쯤 있다가 그만두고, 지금은 조그만 의류회사를 해요. 아직은 시작이지만. 현재는 판매와 디자인을 겸해서 내수시장에 주력하고 있는데, 앞으로 외국 유명브랜드 제품을 주문 생산하는 쪽으로 바꿔볼 생각이에요. 물론 디자인도 병행하면서죠. 그쪽은 어때요? 희경 씨 다니는 데는 어디죠?"

"그만뒀어요. 둘이서 같이 '세화'에 다녔었는데……."

"왜요, 거기 괜찮은데?"

희경은 잠시 머뭇거리다가 한숨을 푹 내쉬고는 순지의 얘기를 털어놓았다.

"언니, 지금 우리가 만나러가는 사람이 누군지 아세요? …순지예요, 제 단짝 친구, 순지."

"어머나! 그럼, 그 순지 씨가 바로 어떤 스님을 찾는다는, 그리고 암……?"

영숙은 '암'에 가파른 악센트를 찍었다.

"네, 그 순지가 지금 죽어가고 있어요. 그 비겁하고 염치없는 스님 때문에."

희경은 혜명이란 스님에 대해 노골적인 적의를 드러냈고, 적의는 이내 순지를 향한 푸념으로 이어졌다.

"저는 아무리 생각해도 순지를 알 수가 없어요. 싫다고 잠적해버린 사람을 뭣 때문에 그토록 연연하는지⋯ 재미있는 건, 그 스님도 자기를 사랑한다고 굳게 믿는다는 거예요, 순지가."

희경은 동의를 구하듯 영숙을 돌아보았다.

"그런 무조건적인 사랑, 오히려 부러운데요."

영숙이 오른손 손가락으로 핸들을 두어 번 가볍게 두드렸다.

"그렇더라도 미혼모는 되지 말았어야죠."

"무슨 말이죠?"

"지난달에 아이를 낳았어요. 처음부터 낳지 말자고 했지만 소용이 없었어요."

"그 스님의 아이를?"

영숙은 또 한 번 눈을 동그랗게 떴다.

"네, 순지는 아이를 낳아 기르는 걸 자신의 사명으로 알거든요."

"그렇군요."

뒷자리에 혼자 앉은 덕운은 상체를 움찔 떨며 호흡을 눌러 멈추었다. 자신도 모르게 두 여자의 얘기를 못들은 것처럼 가장하며 숨을 죽였으나 전신의 신경은 온통 두 귀로 모아졌다.

"언니, 도대체 순지가 하는 사랑은 어떤 이름을 붙여야 하는 걸까요? 순지를 보면 참 묘한 생각이 들어요. 피 한 방울 섞이지 않은 남녀 사이에 에로스적인 사랑으로는 이해하기 어려운 점이 너무 많거든요. 이런 유형의 사랑은 희랍신화에도 없지 않나요?"

"없겠지. 그러나 우리 조선시대 여인에게는 가능하지 않았을까. 순지 씨가 시대를 좀 늦춰서 사나 본데, 굳이 이름을 붙이자면 '순지적 사랑', 어때요? 새로운 사랑의 모델을 하나 만들지 뭐!"

영숙은 비음이 섞인 목소리로 재미있다는 듯이 말했다.

순지의 아파트에 도착할 때까지 덕운은 끝내 궁금증을 해소하지 못한 채 희경을 따라 엘리베이터에 올랐다. 영숙은 동행하지 않았다.

누가 봐도 죽음이 임박한 여자가 문을 열었다. 그녀의 눈자위 주변에는 푸릇한 음영이 고였고, 얼굴과 목에는 치자 물을 들인 것처럼 노르스름한 색깔이 침착되어서 가까이 다가서면 역한 냄새가 날 것만 같았다. 다만 옛 미모의 흔적만이 유적처럼 그녀의 이목구비와 숨길 수 없는 몸의 맵시에 남아 있었다.

순지가 권하는 일인용 소파에 앉아 덕운은 집안에 배어 있는 신생아 냄새를 폐 속 깊숙이 들여 마셨다.

"혜명 스님께서는 여전히 소식이 없으신가요?"

대답을 알고 묻는 그녀의 말끝은 독백처럼 공허했다.

"이틀 전에 혜명 스님의 전화를 받았습니다. 지난해 여름 이후로 처음 온 전화였는데, 제가 받지를 못하고 공양주 보살님이 받았습니다."

158

덕운은 희경에게로 시선을 옮겼다.

"긴 얘기는 없었던 것 같습니다. 부탁하신 말씀을 그대로 혜명 스님께 전했다고는 하시는데……."

덕운은 다시 순지에게로 시선을 옮기며 말을 이었다.

"혜명 스님께서 사람은 누구나 다 아프다고 하시며 힘드시더라 도 부디 이겨내시라는 말씀을 하셨답니다. 혜명 스님은 아마도 육 신의 병이 아니라 마음의 고통쯤으로 이해하셨나 봅니다."

덕운이 말을 하는 동안 희경의 얼굴이 점점 붉게 달아올랐다.

그때 덕운이 순지에게 물었다.

"아기를 한 번 볼 수 있을까요?"

순간, 순지는 곤혹스러운 얼굴로 희경을 노려보았고 동시에 희 경이 발악하듯 고함을 지르며 자리를 박차고 일어났다.

"그래, 등신 같은 기집애야. 니 잘났어! 그 자식이 그따위로 말하 는데도 넌 나한테 눈을 치켜 떠? 니 맘대로 해. 나쁜 기집애야. 내 가 다시는 니 얼굴을 보나 봐!"

희경은 문밖으로 뛰쳐나갔다. 쾅, 현관문 닫히는 소리가 들리고, 거친 발자국 소리가 복도를 지나 엘리베이터 쪽으로 멀어졌다. 발자 국 소리가 들리지 않을 때까지 고개를 숙이고 있던 순지가 천천히 무 릎을 짚고 일어났다.

"죄송합니다. 친구가 저 때문에 힘이 들어서, 이쪽으로 오시죠. 아기는 안방에 있어요."

방문을 열자 갓난아기 냄새와 함께 포대기 속에 누운 아기 얼굴이 덕운의 시야 가득히 들어왔다.

'이 아기가 혜명 스님의…….' 아기의 얼굴을 내려다보며 덕운은 입술을 깨물었다. 잠시 그러고 섰다가, 덕운은 무릎을 꿇고 천천히 고개를 숙여 아기 냄새를 들여 마셨다. 그때 아기가 눈을 떴다.

"헉!"

아기의 눈동자를 들여다보는 순간, 덕운은 어깨를 부르르 떨었다. 망울이가 있었다. 정확히는 아이가 눈을 뜨는 순간, 죽은 망울이가 아이의 얼굴 위로 겹쳐졌다. 무엇인가? 왜 이 아이가 망울이로 보이는가? 저 세상으로 간 망울이가 왜 이 아이처럼 느껴지는가?

호흡을 하기가 어렵다고 느끼기를 이삼 초, 전신의 혈관이 서서히 조여들기 시작하더니 뒤이어 밀폐된 공간에 감금된 것 같은 완전한 고립감이 덕운의 온몸을 짓눌렀다. 그것은 신경조직에 심각한 트러블이 일어나 전신이 조여드는 느낌이기도 하고, 레몬을 한 입 베어 물었을 때의 진저리가 오래 지속되는 것처럼 느껴지기도 했다. 그런 현상이 조금만 더 지속되면, 마치 회전 홈이 마모되어 헛도는 나사처럼 육신과 정신을 풀어헤쳐 버리고 말 것 같았다. 그런데 묘하게도 덕운은 그 경계를 넘지 않은 채 간신히 임계점을 붙들고 있었다. 이마에는 진땀이 배어나왔다.

꽤 긴 시간 동안 덕운은 아기를 향해 엎드려 있었다. 그러다가 그 야릇한 증세가 조금 진정되자 덕운의 입에서는 '나무관세음보살, 나무관세음보살!' 실성한 사람처럼 불호가 흩어져 나왔다.

한참 후 덕운이 몸을 일으켜 거실로 나와 걸망을 어깨에 걸치자 여자가 말했다.

"스님, 저는 혜명 스님을 찾지 않으려 합니다. 저를 위해 그분을 찾지 말아주세요. 그리고 혹시 만나더라도 아기 얘기는 하지 말아주세요. 꼭 그렇게 해주세요. 그럼……."

여자는 덕운을 향해 고개를 숙였다.

"나무관세음보살! 부디 쾌차하시기를……."

덕운은 가까스로 정신을 수습하며 여자를 향해 합장했다.

순지의 어머니가 입원한 병원으로 희경을 데려다주는 길에 덕운이 물었다.

"아기가 걱정이 됩니다만……."

"입양기관에 상담 중에 있습니다. 다른 방법이 없기도 하고, 친구도 그러길 원하니까요."

희경의 대답을 끝으로 세 사람은 입을 다물었다.

이튿날, 영숙은 덕운의 전화를 받았다. 산으로 떠난 줄 알았던 그가 전화를 한 곳은 음성의 농장이었다. 덕운은 인경이 아기의 입양을 원한다는 말을 전하며, 영숙이 다리를 놓아 입양을 주선해달라는 부탁을 했다.

"진 처사와 인경 씨 이상으로 미더운 사람을 찾기란 쉽지 않을 듯합니다. 그리고 무엇보다도 아이가 자라는 모습을 내가 지켜보고 싶어요."

덕운의 목소리에서 간절함이 묻어났다.

덕운은 한 가지를 더 당부했다.

"아기 어머니와 음성 쪽 사람들은 서로의 신상을 자세히 모르는 편이 좋을 듯합니다. 그 점에 대해서 좀 각별히 신경을 써주세요."

길운사

  덕운이 다녀간 후 한 달이 채 못 되는 동안에 순지는 어머니를 고향마을 뒷산에 묻고, 태어난 지 두 달된 아이를 다른 사람의 품으로 떠나보냈다.

  아이를 보낸 지 사흘 후, 순지는 지리산 반야봉 골짜기의 어느 비구니 사찰을 찾아가는 중이다. 희경이 운전하는 승용차의 뒷좌석에서 순지는 두 손으로 배를 움켜쥐며 뱃속의 통증을 견뎠다. 맷돌로 모래를 갈아대는 것 같은 타이어와 시멘트 포장의 마찰음이 차 내의 좁은 공간을 휘젓고, 머릿속은 마른 박속처럼 굳어갔다.

  이따금 희경이 '용인이네', '신탄진이야', '호남고속도로야' 하고 알려주었지만 순지의 귀에는 들리지 않았다.

  고성댁이 죽던 날, 그녀가 마지막 호흡을 몰아 쉴 때, 순지는 어머니의 두 손을 꼭 움켜쥐었다. 자신의 체온을 어머니의 영혼이 기억하기를 기도하며.

영동아재라 불렸던 남자가 장례로부터 삼우제를 지내기까지의 모든 일을 도맡았다. 묘지는 순지의 요구로 동석의 부모가 묻혀 있는 비탈 밭 한쪽 모서리에 썼다. 주인의 허락 없이 묘를 써도 되는지에 대해 말들이 있었지만, 영동아재가 나서서 '두 집안은 생전에 친동기간처럼 지냈을 뿐 아니라, 동석이 출가를 한 마당에 상관이 없지 않느냐. 만약 무슨 문제가 생긴다면 내가 책임을 지겠다'고 밀어붙여 해결을 보았다.

삼우제를 마치고 돌아와 앉는데 그가 사립문을 밀치고 들어왔다. 그는 마루에 걸터앉으며 담배 한 개비를 꺼내 불을 붙였다. 말을 하기 전에는 반드시 담배를 피워야 한다고 주장이나 하듯이 몇 모금을 연달아 빨아서 길게 뱉어낸 뒤, 그는 완강한 시선을 사립문 너머로 고정한 채 말문을 열었다.

"모친한테 들었겠지마는, 지난번에 자네 모친이 나에게 전답을 처분해 달라는 부탁을 했네. 여기저기 알아보았지만 적당한 임자가 나서지 않고 자네 모친은 급히 서두르고 해서 부득이 내가 인수하기로 했다네. 동석이네 전답꺼정."

사뭇 위압적이고 결연한 목소리로 말을 마친 그는 잠바 안 쪽 호주머니에서 봉투 하나를 꺼내 순지 앞으로 밀어 놓았다.

"워낙에 척박한 산골 땅이라 시세가 그리 높지는 않다네. 병원비며 장례비며 길바닥에 깐 돈을 제하고 나머지 돈인데, 큰돈은 수표

를 끊었고 잔돈은 현금을 넣었으니 확인을 해보시게. 매매계약서
와 영수증도 거기 있으니 살펴보고."

동석이네 땅까지 처분했다는 말은 어머니로부터 듣지 못했으나
순지는 딱히 대답할 말을 찾지 못했다. 장례식을 돌봐준 대가로 퉁
치기에는 말 같지도 않은 셈법이지만, 면서기로 평생을 보낸 이를
상대로 물정 모르는 병든 여자가 뭔가를 따지기란 부질없는 일이
었다. 또한 그도 그만한 정황이야 이미 계산을 마쳤을 터였다.

순지는 사내가 그만 일어나주기를 바랬지만 그는 뭔가 미진한 듯
스산하게 눈동자를 굴리며 앉아 있었다. 순지가 마지못해 '수고하
셨어요' 하고 한마디를 덧붙이자 그제야 사내는 엉덩이를 들었다.

"나야 뭐, 일가붙이라고는 멀어도 나밖에 없으니 내 할 일을 한
것뿐이고……."

혼잣말처럼 말을 한 사내는 희경이 안고 있는 아기 쪽을 외면하
여 걸음을 옮기다가 사립문을 나서기 전에 가래침을 칵 뱉고는 기
어이 한마디를 더했다.

"허 참! 동네 망신스러워서……."

아이를 입양 보내던 날, 희경은 순지의 곁에 앉아 그녀의 손을
꽉 움켜쥐고 있었다. '견뎌야 해. 의연한 모습으로 아이를 보내주
자!' 손에 힘을 줄 때마다 희경은 그렇게 말했고, 순지 역시 손으로
대답하고 있었다.

"아이 이름을 '동지'라고 지었어요. 아명으로 불러주셨으면 합니다."

순지가 인경에게 부탁했다.

"네, 동지 잘 키울게요. 훌륭하게 잘 키우겠습니다. 부디 걱정 마세요."

인경은 순지에게로 다가가 그녀의 어깨를 껴안았다.

'동지야!' 순지는 아이를 꼭 껴안으며 마지막 이름을 불렀고, 아이를 인경에게 넘겨준 후에는 더 이상 버티지 못한 듯 희경 쪽으로 스르르 무너졌다. 희경이 순지의 상체를 안아서 부축하자 순지는 실신한 듯 눈을 감았다.

아이를 떠나보내고 희경과 함께 돌아온 순지는 아이가 없는 빈방에서 '동지야! 동지야!' 아이의 이름을 불렀다. 순지는 소리를 낼 힘마저 모아지지 않은 듯 울음소리마저 내지 못한 채 오래 아이의 방에 엎드려 있었다.

삼거리의 한쪽 모서리에, '길운사'라고 새긴 허리 높이만 한 표석이 보였다. 표석을 따라 왼쪽으로 완만한 경사길을 오르자 길가 오른쪽에 굵은 글씨로 '반야봉가든'이라 쓴 아크릴 간판이 서 있고, 그 뒤로 붉은 벽돌집 하나가 눈에 들어왔다.

"우리 저기서 식사하고 갈까. 그러자. 이곳을 지나고 나면 마땅히 식사할 곳도 없어 보이는데……."

혼자서 묻고 혼자 대답하며 희경은 벽돌집을 향해 핸들을 꺾었다. 잔돌이 깔린 마당 안으로 들어서자 반질반질하게 윤이 나는 희한한 형상의 나무뿌리와 나뭇등걸들이 여기저기 널렸고, 마당 한 구석에는 아직 손질이 덜 된 나무들이 수북이 쌓여 있기도 했다.

벽돌집의 왼쪽으로 담장처럼 가지런히 쌓인 장작더미 너머의 텃밭에는 작년 가을에 심었던 얼갈이배추 포기와 고추 대강이에 매달린 마른 고추들이 찬바람에 흔들리고 있었다.

괴목들 사이에 쪼그려 앉아 뭔가를 하던 사내가 허리를 펴고 일어나며 그녀들을 맞았다.

"안으로 들어가세요. 방이 따뜻합니다."

제법 쌀쌀한 날씨에도 반팔 티셔츠 바람인, 중키에 꽁지머리를 동여맨 사내는 눈가의 주름으로 보아 오십 줄은 되어보였으나 티셔츠 소매가 팽팽할 만큼 팔뚝이 굵고 단단했다.

"오래 계실 건가요? 여긴 요양환자를 받지 않는데……."

물병과 컵을 소반에 받쳐 들고 따라 들어온 사내가 물었다. 말투로 보아 그는 사찰과 어떤 연관이 있거나 사찰에 대해 소상히 알고 있는 사람이었다.

"아뇨. 한 보름 기도하러 가는 거예요."

영숙이 대답했다.

"아, 예. 서울서 오신 것 같은데, 어떻게 알고 예까지 오셨습니까?"

"……."

사내의 의중을 분명하게 알지 못한 영숙이 묻는 눈으로 사내를 쳐다보았다.

"여기 사찰이 있는 거 아는 사람 많지 않거든요."

"네에……."

"전에는 등산객이 더러 다녔는데 반달곰을 풀어 놓은 뒤로 이 길은 막고 있습니다. 요즘은 사람 구경하기가 어려워요."

"아, 그랬군요."

"저기 보이는 높은 봉우리가 반야봉인데, 그 너머는 경상도 산청이고 이쪽은 전라돕니다. 계실 동안 뭐 필요한 것이 있으시면 전화를 주세요. 전화번호는 절에서 다 알고 있으니까요."

동그란 눈에 늘 선량한 웃음을 머금고 살 것 같은 사내는 초행인 두 사람에게 알려주고 싶은 것이 많은 듯했다.

희경은 산채비빔밥을 시키고 순지는 보온밥통에 준비해 온 죽으로 늦은 점심을 먹은 뒤 현관을 나오는데 사내가 얼른 명함 한 장을 집어주었다.

"조심해 가세요. 시오리 길이지만, 길이 시원찮아서 차로 가셔도 한 시간 가까이는 보셔야 될 겁니다."

사내의 목소리를 귓가로 흘리며 희경은 명함을 잠시 훑어보았다. 휴먼옛체로 굵게 쓴 '반야봉가든'이란 글씨 아래로 '주인 오 종

168

수'라 새겨져 있고 그 아래로는 작은 글씨로 산채백반, 순두부백반, 토종닭백숙 등이 적혀 있다.

계곡을 끼고 오른쪽을 따라 차 한 대가 지나기에도 넓지 않은 길이 산속 어딘가로 이어졌다. 계곡은 긴 겨울 가뭄에도 불구하고 적잖은 물이 흘러내렸고 바람이 세차게 불었다. 이른 봄의 산바람은 굵은 소나무 가지들을 사정없이 할퀴며 연신 질긴 천을 찢는 소리를 질러댔다. 계곡 속으로 진입한지 약 반 시간가량 지나자 길은 작은 돌다리를 건너 계곡의 왼쪽을 따라 이어졌는데, 그 어림에서부터는 두꺼운 얼음이 돌과 돌 사이에 들뜬 채 얹혔고 그 아래로 청량한 물이 콸콸 흘렀다.

반야봉 길운사(般若峯 吉雲寺)란 현판이 걸린 일주문을 지나 조금 가파른 길을 오르면서 계곡은 오른쪽의 낭떠러지 아래로 멀어지고, 왼쪽으로는 짙은 초록빛의 이끼가 뭉텅뭉텅 박힌 어른 키 높이 정도의 돌 옹벽이 길게 이어졌다.

사찰은 그리 크지 않았다. 세 개의 돌계단을 올라 천왕문을 들어서자 경내가 한눈에 들어왔다. 정면 높은 곳에 전서체로 쓴 관음전(觀音殿)이란 현판이 걸린 법당과 그 뒤 왼쪽으로 산신각이 보이고, 법당 아래의 마당에는 작은 석탑 하나와 석등 둘이 서 있다. 법당 왼쪽에 수선당(修禪堂)이란 당호가 걸린 네 칸짜리 선방이 있고, 오른쪽의 세 칸짜리 해행당(解行堂)은 요사채였다. 요사채 뒤에 네 칸

집이 하나 더 있었다. 승방과 지대방이었는데 근래에 새로 지은 집으로 보였다.

젊은 비구니가 두 사람을 새 건물의 승방으로 안내했다. 횡으로 나란히 칸을 지은 승방들은 방마다 외쪽짜리 미닫이문을 내었고, 그 앞으로 두 자 남짓한 너비의 쪽마루를 복도처럼 길게 깔아놓았다. 승방 안에 보이는 것은 스님들이 불경을 놓고 보거나 차를 마실 때 쓰는 물건인 듯한 작은 탁자 하나가 전부였다.

빈 방에 큼직한 트렁크 하나와 자잘한 가방 몇 개가 놓이자 방은 금세 비좁았다. 행선지가 사찰인지라 애써 단출하게 짐을 꾸렸는데도 막상 와서 보니 턱없이 많아 보였다.

희경이 그런 생각을 한 것은 아마 그 비구니 스님의 간결한 모습 때문인지도 몰랐다. 몸에 살점이라고는 찾아볼 수 없는, 법명이 '도명'인 비구니에게서 희경은 '무소유'를 떠올렸다. 소유란 그 만큼의 사유를 수반하는 것이고 보면, 소유의 부피만큼이 곧 감당해야 할 번뇌의 부피라 해도 좋을 것이다. 희경은 자신이 필요 이상으로 많은 것을 소유하고 있다는 생각이 들었다.

절복으로 갈아입는 순지의 옷매무새를 만져주며 희경이 물었다.

"아까 그 스님 말이야, 밥 먹고 사는 사람으로 보였어?"

"……?"

"물만 먹고 사는 스님이 있다는 말을 들은 적이 있거든. 그런 스님은 아침에 해가 뜨면 해를 향해 심호흡을 해서 에너지를 얻는다

170

고 그러데?"

"설마?"

"사실, 사람이 음식을 통해 에너지를 얻지만, 거슬러 올라가면 결국은 태양에너지에서 오는 거잖아?"

"그래서?"

힘이 부치는 목소리로 순지가 되물었다.

"중간과정은 생략하고 직접 태양에너지를 얻는다는 거지. 근데 아까 그 스님 말이야, 그렇게 말랐는데도 느낌이 이상하지도 않고 얼굴색이 건강한 걸 보면 참 신기해, 그지?"

그녀들이 젊은 비구니의 얘기를 하고 있는데, '똑똑' 노크 소리가 들리고, 이어서 당사자인 도명 스님이 문을 열었다.

도명 스님의 뒤를 따라 간 큰스님의 처소는 선방 건물의 끝에 있는 한 칸짜리 방이었다. 외쪽 여닫이 문 위에는 아무런 당호도 걸려 있지 않아서 누가 일러주지 않으면 찾기조차 어려운 작은 방이었다.

큰스님의 얼굴을 보는 순간 순지와 희경은 놀라움으로 가슴이 쿵쿵 뛰었다. '사람의 피부가 어쩌면 저렇게 투명할 수가 있을까!' 둘은 동시에 같은 생각을 했다.

큰스님의 피부는 속이 들여다보일 듯이 투명하고 맑았다. 자세히 보면 얼굴에 자잘한 주름이 보이기는 했으나 티 하나 없는 보풀

하고 부드러운 모습에서 도무지 나이를 가늠할 수가 없었다.

그리고 순지는 보았다. 스님의 육신을 둘러싸고 있는 빛, 그것은 앉아 계신 스님의 몸 주위에 서려 있는 보일 듯 말 듯한 백색의 빛이었는데, 나중에 희경에게 물어보았으나 그녀는 못 봤다고 했다.

큰스님은 법명이 용혜蓉慧였고, 세수 예순에 법랍은 마흔이었다. 평양에서 여고를 졸업한 뒤 육이오전쟁 시에 혼자 남쪽으로 내려와, 우연히 한 비구니 스님을 만난 인연으로 나이 스물에 출가하였다는 사실 말고는 상좌인 도명도 별반 아는 바가 없었다.

도명 스님이 일러준 대로 그들이 삼배를 올리려 하자 큰스님은 일배만을 허락하고는 두 사람을 끌어 앉혔다. 큰스님은 허리를 조금 앞으로 기울여 순지의 얼굴을 살폈다.

"어쩌누, 이렇게 힘이 들어서… 고통에서 벗어나려면 마음속의 집착을 벗어야 하는데, 그 또한 인연 따라 일어나는 것이고 보니… 나무관세음보살!"

큰스님께서는 들릴 듯 말듯 관세음보살의 명호를 읊조리며 순지의 얼굴을 찬찬히 뜯어보았고, 작은 방에는 침묵이 흘렀다.

희경이 조심스럽게 침묵을 깨뜨렸다.

"스님, 외람된 말씀이지만 제 친구는 목숨보다 소중하게 여기던 것을 스스로 떠나보냈습니다. 집착하고는 거리가 멉니다. 그리고 누구보다도 착하게 살았습니다."

"소중하게 여기는 마음도 집착이고, 떠나보내려 애쓰는 마음도 집착이에요. 그리고 부처님의 진리 안에서는 선악도 미추도 본래 없답니다. 다만 사람의 마음이 그것을 분별할 뿐이지요. 분별의 뿌리는 무명無明이에요. 무명에서 분별심이 나오고, 분별심이 애증과 집착을 부르고, 그로부터 일체 중생의 고통이 비롯되지요. 다만, 마음에서 무명을 걷어내면 보름달 같이 환한 마음의 달을 보게 되고, 고통에서도 놓여날 수가 있답니다."

알 수 없는 큰스님의 말씀을 듣고 있는 동안 두 사람은 마치 마술에라도 걸린 것처럼 마음이 진정되는 걸 느꼈다. 큰스님께서는 얼굴을 마주하고 있는 것만으로도 사람의 마음을 어루만져 줄 뿐 아니라, 마주한 사람의 마음속에서 아만을 쳐내고 그 자리에 겸손을 깃들게 하는 묘한 힘을 지닌 듯했다.

큰스님과의 두 번째 대면 기회는 의외로 빨리 왔다. 큰스님께 첫 인사를 드렸던 바로 그날, 저녁예불이 끝나고 얼마간의 시간이 흐른 뒤, 큰스님께서 도명 스님과 함께 그녀들의 처소를 찾았다.

스님은 반가부좌로 꼿꼿이 앉아 순지를 향해 물었다.

"이름이 순지라고 했던가요?"

"……."

순지는 앉은 채 허리를 조금 숙였다.

스님은 무슨 생각을 하듯 잠시 눈을 내려 감고 있다가 입을 뗐다.

"순지 보살, 내가 시키는 대로 한번 해볼래요?"

스님의 잔잔한 목소리가 방바닥에 깔리듯 건너왔다.

"……."

순지는 말이 없고, 스님이 또 한 번 물었다.

"해볼래요? 말래요?"

"……."

세상의 그 어떤 것이든 새롭게 시도할 기운이 순지의 몸과 마음
에는 남아 있지 않았다.

"대답을 하세요. 할건지, 말건지!"

스님의 목소리에 힘이 실렸다.

스님의 다그치는 목소리에 이끌려 고개를 든 순지의 시선과 스
님의 시선이 부딪치는 순간, 순지에게로 뜨거운 공기가 화끈 밀려
오는 듯한 묘한 느낌이 감지되었다. 그것은 일종의 빛과 같은 것이
었는데, 그것이 순지의 육신에 작은 힘을 보충해주는 듯했다. 동
시에, 지금까지 그녀의 목덜미를 짓누르던 실의와 분노, 체념 등이
한순간이나마 사라지고 대신에 '이분이 시키는 일이라면 무엇이든
할 수가 있겠다' 싶은 믿음이 들어앉았다.

"네, 하겠습니다!"

순지는 무엇에 떠밀리듯이 대답하고 말았다.

"그래, 그래야지. 아무 조건도 없이 나방이 불 속으로 뛰어들듯
이 그렇게 해야 돼!"

스님이 말을 이었다.

"내일부터 열흘 동안 부처님 앞에서 하루에 세 번씩 백팔배를 하세요. 그것을 끝내면 내가 다시 할 말이 있어요. 절하는 방법은 도명 스님에게 배우세요."

"……."

큰스님은 손을 내밀어 순지의 손 위에 당신의 손을 잠시 얹었다가 자리에서 일어났다. 바람이 스치고, 어둠 속으로 빠져드는 산사의 문풍지에 한기가 스며들었다.

달은 왜 보나,
손가락부터 봐야지!

혜명은 길게 뻗은 진주성 성벽을 아득한 눈으로 바라보았다. 꼭 다문 입가에 옅은 미소가 감돌았고, 눈에서는 봄기운 같은 생기가 뿜어 나왔다. 겨울 한철을 월명사에서 머문 것 말고는 달라진 것이 없었지만, 무상한 중생의 마음이란 하릴없이 천당과 지옥을 오가는 것이어서 마음이 처한 대로 몸 또한 천당과 지옥을 번갈아 사는 것이다.

삼층집 높이는 될 듯한 석벽에 아치형으로 뚫린 성문을 들어서자 남강의 벼랑 위에 팔작지붕의 우람한 목조건물이 모습을 드러냈다. 혜명은 촉석루의 계단을 천천히 올랐다.

걸망 끈을 양손으로 곧추 잡은 채 누각의 기둥에 기대선 혜명의 모습은 일견 낭떠러지 아래의 강물 위로 무심한 마음을 던져놓은 듯이 보였으나, 기실은 자신도 모르는 사이에 '이뭣고!', 얼레의 실타래를 붙들고 있었다. 그는 근자에 들어, 행주좌와일여(行住坐臥

一如〕에는 미치지 못하더라도, 화두를 들 때의 호흡이 순일하고 무
기無記에 빠지는 시간이 길지 않아서 한 번 나갔던 화두가 이내 제
자리를 찾아오곤 했다.

잠시 후, 혜명은 촉석루 오른쪽 곁에 나란히 자리한 의기사義妓祠
를 향해 발걸음을 옮겼다. 의기사는 논개의 영정과 신위를 모신 사
당으로 촉석루에 비해 작고 아담하여 둘의 조화가 마치 오누이의
모습처럼 보였다.

지수문(指水門)을 밀고 들어서자, 좁은 뜰을 사이로 사당의 여닫
이문이 손에 닿을 듯이 가까웠고, 작은 방 안쪽 벽의 족자 속에서
단아한 모습의 한 여인이 혜명을 바라보았다. 임진년 이듬해 칠월,
진주성 전투에서 이긴 왜군이 승전 연을 베풀 때, 왜장 '게야무라
노구스케'를 끌어안고 강물에 몸을 던진 여인이다. 그러나 그림 속
그녀의 어디에서도 그 같은 비장한 결기는 보이지 않는다. 그저 이
목구비가 곱고 단아한 여인이 있을 뿐이다.

"나무관세음보살!"

혜명은 논개의 영정을 향해 합장반배를 한 뒤, 돌계단을 따라 강
변으로 내려와 의암 위로 훌쩍 건너뛰었다.

사백 년 전, 한 의로운 여인이 불꽃같은 춤사위로 생을 마감했던
바로 그 바위 위에 서서 발아래의 강물을 내려다보는데, 물과 바위
가 일렁일렁 돌기 시작했다. 처음에는 천천히 일렁이던 것이 점점
속도가 빨라졌고, 혜명은 그 소용돌이 속으로 빠져들 것처럼 몸을

비틀거렸다. '아침 공양을 걸러서 인가?' 혜명은 찔끔 눈을 감았다 떴다.

어지럼을 털어내느라 걸망 끈을 불끈 추스르며 고개를 흔드는 혜명의 귀에 마치 산 너머의 소리처럼 아스라이 창칼이 부딪치는 소리와 북소리와 사람들의 알 수 없는 외침소리가 들리고, 사백 년 전 진주성을 피로 적셨던 그날의 환영이 눈앞에 어른거리기 시작했다.

뒤이어 숲속 어느 곳에서 한 줄기 고즈넉한 금현의 음률이 흘러나왔다. 들릴 듯 말 듯, 느릿한 진양조의 음률은 좀체 그 속내를 드러내지 않은 채 끓어오르는 현의 노래를 안으로 눌러 가두다가, 마침내 물굽이를 치듯 깊은 농현으로 중모리, 중중모리를 거쳐 자진모리로 짓쳐 나가며 가두어 두었던 격정을 풀어내었다.

가락은 급기야 비바람이 휘몰아치듯 처절한 슬픔을 담은 계면조로 변했고, 음률의 흐름을 따라, 그날 논개가 밟았던 발자국이 차례로 바위 위에 드러나 보였다. 혜명은 자신도 모르게 그 발자국을 따라 밟기 시작했다. 느렸다 빨라지고, 멈칫 섰다가 사뿐히 돌아 나가는 발자국들의 환영을 따라 혜명은 움찔움찔 춤을 추었다. 춤은 혜명이 알지 못하는 시간 속에서 알지 못하는 손길로 너울거렸다.

의식이 춤사위를 펼치는 손가락 끝으로 천천히 빠져나갔다. 속을 휘젓는 농현의 가락이 혜명의 의식을 송두리째 뽑아내기라도 할 듯이 격랑 위를 넘실거리고, 이윽고 승복 한 벌만이 바람에 너울거리는 것 같은 춤사위가 무르익어가던 중에, '따앙-' 혜명의 귓속에서 현이 끊어지는 소리가 폭발했다. 문득 혜명의 발이 멈춰섰다. 고개를 깊숙이 숙인 혜명의 시야에 아지랑이처럼 피어오르는 것은, 죽어가는 장졸들의 부릅뜬 눈과, 왜장의 허리를 조여 안은 여인의 붉은 입술과, 강물 아래로 곤두박질치는 진달래꽃빛의 포곡선과, 왜장 '게야무라 노구스케'의 경악하는 눈동자였다. 그리고 왜장의 이마 한쪽에 박힌 호두알만 한 검은 점이 강물 속으로 쑥 빠져들었다.

"나무관세음보살!"

혜명은 습관처럼 불호를 읊조렸고, 한참 동안 강물을 내려다보고 섰다가 고개를 들어 주위를 둘러보는데, 촉석루에서 강변으로 내려오는 돌계단과 강변 여기저기에서 사람들이 호기심 가득한 눈으로 그를 쳐다보았다.

그 스님은 돌계단의 중간쯤, 몇 그루 산죽 뒤에 서서 혜명을 내려다보고 있었다. 그와 시선이 부딪치는 순간, 무엇 때문인지 혜명은 황급히 고개를 돌렸다. 중키에 깡마른 체구, 강하면서도 안으로 잠겨든 눈매, 누더기가 다 된 승복이 첫인상의 전부였던 그는, 혜명이 다시 올려다보았을 때 등을 돌려 계단을 올라가고 있었다.

그러고 말았는데, 그를 진주 시외버스터미널에서 다시 보았다. 혜명이 대합실로 막 들어서는 순간, 맞은편 벽 쪽의 벤치에 앉은 그와 시선이 마주쳤고, 혜명은 또 한 번 그를 외면했다.

혜명은 순천행 차표를 사서 걸망 속에 갈무리 한 뒤 대합실을 나와 길 건너 작은 식당 안으로 들어섰다. 점심때가 지나서인지 식당에는 버스 기사로 보이는 한 사람이 식사를 하고 있을 뿐 한산했다. 혜명은 출입문이 비스듬하게 보이는 구석 자리에 앉아 된장찌개를 주문하고는, 의자에 등을 기댄 채 눈을 지그시 감았다. 아침 공양을 거른 터라 시장기가 몰려왔으나 머릿속은 명징하여 의암에서의 일이 생생하게 떠올랐다. '그 발자국들은 진정 논개가 마지막으로 풀어낸 춤사위란 말인가? 그리고 게야무라 노구스케'의 이마에는 실제로 호두알만 한 검은 점이 있었을까?'

식당 아주머니의 '어서 오이소.' 하는 소리에 이어 눈앞에서 펄럭하고 바람이 일 때까지도 감은 눈 그대로 상념에 빠져 있던 혜명은, 고개를 들어 눈앞의 인기척을 올려다보고 가슴이 철렁했다.

"좀 앉아도 되겠소?"

그 스님이었다.

"아, 예! 앉으십시오."

혜명은 얼른 일어났다가 그가 자리에 앉자 따라 앉았다.

"뭘 시켰소?"

"된장찌개를 시켰습니다만……."

"아주머니, 여기 밥 한 그릇만 더 주시오."

그는 밥만 한 그릇을 더 청했다.

"아니, 뭘 하나 더 시키시죠. 제가 대접하겠습니다."

"됐어요. 대신 된장찌개를 넉넉히 줄 거요."

그는 싱긋이 웃으며 혜명을 건너다보았다. 가까이서 본 그는 사십을 조금 넘긴 듯 보였으나 맑은 눈과 일자형으로 다문 입에서는 소년 같은 총기가 엿보였다. 그는 다소 나무라는 투로 입을 열었다.

"똥개도 동류를 알아보는 법이잖소? 많은 중생들 중에서 먹물 옷을 걸친 중생은 달랑 그쪽하고 나 뿐인데, 그래 무슨 생각으로 못 볼 것이라도 본 것처럼 한 거요?"

"스님 무슨 오해가 있으신 모양인데, 소승은 다만……."

"이보시오 젊은 스님, 낯간지럽게 그러지 말고 쉽게 얘기합시다. 혹시 중이란 게 부끄러웠던 건 아니오?"

"스님, 말씀이 지나치십니다. 제 한 몸뚱이야 부끄러운 것이 많습니다만, 중이 된 걸 부끄러워했다면 무엇 때문에 이러구 있겠습니까?"

혜명은 필요 이상으로 상체를 꼿꼿이 세우고 그를 쳐다보았다.

"그렇다면 다행이구. 그런데 마음 따로 몸 따로잖소? 중이 자랑스러웠다면 중을 보고 왜 피하나, 반가워서 손이라도 덥석 잡아야 맞는 거지. 안 그렇소?"

다행스럽게도 그의 말투는 한결 눅진하게 바뀌었다. 그러나 여전히 논점을 비켜가지는 않았고, 혜명이 대꾸할 말을 찾지 못하고 있는 사이에 그는 물 한 모금을 머금어 입술을 축인 뒤 말을 이었다. 그는 법문을 하듯이 일방적으로 얘기를 이어갔다.

"그러니 불자들이 업신여김을 받는 거 아니오. 불자들은 무슨 부끄러운 일이라도 되는 양 내놓고 불자라고 말도 못하고 쉬쉬 하잖소. 교회당 다니는 사람들 봐. 얼마나 떳떳한가. 예수 믿는다면 금방 형제고 자매야. 언제나, 누구 앞에서나 아버지 하나님! 어쩌고 저쩌고 하지. 그리고 어디서나 기도합시다, 예수 믿읍시다, 그러잖아. 누가 무슨 말만 해도, 할렐루야! 그러지. 얼마나 자부심이 대단해. 근데, 불자들은 어떻소? 대놓고 나 불자요, 부처님 가피 어쩌고 하는 사람 하나도 못 봤어. 지들끼리 모이면 온갖 소리 다하지. 부처를 믿는 것이 그렇게 눈치 보이면 관둬야지 뭣 때문에 싸들고 절에는 다녀. 그렇게 된 까닭이 어디에 있는지 아시오?"

그의 시선이 혜명을 찔러왔다. 혜명은 슬쩍 식당 안을 곁눈질해 보았다. 식사를 마친 남자가 계산대 앞에 서있고 새 손님 둘이 들어오고 있었다.

"글쎄요. 별로 생각해본 바가 없습니다마는……."

시큰둥하게 대답하는 혜명을 무시한 채 그는 다시 말을 이었다.

"불자들 중에는 불교가 미신적인 면이 있다고 오해하는 사람들이 의외로 많아요. 젊은 스님도 알겠지만 불교만큼 명확한 사실에 근거하고 과학적이고 논리적인 종교가 없잖소? 그것은 이미 현대 과학이 어느 선까지는 증명을 했고, 세계적인 석학들이 인정하는 바가 아니오? 그런데도 불자들이 왜 그런 생각을 하느냐, 신앙에 확신이 없기 때문이야. 중들이 그렇게 만들고 있어!"

"무슨 말씀이신지……?"

그의 도도한 목소리가 혜명의 목소리를 덮었다.

"종교는 기복이어야 해. 종교를 믿는 목적이 뭐요. 행복을 구하고자 하는 게 종교잖소. 기복은 부끄러운 게 아니야. 다만 복을 비는 방법이 문제야. 불자들은 복을 비는 방법이 부끄러워. 그 역시도 스님들 탓이야."

그가 말을 끊고 혜명을 바라보았으나 혜명은 묵묵히 눈을 내려감고 그의 말을 기다렸다.

"사람들이 흔히 불교를 현실 도피적이고 소극적인 종교라고 해요. 그런데 스님들의 법문을 들어보면, 불교만큼 적극적인 종교는 없다고 우겨요. 하지만 그 말이 제대로 가슴에 와 닿는 사람은 많지 않아. 꼭 철없는 아이들에게 '이게 맞는 거야!' 하고 타이르는 것처럼 들린단 말이지. 물론 중생이 부처가 되기 위해 한 몸 던지는 것보다 더 적극적인 게 어디 있느냐 하겠지만, 사람들 중에서 수행승이 몇이나 되며 수행승 중에서 제대로 하는 수행승이 또 몇이나 되냐 말이야. 제대로 된 수행승에게는, 중생의 삶이 곧 고해임을 깨닫고 괴로움의 근원을 찾아 소멸함으로써 영원한 행복을 추구하는 것이야말로 인간이 선택할 수 있는 가장 적극적이고 치열한 현실 대치 방법이라 할 수 있겠지. 하지만 나머지 불자들의 삶은 그렇지가 않아요. 오히려 매우 소극적이고 현실 도피적인 요소들을 불교는 다분히 가지고 있어요. 그래서 가난한 삶을 살 수밖에 없다 이 말이요.

대중의 행복을 위하는 것이라야 종교지. 물론, 행복의 조건이 무엇이냐, 모든 사람이 동의하는 보편타당한 조건이란 게 있느냐고 묻는다면 얘기는 달라. 그러나 어느 사회든 그 곳에서 절대다수가 공감하는 조건은 있는 거 아니겠소. 그것을 떠나서 대중의 행복을 논할 수야 없는 거잖소. 그러니 누가 절을 찾아오겠소? 그나마 얼마 남지도 않았어. 절에 다니는 할머니, 아주머니들 죽고 나면 지금의 유림 수준으로 떨어지고 말거요."

"아직 불자가 가장 많지 않습니까? 그렇게 알고 있는데요."

혜명이 얼른 되물었다.

"왜 이러시나, 젊은 사람이 눈도 귀도 없소? 그 숫자란 게 다 허수란 말이오. 예를 들어 여기 열 사람이 모여 있다 치면, 그중에 예닐곱은 교회고 두셋은 성당이야. 절은 하나가 있거나 아예 없거나 그 수준이란 말이오. 그런데도 통계는 왜 안 바뀌는지 이상하지 않소? 그거 들여다보면 재미있어. 잘 생각해봐요. 절 숫자가 많아서 이득 보는 자가 누군지를."

혜명이 침을 꿀꺽 삼키는데, 그의 얘기는 또 다른 곳으로 넘어가고 있었다.

"예배당 다니는 사람들이 그나마 나아. 머리 벗은 중이나 불자들이 남 위해 봉사하는 거 얼마나 봤소? 물론 있지. 그러나 저 사람들하고는 비교도 안 돼. 중들이란 게, 한쪽은 밥이 끓든 죽이 끓든 오직 지 한 몸 부처하겠다고 가부좌 틀어쥐고 앉았고, 다른 한쪽은 밥그릇 싸움이나 하고, 귀신 팔아서 돈이나 챙기고 그러잖소?

공부한다는 스님들도 한심하기는 마찬가지야. 금강경 해설서가 열두 가지도 더 되는데 모조리 달만 얘기하고 있어. 그래서야 무슨 수로 달을 찾나? 달은 왜 보나, 손가락부터 봐야지. 손가락을 봐야 진짜 달인지, 물속에 비친 달인지, 술잔 속의 달인지 알 거 아닌가. 금강경의 요체가 뭔지를 몰라. 엉뚱한 것만 가지고 요란법석을 떤단 말이야."

혜명은 그를 따라 산청으로 가는 버스를 탔다. 월명사를 나설 때의 생각은, 여기저기 만행을 하다가 사월 보름부터 송광사에서 하안거 한철을 나는 것이었다. 그럴 요량으로 보리암을 거쳐 찾은 곳이 진주였고, 진주에서 처음 들린 곳이 이름만 들었던 촉석루였다.

혜명이 그를 따라나선 까닭은, 순천으로 가는 여정에 한 열흘 여유가 있기도 했지만 굳이 이유를 찾자면, 그 스님의 눈에 밴 그늘이 혜명을 붙잡았는지도 몰랐다. 그는 대개 눈을 아래로 내려뜨고 있었으나 가끔 상대를 똑바로 바라볼 때는 섬뜩하리만큼 날카로운 눈빛으로 변했다. 혜명은 그의 눈빛이 부담스럽고 한편 주눅이 들기도 했지만, 그의 눈빛에는 뭔지 모를 쓸쓸한 그늘이 함께 읽혀지기도 했는데, 그 점이 사람을 안심시키고 끌어당기는 묘한 매력을 지니고 있었다.

버스가 출발하고부터 줄곧 차창 밖을 내다보던 그가 물었다. 눈은 여전히 차창 밖을 스쳐 지나가는 흰색 꽃무리에 둔 채였다.

"젊은 스님, 이름이 어떻게 되오?"

"혜명입니다."

"혜명이라……."

그는 혜명이라는 이름을 입안에 한 번 굴렸다.

"나는 이름도 없는 땡초일세. 내 이름은 묻지 마시게나."

"그래도 뭐라고 불러야 하지 않습니까?"

혜명이 별 생각이 없이 말했다.

"정 불러야 한다면 무명이라 하면 되겠네. 아니면 그냥 땡초라 부르든지."

그는 눈가에 명주실 같은 웃음을 지으며 혜명을 돌아보았다.

"스님, 계시는 곳은……?"

이름을 묻지 말라고 하였으므로 거처를 물었다.

"절을 묻는가 본데, 그런 것도 없소. 그냥 산골 마을 빈집에 혼자 살고 있다오. 도량이 따로 있는 게 아니잖소. 우주 법계가 다 도량이고 지금 있는 그 자리가 도량인 게지."

버스에는 사람이 많지 않았으나 그래도 빈자리보다는 앉은 자리가 많아 보였는데 봄기운에 취한 탓인지 별반 얘기 소리가 들리지 않았다. 두 사람도 그 말을 끝으로 입을 다물었다.

버스를 탄 지 한 시간이나 지났을까, 아스팔트길이 끝나고 비포장 길로 들어섰을 때는 서너 사람만이 앉아서 차창 밖의 봄 풍경을 내다보고 있었다. 얼마간 시간이 지나고, 땡초와 혜명만을 태운 버스가 멈춰 선 곳은 골짜기의 끝 동네였다. 지리산을 등지고 있는 마을엔 어느덧 어둑한 산그늘이 내려앉았다.

마을을 옆으로 끼고 오르는 좁은 산길을 앞장서 걷는 그의 목소리는 사뭇 상기되어 있었다.

"매화꽃이 아름답지 않소?"

"네."

"이름이 매화마을이라오."

"아, 네!"

"한 달쯤 지나면 찔레마을이 되지. 그 다음은 뻐꾸기마을이고, 고추마을이고, 억새마을이고, 그리고 눈꽃마을이야. 모두 다 내가 지었다오."

그는 마을과 산자락 여기저기를 손가락으로 가리키며 자랑을 했고, 혜명은 짧게 대꾸했다.

그가 들어선 곳은 마을에서도 제일 꼭대기 집으로 삼간초가에 조그만 헛간이 하나 마주보고 있었다. 집의 왼쪽으로는 오십 평가량 됨직한 텃밭이 보이고 무릎 높이의 야트막한 돌담과 찔레나무 덤불이 집과 텃밭을 하나로 묶어주었다. 축담 두 계단 위의 초가집은 방 둘에 부엌 하나가 딸렸는데, 방 앞의 좁은 공간을 차지하고 있는 작은 마루가 반질하게 빛났다. 사립문은 없는 것이나 다름없었다.

혜명은 그를 따라 집안을 둘러보았다. 헛간처럼 보였던 토방 안에는 대충 짜 맞춘 앉은뱅이책상 세 개가 아무렇게나 놓여 있고, 벽에는 백묵 자국이 남은 자그마한 칠판이 하나 걸려 있었다.

궁금할 틈도 없이 그가 얘기를 풀어놓았다.

"이 마을 학생들 과외선생 노릇을 좀 했어요. 학원 같은 건 냄새도 못 맡아보는 아이들이거든. 셋을 가르쳤는데, 그 중 하나는 대학에 들어갔고 한 녀석은 매실농장을 하겠다며 주저앉았지. 그리고 여자애 하나는 형편이 안 돼서 농협구판장에 취직을 했어요. 녀석들이 가끔 놀러와."

그를 따라 텃밭까지 둘러보고 나서 삼간집 마루에 앉았을 때는 막 떨어지는 일몰이 매화마을을 붉게 물들였다. 그는 삶은 고구마가 담긴 양푼과 김치 대접을 들고 와 혜명의 무릎 앞에 놓고 먼저 하나를 집어서 껍질을 벗겼다. 매화꽃잎 사이로 어둠이 스멀스멀 스며들었다.

"혜명 수좌는 왜 중이 됐소?"

그가 고구마를 한입 베어 물며 혜명을 쳐다봤다.

'왜 중이 됐소?' 출가의 이유를 묻는 것인지, 아니면 출가의 목적을 묻는 것인지가 분명하지 않은 모호한 질문이었다. 이유든 목적이든 혜명은 그 질문에 답을 하고 싶은 마음이 아니었으므로 입을 다물고 있는데 그 역시 딱히 혜명의 대답을 듣고자 한 것은 아닌 듯했다.

"부처가 되기 위해?"

물음으로 대답을 대신하고는 다시 말을 이었다.

"흔히 생사 일대사를 해결한다고 하는데 누구를 위해 뭘 해결한다는 것인지 생각해본 적이 있소? 그리고 붓다 이래로 얼마나 많은 사람이 그 일대사란 걸 해결했는지 혜명 수좌는 알고 있소? 평생을 가부좌 틀고 앉아 등짝 안 깔고, 눈 안 붙이고 그러다가 죽기 전에 이상한 소리 몇 마디하고 가면, 온 법계 중생의 마음에 법등을 켰느니 어쩌니 하지만, 그 후로 뭐 달라진 것 본 적 있소? 법등켜서 세상이 훤해졌소?"

"그러나 밝은 스님의 말씀 한마디는 분명 많은 사람의 가슴에 등불이 되는 것이 사실이라고 생각합니다."

혜명은 불쾌한 심기를 내비쳤다.

"그래요. 나도 그랬으면 하고 누구보다 간절히 바라는 사람이오. 그래서 온 세상에 불법의 가피가 충만해서 고단한 중생들이 위로받을 수 있다면 얼마나 좋겠소?"

그 말을 끝으로 그는 고구마를 한 입 베어 물고 우물우물 씹었다. 혜명은 왠지 땅거미에 가려진 그의 눈이 젖어 있다는 생각을 했다.

"스님은 왜 스님이 되셨습니까?"

이번에는 혜명이 물었다.

"부처가 되기 위해서지. 생사 일대사를 해결하기 위해서야. 다른 시시한 이유는 없소. 대학 졸업을 일 년쯤 남긴 겨울에 머리를 깎았지."

말을 하고 나서 그는 사립문 쪽으로 천천히 시선을 옮겼다. 그의 대답은 명쾌하고 단호했다. 하지만 혜명의 궁금증을 풀어준 것은 아무것도 없었다.

혜명은 그의 옆얼굴에 시선을 고정한 채 다시 물었다.

"스님은 어떤 분입니까? 말씀을 좀 해주실 수 있으신지요?"

"말해주면 혜명 스님이 바로 일어설까 봐 말을 못한다오. 하하하!"

"그러지 않는다고 하면 말씀을 하시겠습니까?"

"약속하겠소?"

"네!"

그가 푹 하고 웃음을 물었다.

"그래도 싫으이. 얘기하기가 귀찮아."

실망한 빛이 역력한 혜명에게 그는 한마디를 덧붙였다.

"나의 출가 동기는 이미 말했듯이 단순해서 더 얘기할 것도 없고, 내가 말하기 귀찮은 건 지금의 나에 관해서라오."

그 말을 끝으로 그는 방으로 들어가 전등을 켰다. 그가 기거하는 큰방에는 작은 소반 하나와 그 위에 책 몇 권과 향로가 놓여 있었다.

"혜명 스님은 작은방에서 주무시오. 거기 장롱 속에 이부자리는 충분히 있으니."

소반 앞 방석에 반가부좌로 앉으며 그가 말했다.

작은방으로 건너온 혜명은 불을 켜지 않은 채 벽에 등을 기대고 앉았다. '그는 무엇 때문에 나를 이곳으로 데려온 것일까? 나는 왜 그를 따라 이곳에 왔는가?' 하는 생각에 이어, '그는 누구인가?, 그의 말대로 그는 땡초인가? 그럴지도 모른다.' 의구심이 고개를 들었다.

혜명은 고개를 좌우로 흔들었다. 이십 년 절밥이면 그만한 풍월이야 공양주 보살이라도 하는 일, 흔히 제 앞가림에 서툰 사람들이 아무 대안도 없이 불평만을 일삼는 그런 소인배일 수도 있다. 아니면, 어쩌다 겨우 무기삼매를 경험하고는 다 마쳤다고 착각하거나, 한 소식한 양 환상에 빠져 무애한 선사라도 된 듯 막행막식을 일삼는 잡승 나부랭이일지도 모른다.

그러나 그의 언행을 곰곰이 되짚어 보건데, 다소 말이 거칠기는 하나 그 속에 교만함이나 타인의 마음에 영합하기 위한 꾸밈이 엿보이지는 않았고, 딱히 계율을 가벼이 여길 것 같은 경박함도 보이지 않는다. 그리고 무엇보다도 그의 형형한 눈빛에서는 자신의 삶에 대한 확신과 세상과 사람에 대한 겸손에서 우러나오는 당당함이 비쳐졌다. 한 가지 마음에 걸리는 것은 그의 몸 전체에서 숨길 수 없는 허무의 그늘이 비쳐 나오는 것인데, 그렇다고 그 허무에서 헤어나지 못해 허우적대거나 턱없이 아집을 내세울 것 같은 천박함도 보이지 않았다.

그는 땡초라 부르든지 아니면 무명이라 불러도 무방하다고 했지만 그는 땡초가 아니다. 그렇다면 [無名]인데, 어쩌면 [無明]도 나쁘지 않을 듯하다.

이른 봄 산골의 밤은 빨라서 어느새 창호 밖은 어둠이 두터워지고 희미한 달빛이 창호에 스며들었다.

"꾸끄르끅 꾸끄르끅!"

어디선가 산비둘기 한 마리가 크게 울었다. 새의 울음소리는 메아리가 되어 골짜기를 몇 차례 휘젓고 사라졌다.

죽비소리였던가? 번쩍, 기대었던 등짝을 곧추세우고 수하항마로 고쳐 앉으며 길게 호흡을 다스리는 혜명이다.

'펄거덩!' 산비둘기가 날아간 자리에 매화꽃잎이 훌훌 날린다. 꽃잎은 허공 여기저기에 흩어져 하얗게 반짝이다가, 하나씩 하나씩 떨어져 마침내 빈 공간을 되돌려 놓는다. 고요하게 다스려진 호흡이 단전에 모여 술처럼 익어 가고, 코끝을 향해 내려뜬 시선은 시방세계를 한 점으로 수렴하여 아우른다.

'이뭣고… 이뭣고… 이뭣고……!'

산과 마을이 짙은 어둠 속으로 가라앉는다. 아래로부터 올라온 땅의 기운이 단전의 열기와 계합하여 서서히 미간으로 치달아 올라 한줄기 견고한 빛을 밝힌다. 이윽고 빛은 하늘과 땅을 하나로 관통하고, 미간 한복판에 예리하고도 뜨거운 초점을 맺어 부유하는 망념들을 하나씩하나씩 태운다. 시공이 어둠 속으로 함몰한다. 건조한 대지에 빗물이 스며드는 것과도 같이. 그리고 고요한 지평이 열린다.

'이뭣고……'

번뇌는 일주향이 되어

절을 하기로 큰스님과 약속한 이튿날 아침, 순지는 법당으로 올라가 불상을 마주하고 섰다. 도명 스님이 순지의 발아래 좌구 하나를 펴주었다.

도명 스님이 시범을 보여준 대로 순지는 두 손을 가슴 앞에 모으고 조심스럽게 무릎을 굽혔다. 처음부터 다리가 후들후들 떨렸다. 몸을 지탱하기조차 어려워 보이는 앙상한 다리로 절을 한다는 건 무리였다. 가까스로 두 번의 절을 마치고 세 번째로 무릎을 꿇은 뒤로는 일어날 엄두를 내지 못하고 얼굴을 좌구에 묻고 말았다. 한참 후, 희경의 부축을 받아 몸을 일으키기는 했으나 혼자 힘으로는 서 있기조차 어려웠다.

열흘 동안, 하루 세 차례의 백팔배… 공포가 밀려왔다. 순지에게 백팔배란 애초에 무리한 주문이었는지도 몰랐다. 두 사람이 부둥켜안고, 사실은 희경의 힘으로 시늉뿐인 절을 하는 동안 오전 한나

절이 지나갔다. 절이 몸에 익은 사람이라면 십오 분이면 족한 일을 세 시간이 넘도록 사투를 벌인 것이다.

첫 백팔배를 마친 후, 순지는 발걸음을 떼어 놓기가 어려워 계단을 오르내릴 때는 희경의 등에 업혀야 했다. 두 번째의 백팔배는 점심 공양을 한 뒤에 했고, 세 번째는 저녁예불을 마친 스님들이 거처로 든 후에 했다. 두 번째 절을 하면서부터는 속까지 울렁거려서 세숫대야를 곁에 갖다 두었다. 절을 하는 시간은 더욱 늘어졌다.

절을 하는 내내 의식이 가물가물 꺼질 듯이 혼미했지만, 그런 중에도 순지는 오른손에 움켜쥔 백팔염주만은 놓지 않았다. 염주를 손에 꼭 쥐고 있음으로써 '네, 하겠습니다. 뭣이든 하겠습니다' 했던 큰스님과의 약속을 마음에서 놓지 않기 위해서였다.

일주일 정도 절을 하고서야 절을 하는 근육의 움직임을 몸이 조금씩 기억하기 시작했다. 구토증도 어지간히 견딜 만해졌다. 백팔배를 하는 시간도 두 시간 정도로 줄었다. 한 가지 고무적인 현상은 절을 할 때 땀이 나는 것이었다. 언제 땀을 흘려보았는지 기억조차 없는, 도무지 땀이라고는 날 것 같지 않은 바삭한 몸에서 조금씩 땀이 번져 나왔고, 순지는 더운물로 땀을 씻어낼 때의 느낌을 소중한 마음으로 음미했다.

마지막 열흘째의 밤, 백여덟 번의 절을 마친 두 사람은 법당 바닥에 털썩 주저앉았다. 무릎 위에 얼굴을 묻은 순지와 그녀의 곁에서 망연히 앉아 있는 희경은 영원히 움직임을 잃은 사람인 듯했다.

법당 안은 정적이 감돌았고, 밤새의 울음소리가 문득 잠에서 깬 듯
조금 전까지 알지 못했던 산사의 적요를 일깨워주었다. 처마 끝에
서는 풍경이 쉼 없이 댕그랑거렸다.

그때 작은 목기침소리와 함께 큰스님과 도명 스님이 법당으로 들
어섰다.

"일어나지 말아요!"

큰스님은 손짓으로 그냥 앉아 있으라는 말을 하며 도명 스님이
놔 드린 방석에 반가부좌로 앉았다. 순지와 희경은 앉은 그대로 큰
스님을 향해 반배를 올렸다. 입가에 잔잔한 미소를 담은 채 말없이
둘을 지켜보는 큰스님, 법당 안에는 강물 같은 침묵이 흐르고, 다
시 밤새 울음소리와 풍경소리가 법당 안을 채웠다.

두 사람의 가팔랐던 호흡이 가라앉기를 기다리던 큰스님께서 이
윽고 입을 뗐다.

"내일부터 백일 동안 매일 천배를 하세요."

백팔배도 아닌 천배를, 그것도 백일 동안을… 희경과 순지는 동
시에 고개를 돌려 마주보았다. '안 돼, 못 한다고 말씀드려.' 희경
의 눈이 말했고, '그래, 그건 불가능해.' 순지의 눈이 대답했다.

그때 스님의 나지막한 목소리가 들렸다.

"살아 있는 것 중에서 시한부 생명이 아닌 것이 있나요. 이미 날
받아놓은 처지에 절을 하다가 죽게 되면 죽는 것이지 무엇을 두려
워하나요. 어떤 생명이든 죽을 때는 다 어딘가로 가는 도중이 아니

던가요?"

큰스님의 말은 쉽고 간단하였으며 또한 그 의미가 명료했다. 밤새의 울음소리나 풍경소리와도 같이 당연하고 편안한 그 말 속에는 한 티끌만큼의 의문도 끼어들 여지가 없었다. 보이지 않는 누군가가 뒤에서 끌어올리기라도 하듯 순지는 자리에서 일어나 큰스님께 삼배를 올렸다.

절을 마치고 자리에 앉는 순지를 향해 큰스님이 말했다.

"이번에는 혼자서 해야 합니다. 친구는 이제 서울로 가고, 누구에게도 의지하지 말고 혼자서 이겨내세요."

큰스님은 순지에게서 시선을 거둬들이며 손에 든 단주를 천천히 돌렸다.

"절이란 몸과 정신을 정화시켜주는 신비한 효능을 지닌 운동이지요. 수승화강하는 기의 흐름과 혈액순환을 원활하게 하여 신체 장기의 기능을 조절해줄 뿐만 아니라, 몸속에 쌓인 온갖 독소를 배출하는 효과가 있어요. 그리고 몸을 낮추어 절을 하는 동안, 자신이 처한 힘든 상황과 고통이 마치 가벼운 깃털처럼 여겨지게 되고, 어느 순간부터는 그 고통에서 벗어나 있는 자신을 발견하게 되지요. 이는 수천 년 동안 절이 경배와 수행의 방편으로 전해 내려오면서 끊임없이 입증되어 왔어요."

스님은 다시 순지에게로 시선을 옮겨 그녀를 찬찬히 살폈다.

"절을 하며 아이를 위해 기도하세요. 아이를 생각하면서 간절한

마음으로 관세음보살을 관하세요. 그렇게 하는 편이 아이를 놓아
보내기가 쉬울 거예요. 아이를 추억하되, 마음에 머물지 않는 때가
와야 해요."

순지는 두 팔로 자신의 가슴을 끌어안았다. 그동안 죽을힘을 다
해 참았던 울음이, 주먹 속에서 모래가 빠지듯이 흘러나오기 시작
했다.

"참지 말고 울어요. 소리 내서 실컷 울어요. 대신 내일부터는 울
지 말아요."

그 말을 끝으로 스님은 자리에서 일어났다.

이튿날, 순지가 또다시 고통스럽고 지루한 싸움을 시작하기 위
해 좌구 앞에 섰을 때, 희경의 르망승용차는 일주문을 지나고 있었
다. 순지가 절을 시작하기 전에 떠나라는 큰스님의 분부가 있었기
때문이다. 희경은 도명 스님을 붙들고, 순지가 조금이라도 달라 보
이면 바로 알려달라고 여러 차례 다짐을 둔 뒤 산문을 나섰다.

건강한 사람이 천배를 하는데는 대략 세 시간이 걸린다. 그래서
대개는 조용한 밤에 쉬지 않고 천배를 한다. 하지만 순지는 오전,
오후 각각 세 시간과, 저녁 공양 후에 네 시간 동안 절을 하여 자
정에 천배를 끝낼 계획을 세웠다. 절을 하는 장소도 염불실 하나를
정하여 따로 마련했다.

순지는 절의 법식을 따르려고 애를 썼다. 허리를 꼿꼿이 세운 채

로 꿇어앉은 다음, 양 팔꿈치와 양 무릎과 이마를 바닥에 붙이는 오체투지에 이어 양 손을 위로 받들어 올리는 접족례를 했다. 그러나 일어설 때는, 다리 힘만으로 몸을 지탱하기가 역부족이어서 허리를 구부려 손으로 바닥을 밀어 올렸고, 서너 번에 한 번은 좌구에 엎드려 숨을 골라야 했다.

백팔배를 세 번 반복하면 오전이 지나고, 점심 공양 후 잠시 좌구에 엎드려 쉰 뒤, 다시 세 번을 반복하면 저녁 공양 시간이 되었다. 저녁에는 누적된 피로가 한꺼번에 몰려와 거의 의식을 차리지 못한 채 기계적으로 몸을 움직이는 나날이 계속되었다.

'아이를 추억하되, 마음에 머물지 않음'이란 무엇인가? 긴 세월이 흐른 뒤 마음의 가장자리가 희미하게 바래서 경계가 지워진 상태를 말하는가? 그렇게 되면 아무것도 마음에 담을 수 없게 되는가? 과연 마음은 그렇게 변하는 것인가? 그건 망각이거나 체념이거나 병든 마음이 아닐까?'

순지는 머리를 흔들었다. 그것이 무엇이건 자신과는 상관이 없는 일이었다. 서너 달 후의 가을 단풍마저도 보리라 기대할 수 없음을 그녀는 잘 알고 있었다.

천배를 시작한 지 보름가량 지났을 때 고비가 찾아왔다. 허리와 무릎 관절의 통증에다 이번에는 온몸의 피부까지 아려서 무릎과 팔꿈치를 바닥에 댈 때마다 참기 어려운 고통이 뒤따랐다. 극심한 통증으로 정신마저 혼미해졌고, 속은 끊임없이 울렁거려서 자연히 천배를 채우기 위해 자정을 넘기는 날이 잦아졌다. 열아흐레가 되던 날, 자정을 한 시간 정도 남긴 시간, 과일 주스를 받쳐 들고 염불실을 찾은 도명은 좌구 위에 쓰러져 있는 순지를 발견했다.

"순지 씨! 순지 씨!"

도명이 어깨를 잡고 흔들었으나 순지는 아무런 반응을 보이지 않았다. 코를 가까이 갖다 대자 실낱같은 숨결만이 느껴졌다. 도명은 큰스님의 처소로 달려갔다.

"숨은 쉰다고?"

"네, 아주 약하기는 하지만……."

도명과 함께 염불실로 온 큰스님은 좌구를 접어 순지의 목 뒤를 고이며 도명에게 그녀의 사지를 주무르게 했다. 그리고 큰스님이 순지의 뺨을 철썩 때리자, 조금 뒤에 그녀는 가느다란 호흡을 터뜨리며 눈을 떴다. 그 후 한동안 도명은 잠시도 긴장을 늦추지 못하고 순지의 동태를 살펴야 했다.

순지는 전처럼 견뎌내는 듯했다. 그러다가 스무닷새째 날의 밤이 깊어갈 무렵에 다시 무너졌다. 마침 도명이 문 밖에서 창호에 비친 그림자를 지켜보고 있을 때였다. 순지의 그림자가 갑자기 방 모서리로 내달으며 쓰러졌다. 도명이 급히 달려가 문을 열었을 때, 순지는 세숫대야를 끌어안고 있었다. 좌구와 방바닥 여기저기에서 흑적색 구토물이 형광등 불빛을 받아 번쩍거렸고, 역한 냄새가 칼

끝처럼 예리하게 코를 찔렀다. 순지가 토한 것은 피였다. 순지는 검게 죽은피를 버럭버럭 토했다.

도명은 순지가 구토를 멈출 때까지 기다렸다가 그녀의 입과 옷을 닦아주고 물을 떠와 방바닥을 닦았다. 눈을 감은 채 벽에 기대 앉은 순지는 약한 호흡을 몰아쉬었다.

"순지 씨, 세숫물 떠올게요. 오늘은 그만 쉬세요."

도명은 세숫대야를 들고 일어났다. 잠시 후, 세숫물을 떠서 염불 실로 돌아온 도명은 우뚝 발걸음을 멈추었다. 창호에 비친 그림자가 절을 하고 있었다. 저럴 수가! 도명은 그 자리에서 선 채로 한참 동안 그림자를 지켜보았다. 시간은 자정이 가까웠다. 곧 절도 끝날 것이었다. 도명은 세숫물을 쪽마루에 놓고 돌아섰다.

"나무 관세음보살! 나무 관세음보살!"

도명은 불호를 외며 큰스님의 처소로 향했다.

"큰스님, 도명입니다."

"웬일이냐?"

"잠시 들어가겠습니다."

"오냐, 들어오너라."

스님은 여느 때와 다른 도명을 지그시 바라보았다.

"순지 씨가 피를 토했습니다. 거멓게 죽은피를 제법 많이……."

"피를 토했다고?"

"네, 스님. 저 상태로는 절을 계속하기가 어렵겠다는 생각이 듭

니다. 큰스님께서는 절을 해서 보살님의 병이 나을 거라고 믿으시
는지…….”

도명은 말끝을 흐렸다.

“도명아, 내가 기적이라도 바라는 줄 아느냐?”

“그런 게 아니라, 보기가 안쓰러워서…….”

“그렇게 생각할 것 없다. 저 보살은 드물게 보는 상 근기야. 수십
년 공부가 저절로 익었어. 저런 사람이 마지막에 열심히 수행하다
가 몸을 바꾸면 다음 생에서는 쉽게 해 마칠 수 있겠다 싶어서 욕
심을 내보는 거야.”

도명의 전화를 받고 어떤 사태를 직감한 희경은 기훈에게 함께
가달라는 부탁을 했다. 기훈을 멀리한 지 한 달이 넘은 터에 잘한
일인가 싶은 생각이 들면서도 이것저것 돌아볼 경황이 아니었다.

기훈은 석 달 전 처음 희경을 안은 후부터 사흘이 멀다 하고 그
녀를 탐했다. 희경은 그가 요구해 올 때마다 마음은 늘 이건 아닌
데 하면서도 정작 그를 밀어내지 못했는데 영주라는 여자를 만난
뒤로는 그를 멀리하기 시작했다.

한 달 전쯤 의류매장을 맡아달라는 영숙의 부탁을 받고 그녀와
함께 점심을 먹고 나오는 길에 희경은 한 여자의 전화를 받았다.
그녀는 이름을 영주라고 밝히며 기훈의 일로 만나기를 원했다. 모
르는 여자가 기훈의 일로 만나자고 하는 이유가 뭘까? 기훈은 최

근 이 년 넘게 순지에게 정성을 쏟았고, 지금은 자신에게 빠져 있지 않은가.

늘씬한 키에 통 넓은 바지가 썩 잘 어울리는 그녀는 스물여섯이나 일곱으로 보였는데 육감적인 입술이 먼저 눈에 들어오는 여자였다. 그녀는 희경에게 어떤 적의도 보이지 않았다.

"기훈 씨는 오랫동안 제 남자였어요. 지금도 저를 찾고 있구요. 그에게는 많은 여자가 있었지요. 그중에 희경 씨는 오래 만나는 것 같네요… 기훈 씨는 제가 잘 알아요. 그 사람에게 어떤 기대를 가지신다면 상처를 받을 겁니다."

"기훈 씨와 사귄 지는 얼마나 되셨나요?"

희경이 물었다.

"이 년이 좀 더 됐어요."

희경은 쿡 웃었다. 기가 막히면서도 다분히 희극적이다. 희경은 기훈에게서 인간적인 배신감이나 실망을 느끼기에 앞서, 부단히 여자를 추구하는 남자의 근면성이 경이롭고 또한 우스웠다.

길운사에 도착한 희경은 짐작한 것과는 정반대인 순지의 모습을 보고 가슴을 쓸어내렸다. 순지는 오히려 훨씬 건강한 얼굴로 희경을 맞았다. 늘 함께 지내는 사람들의 눈에는 큰 차이가 아닐지도 모르나 희경은 금방 알아보았다.

뜻밖의 건강한 모습에 희경이 놀라니 큰스님이 웃으며 말했다.

"천배를 하면서 전신의 경락을 자극하여 막혔던 기의 흐름이 조금은 뚫렸을 것이고, 오장육부의 기능도 도왔던 것이지요. 절은 살이 찐 사람은 살을 빼주지만 마른 사람은 살을 찌게하고, 또한 피부를 맑게 하는 특효약이 되기도 해요."

순지는 천배 백일기도를 해냈다. 순지와 희경이 처음 길운사를 찾았던 날에는 길운사 계곡에 드문드문 얼음이 걸려 있었는데, 천배를 드리는 백일 동안 계곡은 어느새 온통 초록빛으로 가득 차서 넘실거리고 있었다.

마지막 백 일째가 되던 날, 큰스님은 절을 하는 순지를 내내 곁에서 지켜보다가 절을 마치자 그녀와 마주 앉았다.

"지금부터는 평생 동안 매일 천배를 하세요."

거역할 수 없는 목소리, 순지는 합장으로 큰스님을 향해 고개를 숙였다.

그즈음 순지는 다섯 시간이면 천배를 마쳤다. 보통 사람들의 곱절이 걸리는 셈이다. 절을 하는 시간도 한밤 자정에 시작하여 다른 스님들의 새벽예불이 끝날 무렵까지 한꺼번에 천배를 해냈다.

"나무아미타불 관세음보살!"

절을 하는 동작은 기계적으로 반복됐다. 절을 하며 한 손으로는 염주를 헤아리고 마음은 염불삼매에 빠져들었다.

그녀의 절하는 동작은 일주향에서 피어오르는 연기처럼 고요했다. 일주향은 관세음보살의 형상으로 피어올랐다가 흩어졌다. 흩어지는 관세음보살과 함께 번뇌도 흩어져 가고, 뒤이어 또 다른 망상이 일어나 빈자리를 메웠다.

번뇌는 일주향이 되어 타서 소멸되었다. 순지는 타는 일주향과 함께 생명도 소진되리라 믿었다. 향이 다 타면 생명도 끝나는가? 향은 제 몸을 소진하기 전에 번뇌를 다 태울 것인가? 생각이 마르지 않는 한 향은 탈 것인가? 끊임없는 물음이 향 연기 속에서 피어올랐다. 이따금 삼매에서 깨어날 때면 밤새의 울음소리가 골짜기를 쩡쩡 울렸다.

신神의 이름

봄갈이를 하기 위해 텃밭을 파 뒤집던 중, 무명이 자신의 지난 얘기 한 토막을 꺼냈다.

"출가를 앞두고 어떤 선승 한 분을 찾아갔었소. 나의 출가 이유를 확인하고 싶었거든. 수행을 하는 목적이 어디에 있는지 묻는 내게 그 스님께서는 이렇게 말씀하셨지.

'참 나를 찾기 위함이지.' 나는 또 물었어. '참 나를 찾으면 우리 삶에 무엇이 달라집니까?'

'중생들은 출세를 해야지, 돈을 벌어야지, 호화롭게 살아야지, 남보다 더 얻으려는 욕망 때문에 고통의 바다에서 헤어나지 못해. '참나'를 찾는 과정 속에서 좋은 인연을 좇아 좋은 법문을 듣고, 덕을 베풀고… 그런 수행을 통해 삶이 윤택해지고 마음의 번뇌가 사라지는 것이지.'

속이 답답해지더군. 그래서 이렇게 말해버렸지.

'호화로운 생활은커녕 생명으로서 최소한의 자존감마저도 지키지 못하는 중생은 어떡하면 됩니까? 그리고 절집을 먹여 살리는 것은 아등바등 경쟁하고 욕심을 내는 중생들이 아닙니까?'

'허허허, 그야 그렇지. 그 대신 바른 용심과 바른 행동, 그리고 복이 되는 지혜와 법을 보시하지 않는가?'

나는 하소연을 하는 마음으로 말했어.

'스님, 불쌍한 중생은 바른 용심과 바른 행동, 복이 되고 덕이 되는 지혜와 법을 듣기보다는 우선 당장 눈물을 닦아주고 힘을 북돋아주는 그 무엇이 필요하지 않을까요? 무엇엔가 의지하여 절망에서 벗어나고, 고단한 몸과 마음을 위로 받아서 그로 인해 힘을 얻어 다시 일어서기를 원합니다. 나약한 중생이 정말 죽을 만큼 힘들 때는 간절히 기도만 해도 누군가가 아무 조건도 없이 도와주기를 바라거든요. 정말이지, 사람은 그럴 때가 있어야 다시 일어설 수가 있습니다요. 스님!'

'그렇다네. 기도하면 돼. 반드시 부처님의 가피를 입을 것이야.'

나는 왠지 눈물이 나더군. 그래서 나오는 대로 막 떠들어버렸지.

'스님도 말씀하셨듯이 사람은 자기가 지은 업보를 갚아야 하지 않습니까? 다는 아니더라도, 어느 정도는 과보를 받아야 하지 않느냐 그 말입니다. 그리고 몽매한 중생이 어느 천 년에 '참나'를 찾아서 번뇌와 고통에서 벗어납니까?'

난 스님께서 '허허허. 차나 한 잔 더 하시게.' 그러실 줄 알고 기다리는데, 갑자기 스님의 인중 가운데에 하얀 털 하나가 비죽이 보이는 거야. 그러자 엉뚱하게도 스님께서, '아니, 뭐 이런 자식이 다 있어!' 하시는, 민망하고 불경한 모습을 상상하게 된 거야. 나는 그만 실소를 터뜨리고 말았지. 지금도 그때의 일을 생각하면 죄송스러워서 온몸에 소름이 돋아. 몇 년이 지난 후, 뒤늦게 사죄를 드리고 싶었는데 그럴 기회도 주시지 않고 떠나셨더군."

혜명이 물었다.

"스님께서는 신의 존재를 믿으시는 겁니까?"

"믿지요, 암 믿고말고!"

무명은 어떤 결심을 할 때처럼 입을 꾹 다물었다.

혜명이 뭔가 새로운 말을 들을 것 같은 기대감으로 눈을 반짝이는데, 그가 반문했다.

"왜? 붓다의 가르침과 달라서 그러시오?"

혜명은 침묵으로 대답을 대신했다.

"아무래도 상관이 없네. 이름은 사람들이 만들어 붙인 거니까. 애초에 다른 이름을 붙여도 됐거든. 신이라 부르지 말고 그 속성만을 얘기한다면 뭐라고 말할 수 있을까? '전지전능한 능력'이라 해둘까? 그랬다면 진리는 둘로 갈라지지 않았을지도 모르지. 그런데 이름을 붙이는데 익숙해 있었거든. 그래서 '여호와 하느님'이라고 이름을 붙였지. 이름을 붙여 의인화함으로써 초월적 절대 신의 존재에서 관념론적 인식의 대상으로 변질되고 말았거든.

이름을 붙일 수 있는 한정된 존재, 다시 말해 절대의 자리에서 상대의 자리로 끌어내려진 거지. 하느님이 초월적 절대 신을 회복할 때, 그때는 신의 존재 유무 따위는 문제가 되지 않아요.

신이래도 좋고 연기緣起래도 좋아. 신에 의해 창조됐든 연기법에 의해 지어졌든 다를 것이 뭐가 있겠소? 성경에서 '하느님'이라 적힌 자리에 '연기'로 바꾸어 써넣거나, 붓다의 가르침 중에 '연기'를 '신'으로 말을 바꾸어도 어색할 것이 없지 않으냐 그 말이오. 신이든 연기든 그 속성의 발현은 무한한 능력이잖소? 여기에서 진리 간에 무애한 경지가 나타나는 거지. 진리가 둘이면 그건 진리가 아니거든. 다시 말해서 종교는 포장만 다를 뿐 결국 하나란 얘기지."

"신은 일거에 우주를 창조하였지만, '연기'에 의해 이루어진 우주는 무진수의 시간이 걸리지 않았습니까?"

혜명은 좀 생뚱맞다는 생각이 들었으나 설핏 떠오르는 대로 물었고, 무명은 기다렸다는 듯이 바로 대답했다.

"과거의 시간이란 그것을 관하는 자의 인식에 따라서는 영겁도 찰나일 수가 있는 것이거든. 관하여 인식하고 표현하는 문화의 차이지. 결국 종교도 서로 다른 문화권에서 탄생하여 서로 다른 문화의 보자기로 포장함으로써 진리의 겉모습을 달리 하게 된 것이라고 봐요."

"그렇다면, 스님은 왜 하필 불제자가 되셨습니까?"

"깨달음이란 거, 그건 있다고 보거든. 붓다든 예수든 다 깨달음을 이룬 분들이 아니겠소?"

"종교를 부정한다는 말씀으로 들리는데요?"

"……부질없는 일이지!"

잠시 뜸을 들이던 그가 한마디를 툭 던지고 일어서며 쇠스랑을 집어 들었다.

혜명은 그가 말한 부질없음의 의미가 무엇인지 분명히 그려지지가 않았다. 종교가 무의미하다는 말 같기도 하고, 신이냐, 연기냐를 따지는 것이 부질없다는 말 같기도 하여 마음속으로 이리저리 가늠해보는데, 무명스님은 텃밭 파기에만 열중했다.

그때 집 뒤 산길을 따라 언덕을 넘어오는 봉수가 보였다. 한 손으로는 삽을 어깨 위에 걸치고, 다른 한손에는 전지가위를 들고 잰걸음으로 내려오는데, 닳은 삽날이 노을빛을 번쩍번쩍 되쏘아낸다.

봉수는 두 스님을 발견하자 곧바로 다가왔다.

"며칠 내로 제가 파 뒤집으려고 했는데, 미리 말씀을 드릴 걸 잘못했네예."

"매실나무 전지를 한 건가?"

무명이 물었다.

"아임니더. 매실이야 늦었지예. 울타리 탱자나무 가지를 쳤습니더."

봉수는 대답을 하면서 동시에 들고 있던 삽으로 조금 남은 밭고랑을 푹푹 파 뒤집었다.

"올해는 뭐 심을라카십니꺼?"

"봄채소 하고 감자를 심을라칸다."

"그래 말씀하신다고 서울말이 경상도말 됩니꺼?"

봄볕 때문인지 거슬한 콧잔등을 찡긋거리며 봉수가 씩 웃었다.

"남기는 안 오나? 유정이도 며칠째 안 보이던데 바쁜가?"

무명은 셋이 늘 한 묶음으로 여겨져서 셋 중 어느 하나를 보면 나머지 둘의 이름도 들먹이게 된다.

셋 중에서 욕심이 조금 앞섰던 남기는 진주에 있는 대학으로 진학을 했고, 봉수는 매실농장을 이어받았고, 유정은 농협구판장에 취직을 했다. 무명의 생각으로는 일치감치 매실농장을 하겠다고 눌러앉은 봉수가 대견하고 믿음이 가지만, 가끔 대학생이 된 남기가 다니러 올 때면 봉수가 힘이 빠져 보여 안쓰러운 마음이 들기도 한다.

"남기야 뭐, 방학 끝나고 간지 얼마나 됐다고예."

짐짓 상관없다는 듯이 대답을 하고는 슬그머니 연장을 들고 사립문을 나서는 봉수의 눈에 저만치 돌담장 사이로 걸어오는 유정의 모습이 보였다. 유정은 발아래 길에만 시선을 둔 채 종종걸음으로 다가왔다.

"오랜만이네, 어데 가노?"

봉수가 먼저 말을 걸었다.

"응? 농장에서 오는구나. 스님한테 물김치 좀 갖다 드릴라꼬."

유정이 들고 있던 보자기를 들어보였다.

"요새 니 잘나가더라."

봉수가 뜬금없는 말을 했다.

"응? …왜에?"

"니 며칠 전에 종구 차에서 내리는 거 봤다."

"그기 잘나가는 기가?"

"버스 타고 다녀라. 남들 보기 안 좋다."

영문 모를 말을 하고는 시무룩한 표정을 지으며 아래쪽으로 향해 가는 봉수의 뒤통수를 유정은 잠시 쳐다보다가 다시 위쪽을 향해 걸음을 옮겼다.

학교 선배이자 아랫마을 교회의 청년부 회장인 종구가 가끔 교회에서 쓸 비품을 구입하러 농협구판장에 올 때면 퇴근하는 유정을 윗마을까지 태워다주었는데, 그것이 봉수의 마음을 상하게 했던 것이다.

두 스님이 공양을 하는 동안 텃밭 가에 서서 새순이 돋기 시작한 찔레를 들여다보던 유정에게 공양을 마치고 나오던 혜명이 인사를 했다.

"보살님, 물김치 잘 먹었습니다."

"벌써 공양 다하셨어예?"

뒤돌아서며 방긋 웃는 유정의 양쪽 입가에 자잘한 주름이 잡혔다. 유정이 무슨 말인가를 더 하려는데 혜명을 뒤따라 나오던 무명이 그녀의 말을 끊었다.

"유정이 아직 있었구나. 잘 먹었다."

"네, 스님."

유정이 얼굴을 붉혔다. 무엇 때문인지 그녀는 '잘 먹었다'보다는 '아직 있었구나' 하는 말이 크게 들렸고, 그 말에 무안함을 느꼈다.

"네, 스님. 김치는 냉장고에 넣어놨어예. 가보겠습니다. 안녕히 계세요."

인사를 하고 급히 마당을 가로질러 나가는 유정의 뒷모습을 바라보며 무명이 웅얼웅얼 노래를 불렀다.

"꽃이 피니, 벌들이 꿀을 따려 다투는구나."

시조를 읊조리듯 하는 무명의 말투가 재미있어 혜명이 빙긋이 웃자 무명도 마주 웃었다.

"저 녀석이 꽤 이쁘거든. 그래서 제법 경쟁이 붙었나 봐. 그 중에 봉수와 남기도 끼어 있지. 어떤 녀석이 꿀을 딸지 궁금해."

"뜻밖입니다. 그런 일에도 관심을 두시고."

혜명이 짐짓 정색을 하자 무명도 정색을 했다.

"불결할 것도 죄가 될 것도 없는 자연의 모습이네. 다만 우리들은 뜻한 바가 있어서 그것을 거슬러가고 있을 뿐이지."

"거슬러가기로 하셨다면 생각부터 놓아야 하지 않습니까?"

혜명의 말에 무명은 입꼬리를 설핏 말아 올렸다.

"혜명 스님, 여자와 잠자리를 해본 경험이 있소? 여자의 속살을 가져본 적이 있느냐 그 말이오."

"그만하세요, 스님!"

혜명이 얼굴을 붉혔다.

"놓으려거든 속속들이 내려놓으시오, 혜명 스님."

다시 눈가에 웃음을 올리며 무명이 말했다.

혜명은 뭔지 모를 무안함으로 뜨끔하였고, 고개를 돌려 하늘을 쳐다보는 목덜미가 화끈 달아올랐다.

죽은 자와의 이별

점심 공양을 마치고 공양실을 나오며 덕운은 손바닥으로 이마의 땀을 걷어냈다. 등짝 여기저기에 젖은 승복이 달라붙어 맨살이 비쳐보였다. 장마가 끝나고 한 열흘 땡볕이 볶았는데, 오늘은 아침부터 하늘이 컴컴하고 바람이 눅눅하더니 온종일 무덥다. 골짜기를 쓸고 올라오는 바람도 소용이 없다.

"휴, 덥다. 볶으면 그늘이라도 찾지, 이건 어디 견딜 수가 없네."

대덕에게 밥을 주던 공양주 보살이 덕운을 향해 투덜댔다.

"비가 오려나봅니다."

덕운이 대꾸를 했다.

"암매 그럴라나 보네요."

공양주 보살은 금방이라도 비가 쏟아져 내릴 것 같은 어둑한 하늘을 올려다보았다.

토굴로 향해 가는 덕운이 산신각 앞을 지날 때쯤 빗방울이 후드

득후드득 떨어지기 시작하더니 토굴에 도착하기도 전에 빗줄기는 골짜기를 자욱하게 메웠다. 억새와 산죽들이 시퍼렇게 살아나서 몸을 흔들었다.

덕운은 토굴 앞 암반 위에 우두커니 서서 온몸으로 비를 맞으며 쏟아지는 비를 노려보았다. 골짜기의 온갖 것들은 빗줄기에 속절없이 짓밟히고 그것들이 내는 온갖 소리들이 부딪치고 섞이었다. 그것은 팔만사천 개의 북을 한꺼번에 두들기는 소리였다. 북소리는 계곡 너머 겹겹이 이어진 능선 위로 구름처럼 타고 넘었다.

능선을 따라 두 줄의 철책이 굽이쳐 흐른다. 끝없이 이어진 계곡과 능선 사이에서 철책은 보이기도 하고 보이지 않기도 하며 흘러간다. 두 줄의 철책 사이에서 산짐승들이 조심스럽게 달린다. 그들도 옛날에는 펄쩍펄쩍 뛰었을 것이나 철책에 부딪히고 지뢰에 놀란 나머지 이제는 발걸음이 조심스럽다. 쉼 없이 달리던 산짐승들은 땅과 물이 만나는 언덕에서 앞발을 버텨 선다. 그리고 슬픈 얼굴로 뒤돌아서 걷는다.

구십 년만의 폭우가 쏟아졌던 그날, GOP와 DMZ의 하늘과 골짜기에는 아침부터 눅눅한 바람이 일렁거렸다.

중식을 마치고 막사에서 나온 현 대위는 컴컴한 하늘을 올려다보며 아내와 망울이를 생각했다. 외박을 다녀온 지도 열흘이 넘었다. 며칠 후면 아내와 망울이를 다시 만난다. 작은 산 하나를 사이에 두고 한 달에 두 번 아내를 만나 왔다.

외박을 나간 이튿날 점심을 먹고 나면, 늘 그렇듯 현 대위와 아내는 말수가 줄어든다.

벽걸이 시계를 흘끔거리다가 아내가 먼저 말을 꺼냈다.

"들어갈 시간이잖아요?"

"그래야지."

진국은 엄마 곁에서 노는 망울이를 안아서 아내와 나란히 앉히고는 그 앞에 쪼그려 앉았다.

"공주님! 아빠는 이제 나라 지키러 갑니다. 충성!"

진국이 거수경례를 하자 망울이도 옹송그려 쥔 주먹을 이마에 갖다 붙였다. 따라 일어서는 아내를 진국이 뒤에서 껴안았다.

"어쩌면 망울이 동생 볼지도 모르겠네요."

아내가 몸을 돌려 진국을 마주 안았다.

"생겼어?"

"이번에 느낌이 좀 수상해서……."

얼굴을 붉히는 아내를 와락 껴안으며 입술을 포개는데 망울이의 새까만 눈이 올려다보았다.

지난번 외박은 그렇게 하루를 보낸 뒤 부대로 복귀했었다. 진국은 담배를 입에 물고 불을 붙였다. 이제 며칠 후면 아내를 본다.

'아내는 망울이 동생을 가졌을까? 보름이면 알 수 있는 것일까……'

그날, 일몰은 검은 하늘 저편에 깊숙이 숨어 보이지 않았다. 보이지 않는 일몰이 지기 전에, 늘 그랬듯이 철책은 낮의 침묵을 깨고 일어난다. 숨을 죽인 채 민첩한 눈길을 주고받으며 익숙한 솜씨로 탄창과 수류탄이 손에서 손으로 건네지고, 너와 나와 우리만 아는 약속들을 속삭인다. 이윽고 비무장지대에 어둠이 내리고 총구는 벙커의 그늘 아래서 어둠을 향해 거치된다.

적敵의 적의敵意는 확인되지 않았고 우리의 적의는 조금씩 날이 무디어졌다. 확인되지 않은 적의 적의는 어둠을 건너오지 못하고 한때 충만했던 살기는 전설처럼 DMZ의 능선과 바위와 풀뿌리에 스며든다. 벙커 속의 병사들은 밤이면 유령처럼 걸어 나오는 전설을 얘기하며 무료한 시간을 견딘다.

전설은 입에서 입을 통해 과장되었다. 우리의 적의는 늘 평가되었고 시험대에 올랐으며, 그럴 때마다 우리의 적의는 전설처럼 과장되었다.

예사 비는 구름이 품었으나 큰비는 검은 하늘이 품었다. 검은 하늘 속에는 바다보다 깊은 바다가 있었다. 번개가 쉴 새 없이 하늘을 난도질하였으나 막막한 빗줄기를 가르지 못했고, 빗소리는 천둥소리마저 삼켰다.

"계곡과 가까운 초소는 능선 위로 철수하고, 총구는 아래로 들도록, 소대에 전파해라!"

현 대위는 작전병에게 지시하는 한편, 전화기를 들어 대대 교환을 불렀다. 먹통이다. 대대장 직통선 역시 먹통이다. 도로가 유실되었거나 산사태가 나서 유선을 절단한 것이 분명했다.

전반야간 순찰을 마친 이 상사가 행정반으로 들어오려고 문을 열자 비바람이 순식간에 실내를 휩쓸었다. 책상 위의 업무일지가 팔랑개비처럼 간이 탄약고 옆으로 날아가 패대기를 쳤고, 창문틀 선반 위에서 플라스틱 컵이 곤두박질쳐 칫솔과 치약이 콘크리트 바닥 위로 나뒹굴었다. 이 상사가 두 손으로 힘껏 문을 당겨서 닫았다.

'치지직' 전등이 타는 소리가 들리고, 천지는 암흑으로 변했다. 천둥과 번개가 바로 머리 위에 있었다. 천둥이 칠 때마다 철책상 위에서는 '파닥파닥' 소리를 내며 푸른 불꽃수제비가 튀었다.

"통신병! 무선으로 불러봐! 대대를 불러!"

현 대위가 고함을 질렀다.

"소용없습니다. 낙뢰 때문에 키를 잡을 수도 없고, 이미 중계소까지 다운됐습니다."

이 상사가 대신 대답하며 비상용 촛불을 켰다. 고요했다. 빗소리가 세상의 소리를 밀어냈다. 흔들리는 촛불을 가운데 두고 중대장과 이 상사, 행정병들만이 서로 바라볼 뿐 이백 명 부하들은 아득히 멀었다. 하늘과 땅 사이를 비와 어둠이 메웠다.

무릎까지 물에 잠긴 교통호를 더듬어 현 대위가 명동 소대에 도착한 때는 먼동이 틀 무렵이었다. 철책이 무너져 흘러내린 곳에서는 수십 미터 아래로 굴러 떨어지기를 대여섯 번이나 했다. 코끝마저도 보이지 않는 어둠 속에서 어둠이 보였다.

소대장은 온몸을 떨었다. 흙범벅이 된 몸에서 흘러내린 피가 손바닥을 통해 소총의 손잡이를 적시고 내무실 바닥에 떨어졌다. 밤새 빗속을 헤매고 다니느라 몸 어딘가가 찢어진 듯했다.

"이상무 상병이 없습니다. 계곡에서 철수하던 중에 '철모가 떨어졌어'라고 했답니다. 같은 초소 최 일병이 들었는데… 어두워서 보이지는 않았다고 합니다."

병사들과 같은 또래인 소대장은 터져 나오는 울음을 참느라 어금니를 깨물었다.

비는 아침에 한 기세가 꺾였다. 구백 계단의 아랫부분 백여 계단이 무너져 내렸다. 이 상병은 무너진 흙더미 속에 있었다. 그의 어깨에 걸려 있는 총의 총구는 아래로 향했고 왼손은 철모의 턱 끈을 감아쥐고 있었다. 그는 스물둘이었다.

"야이 병신 같은 새끼야! 빌어먹을 철모는 왜 찾니?"

한 녀석이 악을 바락바락 쓰며 이 상병의 손에서 철모를 빼앗아 멀리 내던졌다. 소대장과 병사들은 서로 껴안고 울었다. 어떤 녀석은 진흙 위를 뒹굴며 울었다.

땅이 성한 데가 없었다. 산은 뚝뚝 잘라져 흘러내렸고 길은 군데

군데 떨어져 단애가 되었다. 계곡의 밑자락에는 뿌리째 뽑힌 크고 작은 나무들이 바윗덩어리와 엉켜 언덕을 이루었다. 책임지역 대부분의 철책이 육면체 콘크리트 덩어리를 허옇게 드러내놓은 채 비스듬히 눕거나 경사를 따라 흘러내렸다.

날이 밝은 후 무선이 복구되자 이 상사가 지난밤 이상무 상병의 사망 건을 대대에 보고했다. 그리고 조금 뒤에 대대장이 직접 무선으로 진국을 호출했다. 무전기를 통해 대대장의 떨리는 목소리가 건너왔다.

"현 대위는 즉시 관사로 가라. 로미오 지시다. 이상!"

대대장은 이유를 말하지 않은 채 '로미오 지시'라는 말만을 반복했다. 철책 중대장을 집으로 가라고 하는 지시는 극히 비상식적이다. 전쟁터에 있는 지휘관에게 집으로 가라는 것과 같은 것이다. 현 대위와 이 상사, 행정병들은 말문을 닫았다. 짧은 순간 서로를 쳐다보았으나 서둘러 시선을 거두었고, 제각기 머릿속에 들어앉는 예감에 전율했다.

현 대위의 몸이 휘청거렸다. 그의 손가락 끝에 매달려 흔들거리는 송수화기가 '쓰-쓰-쓰-' 불규칙한 축음을 뱉어냈다.

가슴 떨리는 침묵을 깨뜨릴 사람은 이 상사뿐이었다.

"가보셔야죠."

이 상사가 현 대위의 손을 잡았다. 붉은색의 삼각형 양철 조각이 매달린 유자철조망을 이 상사가 먼저 손으로 눌러 넘었다. 손바닥 크기의 양철 조각에는 흰색 페인트로 '지뢰'라고 적혀 있다.

지뢰지대는 중대본부 막사로부터 남쪽으로 알파 진지에 이르는 개활지였는데, 간혹 이곳에서 폭음이 들릴 때면 노루나 고라니 같은 산짐승이 죽었다. 산짐승이 죽으면 대개 한 보름은 살 썩는 냄새가 골짜기 구석구석을 적셨고, 비가 내려 살을 발라내고서야 냄새가 잦아들었다.

"제가 하사 때 여기 지뢰를 심었습니다. 제가 밟은 곳만 밟으셔야 됩니다. 어차피 길이란 길은 모두 끊어져서 다른 방법이 없습니다."

잡목과 누운 억새풀이 뒤엉킨 야지를 이 상사는 두 손으로 헤집으며 한발 한발 내디뎠다. 심은 지 이십 년도 더 된 지뢰지대에는 발 디딜 곳을 가늠해볼 흔적이 없었다.

현 대위가 이 상사의 두 손을 끌어 잡았다.

"이 상사, 그동안 고마웠습니다. 이 상사는 들어가서 중대를 챙겨주세요."

현 대위는 이 상사를 뒤로 밀어버리고 뛰기 시작했다.

"아, 안 돼. 서세요! 중대장님! 중대장님!"

곡괭이로 찍듯이 다급하게 불러대는 이 상사를 향해 현 대위는 팔만 한 번 휘저어 보이고는 알파진지 쪽을 향해 뛰었다.

앞만 바라보고 이십 분가량을 뛰어 알파진지에 도착한 현 대위는 지뢰지대 표식이 매달린 유자철조망을 넘고서야 뒤를 돌아보았다. 멀리 중대본부 막사 앞에 이 상사가 보였다. 그는 현 대위가 알파진지에 도착할 때까지 그 빌어먹을 폭음이 들리지는 않을까 피가 말랐을 것이다.

현 대위가 이 상사를 향해 거수경례를 했다. 현 대위는 자신이 부대로 복귀하지 못하리란 것을 알았다. 이 상사가 마주 경례하는 모습이 희미하게 보였다. 이 상사도 중대장이 돌아오지 못할 것을 알 것이다.

관사촌 뒷산 능선에 올라선 진국의 눈에 낯익은 골짜기와 멀리 관사촌의 남색지붕과 그 앞에 모여 있는 사람들의 모습이 보였다. 검은 하늘과 찢어진 산과 골짜기와 길들이 눈앞에서 풍차처럼 빙글빙글 돌았다. 진국은 비틀거리며 능선을 따라 걸어 내려갔다. 저만치서 진국의 모습이 보이자 여자들이 풀썩 주저앉아 오열했다.

평상 앞에서 진국이 와들와들 떨며 서 있는데, 연대 주임원사가 흰색 천을 벗겨냈다. 반듯하게 누운 아내와 망울이, 그들의 눈과 입술과 귓속에는 마사토 부스러기가 껴있었다. 아내는 스물아홉, 망울이는 돌 지난 지 여섯 달이었다.

비를 맞으며 서 있던 덕운의 큰 몸이 암반 위로 무너졌다. 흡사

절을 하듯이 무릎을 꺾으며 두 손을 짚고 이마를 암반에 찧었다.

"으흐흑!"

뇌성이 크르릉 거릴 때마다 번쩍이는 번개가 토굴과 젖은 바위와 덕운의 등을 훑었다. 암반 위에 작은 돌기처럼 웅크린 덕운의 어깨가 간헐적으로 흔들렸다.

어깨의 흔들림이 잦아들고 덕운의 몸이 천천히 옆으로 쓰러졌다. 덕운의 머릿속에서 완만한 회전이 일어났다. 회전은 점점 빨라져 마침내 토네이도와 같은 소용돌이가 되어 뇌세포 하나하나를 흡인하기 시작했다. 의식의 파편들이 별똥별처럼 소용돌이 속으로 소실되어 갔다. 졸음이 몰려왔다. 졸음 속에서 목덜미를 때리는 빗줄기의 서늘한 감촉이 등대처럼 깜박이면서 차츰 세상의 소리가 멀어졌다.

시간이 많이 흘렀다. 소용돌이가 멎고 흩어졌던 의식의 파편들이 하나씩 다시 모여들면서 덕운은 눈을 떴다. 비는 계속 쏟아지고 있었다. 덕운은 두 손을 뒤로 짚은 채 캄캄한 하늘을 올려다보며 한참 동안 비를 맞았다.

토굴 안으로 들어온 덕운은 결가부좌를 틀어 앉아 목탁을 집어들었다.

'똑, 똑, 똑, 똑, 똑똑똑똑, 똑똑똑똑'

"여시아문 일시불재 사위국 기수급고독원 여대비구중천 이백오십인 구 이시 세존……."

224

금강경을 독송했다. 독경소리는 빗소리에 맞서 가팔랐다.

'큰 소리로 경을 읽어, 네 소리를 네 귀로 들어라.' 큰스님의 말씀이 덕운의 귀를 파고들었다.

"……일체유위법 여몽환포영 여로역여전, 응작여시관."

'일체의 함이 있는 법은 꿈이요, 환이요, 거품이요, 그림자와 같으며, 이슬과 같고, 또한 번개와 같나니, 응당 이와 같이 관할지니라.'

시간이 흐르고 점점 솟구쳐 오르는 독경소리가 천둥과 빗소리를 토굴에서 밀어냈다. 덕운은 한 차례 독경을 마치면 다시 반복하고, 또다시 반복하기를 거듭했다.

"떵– 떵– 떵– 떵……."

독경이 반복될수록 목탁 채를 잡은 손에 힘이 실렸고, 독경은 목탁소리에 맞춰 솟구쳐 올랐다. 독경소리는 바람이 되어 능선과 계곡을 어루만지듯이 쓸어내렸다.

토굴 속에 앉아 있는 덕운의 눈앞에 능선과 계곡과 하늘이 보였다. 마침내 비와 천둥은 바람을 따라 능선 너머와 계곡 아래로 물러나고, 계곡 건너 겹겹이 이어진 능선 위로 새하얀 뭉게구름이 피어올랐다.

문득 독경을 멈춘 덕운의 입에서 비명인지 탄성인지 모를 단절음이 터져나왔다.

"아, 아……!"

덕운은 뭉게구름 속에서 아내와 망울이의 환하게 웃는 모습을 보았다. 박꽃같이 정갈한 아내와 채송화처럼 예쁜 망울이가 뭉게구름 속에서 백색의 빛을 타고 피어올랐다.

덕운은 더 이상 독경을 계속하지 못한 채 둘을 안광으로 태워버릴 듯이 바라보았고, 목탁 채를 잡은 손만이 숨 가쁘게 텅 빈 목어를 내려치고 있었다.

아내와 망울이의 얼굴은 더 이상 푸르지 않았고, 눈과 입술과 귓속에 마사토 부스러기도 없었다. 둘은 환하게 웃으며 백색의 빛과 함께 푸른 하늘 속으로 멀어졌다. 그들이 사라진 자리에는 환한 미소가 한참 동안이나 남아 뭉게구름 주위를 맴돌았다.

"나무아미타불 관세음보살!"

덕운은 목탁을 소반 앞에 놓고 일어나 오체투지로 엎드렸다.

'마침내 그들이 떠났는가? 내가 그들을 보냈는가?' 덕운의 눈이 젖어들었다. 덕운은 정녕 죽은 자와의 이별을 원했던가? 그들을 보내려 했던가? 덕운은 울었다. 꺽꺽 사내의 울음은 오랫동안 계속되었다.

어느덧 토굴 안의 어둠이 묽은 먹빛으로 풀어져 소반 위의 사기대접과 그 앞에 놓인 금강경이 희끔한 모습을 드러낼 즈음 덕운은 토굴을 나왔다. 비온 뒤의 청자 빛 여명 속에서 뭉게구름이 밝게 피어올랐다. 덕운은 동지가 견딜 수 없이 보고 싶었다.

초인과 아이

　새벽예불이 끝날 때쯤 덕운은 토굴에서 내려와 큰스님의 처소로 향했다. 큰스님은 만행을 허락해 달라는 덕운의 말을 들었는지 못 들었는지 알 수 없는 얼굴로 덕운의 이마에 시선을 모았다.

　"안거 철에 사찰은 들리기가 뭣한데 어디로 가려느냐?"

　"우선 음성 진 처사에게 들릴 생각입니다. 안거가 끝나면 여기저기 형편대로 하겠습니다."

　"언제쯤이나 돌아오려느냐?"

　"다가오는 겨울에는 어디 강원에 들어가서 공부를 해볼 생각입니다. 그전에 다녀가겠습니다."

　"오냐. 그렇게 해라. 그리고 혜명이 어디 있는지 알아보았으면 싶구나."

　세 번 절하고 방문을 나서는 덕운에게서 시선을 거두며 큰스님은 혼잣말을 흘렸다.

"삼 년… 삼 년이 걸렸구나."

숲 아래 은밀히 숨은 샛길을 덕운은 성큼성큼 걸었다. 간밤에 비가 내려서 계곡 속의 돌길이 미끄러웠지만 덕운의 걸음걸이에는 바람이 휙휙 일었다. 쓰르라미가 늦은 여름을 알렸다.

덕운이 음성 버스터미널에 도착했을 때, 늦여름 해는 아직 중천에서 팽팽했다. 인경이 터미널 대합실에서 덕운을 기다렸다. 인사를 마치자 덕운은 대뜸 동지의 안부부터 물었고, 그때부터 농장에 도착할 때까지 인경은 내내 동지 얘기에 열중했다.

동지 얘기를 할 때의 인경은 평소 그녀의 절제된 언행과는 다르게 말을 할 때마다 운전대를 잡은 어깨가 들썩거릴 만큼 신명이 났다. 그녀는 지금까지 동지보다 더 잘생긴 아기를 본 적이 없다고 했다. 키득키득 옹알이를 할 때는 소름이 돋는다고도 했다. 그것은 무성도 마찬가지로, 그가 매일 아침저녁으로 동지의 팔다리를 주무르며 동지를 위해 뭔가를 한다는 말을 할 때, 인경은 속삭이듯이 목소리를 낮추었다.

아기를 안은 무성이 조락헌 편액 아래서 덕운을 기다렸다. 아기는 인경의 말대로 예뻤다. 막 만족스런 잠을 깬 듯 초롱한 눈을 뜨고 온통 신기한 세상을 바라보는 아기는 귀티가 나고 아름다웠다. 덕운은 얼굴을 숙여서 아기의 냄새를 깊숙이 빨아들였다.

덕운은 아기의 눈을 들여다보았다. 아기는 제 안의 깊은 어디에서 전설의 강물처럼 흐르는 그 아비와 어미의 흔적을 기억할 것인가? 덕운이 아기의 눈동자를 들여다보자 아기도 새까만 눈으로 덕운을 올려다보았다. 덕운이 손가락으로 아기의 볼을 만지자, 아기가 덕운의 손가락을 쥐고 곧장 입으로 가져가려 했다.

"헉!"

그 순간 덕운은 뜨거운 김을 들이마신 것처럼 호흡이 턱 막히며 지난해 수색의 아파트에서 아기를 처음 보았을 때 경험했던 충격이 되살아났다. 아니 그때보다 충격의 실체가 훨씬 더 분명한 모습이어서 마치 초겨울 첫 추위와도 같이 오슬오슬하고 분명한 느낌이 전신을 죄어왔다. 그것은 아득히 먼 시간의 비밀스러운 어느 곳에서 상세한 내막을 기억해낼 수 없으나 분명히 존재했고, 검은 그림자처럼 실체를 구별하기는 어려우나 뚜렷한 형상을 가진 것이었다. 그것은 예언서의 말처럼 비밀로 가득 찬 기호 같기도 했다.

덕운이 인경을 향해 물었다.

"혹, 아이 어머니의 소식은 들으셨는지요?

"못 들었습니다. 소식 전해줄 사람은 영숙 씨밖에 없는데 그동안 얘기를 나눌 기회도 없었고, 또 애초에 서로 모르는 사람이 되기로 했던 거라…….''

"안 된 일이기는 하나, 아이를 남에게 맡길 때는 이미 짐작이 되는 일이라 차라리 안 듣는 것이 낫겠다 싶기도 했지요."

무성이 덧붙여 말하자 인경도 고개를 끄덕였다.

새벽에 연무장으로 나가는 무성의 하루 일과는 변함이 없었다. 그의 연무하는 모습은 마치 검은 그림자가 적송들 사이에 떠 있는 것처럼 보였다. 한 순간도 정지함이 없는, 그러나 때때로 정지한 것 같은 동정일여의 경계가 소나무 사이를 안개처럼 흘렀다.

새벽이면 어둠은 멀리 동쪽 산에서부터 썰물이 빠지듯이 밀려나 덕운이 서 있는 산자락을 거쳐 서쪽 산 너머로 물러난다. 어둠이 빠져나가면 소나무 사이에 걸렸던 그림자는 비로소 땅 위에 내려선다.

언덕 위에서 무성의 연무를 지켜본 덕운은 목련당으로 돌아와 화단에 박힌 맷돌에 엉덩이를 걸치며 물었다.

"손으로 찌르거나 발로 차는 동작의 끝에서는 분명 정지하는 순간이 있을 텐데, 매우 느린 움직임에도 불구하고 그 순간이 느껴지지가 않아 혼란스럽습니다."

"안목이 날카로우시군요."

무성의 눈에 놀라움이 스쳤다. 그는 덕운의 남다른 안목에 감탄하며 무슨 생각을 하듯 잠시 고개를 숙였다.

"사부님께서 사조님의 말씀을 전해주신 바로는, 우리의 몸은 누구나 고유한 파동을 간직하고 있다고 합니다. 파동은 끊임없이 진자운동을 하는데, 그 진자운동의 정점에서 방향을 바꾸는 찰나의 순간에 비밀이 숨겨져 있다고 하셨지요. 거기에 우주로 통하는 열쇠가 숨겨져 있으며, 열쇠를 찾기 위해서는 십성을 이루어야 한다고 하셨습니다."

"연전에 무예보다 더 큰 목표가 있다는 말씀을 하셨는데 그것이
그 열쇠를 찾는 일이군요?"

"……."

조용한 미소만을 흘리는 무성에게 덕운이 다시 물었다.

"그것을 찾은 다음이 무엇인지 궁금합니다."

연이은 덕운의 질문에 무성은 조금 길다 싶게 침묵하다가 입을
열었다.

"사부님께서는 '인간과 우주의 합일'이라고 하셨습니다. 수련의
궁극은 나의 몸과 마음의 파동이 우주의 기본 파동과 합치되는 순간
을 경험하는 것이라 하셨지요. 그것은 우주와 내가 하나가 된다는
의미인데, 그럼으로써 인간의 오감과 의식에 의지함이 없이 우주
만상을 있는 그대로 여여하게 아는 지혜가 열린다고 하셨습니다."

무성의 새벽 연무는 해 뜨는 시각에 맞춰져 있다. 연무를 마친
무성이 호흡을 가다듬기 위해 두 손을 가슴 앞에 모을 때면 어김없
이 빗살처럼 날카로운 아침햇살이 소나무 사이를 파고들고, 검정
색 면 셔츠의 어깨가 햇빛을 받아 보풀하게 피어난다.

그날도 덕운은 새벽 참선을 마치고 언덕 위로 나와 무성이 연무
하는 모습을 지켜보았다. 덕운이 농장에 머문 지 보름 가까이 됐을
무렵이었다. 어둠이 걷히고, 동쪽 능선을 넘어오는 첫 햇살을 향해

팔을 쭉 뻗는 무성의 모습은 마치 연주를 끝낸 오케스트라의 지휘자가 지휘봉을 머리 위에서 멈춘 채 음악의 여운을 음미하는 것처럼 보였다.

그런데 그 순간 무성의 몸이, 반듯하게 선 그대로, 마치 밑동을 베인 통나무가 쓰러지듯이 앞으로 넘어졌다. 아무런 방비도 없이 온몸으로 땅바닥과 부닥치는 둔탁한 소리가 언덕 위에 서 있던 덕운의 귀에까지 들렸다.

"진 선생님!"

구르듯 언덕을 뛰어 내려간 덕운의 눈앞에서 무성의 몸은 팔과 다리와 허리가 묘한 형상으로 뒤틀린 채 경련을 일으키고 있었다. 부릅뜬 눈동자에는 검은자위가 보이지 않았고, 빠드득 소리가 나도록 악다문 이빨 사이로 질컥한 거품이 새어나왔다. 거품은 비눗물처럼 작은 방울을 무수히 만들었다. 그리고 숨이 막히는 듯 '크크 크' 하는 소리를 힘겹게 뱉어냈다.

'간질이구나!' 덕운은 무작정 무성의 팔과 다리를 주물렀다. 그러나 돌덩이처럼 굳은 몸에 손가락이 파고들지를 못했다. 덕운은 주먹으로 무성의 등을 두들겼다.

발작은 오래 가지 않았다. 잠시 후 무성은 천천히 일어나 앉아 정신을 수습했다. 다행히 크게 상처를 입지는 않았으나 이마 한쪽에 불그레한 피멍이 비쳤고 코피가 조금 흘러나왔다. 덕운이 분묘 앞 상석 위에 놓였던 수건을 집어서 무성의 얼굴을 닦으려 하자 무성은 얼른 수건을 빼앗아 스스로 얼굴을 닦았다.

"덕운 스님께 부끄러운 모습을 보이고 말았네요."

무성의 옆모습이 허탈하게 웃었다. 덕운이 할 말을 찾지 못하고 있는 사이에 무성이 다시 말을 이었다.

"어릴 때는 하루가 멀게 이랬습니다. 할아버지가 절망하는 모습을 더 이상 볼 수가 없어서 여러 번 죽으려고도 했지만, 그분이 살아계시는 한은 죽을 수도 없었지요. 열다섯 살이 되었을 때 할아버님이 저를 사부님께 데리고 가셨는데 거기서 수련을 한 이후로 병이 점차 호전되기 시작하더군요. 지금은 일 년에 한두 번 있는 일입니다."

덕운은 차마 무성의 얼굴을 마주 보지 못하고 고개를 숙인 채 '아, 하필이면 이분이…' 안타까운 마음을 감추지 못하는데, 무성은 조금 전의 일은 까마득히 잊은 듯 동지 얘기를 입에 올렸다. 무성은 얼굴에 행복한 기색마저 떠올렸다.

"동지는 웬만해서는 보기 어려운, 매우 훌륭한 자질을 갖춘 아입니다. 아침저녁으로 기혈을 다스려주고 있는데 받아들이는 것이 예사롭지가 않아요."

'무성은 왜 이 상황에서 동지 생각을 하는 걸까?' 덕운은 잠시 의아했지만 그를 이해할 것만 같았다. 그것은 자신이 타고난 약점에 대한 회한이 깊은 만큼 동지의 뛰어난 자질이 다행스럽기 때문이며, 또한 동지에 대한 사랑이 얼마나 깊은가를 말해주는 것이기도 했다.

"할아버님과 부모님은 지금 중국에 계신가요?"

덕운이 물었다.

"아닙니다. 모두 돌아가셨어요. 그분들 얘기는 하고 싶지가 않군요. 다만 할아버지 유골은 모시고 나왔지요. 저기 계십니다."

무성이 연무장 모서리에 있는 분묘를 가리켰다. 그는 늘 할아버지가 지켜보는 앞에서 연무를 해왔던 것이다.

덕운은 음성에서 한 보름 더 머문 뒤 음력 칠월 보름, 하안거가 끝나는 날에 조락헌을 떠났다. 지리산 서편의 몇몇 사찰을 발길이 닿는 대로 들려볼 생각이었다.

동안거

음력 시월 보름, 송광사 경내는 가볍고 선득한 햇살이 내려앉았다. 혜명은 매화마을을 떠나기 하루 전에 머리를 밀고 송광사에 방부를 들였다. 지난봄에 송광사로 향하던 발길을 매화마을에서 멈추고 말았기에, 이번 겨울 한철만은 꼭 송광사에서 나기로 마음을 굳힌 것이다.

선방의 예불은 간단히 올린다. 새벽 인시, 어둠 속에서 도량송 목탁소리가 들리면 입승은 죽비를 세 번 쳐서 대중을 깨운다. 대중들은 잠자리를 정돈하고 각자의 대소사를 마친 뒤 가사와 장삼을 갖추고 선원 큰방의 중앙을 향해 앉는다. 입승의 죽비 삼성에 맞춰 방 가운데 걸린 일원상을 향해 삼배를 올린다. 그런 다음 가사와 장삼을 벗어 두고 좌구에 앉아 입승의 죽비를 시작으로 화두를 챙긴다.

저녁에는 아홉시 삼경종 소리를 들으며 잠자리에 든다. '사미

율의' 중 보량경에 이르되, '반듯이 누워서 자는 잠은 아수라의잠
이요, 엎드려 자는 잠은 아귀의 잠이며, 왼쪽으로 누워 자는 잠은
탐욕인의 잠이요, 오른쪽으로 누워 자는 잠은 출가인의 잠이다'라
고 했다. 고로 수행인은 우협右脅으로 잠을 청한다.

'야야포불면 조조환공기〔夜夜抱佛面 朝朝還共起〕' 밤마다 붓다를
보듬어 안고 잠이 들고, 아침마다 붓다와 함께 일어난다.

혜명은 묵언패를 목에 걸었다. 진리는 원래 말을 여읜 곳에 있으
므로 말로써 사유하지 않으려 했고, 말을 잊고자 했다. 말을 짓지
않음으로써말이 진리를 제단하지 못하는 그곳은 가까운 듯 멀었고
먼 듯 가까웠다. 그곳에서 불던 바람이 지척에서 불어와 콧구멍을
들락날락하였으나 그것 또한 멻의 다른 모습일 뿐이었다.

망념의 모태는 보이지 않고 알 수도 없지만, 보이지 않는 어둠
속에서 그것들은 보이는 것들을 끊임없이 불러낸다. 미진수의 깊
은 바닷속에서 미진수로 쌓인 퇴적물들이 바람 한 번 설렁일 때마
다 속절없이 부유했고, 얼레 끝을 잡으려 안간힘을 쓰는 어깨 위로
몸살이 내렸다.

마음이 산란했던 연유를, 혜명은 한동안 금산 신월사에서 온 원
성이라는 납자에게 두고 그를 원망했다. 우연히 첫 잠자리에서 옆
에 눕게 된 인연으로 그는 큰방에서 공부를 할 때도 혜명의 옆자리
를 찾아 앉았고, 공양을 할 때나 잠시 포행을 할 때도 언제나 그의
곁에서 걸었다. 그는 혜명에게 호의를 보였다.

눈을 아래로 가늘게 떠서 미간의 세로주름이 더욱 깊어 보이는 그는 나름대로 치열한 수행의 흔적이 알게 모르게 엿보였는데, 그로 인해 몸을 상했던지 비쩍 마른 얼굴에 석연치 않은 그림자가 어른거렸다. 그는 혜명이 묵언패를 목에 걸고 있음에도 불구하고 포행을 하거나 잠자리에 들기 전에 자주 말을 걸어왔다. 말을 할 때면 그는 얼굴을 옆으로 비끼는 버릇이 있었고, 입을 떼기 전에는 눈을 몇 번 껌벅거리곤 했다.

"혜명 스님은 공부가 잘 되십니까? 왠지 저는 화두가 들리지 않습니다."

그가 말을 걸어오면 혜명은 가만히 합장을 해보였고, 그는 자문자답을 했다. 그는 코에 비염이 있는 듯 연신 코를 킁킁거렸는데, 숨을 쉴 때마다 비릿한 냄새를 흘렸다. 말을 걸어올 때는 더욱 심해서 얼굴을 마주 대하기가 여간 고역이 아니었다.

낮 동안은 묵언을 핑계로 그와 거리를 두었으나 밤에는 사정이 달랐다. 밀폐된 방 안에 냄새가 절어 있어 늘 기분이 상쾌하지 못한데다, 간혹 새벽에 잠을 깨서 좌협으로 돌아누운 그와 얼굴을 마주하게 될 때는 속이 휘저어놓은 것처럼 울렁거렸다. 그럴 때면 부득이 밖으로 나가 맑은 공기를 마시곤 했지만 어디까지나 임시변통일 뿐이었다.

석 달간의 안거가 순탄치 않으리란 예감이 들면서 혜명의 마음속에는 그에 대한 원망이 쇠비름처럼 돋아났다. 그러나 타인을 원망하는 마음을 내면 낼수록 못나 보이는 것은 자신이었고, 그런 자신이 싫어서 화가 났고, 화가 나서 다시 그를 원망했다.

그는 여전히 혜명에게 자주 말을 걸었으며, 늘 그랬듯이 자문자답을 했다.

"혜명 스님은 인상이 참 좋습니다. 스님 옆에 있게 되면서 제가 많이 위안을 받습니다."

"제가 말을 많이 걸죠? 안 그러려고 해도 자꾸만 불쑥불쑥 말을 하게 되네요."

그에 대한 원망이나 혐오감을 감추기가 쉽지 않았지만, 혜명은 묵언을 빙자하여 그 혐의로부터 놓여날 수 있었고, 그 역시 혜명의 그 빙자를 빙자할 수 있었다. 묵언은 피차를 안심시켰다.

눈앞에 일원상이 어른거렸다. 일원상은 작은 점으로 모아지는가 하면, 선방을 가득 채울 만큼 확대되어 일그러져 보이기도 했고, 여러 개가 겹쳐 고리를 이루어 어지러이 춤을 추기도 했다.

졸음이 몰려올 때면 결가부좌를 한 허리가 앞으로 휘어지면서 호흡이 토막토막 끊어져 명치를 치받았고, 힘겹게 들이마신 숨을 내쉬어 가슴이 비는 순간에는 영락없이 머리가 앞으로 툭 떨어졌다.

'착!' 그 순간 어깨 위에는 어김없이 죽비가 떨어지고, 삼천대천세계를 흔들고도 남을 울림이 횡격막 아래에서 터져 나왔다.

혜명은 졸음을 쫓기 위해 머리를 흔들며 번뇌의 모태가 무엇인가를 참구했다. 사유의 촉수에 포착되는 번뇌의 모태는 굴레다. 굴레는 스스로 만들어서 여러 곳에 장치해 두었지만 혜명은 굴레들의 매듭을 찾지 못했고, 매듭을 찾지 못하는 한은 굴레에서 벗어날 수도 없을 것이었다. 뜨거운 물건을 움켜쥐고 손바닥이 타들어 가는데도 그것을 놓아버리지 못하는 것이다.

번뇌 망상은 냄새와 함께 밀려와 오감을 휘저었다. 번뇌 망상에 냄새가 따라오는지 냄새가 번뇌 망상을 몰고 오는지는 알 수 없으나 혜명은 망념과 냄새로 시달렸다.

혜명이 냄새의 사슬에서 벗어난 것은 선방에 든 지 한 달가량 지나서였다. 냄새에다 대고 관세음보살의 상호를 지극히 염한지 한 달이 지났을 때야 비로소 아침햇살이 안개를 걷어내듯이 후각의 분별이 사라졌다. 불구부정不懼不淨! 냄새가 떠난 자리에 관세음보살이 들어앉은 것이다.

냄새가 사라진 뒤에도 번뇌 망상은 남았다. 번뇌와 망상은 수억만의 누에가 '사각사각' 뽕잎을 갉아먹는 소리처럼 다가왔고, 때로는 수억만의 날벌레가 윙윙거리는 소리로 다가왔다. 소리는 수억만 년을 쉬지 않고 밀려오는 파도처럼 완고했다.

동안거 석 달 중 절반이 지난 섣달 초하루, 선방 수좌들이 반철 행사로 송광사 소속 암자인 불일암을 다녀오기로 한 날, 아침부터 눈발이 흩날렸다. 입승은 길이 미끄러울 것을 염려했으나 상판 스님들이 부추겨서 수좌들은 예정대로 산행길에 올랐다. 눈발은 좀처럼 땅으로 내려앉지 않고 계곡을 타고 흘러서 수많은 흰색 날벌레들이 들끓는 것처럼 어지러웠다.

효봉영각 옆 대나무 숲길을 따라 잠시 걸어 올라가면 율원으로 사용 중인 부도암이 나오고, 다시 그만큼 더 올라가면 감로암이 있다. 불일암은 감로암을 돌아서 한참을 더 산허리를 더듬어 올라가야 한다. 부도암을 지나면서부터 눈발이 굵어지기 시작하더니, 감로암에 도착할 무렵에는 눈앞을 분간하기 어려울 만큼 계곡은 눈송이로 가득 찼다.

누군가 고무신을 신고서 눈길은 위험하니 그만 내려가는 것이 옳다는 말을 했고, 여기저기서 그러자는 말들이 나와 머뭇거리고 있는데, 산허리 쪽에서 내려오는 일단의 승려들이 눈에 들어왔다. 겨울 한철 동안 강원에서 공부하는 스님들이었다.

암자 마당이 잠시 왁자했다. 혜명은 묵언 중인데다 딱히 아는 스님도 없기에 그들을 향해 가볍게 합장만 해보이고는 몸을 돌려 눈이 내리는 계곡을 내려다보았다.

"혜명 스님!"

그때 등 뒤에서 부르는 소리가 들렸다.

목소리를 향해 돌아선 혜명의 눈이 크게 벌어졌다. 반가움으로 어쩔 줄 모르는 굵은 목소리의 주인, 시야 가득히 들어차는 환하게 웃는 얼굴은 덕운이었다.

"아!"

둘은 서로의 손을 와락 끌어 잡았다. 그러다가 덕운이 얼른 한 손을 빼서 손가락 하나를 입술에 갖다 댔다.

"쉬, 묵언 중이시네요. 말씀하지 마세요. 제가 다 얘기 하겠습니다."

덕운은 쫓기듯이 말을 하기 시작했다.

"저는 여기 강원에 방부를 들였습니다. 기초적인 공부를 먼저 해야겠기에."

덕운의 말을 들으며 고개를 끄덕이는 중에도, 혜명의 머릿속은 조금 전 덕운의 환하게 웃던 모습만이 가득 들어찼다. 혜명은 덕운을 만난 이후 그가 웃는 모습을 본 적이 없었다. 그는 처음부터 웃음을 배우지 못했거나, 웃는 근육이 작동하지 않는 사람 같았다. 어쩌다가 설핏 웃음 비슷한 것이 얼굴에 나타날 때도 있었지만, 그 역시 웃는 것인지 입을 꾹 다무는 것인지 구분하기 어려운 그런 모습일 뿐이었다. 그런 그가 환하게 웃어 보인 것이다.

"저는 혜명 스님이 이곳 선원에 계신 줄을 진즉에 알고 있었습니다. 여기 오자마자 종무소에서 선원 스님들 명단부터 확인했으니까요. 큰스님께서 혜명 스님을 찾아보라고 하신 말씀도 계셨지만… 저는 이번이 처음인데도 이상하게 송광사로 마음이 끌린 걸 보면 아마도 혜명 스님을 만나려고 그랬나 봅니다."

덕운이 얘기를 하는 동안 혜명은 시종 덕운의 얼굴에서 눈을 떼지 못했다. 그의 얼굴에 그토록 완강하게 드리웠던 그늘도 어디론가 사라지고 없다.

'관세음보살, 한 고비를 넘기셨구나!' 혜명은 마음속으로 관세음보살의 명호를 불렀다.

"큰스님께서는 기력이 전 같지가 않습니다. 다른 스님들과 공양주 보살님은 여전하시고요. 명석이도 학교에 잘 다니고 있습니다. 그런데 전처럼 말을 많이 하지 않아요. 시무룩해 있는 걸 자주 봅니다. 아마 사춘기가 온 건지도 모르죠. 그리고 대덕이도 잘 있습니다."

덕운의 눈에 혜명도 많이 달라져 있었다. 늘 숨이 찬 듯 지쳐보이던 모습 대신에 혜명의 몸에 도는 기운은 겨울 햇살처럼 청량했다. 얼굴에서 뿜어져 나오는 구도승의 깊은 심지만큼이나 그의 가슴 앞에 드리워진 묵언패에서는 천근같은 무게가 느껴지기도 했다.

대강 급한 얘기는 마친 듯해 보였든지 곁에서 지켜보던 원성이 말을 붙였다.

"저는 금산 신월사에서 온 원성이라고 합니다. 두 분께서 반가워하는 모습이 참 부럽습니다."

"아, 예. 저는 덕운이라고 합니다. 혜명 스님은 저의 사형이 되십니다."

"그러니까 혜명 스님께서는 오랫동안 본사를 떠나 계셨군요?"

원성은 정황이 짐작된다는 듯 고개를 끄덕였다.

송광사를 향해 내려오는 행렬의 끝에서 둘은 말없이 걸었다. 부도암 담장 곁에 줄을 선 사리탑과 보조국사비와 사적비들이 눈 속에 묻히고 있었다.

덕운은 동지의 생모를 생각했다. 언젠가 혜명을 만나면, 그 여인의 일을 알려야 할지 아니면 묻어둬야 할지 마음을 정할 수가 없었는데, 오늘 혜명을 만나자 덕운은 다시 그 일로 마음이 산란하다. 한 달 반 후, 동안거를 마치고 묵언패를 떼어낸 혜명과 마주할 때 어떻게 하는 것이 옳을지 마음을 정하지 못했다.

불이문에 들어서자 덕운이 먼저 작별인사를 했다.

"안거를 마칠 때까지는 찾지 않겠습니다. 해제일에 만나서 함께 돌아가시지요. 여기 불이문 앞에서 기다리겠습니다."

그들은 마주 합장을 한 후 각기 강원과 선원을 향해 발길을 돌렸다. 여기저기 빗자루를 든 스님들이 보였다. 어둑한 산과 절집 위로 눈발은 더하지도 덜하지도 않고 줄기차게 떨어져 내렸다.

동안거가 막바지에 접어들 무렵 혜명은 자주 전과 다른 깊은 삼매에 들었다. 선방에서 오십 분간 화두에 몰입하다가 십 분간 일어나 움직일 때나, 점심 공양을 할 때나, 공양 후에 잠시 포행을 할 때나 잠자리에 들 때까지도 의식은 잘 벼려진 칼날처럼 성성하여 끊어지지 않았고, 화두는 성성한 의식의 칼끝에 댕그라니 올라앉아 꼼짝하지 않았다. 수많은 점들이 모여 선을 이루듯 간단없이 이어진 화두는 행주좌와에 한결 같아서, 한 번 참선 삼매에 들면 한

나절이 찰나처럼 흘렀다.

　이듬해 정월 열엿샛날, 선원 수좌들은 석 달 동안 머물던 요사를
정리하고 안거증을 받았다. 석 달 전, 전국에서 모여든 수좌들로
술렁거렸던 법당 앞은 이제 다시 운수납자의 길을 떠나는 그들의
또 다른 설렘으로 부풀어 올랐다. 수좌들은 걸망을 추스르며 삼삼
오오로 불이문, 천왕문을 거쳐 일주문을 향해 걸음을 재촉했다.
　덕운이 불이문 앞에서 혜명을 기다렸다.
　"덕운 스님!"
　"혜명 스님!"
　두 사람은 손을 맞잡았다.
　송광사에서 내려오는 길 양편에 늘어선 짙은 자갈색의 나목들은
벚나무였다. 아직도 바람은 쌀쌀했으나 나목에 비치는 햇살 속에
는 이미 봄이 자글거렸다. 수피에서는 조금씩 자색이 스며 나왔고,
꽃망울이 탱탱하게 부풀어 올랐다.
　"여기 꽃이 피면 아주 장관입니다."
　함께 걷던 원성이 이미 만개한 벚꽃을 본 것 같은 얼굴로 벚나무
들을 두리번거렸다. 그는 벚나무에 깊은 애정을 가진 듯 장황하게
벚나무 예찬론을 펼쳤다.
　"벚나무는 장미과에 속하는 낙엽교목인데, 썩 괜찮은 나무랍니
다. 사람들이 벚나무의 가치를 잘 모르는 것 같습니다만, 이것들만

큼 사계절 내내 빛나는 나무는 흔치 않습니다."

예사로 듣던 두 사람은 사계절 내내 빛난다는 말에 원성의 입을 쳐다보았다.

"먼저 봄에는 꽃이 아름답죠. 달빛 아래 흐드러지게 핀 벚꽃, 이거 사람 죽이지 않습니까? 때로는 관세음보살이고 때로는 법열이고 때로는 미망이기도 하죠. 여름에는 그늘이 얼마나 좋습니까. 가지가 풍성하고 잎이 무성해서 다른 나무들에 비해 그늘이 두텁고 시원하죠. 그리고 벚나무는 덕이 있어 귀한 손님이 꼬입니다. 벚나무사향하늘소라든지 참풀색하늘소와 같은 귀한 곤충과 온갖 매미들이 벚나무에 즐겨 서식합니다.

가을에는 단풍이 일품입니다. 사람들이 벚나무 단풍을 잘 모르는 편인데, 알고 보면 이보다 더 멋진 단풍도 드뭅니다. 대개 '단풍' 하면 단풍나무를 떠올리지만, 단풍나무는 잎이 얇고 색깔이 단순해서 곱기만 할 뿐 아름다움의 깊이가 부족합니다. 그러나 벚나무는 잎이 두꺼울 뿐 아니라, 단풍의 색깔이 다양하고 무늬가 있어서 깊고 진한 멋을 품고 있지요. 가만히 보고 있노라면 단풍 물이 뚝뚝 떨어질 것 같거든요.

거기까지 얘기를 한 원성이 어떻게 생각하느냐, 내 얘기가 그럴듯하지 않으냐고 묻듯이 두 사람을 쳐다보았다.

"원성 스님은 벚나무 박사네요. 겨울은 어떻습니까?"

혜명이 원성을 추겨주었다.

"겨울 벚나무는 지금 두 분 스님께서 보고 계시는 그대롭니다. 이 자갈색 나목들의 자태가 얼마나 멋집니까. 나무의 모양이나 색깔이 무척 우아하고 품위가 느껴지지 않습니까? 특히 나목들이 군락을 이룬 모습은 더욱 좋지요."

원성의 얘기가 끝나기를 기다려 혜명이 덕운에게 말했다.

"덕운 스님, 사실은 제가 혜각사로 가기 전에 잠시 들려야 할 곳이 있습니다. 경남 산청의 작은 산골마을인데, 저와 함께 그곳에 들렸다가 천천히 올라가면서, 음성 진 선생님도 뵙고 가면 어떻겠습니까? 어차피 만행길인데 의미도 살릴 겸⋯⋯."

혜명의 말에 덕운은 바로 대답을 못 하고 주저했다. 동지가 있는 음성에 혜명을 데리고 가는 것이 옳은지에 대해 덕운은 마음을 정하지 못하는 것이다. 잠시 뜸을 들이던 덕운이 말했다.

"큰스님의 건강이 궁금해서 저는 바로 가봐야 할 것 같습니다. 혜명 스님께서는 꼭 들려야 할 곳이 있다면 다녀오시지요. 대신 곧바로 혜각사로 오십시오. 큰스님께서 많이 기다리십니다."

그들은 순천에서 헤어졌다. 덕운은 진주행 버스를 타는 혜명을 버스정류장까지 따라가 전송한 뒤에 기차역으로 향했고, 원성은 또 어딘가로 그의 길을 떠났다.

단절

　버스에서 내린 혜명은 맨 꼭대기 집, 무명암을 향해 성큼성큼 올라갔다. '무명암'이란 이름은 이름이 없는 스님이 사는 집이란 뜻으로 혜명이 붙인 이름이다.

　사립문을 들어서는 혜명의 눈에 마당을 등지고 선 낯선 중년 부인 한 사람과 그보다 젊어 보이는 한 사내의 뒷모습이 보였다. 그들은 무명 스님과 마주보고 서 있었는데, 사립문 쪽을 향해 선 무명 스님의 얼굴에서 매우 곤혹스러운 표정이 읽혀졌다.

　뒷모습의 여자가 사뭇 훈계조로 말했다. 여자는 경상도 억양으로 어색한 표준말을 썼다.

　"스님, 절로 가세요. 방방곡곡에 널린 게 절이잖아요. 뭣 때문에 스님이 이런 곳에 살아요? 스님 한 분만 생각을 바꾸시면 아무 문제가 없잖아요. 서로 얼굴 붉히지 말고 좋게 해결하도록 해요. 잘 생각하시기 바랍니다."

무명은 사립문을 들어서는 혜명에게 눈으로 반색을 해보인 뒤 여자의 말에 답했다.

"몇 번이나 말씀드리지만 그건 어디까지나 제 개인의 문제입니다. 이 일과는 아무 상관이 없는 거예요. 저의 거처에 대한 말씀은 말아주셨으면 합니다. 아이들은 제가 잘 타이르겠습니다."

무명이 말을 하는 동안 시종 비웃음을 물고 있던 여자는 뒤에서 인기척이 들리자 고개를 돌려 혜명을 힐끗 훑어본 뒤 다시 무명을 향해 말했다.

"사실 이런 말까지는 안 하려고 했는데, 스님은 이 집을 무단 점거하고 있어요. 경찰서에 신고하면 강제 퇴거시킬 수도 있습니다!"

여자는 자신이 막말을 하게 된 책임이 어디까지나 얘기가 통하지 않는 스님에게 있다는 사실을 상기시켰다.

"그렇지 않습니다. 이 집의 주인 어르신들이 서울의 아들네로 이사를 하던 날 제가 정식으로 허락을 얻었습니다. 그분들도 빈집으로 두기보다는 잘 되었다며 반기셨어요. 보살님께서는 제가 무단……."

"이거 보세요! 또!"

무명의 말이 끝나기도 전에 여자가 소리를 빽 질렀다. 그녀는 밤길에 뱀이라도 밟은 사람처럼 몸서리를 치며 곁에 서 있던 남자의 소맷자락을 잡아끌었다.

"갑시다. 김 집사. 어휴, 재수 없어!"

여자는 몸을 홱 돌려 나가려다가 다시 무명을 돌아보고는 부들부들 떠는 목소리로 고함을 질렀다.

"당신! 그 보살이란 소리 나한테 한 번만 더 하면 가만 안 둘 거야. 그리고 이 동네에서 빨리 나가! 안 나가면 나가도록 할 거야!"

그들은 무명의 곁에 우두커니 서 있던 혜명까지 싸잡아 눈을 흘겨 주고는 사립문을 서둘러 빠져나갔다. 그들이 사라진 돌담 뒤에서 가래침을 뱉는 소리가 들리고 이어서 들으라는 듯이 말소리가 넘어왔다.

"하나 더 늘었네. 저것들 뒷조사를 해봐야겠어. 멀쩡한 절을 놔두고 중들이 이런 데 처박혀 있는 게 수상해."

그들이 골목 아래로 내려가고 두 사람만 남게 되자 무명이 사태의 전모를 혜명에게 일러주었다.

"봉수와 남기가 사고를 쳤다네. 이 녀석들이 아랫동네 이종구란 사람을 뒷산으로 끌고 가서 몰매를 놓은 모양이야. 제법 많이 때린 것 같아. 육 주 진단이 나왔다는 걸 보면. 그런데 때린 이유를 모르겠어. 때린 자도 맞은 자도 한사코 함구를 하고 있거든. 아까 그 사람들이 처음에는 고소를 하려고 준비를 했다는데 맞은 사람이 극구 말린다는 거야. 그 사람들이 그러더군. 후배들을 콩밥 먹일 수가 없어서 사랑으로 감싸 안은 거라고. 그자가 초등학교부터 고등학교까지 삼 년 선배라는군."

"그런데 왜 그 일을 스님께 와서 따지는 겁니까? 그리고 이 집에서 나가란 말은 또 뭐고?"

"그 사람들은 봉수와 남기가 종구를 때린 것이 아니라, 스님의 제자가 교회의 청년부 회장을 때렸다는 거지. 사람은 증발해버리고 이념만이 푯대 위에 나부끼고 있어. 울고 싶은데 쳤다고나 할까."

"봉수 씨를 불러서 물어보면 알 수 있겠네요."

"물어보긴 했네. 뒤숭숭하게 몇 마디하고는 꽁무니를 빼더니 그 후로는 나타나지도 않아요. 정황을 종합해 보건데, 유정이가 가운데 있는 것 같아. 그 일은 일요일 오후에 벌어졌는데, 마침 어른들은 읍내에 나가고 유정이 혼자 집을 지키고 있었던 모양이야. 그리고 봉수와 남기가 유정이를 보러 간 건지 아니면 우연히 집 앞을 지나던 길이었는지는 모르나, 유정이의 집에서 종구를 보았다고 하더군. 그리고 무슨 이유에선지 종구를 저 위 고개 너머로 끌고 가서 팼다는 거야. 그 일 이후로는 유정이도 통 볼 수가 없네."

"그 사람들 하는 거로 봐서는 쉽게 끝날 것 같지 않은데요……."

혜명은 걱정이 되었다. 자신이야 떠나면 그만이지만 무명 스님은 이곳에 쏟은 정이 이만저만이 아님을 그동안 봐왔기 때문이다.

"다시 찾아오면 또 '보살님!' 하고 불러버리지 뭐."

무명의 입가에 미소가 떠오르다 이내 사라졌다.

"이보시오, 혜명 스님!"

무명이 독백하듯 혜명을 불렀다.

"사람과 사람 사이에서 맞닥뜨리는 절망만큼 기막힌 일은 없는

250

것 같네. 무엇 때문에 언제부터 이런 단절이 생긴 걸까. 언어와 문자를 공유하는 사람들, 역사를 함께 만들어온 사람들 사이에 누가 이렇게 깊은 골을 파놓았을까. 나의 정이 너에게는 사가 되고, 한편의 절대적인 가치가 다른 한편에게는 용납할 수 없는 악이 되고 말이야. 서로를 편견과 아집으로만 바라볼 뿐, 이해와 관용은 어디에서도 찾아볼 수가 없어.”

혜명은 혜각사로 가는 일정을 차일피일 늦추었다. 무명암을 비우고 떠나라는 그 서슬 시퍼런 협박의 뒤끝이 어떤 식으로든 마무리되기 전에 혼자 훌쩍 떠날 수 없기도 했지만, 정작 그가 선뜻 걸망을 둘러메지 못하는 까닭은 은사 스님과 눈을 마주할 용기가 서지 않아서였다.

“야 이놈아! 매양 돌아다니기만 하면 공부가 되는 것이냐? 네놈은 그 역마살부터 고쳐야 해!”

무엇 때문인지 은사 스님이 혜명을 보는 눈빛에는 선지식의 탈속 무념함보다는 혈육을 보는 듯한 애증의 흔들림이 있었고, 유독 혜명에게만은 이놈, 저놈 하며 범속한 정을 밖으로 드러내 보이는 큰스님이셨다. 혜명은 그런 큰스님의 시선을 마주 대할 자신이 없었다.

한편 혜명의 마음 한구석에는 살아서는 영영 큰스님을 볼 수 없을지도 모른다는 불안감이 떠나지 않았는데, 그것은 그에게 끊임없이 들리는 환청 속 불운의 목록에 은사 스님과의 결별도 포함되어 있을지 모른다는 생각과 무관하지 않았다. 그로 인해 혜명은 때때로 울컥울컥 치밀어 오르는 은사 스님에 대한 그리움을 주체할 수가 없다.

  그곳은 불이사였다. 연전에 하안거 방부를 들였다가 마치지 못하고 도중에 도망치듯 뛰쳐나왔던 그곳에서 혜명은 덕운을 보았다. 경내는 어둑했다. '덕운 스님!' 하고 큰 소리로 그를 부르며 달려가는데, 덕운은 말없이 혜명을 바라보고 섰다가 등을 돌렸다.
  혜명은 얼른 덕운의 앞으로 뛰어가 용서를 빌었다.
  '죄송합니다, 덕운 스님. 용서해 주세요. 어쩔 수 없는 사정이 생겨서……'
  그러나 덕운은 아무런 소리도 들리지 않는 사람처럼 앞만 보고 걸었다. 크게 낙담한 혜명은 그 자리에 주저앉고 마는데, 그 순간 난데없는 죽비가 어깨를 때려서 고개를 들어보니 언제 왔는지 은사 스님께서 선방 입승이 되어 혜명을 내려다보았다.
  '이 자가 뭣 하러 또 왔어?' 입승이 언성을 높였다. 입승이 다시 죽비를 들어 혜명의 어깨를 내려쳤다. '텅!', 무명 스님의 방에서 방문을 여닫는 소리가 들린 듯 하고, 혜명은 눈을 떴다. 기분 나쁜 꿈이었다. 무명스님의 방 앞에서 마루를 밟는 발자국소리가 들렸다.
  혜명은 무명을 따라 밖으로 나왔다. 반야봉 능선 위, 한 자 어림의 하늘에 동그란 구멍이 뚫린 것을 보면 아마도 인시나 됐을 것이다. 음력 칠월 보름, 오슬오슬 한기가 느껴지는 백중날의 이른 새벽이었다.

송광사에서 덕운과 헤어진지도 여섯 달이 흘렀다. 교회 사람들이 다녀간 뒤로 무명암에서 두 번째로 맞은 봄과 여름이 지나고 가을이 왔지만 근심은 현실로 모습을 드러내지 않았다. 봉수와 유정이도 차츰 얼굴을 내밀기 시작했다. 어느 날 텃밭의 잡초들이 말끔히 사라지거나, 냉장고 속에 갓 담근 김치나 삶은 옥수수가 보이기도 했다.

심호흡을 하며 몸 여기저기를 툭툭 두드리고 있는 무명에게 혜명이 넌지시 말을 걸었다.

"스님, 오늘이 하안거 해제일이군요?"

"혜명 스님이 떡이 드시고 싶은 게로군?"

무명은 손을 멈추지 않은 채 혜명을 보았다.

"그보다도 봄에 못한 만행을 떠날까 합니다."

"만행이라⋯⋯."

무명은 서운한 듯 머리를 들어 반야봉 위의 보름달을 쳐다보았으나 혜명을 만류하지는 않았다.

무명암을 나선 며칠 후, 혜명은 혜각사 일주문 앞에서 걸음을 멈추고 주춧돌에 엉덩짝을 걸쳤다. 길옆에 얼기설기 얽힌 다래 줄기가 훤히 드러나 보이고 윤기를 잃은 잎에 가을 햇살이 따갑게 내려

앉았다. 어느덧 노랗거나 붉은색으로 물든 나뭇잎이 여기저기 눈에 띄었다.

혜명은 이마에 맺힌 땀을 손등으로 닦으며 맞은편 능선 위의 하늘을 올려다보았다.

'생야일편부운기, 사야일편부운멸' 삶이란 한 조각의 구름이 일어남이요, 죽음이란 한 조각의 구름이 사라짐이라 했던가. 좁은 하늘에 구름이 천천히 지나가고, 구름이 지나간 자리에 다른 구름이 흘러들어왔다. 목이 말랐다. 동서울터미널에서 생수를 사서 반쯤 마시다 넣어 둔 것이 생각나 걸망을 벗어 물을 꺼내 마셨다. 빈속에 미적한 물이 들어가자 속이 메스꺼워진 혜명은 남은 물을 쏟아 버리고 걸망을 어깨 뒤로 돌려 멨다.

작은 모롱이를 돌아들면 절이 보이고 거기에 큰스님이 계신다. '큰스님은 또 야단을 치시겠지.' 혜명은 큰스님께서 말로만 야단치실 것이 아니라 주장자로 두들겨 패주기를 바라곤 했었다. 흠씬 두들겨 맞기라도 하면 숨통이 트이지 않을까 생각한 적도 있었다.

혜명은 터벅터벅 절을 향해 걸음을 옮겼다. 천왕문을 막 들어섰을 때, 마침 덕운이 대웅전 앞의 계단을 내려오고 있었다.

혜명이 빠른 걸음으로 다가가며 그를 불렀다.

"덕운 스님!"

덕운은 혜명이 가까이 다가올 때까지 말없이 지켜보다가 그의 손을 잡았다.

"왜 이제야 오십니까?"

나직한 목소리였다.

"죄송합니다, 덕운 스님, 용서해 주세요. 어쩔 수 없는 사정이 생겨서……."

혜명의 입에서는 며칠 전 꿈에서 그가 했던 말이 흘러나왔다. 부전 스님과 공양주 보살이 그를 반겼으나 그들의 눈빛은 전과 다른 뭔가를 담고 있었다. 요사채 쪽에서 혜명을 보고 뛰어온 명석도 혜명과 마주서자 눈빛의 끝이 흔들린다.

"큰스님께 인사부터 올리시지요."

큰스님께 인사 올리라는 덕운의 말을 듣는 순간, 알 수 없는 두려움이 혜명의 목덜미로부터 등 뒤를 훑었다. 정체 모를 불안감, 이것이 무엇인가? 혜명은 걷잡을 수 없이 뛰는 가슴을 눌러 앉히며 앞서 가는 덕운의 뒤를 쫓았다.

댓돌 앞에 서서 혜명은 조심스럽게 큰스님을 불렀다.

"큰스님, 혜명입니다."

"……."

"큰스님, 저 혜명입니다."

"……."

"큰스님, 혜명이 왔습니다."

혜명이 다시 '큰스님' 하고 부르는데, 떨리는 목소리가 울컥 목에 걸린다. 여전히 대답이 없는 큰스님, 문고리를 잡은 혜명의 손이

후들후들 떨고 문고리가 함께 '다르륵' 떨었다. 문이 열리자 향 연기가 휘청 굽이를 치는 사이로 영정 속의 큰스님이 혜명을 내려다 보았다.

"스님!"

비명처럼 '스님'을 부르며 혜명은 영정 앞에 무너졌고, 방바닥에 이마를 찧으며 흐느끼기 시작했다.

"스님! 어디로 가셨습니까? 왜 안 계십니까? 여기 계셔서 저를 야단치셔야죠. 어디에 계신 겁니까?"

크게 울기조차 못 하고 숨죽여 흐느끼는 혜명의 입에서 간간이 '죄송합니다, 잘못했습니다' 하는 말이 섞여 나왔다.

한참 후, 혜명이 일어나 큰스님께 삼배를 드리고 자리에 앉자, 덕운이 향로 옆에 놓여있던 단주를 집어서 그의 손에 쥐어주었다.

"큰스님께서 전해주라고 하셨습니다."

그것은 큰스님이 늘 손에서 놓지 않던 것으로 혜명에게는 익숙한 물건이었다.

"언제 입적하셨습니까?"

단주를 움켜쥐며 혜명이 물었다.

"봄입니다. 송광사에서 돌아온 지 한 달 만인 이월 보름날 밤이었습니다. 바람이 많이 불더니 바람 따라 떠나셨나 봅니다."

"무슨 말씀은 없으셨습니까?"

"게송을 남기지는 않으셨습니다. 다만 사람이 오고 가는 것도 봄

256

에 나뭇잎이 돋아나고 가을에 나뭇잎이 떨어지는 것과 같은 것이니 그리 바라보라 하셨습니다. 그리고 쓸데없이 뼛조각을 뒤적거려서 흔적을 남기지 말라고도 하셨고요."

이틀 후 혜명은 큰스님이 물려준 단주를 한 손에 쥐고 혜각사를 나섰다. 혜명이 산문을 나서기 전에 덕운은 혜명의 걸망 속에 회색 털실로 짠 모자와 목도리를 말없이 챙겨 넣었다.

사문의 길

어둠 속으로 내리는 눈은 눈에 보이지는 않았으나, 삭발한 머리와 목덜미에 선득선득 내려앉았다.

"단풍을 보게 되는구나 했는데, 어느새 눈이 내리네."

염불실 앞에서 순지는 캄캄한 하늘을 올려다보며 중얼거렸다.

자정이 가까운 시간 산사에는 오직 한 곳, 순지가 절을 하는 염불실의 창호에서만 불빛이 비쳐 나왔다. 눈송이들이 불빛이 비치는 창호에 희미한 그림자로 흘러내렸다. 이따금씩 야경 스님의 요령소리가 지나가고, 요령소리가 멀어지면 산사는 이내 적요 속으로 잠겨든다.

예불을 드리기 시작한 지도 일 년이 넘게 흘렀다. 순지는 언제부터인가 절의 횟수를 세지 않는다. 절은 자정에 시작하여 새벽 범종소리가 멎으면 마쳤는데 천배를 조금 넘겼다.

절을 시작해 반 시간가량이 지나면 몸은 땀에 흠뻑 젖는다. 절을 하기 위해 엎드릴 때마다 이마에서 땀이 흘러내려 좌구를 축축이 적시고, 삭발한 머리와 어깨에서는 하얀 김이 피어올라 일주향 연기에 섞여든다.

시작도 끝도 없을 것만 같은 절 동작이 반복되는 동안, 마치 그녀를 지켜보기라도 하듯이 처마 끝에 매달린 풍경은 댕그랑거리고, 소쩍새는 밤새 쉬지 않고 울어댄다. 절을 하는 마음은 오직 관세음보살에 속하였으므로 보는 눈과 듣는 귀를 허락하지 않는다. 마침내 절을 하는 사람도 끝맺을 사람도 없다. 새는 제 울음을 울고, 풍경은 하릴없이 댕그랑거린다.

순지는 절을 시작한 지 열 달가량이 지나면서부터 절을 하는 도중에 가끔 눈앞에서 폭죽처럼 백색 섬광이 솟구쳐 올라 세상이 온통 빛으로 가득 차는 것을 보곤 했다. 때로는 절을 하는 자신의 모습을 높은 곳에서 타인처럼 바라보기도 했는데, 절을 하는 그녀는 자신을 보고 있는 그녀를 알지 못했다.

'과앙~ 과앙~ 과앙~'

새벽, 스물여덟 번째 마지막 범종의 여음이 잦아들면 순지는 절을 마치고 좌구에 앉아 명상에 든다. '나무아미타불 관세음보살!' 욕계, 색계, 무색계 이십팔천의 일체 중생이 미망에서 벗어나 이고득락하기를 염원한다.

그동안 순지는 단 하루 절하기를 쉬었다. 어느 초가을 날 희경이 찾아와 막무가내로 그녀를 병원으로 끌고 간 날이다.

"가보게. 자네가 안 죽으니까 이상한 게야."

큰스님은 미소를 지으며 그녀에게 희경의 뜻에 따르기를 권했다. 병원을 다녀온 며칠 후 희경이 전화를 했다.

"얘, 암세포가 자라지 않고 그대로 있대. 흔한 건 아니지만 간혹 그런 사례가 있다는구나. 아무튼 너, 절 열심히 해라. 절이 약이 된 거 같아. 공기 중에는 산소가 21% 들어 있고 질소가 78%, 기타 여러 가지 원소가 1%로 이루어졌다는데, 산소가 22%를 넘으면 암세포의 활동이 중지된다는 말도 있어. 그러니까 좋은 공기 많이 마시면서 절 열심히 해 알았지? 아자! 아자!"

희경은 의사의 말 중에, 일시적으로 암세포가 성장을 멈추는 현상이 가끔 발견되기도 하지만 이런 경우 대개는 오래지 않아 다시 진행성으로 발전한다는 말은 하지 않았다.

며칠 뒤, 순지는 큰스님을 찾아가 출가 승려가 되겠다는 뜻을 밝혔다. 그녀의 마음속에 사문에 대한 동경이 싹튼 것은 지난봄 큰스님과의 첫 대면을 하고부터였다. 다만 그때는 수개월 후의 삶마저 기약할 수 없었기에, 동경은 그저 스쳐 지나가는 바람 속의 풀냄새 같은 것일 뿐이었다. 그랬는데 희경의 전화를 받은 후 지난봄의 그 생각이 갑작스럽게 용광로 같은 열망으로 가슴속을 달구기 시작했고, 생각이 한 번 거기에 미치자 그녀는 더 이상 머뭇거리지 않았다.

큰스님은 기꺼이 허락했다.

"그렇게 하게. 이승에서 사문이 된다면 더욱 좋은 일이지. 그런데 어째서 그런 결심을 하게 됐는고?"

"절을 하면서 그런 마음이 생겼습니다. 저에게 남은 시간이 길지는 않겠지만, 그때까지만이라도 사문의 길을 가고 싶습니다."

목소리에서 차분하나 큰 울림이 일렁이었다.

음력 시월 열나흘, 스님들이 안거에 들기 위해 삭발할 때 순지도 함께 머리를 깎았다. 희경에게는 전화로 알렸다.

묵연

"쿨럭, 쿨럭, 쿨럭!"

새벽, 혜명이 잠에서 깼을 때 무명의 기침소리를 들렸다. 기침소리는 바람소리에 섞여 간간히 끊어졌다가 다시 넘어갈 듯이 이어졌다. 어쩌면 밤새 쿨럭이느라 잠을 못 이루었는지도 모른다. 기침소리는 억새처럼 날이 서서 살을 벨 것만 같다. 그래서인지 기침 소리에 검붉은 피가 느껴진다.

그의 잦은 기침을 혜명이 알아차린 건 서너 달 전이었는데, 밤의 한기가 방안으로 끼쳐오기 시작하면서부터 기침소리는 점점 더 가파르고 황막해졌다. 두 사람 모두 기침에 대해 입을 열어 말하지는 않았다. 혜명이 걱정스러운 시선을 보낼 때도 무명은 모른 척 외면했다.

눈이 내리는 것을 보고 오전 참선에 들었다가 잠시 포행을 할 생각으로 방문을 열었을 때 눈은 그쳐 있었다. 혜명은 헛간에서 싸리 빗자루를 찾아 마당의 눈을 쓸어낸 뒤, 텃밭의 찔레 울타리 옆에서 잠시 쉬었다.

그때 유정이 사립문을 열고 마당으로 들어섰다. 마당을 가로질러 텃밭을 향해 걸어오는 그녀의 입에서 하얀 입김이 뿜어져 나왔다. 감색 털 스웨터를 입고 목에는 긴 검정색 목도리를 두르기도 했지만, 그녀의 알맞게 살찐 몸매와 하얀 피부는 겨울에도 추워 보이지가 않는다. 유정은 텃밭 모퉁이에 서서 무슨 할 말이 있는 듯 머뭇거리다가 입을 뗐다.

"스님, 저……."

"네, 말씀하세요."

그녀는 곧바로 말을 하지 못하고 밭고랑을 내려다보며 얼굴을 붉혔고, 혜명은 그녀가 말을 할 때까지 기다렸다.

"저… 스님, 요새 마을에 떠도는 소문은 진짜가 아이라예. 그런 일 없었습니더!"

유정의 눈에 눈물이 고였다. 혜명은 그녀가 말하는 그 소문이란 것을 들은 적이 없기에 잠시 어리둥절했으나 이내 지난봄의 사건에 생각이 미쳤다. 남기와 봉수가 아랫동네에 사는 종구에게 몰매를 준 이유에 대해, 그때 무명과 서로 말을 나누지는 않았지만 두 사람의 뇌리를 스쳤던 생각은, 아마도 종구와 유정이 아무도 없는 집에서 무슨 일인가 있었을 터이고, 그것을 안 남기와 봉수가 눈이 뒤집혀서 일어난 일이 아닐까? 하는 상식적인 추리였다. 그런

데 그 무슨 일이란 것이 실제로 일어나지 않았거나 미수에 그쳤음
에도 불구하고 사실과 다르게 각색되어 떠도는 소문 때문에 유정
이 괴로워한다는 짐작을 혜명은 빠르게 짜 맞추었다. 유정이 농협
구판장을 그만둔 것도 그 소문 때문인지도 몰랐다.

"무슨 일인지는 모르나 보살님만 결백하면 됩니다. 억울한 생각
에서 벗어나서 당당하게 처신하십시오. 그러면 소문은 오래가지
않을 겁니다."

"스님은 저를 믿어주시지예?"

"그럼요. 당연히 믿지요."

그녀의 눈에 고였던 눈물이 주르륵 흘러내렸다. 그녀는 고개를
숙여 혜명의 가슴에 이마를 대고 흐느껴 울기 시작했다. 그간에 겪
었을 억울함이 한꺼번에 밀려온 듯 그녀는 서럽게 울었다.

유정이 진정되기를 기다렸다가 혜명이 그녀의 어깨를 가만히 떼
어놓는데, 그때 골목길을 내려가는 봉수의 뒷모습이 눈에 들어왔
다. 아마 농장에 들렀다가 고갯마루를 넘어오는 길일 텐데, 그는
평소와 달리 아는 척을 않고 그냥 지나쳤다.

오후 공양을 하던 중 낮의 일을 무명에게 얘기하며 혜명은 영 마
음이 개운치가 않았다.

"봉수 씨가 그냥 지나친 것이 마음에 걸립니다."

"혜명 스님도 조심을 해야겠소."

평소의 무명과는 달랐다. 평소의 그였다면 재미있어서 어쩔 줄 모

르고 짓궂은 농담을 하였을 텐데, 그날은 어쩐 일인지 씁쓸한 표정마저 떠올렸다.

　며칠 후, 오후 공양을 마친 두 승려는 마루에 걸터앉아 한담을 나누었다. 간혹 바람에 눈발이 날렸으나 햇살이 스민 마룻바닥은 따스했다. 혜명은 무명을 처음 만났던 날 그가 한 말 중에서 마음속에 의문으로 남았던 한 가지를 끄집어냈다.

　"스님께서는 사람들이 금강경의 요체를 모른다는 말씀을 하셨는데 그 말씀의 진의가 무엇인지 저로서는 알 수가 없습니다. 그동안 혼자 깨우쳐 보려고 무진 애를 써봤지만 해답을 얻지 못했습니다. 스님께서 말씀을 해주셨으면 합니다."

　무명은 난처한 표정을 지으며 잠시 뜸을 들였다.

　"그 말은 내가 좀 과했소. 매 맞을 소리를 했지. 강조를 하려던 것인데 그만 말이 막 나가버렸어."

　그는 신중하지 못했던 자신을 나무랐다.

　"말씀을 해주십시오. 궁금합니다."

　혜명은 지지 않고 그를 다그쳤다. 혜명의 눈에서는 당장 대답을 듣지 않고는 물러서지 않겠다는 강한 의지가 기름불처럼 뚝뚝 떨어졌다.

　무명은 무엇을 깊이 생각하는 얼굴로 오른손 인지를 펴서 마룻바닥에 여러 개의 한자를 겹쳐 썼다. 그리고 마룻바닥에서 손가락을 떼면서 입을 열었다.

"금강경에 이르기를, '무상정등각을 얻기 위해 마음을 어떻게 항복받아야 하며, 어떻게 그 마음을 머물러야 합니까?' 수보리가 세존에게 물었지요. 이에 세존께서 대답하시기를, '마음을 항복받기 위해서는 있는바 모든 구류중생을 내가 다 무여열반에 들게 하리라고 원을 세우라' 하셨지요?"

"그렇습니다."

혜명은 짧게 대답했다.

"그리고 마음의 머무름에 대해서는 '응무소주 이생기심' 즉, 마음이 육진의 분별에 머무르지 않아야 한다고 하시어, 부주不住로써 주住를 말씀하셨지요."

"네. 그렇습니다."

혜명은 그의 말에 집중하기 위해 마당의 어느 한 곳에 시선을 고정했다.

"수보리는 두 가지를 물었지만 그 중에서도 핵심은 마음을 항복받는 데 있어요. 마음을 항복받으면 그 자리가 곧 마음의 주처일 테니까. 금강경이란 곧 마음을 다스리는 방법 즉, 수행의 방법을 설한 것이에요."

"그렇습니다."

혜명은 짧은 대답을 하고 그의 입에서 나올 심오한 일구를 기다렸다.

266

"삼계의 모든 구류중생을 제도하여 무여열반에 들게 하리라 서원함이 마음을 항복받는 길이라 한다면, 그렇다면 그 구체적인 실천 수행법을 알아야 할 텐데, 그것이 곧 금강경에서 찾아야 할 요체가 아니겠소?"

혜명은 금강경에서 구체적인 실천 수행법을 찾는다는 말은 지금까지 들은 적이 없었다. 수행방법은 조사어록과 큰스님들의 법문과 공부가 깊은 스님들의 책 속에 있었고, 선참 스님들이 가르쳐주지 않았던가.

"구체적인 수행 방법이라면 불조 이래 수천 년간 내려온 방법들이 있지 않습니까?"

혜명이 되물었다.

"그렇지, 여러 가지 많은 수행법이 있어요. 혹자는 참선수행을, 혹자는 염불수행을, 혹자는 독경을, 혹자는 기도를 하지. 참선만 해도, 틀고 앉은 모습은 같지만 간화선, 수식관, 부정관, 백골관, 묵조선 등 제각기 속내는 달라. 그리고 동남아시아 등의 남방불교권에서는 위빠사나 관법이 있지. 그리고 개별적으로 개발하여 사용하는 방법들도 다양해. 어떤 사람은 문에 구멍을 뚫어놓고 그곳으로 황소가 들어오기를 기다리는 이도 있고, 어떤 사람은 벽에다 작은 점을 찍어놓고 줄기차게 그것만 들여다보기도 하지. 또 일각에서는 무예를 통해서 궁극의 경지에 도달하려는 사람도 있다고 들었어."

"그렇다면, 그런 방법들에서 어떤 오류라도 발견하셨다는 말씀이신지……."

"오류라기보다는 너무 난립되어 있어요. 수천 년 세월이 경과한 지금까지도 모든 수행자들이 받아들일 수 있는 정립된 수행 패턴이 없다는 것이 아쉬워. 나라마다, 종파마다, 사람마다 목소리가 다 달라요. 거기다가 수천 년 내려오는 동안 얼치기 가짜 도사도 많았거든. 그러나 물은 골이 깊은 곳으로 모이게 되어 있어요."

"그 패턴을 금강경에서 찾아야 한다는 말씀인지요?"

"붓다의 혜명慧命이 서천 제1조 마하가섭 존자로 이어진 뒤, 28조이신 달마대사께서 중국으로 건너와 중국 선종의 초조가 되셨지요. 그 후 반야에 능통한 6조 혜능 대사에 이르러 법의 씨가 꽃을 피울 때 그분께서 실천하시고 수지독송을 권했던 경이 금강경이었고, 그분이 발심하게 된 계기도 금강경이었으며, 5조 홍인 대사로부터 전해 받은 경전도 금강경이었어요. 5조 이후, 불립문자를 표방하는 선종에서마저 금강경을 소의경전으로 삼을 만큼 금강경은 그 이름과 같이 빛나는 경이에요. 요약해서 말하자면, 금강경이란 육백 부 반야법문의 핵심이자 세존께서 가장 하고 싶었던 말씀이라 할 수가 있지요."

혜명은 다시 같은 질문을 하였다.

"그 수행의 패턴을 금강경에서 찾아야 합니까?"

혜명은 대답을 기다리지 못하고 다시 물었다.

"스님께서는 그 방법을 찾으셨습니까, 어떤 것입니까?"

혜명의 다그치는 물음에도 무명은 입을 꾹 다문 채 입가에 알 수 없는 미소를 그렸다.

그때 사립문 밖에서 수런거리는 소리가 들리며 골목길을 올라오는 한 무리의 사람들이 눈에 들어왔다. 그들이 고갯마루를 넘어가지 않는 한, 갈 곳은 무명암밖에 없었다. 두 사람의 대화는 거기서 중단되었다.

그들은 거침없이 사립문 안으로 들이닥쳤다. 앞장선 여자와 한 남자는 낯이 익었고 나머지 서너 명은 처음 보는 얼굴이었다. 마을 사람으로 보이는 구경꾼도 몇몇이 뒤따랐다.

여자는 입꼬리에 득의에 찬 미소를 머금은 채 축대 위로 성큼 올라섰다. 두 사문이 엉거주춤 마루에서 일어서는 것과 동시에 여자는 손에 들고 있던 종이 한 장을 방금 무명이 앉았던 마룻바닥에 철썩 소리가 나도록 갖다 붙였다. 신문기사를 복사한 듯한 A4용지 한 장이었다. 시선이 종이 위에 머문 순간, 무명의 얼굴은 거멓게 일그러지기 시작했다. 그는 고개를 들어 얼굴을 처마 끝 어디쯤으로 향한 채 눈을 찔끔 감았다.

여자는 무명의 콧잔등을 손가락으로 찍듯이 가리켰다.

"내가 뭔가 있을 줄 알았다구! 당신 이름이 묵연 맞지? 중의 탈을 쓰고 유부녀나 꼬드기고 다니다가 들통이 나서 갈 데가 없으니까 여기까지 흘러들어왔다 이거지. 에라이, 나쁜 인간아! 어디 입이 있으면 말을 해봐!"

여자는 마루에 패대기쳤던 종이를 다시 집어 들어 무명의 코앞에다 대고 흔들었다.

"왜 말이 없어? 여기 승려증을 회수당했다고 돼 있는데, 적어도 한때 중이었다면 최소한의 양심은 있어야 하는 거 아니야!"

마당 안으로 구경꾼들이 꾸역꾸역 모여들기 시작했고 저만치 골목길을 올라오는 사람들도 여럿 보였다. 무명은 입을 열지 않았다.

그때까지 여자가 하는 양을 지켜보던 남자가 뒤늦게 자신의 역할을 깨닫기라도 한 듯, 한 발 앞으로 쓱 나섰다.

"말을 해! 이 양반아!"

남자는 축대 위에 선 무명의 허리춤을 낚아채 아래로 잡아당겼다. 넋을 놓고 있던 무명은 아무런 대비도 없이 마당 아래로 곤두박질을 쳤다. 다행히 떨어지면서 남자의 어깨를 짚어서인지 크게 다치지는 않아 보였으나 무명은 마당에 웅크리고 앉은 그대로 기침을 하기 시작했다. 기침은 좀처럼 그칠 기미를 보이지 않은 채 종당에는 목에서 피가 올라오지 싶을 만큼 자지러졌다.

남자는 순간 당황하는 기색이었으나 그 사실을 감추려는 듯 마을 사람들을 향해 큰 소리로 외쳐댔다.

"그래, 이제는 쇼까지 하는구만. 우리나라에서 제일가는 대학에서 법 공부 한 사람이니까 머리는 좋겠네. 법 공부를 한 사람이 법무서운 줄을 알아야지 남의 마누라는 와 넘보노? 그것도 중질하는

늠이, 안 그래요, 여러분?"

여남은 명 되는 구경꾼들이 술렁거리기 시작했다. 더러는 혀를 끌끌 찼고, 더러는 사람 속은 알 수 없다는 얼굴로 서로를 향해 눈을 껌벅이기도 했다.

혜명이 떠다 준 물을 몇 모금 넘기고 나서 몸을 일으키는 무명의 눈에 노기가 어른거렸다.

"법 공부 얘기가 나왔으니 법 얘기를 좀 하겠소."

그는 애써 긴 호흡으로 숨을 쉬며 목소리를 가라앉혔다.

"당신들은 지금 매우 중대한 범법행위를 저질렀습니다. 첫째는 내 허락 없이 나의 생활공간에 무단으로 난입했고, 두 번째는 신문 기사만을 가지고, 그것도 이해당사자가 아닌 사람으로서, 남의 인격을 심하게 모독하였습니다. 세 번째는 타인의 신체에 일방적으로 위해를 가했습니다. 다행히 크게 다치지는 않았으나, 이 축대의 높이로 볼 때 자칫하면 생명이 위험할 수도 있었습니다. 이 세 가지 죄만으로도 충분히 실형을 선고받을 수 있다는 사실을 알아야 합니다."

무명의 입에서 실형이라는 말이 나오자 사내가 움찔하며 한 발 뒤로 물러났다.

"그리고 한마디 더 하겠습니다. 신문은 사실보도를 전제로 하며, 사실을 정확히 보도하기 위해 많은 노력을 합니다. 그러나 신문도 사람이 만드는 것이라 언제나 사실만을 보도하지는 못합니다. 사

람과 사람 사이에 일어나는 일이란 눈으로 직접 본 것도 사실이 아
닌 예가 허다합니다. 제 눈으로 보고 제 귀로 들었어도 사람마다
다르게 말하지 않습니까? 사람의 눈과 귀는 의외로 허점이 많음을
아셔야 합니다."

터져 나오는 기침으로 인해 자주 말이 중단되었으나 무명은 끝
까지 말을 마쳤다. 무명의 말은 사람들이 함부로 끼어들지 못할 위
엄을 지니고 있었다. 혜명이 무명을 부축하여 마루 위로 끌어올려
놓고 사람들을 향해 돌아섰다.

"여러분!"

혜명이 입을 뗐다. 무슨 말인가를 하려고 한 발 쓱 나서던 사내
와 웅성거리던 사람들이 혜명을 쳐다보았다.

"여러분! 스님께서는 지금 몸이 편치 않으십니다. 이만 돌아가주
세요. 여러분은 오해를 하고 계신지도 모릅니다. 만약 오해로 인하
여 무고한 사람에게 고통을 주었다면, 법을 떠나서 이것은 참으로
씻을 수 없는 죄를 짓는 것입니다."

"말 같잖은 소리!"

무명을 넘어뜨렸던 사내가 혜명의 말을 막고 나섰다.

"오해할 일이 뭐가 있어? 신문은 모두 바보 멍충인가? 그리고
불교 종단은 허깨비들만 모였나? 안 그래? 거짓말을 하더라도 아
귀는 맞게 해야지, 개가 들어도 웃겠네."

확신에 찬 사내의 목소리가 설득력 있게 들렸든지 마을 사람들

이 고개를 주억거리며 잠시 소란이 일었다.

곁에서 지켜보던 여자가 사내를 향해 손을 내저으며 조용한 목소리로 말했다.

"그만하면 됐어요, 갑시다. 인두겁을 쓰고서야 여기서 더 버틸 생각은 못하겠지."

혜명은 무명을 방 안으로 데려다 눕힌 뒤 마루에 나와 앉았다. 두 승려가 금강경의 요체를 놓고 얘기를 나눴던 십여 분 전처럼 마루에는 다시 따스한 햇볕이 내리쬐었다. 방 안에서는 무명의 기침 소리가 마치 파도가 밀려오듯이 멈출 줄 모르고 이어졌다. 혜명은 축대 위에 떨어져 있던 종잇조각을 집어 들었다. 한 수행승의 감추어진 뒷모습이 사실은 반윤리적인 파렴치한이었음을 알리는 신문 복사본을 읽기 전에 혜명은 고개를 돌려 주위를 살폈다.

절밥을 먹는 사람이면 오 년 전의 그 사건을 모르는 이가 없다. 사건은 어느 여신도의 남편이 아내와 어떤 비구스님의 치정을 의심한 나머지 종단에 탄원서를 제출하여 발단이 되었다. 여신도는 스님이 일방적으로 자신을 귀찮게 했다며 발뺌을 했고 스님은 아무런 변명도 하지 않았다. 그 후 전국의 사찰에서 가솔들을 단속할 때면 늘 그 사건을 재료로 삼았다.

혜명은 종잇조각을 부엌 아궁이 속에 던져 넣었다. 직접 말을 하지는 않았으나 무명은 분명히 사실이 아니라는 말을 한 것이었고 혜명은 그를 믿고 싶었다.

목사와 스님

크리스마스가 가까웠다. 아랫마을 교회 지붕의 십자가에 길게 늘어진 색 전구에 불이 들어오고, 매화마을의 몇몇 집 마당에서도 작은 크리스마스트리들이 깜빡이기 시작했다. 차갑게 언 교회당의 종소리는 여느 때보다 훨씬 청량한 소리로 땡그랑거렸고, 종탑에 매달린 스피커에서 찬송가 소리가 쟁글쟁글 울려 퍼졌다.

성탄절을 며칠 앞둔 밤, 그는 혼자서 손전등을 들고 무명암을 찾아왔다. 검정색의 두꺼운 반코트를 입은, 작은 키에 약간 뚱뚱해 보이는 오십 대 후반의 남자는 자신을 아랫마을 교회의 목사라고 소개했다.

무명이 방석을 밀어놓으며 앉기를 권하자 그는 몸에 밴 듯한 신중한 몸가짐으로 반듯하게 앉았다.

"이렇게 불쑥 찾아와서 결례를 하였습니다."

그가 먼저 입을 열었다.

"목사님께서 무슨 일로 이곳을 찾으셨습니까?"

무명은 더 이상은 참지 않으리라 마음을 다잡았다.

"얼마 전에 저희 교회 신도들이 이곳에 와서 소란을 피웠다는 얘기를 들었습니다."

목사는 무명의 얼굴을 살피며 잠시 뜸을 들였다가 다시 말을 이었다.

"제가 대신 사과를 드리겠습니다. 그분들은 제가 알아들을 만큼 나무랐습니다."

예상치 못한 반전이었다. 무명은 할 말을 잃고 물끄러미 목사를 쳐다보았다.

"목사님도 사람을 당혹스럽게 하는 건 마찬가지군요."

악의 없이 던지는 무명의 말에 목사는 빙그레 웃었다. 그의 평범한 얼굴과 처진 눈 꼬리에 맺힌 자잘한 주름과 솔직한 눈빛이 뒤늦게 무명의 눈에 들어왔다. 갑자기 무명이 밭은기침을 했다. 잔뜩 도사려 먹었던 경계심이 풀려서인지 무명은 목구멍을 밀고 나오는 기침을 억제하지 못했다. 목사는 연민이 가득한 눈으로 무명을 지켜보았다.

"영양을 제대로 섭취하지 못할 때는 결핵 같은 병을 조심하셔야 합니다."

기침이 조금 멈추는 틈을 타서 목사가 말했다. 다소 직설적이고 예의에 벗어난 말이기는 했으나 무명은 목사의 말을 개의치 않았다.

두 사람 사이에 할 말이 많을 턱은 없었다. 무명은 '다시는 교회 사람들이 찾아오지 못하도록 목사님께서 관심을 가져달라'는 부탁을 했고, 목사는 그러마고 약속을 하고는 그저 시골사람들의 살아가는 얘기와 농사 얘기, 겨울 가뭄이 심하다는 얘기 등을 주고받았다. 그러다가 목사가 조금 엉뚱한 화제를 꺼냈다.

"결례를 무릅쓰고 한 말씀 드리겠습니다. 스님에 대한 소문의 진위에 대해서는 관심이 없습니다만, 여하튼 종단으로부터 내침을 당한 것은 사실인 듯한데, 이참에 크게 한 번 생각을 바꿔보시는 것은 어떻겠습니까?"

'무슨 말씀이신지?'라고 묻듯 무명의 눈이 목사를 건너다보았다.

"다름이 아니라, 스님의 마음속에 하느님을 영접해보시라는 말씀을 드리는 겁니다. 진실로 스님을 위해 드리는 말씀입니다."

목사는 상체를 앞으로 기울여서 무명을 똑바로 쳐다보았다.

"우리 피차 지켜야 할 선은 지킵시다."

무명은 빙그레 웃으며 목사의 말을 일축했다.

"안타까운 일입니다."

목사는 짧은 한마디 말로써 자신의 마음을 전했다.

"저 또한 안타깝습니다."

목사의 말이 끝나기가 무섭게 무명이 말을 받았다.

"저는 기독교와 불교의 진리가 다르다고 생각지 않는 사람입니다. 그것을 담고 있는 문화가 다를 뿐이지요. 이해하실지는 모르겠지만……."

"다르지 않다니요. 무슨 말씀을 하시는 겁니까?"

목사가 눈을 가늘게 좁히며 무명을 응시했다.

"그만두십시다."

무명은 더 이상 말을 하고 싶지 않은 듯 기침을 쿨럭이며 곁에 있던 물그릇을 입으로 가져갔다. 혜명이 빈 그릇을 들고 부엌으로 나가 다시 물을 떠올 때까지 방 안에는 굳은 침묵이 흘렀다.

무명이 다시 물을 한 모금 마시고 물그릇을 내려놓자 목사가 먼저 침묵을 깨뜨렸다. 그는 긴 얘기를 하려는 사람처럼 엉덩이를 틀어서 자세를 고쳐 앉으며 조금 격앙된 목소리로 말을 시작했다.

"진리의 편에서 우열을 가릴 생각은 없습니다. 시비가 가려질리 없을 테니까요. 다만 저는 현실을 직시하자는 것입니다. 종교를 믿는 이유가 무엇입니까? 사람이 행복하게 살기 위해서가 아닙니까?"

"그렇습니다. 종교의 목적은 사람의 행복에 있습니다."

무명이 고개를 끄덕였다.

"그렇다면 보십시오. 과연 어떤 종교가 사람을 행복하게 합니까? 국가든 개인이든 어느 종교의 사람들이 보다 더 윤택한 삶을 누리는가를 보십시오. 물론 보는 사람에 따라 생각이 다를 수는 있겠으나, 그러나 우리가 눈으로 보는 현실을 외면할 수는 없겠지요."

'아니, 이 자가!' 무명은 내심 움찔했다. 목사의 입에서 나온 말은 매우 직설적이고 단순한 논리였지만, 왠지 모르게 마치 감추고 있던 치부를 들키기라도 한 것처럼 무명의 마음을 휘저었다.

"사람의 행불행을 너무 단편적으로 파악하시는군요. 성직자가 할 말씀은 아닌 것 같습니다만……."

무명의 얼굴에는 그 문제에 대한 얘기를 더 이상 나누고 싶지 않다는 의지가 강하게 나타났다.

목사는 꿋꿋이 자신의 말을 이어갔다.

"사람으로서 사람의 말을 하자는 것입니다. 그 원인이 어디에 있다고 보십니까? 그것은 절대자에 대한 믿음이 없기 때문입니다. 불교는 자력신앙이라 하더군요. 그래서 얻는 것이 무엇인가요? 약한 존재인 인간에게 너무나도 큰 짐을 지운다는 생각은 안 해보셨습니까? 수행승들은 사람으로서 감내하기 어려운 정신적, 육체적인 고행을 통하여 뭔가를 이루려고 합니다. 그리고 일반 불자들에게는 업보라는 진통제를 처방함으로써 현세에서 겪는 고통과 불행을 피할 수 없는 숙명으로 받아들이도록 가르치지 않습니까?"

"진실을 말하는 것입니다."

무명은 말을 하며 목사를 잠시 쳐다본 뒤 눈을 내려감았다.

"좋습니다. 건드리지 말아야 할 부분인 것 같군요. 그냥 넘어가겠습니다."

목사는 다시 말을 이었다.

"언젠가 어느 노스님의 말씀을 들을 기회가 있었는데, 기독교를 타력신앙이라며 은근히 비웃더군요. 그것이 어쨌다는 건가요? 앞서 말했듯이 종교는 사람을 위한 것이며 사람을 떠나서는 종교가 성립할 수 없지 않습니까? 인간은 나약하고 유한합니다. 해서 절대자를 믿고 의지함으로써 용기와 힘을 얻어 보다 적극적이고 진취적인 삶을 살아가는 것입니다.

불교에서는 자비를 말합니다만 기독교의 사랑에 비해 소극적으로 보입니다. 벌레 한 마리도 살생하지 말라고 하지만 사람에 대한 사랑을 실천하는 데는 덜 적극적이더라 그 말입니다. 미물의 생명에 연연하기 전에 먼저 인간애에 눈떠야 한다고 봅니다. 물론 미물이라고 함부로 살생할 이유야 없겠지요. 그러나 어쩔 수 없이 죽였다면 차라리 불교인들의 말대로 좀 더 나은 중생으로 환생하기를 빌어주는 편이 낫지 않을까요?"

'이 자가 단단히 작정을 하고 온 것이 아닌가?' 무명은 연신 기침을 쿨럭이면서도 목사의 말에 귀를 열어두었다. 무명이 듣고만 있는 까닭은 말을 하기가 불편해서 만은 아니었다. 약간의 억지나 아전인수 격의 말이 섞이기는 하였으나 무명은 목사의 말에 상당 부분 동의하고 있었다.

무명의 기침이 다소 진정되기를 지켜본 후 목사는 다시 말을 이었다.

"불교는 사람 본위의 종교로서는 한계가 있다고 봅니다. 차라리 절대자에 의지하여 죄의 사함을 구하고 용기를 얻는 편이 훨씬 인간적이고 바람직하지 않을까요? 제 생각으로는 불교는 한 번 쓰러진 자를 다시 일으켜 세울 수 있는 대안이 없어 보입니다. 종교도 경쟁입니다. 인류 역사가 그것을 증명하고 있습니다. 다만, 저도 종교 간에 반목하는 행태는 사라져야 한다고 봅니다."

무명이 말을 받았다.

"반목하지 말아야 한다고 했습니까? 목사님은 그것이 가능하다고 보십니까? 그쪽 분들은 하나님을 제외한 어떤 종교적 신념도 사탄이라고 하지 않습니까? 그리고 사탄은 반드시 제거해야 하는 적으로 규정하지 않던가요? 타 종교를 구제의 대상으로 여기는 것까지는 이해하더라도 그들을 적으로 규정하여, 세상을 기독교인과 비기독교인으로 양분해서야 되겠습니까?

종교가 사랑과 봉사를 실천했던 한편으로는 많은 사람을 고통과 불행으로 몰아간 것도 사실입니다. 역사가 증명하지 않습니까? 인간을 평화와 행복으로 이끌어야 하는 종교가 오히려 사람을 반목과 전쟁 속으로 몰아넣은 예가 너무나도 많았습니다. 지금 이 순간에도 그 어처구니없는 재앙은 세계 도처에서 벌어지고 있습니다. 이보다 더 크고 분명한 한계가 어디에 있겠습니까?"

"스님의 말씀은 좀 지나치신 것 같습니다. 물론 종교로 인한 불행한 역사야 있었지요. 지금도 있고요. 하지만 그것이 종교의 본래 모습이 아니지 않겠습니까? 전체의 문제도 아니고요"

"제 말씀은 그 속에 내재된 동력을 말하는 것입니다. 혹시 모르신다고 말씀하실 작정이십니까?"

목사는 더 이상 꼬리를 달지 않고 입가에 미소를 흘리며 말을 맺고자 했다.

"너무 그렇게 다그치지는 마십시다."

"다그치기는 목사님이 더하신 것 같은데요?"

무명의 말은 기침에 섞여 몇 토막으로 끊어졌다. 두 사람의 대화는 거기서 멈추었다.

"편찮은 분을 너무 오래 붙들고 있었습니다. 이만 가보겠습니다."

목사는 자리에서 일어났다. 그 사이 밖은 눈이 내리고 있었다. 마을의 지붕들과 매화나무와 텃밭은 이미 희끔한 빛으로 젖었고, 어둠 사이로 잿빛 눈송이들이 천천히 내려앉았다.

목사가 하늘을 올려다보며 중얼거리듯 말했다.

"다른 뜻은 없습니다. 저희 교회 신도들이 저지른 결례를 사과하러 왔을 뿐입니다. 며칠 후면 성탄절인데 그 전에 사과를 드려야 할 것 같아서요."

"안녕히 가십시오. 충고는 감사히 받아들이겠습니다."

무명은 마루 위에서 목사를 향해 합장을 한 뒤 방으로 들어가고, 혜명은 사립문 밖으로 나와 목사를 배웅했다.

"살펴 가십시오. 목사님."

"네, 안녕히 계세요. 젊은 스님."

유쾌한 목소리를 뒤로하고 목사는 골목길 안의 어둠 속으로 묻혔다.

혜명은 목사의 손전등 불빛이 보이지 않을 때까지 사립문 곁에
섰다가 들어와 마루에 걸터앉았다. 그때까지도 무명은 골바람 같
은 기침을 뱉어내고 있었다. 기침 소리는 탈진한 듯 사위어 들었다
가 다시 바람처럼 되살아났다.

뭔가 묵직한 것이 밀고 들어와 호흡을 막았다. 혜명은 힘들여
길게 숨을 들이 마신 뒤 허리를 접으며 한꺼번에 숨을 토해냈다.
자비와 사랑, 인간애, 인간다운 삶, 진통제, 대안, 숙명… 목사가
한 말들이 눈이 내린 마당 위를 풀풀 날아다녔다. 봄날의 나비처
럼 풀풀~.

다시 그녀를 찾아서

　동구에 들어서서 마을을 훑어보던 혜명은 가슴이 섬뜩 내려앉았다. 집이 보이지 않는다. 두 집이 있던 자리가 어린아이의 앞니처럼 비어 있다.

　혜명은 빈 집터를 향해 달려갔다. 집터와 마당이 있던 곳은 장소만 대강 짐작이 될 뿐 전체가 하나의 채마밭으로 바뀌었다. 메마른 집터와 마당은 벌써 여러 해 누군가 거름을 넉넉히 한 듯 흙은 윤기가 흐르고 기름졌다. 밭고랑에는 여기저기 널브러진 우엉 잎과 부추를 잘라낸 자국이 하얗게 얼어 있고, 뽑아내지 않은 마른 상치 줄기들이 고사목처럼 서 있다. 밭의 한쪽 모서리에는 두릅나무들을 사람 키 높이로 잘라서 꽂아두었는데 이미 오래 전에 뿌리를 내린 듯했다.

　"자네한테는 미안하기 짝이 없네. 동리 어른들이 빈집이 보기에 흉하다며 그렇게 의논을 모은 터라 어쩔 수가 없었다네."

죽은 형과 동년배이고 지금은 마을의 이장 일을 보는 태수가 혜명에게 대신 사과했다.

"우리 집은 그렇다 치더라도 저 집은 와 없습니꺼?"

혜명이 순지의 집이 있던 곳을 가리켰다.

"말도 말게. 그 집도……."

태수는 손을 휘휘 내젓고 나서 다시 말을 이었다.

"고성댁이 죽은 지 수년이나 지났고, 딸내미도 십중팔구는 죽었다고 본다네."

"네? 죽다니요, 누가 말입니까?"

혜명은 다리를 휘청하며 마치 허공을 밟고 선 사람처럼 몇 발자국을 옮기고 나서 몸을 가누기는 했으나 그때부터 전신을 와들와들 떨기 시작했다. 둔탁하고 무거운 무엇으로 뒷머리를 얻어맞은 것 같이 정신이 혼미한 가운데서도 혜명은 잘못 들었기를 헛나온 말이기를, 순지의 얘기가 아니기를 빌었다. 짧은 순간 수없이 빌고 또 빌었다. 하지만 그 말이 사실일 거란 예감은 쇠비름보다도 더 시퍼렇게 뇌리를 움켜쥐었다. 혜명이 눈을 부릅뜬 채 그 견딜 수 없는 상황과 맞서고 있는 사이 태수가 말했다.

"고성댁 장례 치를 때 보니 살기는 틀렸더라고. 동네 사람들도 다 그카더만. 그런데 순지 애기는 우째 됐는지 그기 참말로 궁금하데이."

"그 후로는 아무 소식도… 모… 못 들었습니까?"

혜명은 말을 제대로 뱉어내지 못했다.

"장례 치루고 간 뒤로는 모르지 뭐. 우째 살기를 바라겠노, 암이라 카던데."

세속 인연 따위는 진즉에 벗어던졌노라고 자부하던 혜명이었다. 상하도 좌우도 없고, 생사도 가고 옴도 없는 우주의 한복판에서 오직 부처를 만날 그날을 기다리며 정진하고 있음을 의심하지 않던 그였다. '시심마?' 한 생각만이 오롯하여 사나흘이 한 식경이었고, '행주좌와'에 한 생각으로 여일했다. 그랬던 그가, 순지가 죽었을 거란 말 한마디에 그 당당하던 수행승은 간 곳이 없다. 다만 온 몸을 와들와들 떨고 있는 유약한 사내가 있을 뿐이다. '생사일여'도 '불생불멸'도 모두다 공염불이었고, '무'자도 '시심마'도 한낱 통막대기에 지나지 않는다. 칠 년 세월, 그 아팠던 공부가 한 순간에 산산이 흩어지고 마는 것이다.

늦은 겨울, 갈미벌에는 마른 갈대숲을 헤집는 바람소리가 귀신의 울음소리처럼 길게 이어졌다. 면소재지 쪽을 향해 걸어가는 혜명은 전신을 주체할 수 없이 떨었고, 입은 무슨 말인가를 끊임없이 뱉어냈다. 그러다가 마치 광인처럼 목이 터져라 외쳐댔다.

"순지야, 순지야! 제발 살아 있어 줘! 제발… 순지야! 내가 너를 찾을게. 살아만 있어 줘. 살아만 있으면 돼. 정말로 살 수가 없다면 한 번만이라도 얼굴을 보여줘. 이렇게 헤어질 수는 없어!"

그러다가 혜명은 들길 가운데 무릎을 찍으며 두 손으로 언 땅을 긁었다.

'부처님! 제발 순지를 살려주세요. 순지만 살려주시면 소승이 소신공양을 올리겠습니다! 이 한 몸뚱이를 발끝부터 머리끝까지 활활 태워서 공양 올리겠습니다!'

경태는 여기저기 여자 동창들을 수소문해서 순지가 다녔던 회사가 서울의 방배동 어딘가에 있는 '주식회사 세화'란 것을 알아냈다. 그리고 경찰서의 아는 이를 통해 순지가 최근까지 살았던 수색의 아파트 주소를 파악한 다음 그것을 종이에 적어서 혜명 앞에 내놓았다.

"이 년 전까지 수색에서 살다가 떠난 건 확실한데 그 다음 주소가 안 나오네. 그러나 비관적으로만 볼 필요는 없데이. 니 생각을 해봐라. 만약에 죽었다믄 어떤 경로를 통해서든 연고지로 연락이 오지 그냥 말겠나. 그 정도로 대한민국이 엉망은 아이데이."

경태는 간곡한 말로 혜명의 마음을 안심시키려 노력했다.

"아기 이야기를 하던데, 그거는 무슨 말이고?"

"……."

고개를 돌려 혜명의 시선을 외면하는 경태의 눈에 분노 같은 것이 떠오르며 그는 담배 한 개비를 꺼내 불을 붙였다.

"장례 치를 때 순지의 친구가 안고 있었다는데 금방 낳은 아라

카더라. 나중에 얘기를 들어보니 아 임자는 순지가 맞는 모양이고… 남자가 있었던 거지 뭐."

경태는 서둘러 말을 끊으며 담배연기를 깊숙이 빨아들였다.

"순지 어머니가 돌아가신 때가 언제였지?"

혜명이 물었다.

"이 년 전 늦은 겨울쯤이었다. 그때 난 연수원 교육 때문에 장례식에 참석을 못했었어."

경태는 이 년 전의 일을 속으로 헤아리며 고개를 끄덕이다가 생각난 듯 혜명에게로 얼굴을 돌렸다.

"니가 순지한테 맡겼던 재산은 모두 팔린 거 알제?"

"……."

"모르는 모양이네? 그거 다 팔렸다. 소문으로 듣기로는 순지 어머니가 순지 병 고칠라고 급히 넘겼다 카더라. 너거 동네에 전에 면 산림계장 하던 분 있제? 그분이 다 샀다더라."

"영동 어른?"

"그래 맞다, 그 양반 택호가 영동이지. 그 양반 부자 됐어. 땅값이 무지하게 뛰었거든, 여기 관광리조트 개발 때문에."

"그러면 이젠 아무것도 없겠네."

"너거 집터 백오십 평 하고 산소가 있는 밭 이백 평은 그냥 있다. 그 문서는 내가 챙겨가지고 있다. 참, 그리고 순지 어무이 산소도 너거 밭에 함께 썼다."

경태가 말을 마치자, 잠시 생각에 잠겼던 혜명이 말했다.

"경태야, 한 가지 부탁이 있다. 우리 집터하고 밭 조금 남은 거 있다면 그거라도 니가 좀 팔아줄래? 밭은 산소 자리만 남겨놓고."

"와, 돈 필요하나?"

"사실은 도반 중에 병이 깊은 분이 계셔서 돈을 마련하러 나왔던 거였어. 그리고 이제는 순지 행방을 알아보는 데도 여비가 필요할 테고."

순지가 살았던 아파트는 수색역 건너편의 야트막한 언덕을 따라 약 이백 미터쯤 올라간 곳에 있었다.

"이 년 전까지 젊은 처녀가 혼자 산 건 맞아요. 떠나는 날 잠깐 봤는데, 어디가 많이 안 좋은 건 틀림없어 보였어요."

집주인 아주머니의 말이었다.

적어도 수색의 아파트를 떠날 때까지 순지가 살아있었던 건 확실했다. 전화기를 놓고 큰길로 나온 혜명은 한때 순지가 살았던 곳, 순지의 눈에 담았을 거리와 집들과 약국, 튀김집, 버스승강장의 안내판들을 천천히 돌아보았다.

택시들이 비좁게 줄을 선 사이로 시내버스가 비집고 들어왔다가 나가고, 버스가 떠난 자리에 전단지 조각들이 바람에 날아올랐다. 음식점 앞의 고인 물에서는 비릿한 냄새가 코를 찔렀다. 길 건너편의 파란색 페인트를 칠한 수색역 지붕에 겨울 오후의 햇살이 자잘하게 부서지고, 열차가 가쁜 호흡을 몰아쉬며 멈추는 소리가 들렸다.

단골손님과 소파에 앉아 커피를 마시던 희경은 휴대폰의 신호음이 울리자 습관처럼 발신자를 확인했다. 짐작한 대로 기훈이다. 오늘만 벌써 세 번째다. 희경은 휴대폰을 들고 일어서서 출입문 쪽으로 나가며 신호음이 서너 번 더 울린 뒤에 전화를 받았다. 몇 번이나 오늘은 일찍 들어가 쉬겠다고 했는데도 그는 기어이 의류 매장으로 오겠다며 떼를 쓴다.

"오늘은 정말이지 피곤해서 일찍 쉬려던 거였어요. 꼭 오겠다면 차 한 잔만 하고 가세요."

"오케이, 일단은 갑니다."

기훈이 앉았던 자리에서 벌떡 일어서며 재킷을 집어 드는 모습이 전화기너머로 건너왔다.

통화를 마치고 소파로 돌아오는 희경의 등 뒤로 누군가 조심스럽게 문을 밀고 매장 안으로 들어섰다. 그는 출입문 바로 안에 서서 가만히 매장 안을 살폈다.

희경은 단박에 그를 알아보았다. 낯선 곳에 온 이방인처럼 서 있는 그는 분명 일면식도 없는 사람이었지만 전혀 낯설지 않은 모습이었고 오래 전부터 아는 사람이었다.

희경은 그에게로 다가서며 그의 얼굴을 찬찬히 뜯어보았다. 희고 반듯한 이마 아래로 지친 듯한 눈이 희경을 마주보았다.

"혜… 명 스님?"

형광등 불빛이 혜명의 눈동자 속에서 흔들렸다.

"여기는 어떻게 알고 오셨죠?"

"세화에서 가르쳐줬습니다."

희경은 매장 밖으로 혜명을 이끌었다. 은행나무 가로수 아래서 마주 선 두 사람은 잠시 말없이 서로를 바라보았다. 혜명은 순지에 대해 묻기가 두려웠고, 희경은 혜명이 찾아온 뜻을 헤아릴 수가 없었다.

"혜각사에서 왜 순지를 기다리지 않았죠?"

희경은 기억 속에서 순지가 가장 아팠던 순간을 떠올리며 그에게 물었다.

"……."

"비겁하다는 생각은 안 해보셨나요?"

여전히 혜명은 말이 없고, 희경의 입가에는 비웃음이 스쳤다.

"그리고 거기는 부처님을 속이고도 괜찮은가 보죠?"

혜명은 말을 하지 못했다. 짓누르는 듯한 침묵이 흐르고 어둠 속에서 혜명의 호흡이 격하게 흔들렸다.

"순지는… 어떻게 됐습니까?"

이윽고 혜명이 떨리는 목소리로 물었다.

"그건 알아서 어떡하시려고?"

"……."

"너무 늦었습니다. 순지는 없어요."

"그… 그렇다면?"

혜명의 눈동자가 공포와 절망으로 일그러졌다.

"죽었다고는 하지 않았어요."

"네? …아!"

혜명의 입에서 외마디 단절음이 터져 나왔다. 그리고 희경에게로 바투 다가섰다.

"어디에 있습니까? 순지를 만나게 해주십시오!"

"안 돼요. 그럴 수는 없어요."

희경은 혜명에게서 고개를 돌렸다.

"왜, 왜 안 됩니까?"

"순지에게 도움이 되지 않습니다. 스님은 지금까지 그랬던 것처럼 스님의 길을 가세요. 순지도 그걸 원했어요. 안녕히 가세요."

희경은 혜명의 말을 기다리지 않은 채 가벼운 목례를 하고는 매장을 향해 돌아섰다. 희경이 매장의 출입문을 여는데 혜명이 달려와 그녀의 팔을 잡았다.

"순지를 만나게 해주십시오!"

"안 된다고 말씀드렸죠? 안 돼요, 절대로! 그리고 이 팔 놓으세요."

"순지가 있는 곳을 알기 전에는 놓지 않겠습니다. 용서하십시오."

혜명의 손아귀에 힘이 실렸다. 희경이 다른 한 손으로 그의 손을 떼어 내려 하자, 혜명은 희경의 남은 한 손까지 움켜잡았다.

"정말 무례하군요."

"제발요!"

혜명이 울먹였다.

그때 누군가 혜명의 어깨를 낚아챘다.

"그 손 놓으시지."

그는 혜명의 멱살을 움켜쥐었다.

"당신, 스님 꼴을 하고 이러고 다녀도 되는 거야?"

기훈은 혜명의 멱살을 낚아채 보도 쪽으로 끌어냈다. 그러고는 다시 한 번 혜명을 들어 올리듯이 멱살을 당겼다가 뒤로 왈칵 밀었고, 혜명은 몇 걸음 비틀거리다가 가로수 밑동에 허리를 걸치며 쓰러졌다.

"아니, 왜 사람을!"

기훈을 향해 소리치며 희경이 달려갔다.

"괜찮으세요? 죄송해요."

혜명은 쓰러진 채로 고개를 들어 희경을 올려다보았다.

"순지의 상태라도 말씀을 해주십시오."

"조용한 곳에서 요양하고 있어요. 지금까지 살아있는 건 기적 같은 일이지만, 누구도 뭐라 말할 수는 없는가 봐요. 그렇게만 아시고 더 이상 제게 아무것도 기대하지 말아주세요. 스님의 마음이 뭔지는 모르겠지만, 제게는 친구가 더 소중하니까요. 안녕히 가세요."

희경은 빠르게 말을 쏟아놓은 뒤 바로 일어나 매장 안으로 모습을 감추었다.

혜명은 월명사에서 한 보름 거처하다가 땅이 팔리자 매화마을로 돌아왔지만 그곳에 무명은 없었다. 무명을 대신하여 그가 남긴 편지 한 장이 혜명을 기다렸다.

혜명 스님, 이곳과의 인연이 다한 듯해서 이제 떠납니다. 이곳에서의 마지막 일 년은 혜명 스님을 만나 외롭지 않았습니다. 도반으로서 의지가 되어준 혜명 스님이 늘 고마웠어요. 지금은 나로 인해 도량을 떠나 계신 혜명 스님에게 고마움과 한편 미안한 마음 금할 길이 없어요.

너무 염려하지는 말아요. 凡所有相 皆是虛妄(범소유상 개시허망)이라 하지 않던가요. 오늘 이곳을 떠나듯이 때가 되면 이 티끌 같은 육신 미련 없이 벗어던지고 떠날 것입니다.

혹시 필요할지 몰라서 알려드립니다. 반야봉 깊은 골짜기에 유서 깊은 토굴이 하나 있어요. 혹 필요하면 뒷면에 약도를 그려 두었으니 참고하시기 바랍니다.

우리네들의 만남에 굳이 작별 인사가 필요할까마는, 다정한 마음에 혹여 상심하실까 염려되어 몇 자 남깁니다.

묵연.

스님은 편지의 말미에 '묵연'이란 이름을 떳떳이 적었다. 그랬다. 묵연은 결백했던 것이다. 그것은 백 마디의 변명보다도 그의 무고함을 웅변하는 증거였다. '변명은 하지 않겠소. 오 년 전에 마다한 변명을 굳이 이제 와서 할 까닭이 뭐 있겠소?' 그렇게 말하는 묵연의 모습을 보는 듯했다. 그러나 스님의 그런 의연함의 이면에 그가 당면했던 인간적인 수모는 어떻게 감당하였을까? 사문의 이마에 찍힌 낙인이야 자신만의 일이라 감수한다고 치더라도, 대학 졸업을 일 년 남겨두고 출가를 감행한 그가, 속가의 부모와 형제, 친지 그리고 그를 아는 모든 이에 대해 그 욕됨을 어떻게 감당했을까. 그럼에도 불구하고 그 같은 일을 자처한 까닭을 어디에서 찾아야 할 것인가.

'나무관세음보살!' 혜명은 긴 숨으로 불호를 읊조렸다.

오전 9시가 조금 못 된 시간, 디자인실과 의류매장이 있는 건물을 향해 가는 길은 일전에 내린 눈이 얼어붙어 미끄러웠다. 희경이 조심스러운 걸음으로 건물 앞에 도착했을 때, 먼저 온 점원이 셔터

를 올리고 있었다. 그 옆으로 건물 한쪽 귀퉁이에 그가 그림자처럼 서 있었다.

그는 차가운 바람을 피해, 건물 사이에 몸을 의지하고 희경을 기다렸다. '저분이 다녀간 지 얼마나 됐지?' 희경은 마음속으로 얼마 전 그가 찾아왔던 때를 되짚어보며 그에게로 다가갔다.

그는 몸속에 얼음이 가득 찬 사람처럼 온몸을 덜덜 떨었다. 그런 모습을 보이지 않으려고 두 눈을 부릅뜨며 어금니를 깨무는 듯했지만 이빨 부딪는 소리가 희경의 귀에까지 들렸다.

희경은 그에게 소파에 앉기를 권한 뒤 커피믹스 하나를 타서 내밀었다. 그는 시종 어느 한 곳에 시선을 고정한 채 두 손으로 뜨거운 커피 잔을 감싸고 후루룩후루룩 마셨다. 초췌한 모습과는 정반대로 그의 눈빛, 핏발이 선 눈으로 허공 어딘가를 응시하는 그의 눈빛은 말로 표현하기 어려운 무엇을 담은 채 활활 타오르고 있었다.

커피를 마시고 난 혜명이 걸망을 뒤적여 뭔가를 꺼내 희경 앞에 밀어놓았다. 네모나게 접어서 싼 비닐봉지 속에서 예금통장과 도장이 비쳐 보였다.

"이… 이걸 순지에게 전해… 주시겠습니까? 치료비에 보태라고……."

추위가 풀리지 않은 그의 몸은 흉곽의 떨림이 성대와 턱으로 연결되어 말을 하기가 힘들 만큼 목소리를 떨었다.

희경은 자리에서 일어나 점원에게 남자 내복 한 벌을 사오라고

시킨 뒤 소파로 돌아왔다. 그러고는 혜명을 물끄러미 바라보았다. 오래 전부터 그에게 깊은 적의와 혐오감을 품어왔던 그녀였다. 그런데 얼마 전 그를 처음 본 순간부터 희경은 자신도 모르는 사이에 그를 이해하려고 애쓰는 자신을 발견하고 놀랐다. 혜명의 옆모습을 바라보는 희경은 울컥 목이 메었다.

"넣어두세요. 순지에게는 치료비가 필요 없습니다."

희경이 통장과 도장을 혜명 앞으로 도로 밀어냈다.

"이것마저 거절하시는 겁니까?"

그의 핏발 선 동공이 희경의 얼굴을 태울 듯이 바라보았다.

희경은 그의 시선을 피해 고개를 돌렸다.

"순지는 절에서 요양하고 있습니다. 아니 요양이라기보다는 스님이 됐어요. 절에서 부르는 이름은 '미여'입니다."

"아!"

혜명은 천정을 향해 고개를 젖히며 가쁜 숨을 몰아쉬었다.

"스님이 된 지도 벌써 일 년이나 됐네요. 순지는 매일 절을 천배씩 하고 있어요."

'미여!' 입속으로 순지의 법명을 웅얼거리는 혜명의 안면이 후들후들 경련을 일으켰다.

희경은 혜명에게 순지가 있는 곳을 알려주었다. 왜 그렇게 했는지 희경은 논리적으로 자신의 마음을 설명할 길이 없다. 다만 그런 결심을 하기까지, 그녀는 그리 정돈되지 않은 말들을 마음속으로 되뇌었다. '난 너희 두 사람이 한 번은 만나야 한다고 생각해. 아니, 그랬으면 좋겠어. 옛날로 돌아갈 수 없다는 건 알아. 돌아가지도 못하겠지만 돌아가서 좋을 것도 없겠지. 그래도 난 두 사람이 꼭 한 번 만났으면 해. 이렇게 상황이 분명해졌는데 못 만날 이유가 뭐 있어? 생각이야 모두가 다르겠지만, 행여 네가 나를 원망한대도 어쩔 수 없어. 그때 가서 내가 사과할게. 아니 따끔하게 쏘아줄 거야. 기집애!'

그날 오전 열 시를 조금 지난 시간, 희경은 강남버스터미널에서 혜명에게 버스표 한 장을 건넸다.

"길운사 앞에서 세워달라고 하세요. 버스에서 내리면 바로 '반야봉가든'이라 쓴 간판이 보일 거예요. 거기서 식사도 할 수 있고, 늦으면 주무실 수도 있어요."

"감사합니다. 안녕히 계십시오."

혜명은 깊숙이 허리를 꺾어 작별인사를 한 뒤 바로 승차장을 향해 돌아섰다.

매장으로 돌아오며 희경은 순지에게 전화를 했다. 뜻밖으로 순지는 담담했다.

"너 정말 괜찮겠니? 나도 모르게 얘기를 하고 말았어. 용서해줘라, 응?"

"이젠 괜찮아. 걱정하지 마."

"휴, 다행이다. 고마워."

희경은 안도하는 척했다.

"너 그분한테 모질게 대했지."

"아니야, 그러고 싶었지만 그분 눈빛 때문에 그럴 수가 없었어. 도무지 미워할 수가 없는 눈빛이었거든. 전혀 안 미웠어. 후훗!"

실종

혜명은 '반야봉가든'에서 따뜻한 물 한 잔을 얻어 마셨다. 해거름은 아직도 먼 듯 했지만, 반야봉은 잿빛 하늘 아래 깊숙이 가라앉아 있었다.

반야봉가든의 주인 오종수는 눅진한 하늘을 올려다보며 혼잣말처럼 중얼거렸다.

"빨리 걸어도 여섯 시는 돼야 도착할 텐데, 다섯 시면 해가 질 테고……."

그는 비구니 절을 찾아가는 젊은 비구가 못내 의아했지만 내색을 하지는 않았다.

시오리쯤 된다고 했다. 시오리 저쪽의 산속 어딘가에 길운사란 비구니 사찰이 있고, 거기에 순지가 있다고 했다. 하지만 혜명은 늦어도 세 시간이면 닿을 그곳에서 순지와 만날 자신의 모습이 현실의 일로 그려지지가 않는다. 이처럼 간단히 그녀를 볼 리가 없었다. 머릿속은 순지가 그곳에 없을 이유들이 정리되지 않은 채 뒤죽박죽으로 엉키었고, 그녀가 없는 비구니 절에서 여러 개의 낯선 동공들이 자신을 에워싸고 빙글빙글 도는 듯한 환각이 일었다.

계곡 속으로 들어갈수록 날은 급속히 어두워졌다. 계곡의 바닥은 겨우내 쌓인 눈이 마치 광목을 널어놓은 것처럼 희끔한 빛을 뿜었다. 반시간쯤 걸었을 무렵, 갑자기 나뭇가지 사이가 어슴푸레 흔들리면서 눈발이 흩날렸다. 눈은 산골짜기를 흐르는 강물처럼 수평으로 흘렀다. 보기에는 끝내 지상으로 내려오지 않을 것처럼 보였지만 어느 틈에 눈은 땅 위에 내려와 쌓였다. 계곡을 가로지르는 작은 다리를 지날 때는 고무신이 푹푹 눈 속으로 빠졌다.

해가 넘어가기가 무섭게 계곡은 한치 앞을 분간할 수 없도록 캄캄해져서 계곡과 그 곁의 길마저도 분별되지 않았다. 편편한 곳을 발로 더듬어 한발 한발 앞으로 내딛었다. 길옆의 계곡은 허리까지 빠질 만큼 눈이 깊었다. 몇 번 발을 헛디뎌 계곡 속으로 곤두박질을 쳐서 허우적거리는 사이에 어느 틈엔가 고무신과 양말이 벗겨져 나가고 없었다. 손과 발은 뼛속까지 냉기가 스며들었으나 몸은 땀과 눈으로 흥건히 젖었다.

의식이 가물거렸다. 고향 마을에서 순지의 소식을 들은 때로부터 서울에서 희경을 만나 순지가 있는 곳을 알아내고, 눈 속을 헤치며 그녀를 찾아가는 일련의 사건들이 머릿속에서 마치 꿈속의 일처럼 빙글빙글 돌았다. 매화마을의 작은 방에 누운 듯 바로 곁에서 무명

스님의 기침소리가 들리다가, 문득 희경의 매장 앞에 우두커니 서 있고, 도시의 사람들이 사정없이 그의 어깨를 밀어붙이며 지나쳐 간다. 그리곤 사이사이로 '쩡-' 얼음 터지는 소리와 갈피를 잡을 수 없는 환청이 들리기도 한다. 순지가 죽은 게 틀림없다고 단언하는 고향 마을 이장의 목소리, 수색 아파트 여주인의 무심한 목소리, 자신을 길바닥에 내동댕이치던 남자의 비웃음 가득한 목소리들이 귓속을 파고들었다가 빠져나가고 다시 파고들기를 반복했다.

혜명은 두 손으로 양 관자놀이를 누르며 정신을 가다듬으려 했지만 끝내 몸을 지탱하지 못하고 눈 위로 무릎을 푹 꺾었다.

절 마당에는 이미 발등이 잠길 만큼 눈이 쌓였다. 미여는 천왕문 계단 위에 서서 조금 전 오종수가 전화로 한 말을 떠올렸다.

"네, 스님 한 분이 길운사로 올라갔습니다. 늦었다고 말렸지만 들은 척도 않더군요. 근데 눈 내리는 모양새가 심상치가 않아서 걱정입니다."

"떠난 지 얼마나 됐습니까? 얼마 후면 도착할 수 있을까요?"

미여는 수화기를 바득 움켜쥐었다.

"뭐라 말씀드리기가 어렵습니다. 눈이 많이 쌓였고 해까지 떨어졌으니, 더구나 고무신을 신고는……."

미여는 천왕문 기둥에 몸을 기대고 일주문 쪽을 향해 시선을 못 박듯 고정했다. 눈은 수북수북 쏟아져 내렸다. 묵은 눈 위에 새 눈이 쉼 없이 쌓여 이따금씩 나뭇가지 위에서 눈덩이가 떨어지는 둔탁한 소리가 들렸다.

법당에서 저녁 예불을 올리는 염불소리가 멀리 돌아온 소리처럼 들리고, 이어서 범종소리가 정적을 깨뜨렸다. 팽팽히 당겨져 움직이지 않던 시간이 범종소리에 깨어나 다시 흐르기 시작했다. 미여는 자신도 모르는 사이 합장을 하고 서른세 번의 범종 소리를 헤아렸다.

범종소리가 멎은 후의 시간은 더욱 아득해서 얼마나 시간이 흘렀는지 모를 시간이 흐르고, 검은색의 돌 옹벽을 배경으로 희끄무레한 기척이 순지의 시야에 들어왔다. 그리고 들리는 가쁜 숨소리, 사람이었다.

비정상적으로 쿵쿵 뛰는 심장을 진정시키기 위해 미여는 가슴을 옥죄며 깊게 숨을 들여 마셨다가 내쉬었다. 그녀는 무중력 상태에 있는 사람처럼 착지감을 느낄 수가 없었고, 귀에는 수만 마리의 날벌레들이 머릿속을 파고든 것 같은 이명이 윙윙거렸다. 미여는 천왕문의 계단을 내려섰다. 그리고 가쁜 숨을 몰아쉬며 다가오는 사람의 앞을 막아섰다.

혜명이 눈앞의 인기척을 향해 고개를 들었다. 어둠 속에서 얼굴이 보이지 않으나 모를 리 없는 사람, 둘은 서로를 노려보았다.

"아!"

혜명의 입에서 작은 단절음이 새어나왔을 뿐, 둘은 숨을 죽인 채

302

마주 바라보았다. 오랫동안······.

"혜명 스님!"

미여가 먼저 입을 열었다.

"순지!"

혜명이 한 발 앞으로 다가섰다.

"순지는 없습니다. 미여가 있을 뿐입니다."

와락 껴안을 듯이 다가서던 혜명이 멈칫했다. 혜명의 귓속에서 '쩡–', 얼음 터지는 소리가 소용돌이치고, 안타까운 침묵이 흘렀다.

빈 염불실, 혜명은 걸망 속에서 여벌의 승복을 꺼내 갈아입었다. 몸이 녹자 비로소 발과 손끝에 감각이 되살아났다. 손과 발이 부풀어 올라 가렵고 아팠다.

미여가 작은 소반을 두 손으로 들고 방으로 들어왔다. 혜명의 시선이 미여의 얼굴을 따라 움직이며 마르고 윤기 없는 그녀의 얼굴을 살폈다.

"몸 상태는······?"

"······."

미여가 소반을 내려놓았다.

"치료를 해야지."

"이곳에 있는 것 이상의 치료는 없어요."

둘은 짧게 묻고 짧게 대답했다.

"내려가자. 가서 제대로 치료를 받자."

"……."

"순지, 꼭 살아야 해! 그렇지 않다면 이 모든 것이 아무런 의미가 없어."

"……."

여전히 미여는 말이 없다. 그리고 잠시 침묵이 흐른 뒤에 혜명이 다시 입을 열었다.

"난, 부처님과의 약속을 두 번이나 내던졌어. 두 번째 약속을 올릴 때 나는 부처님께 말씀드렸어. 또다시 약속을 저버리는 일은 없을 거라고. 절대로… 그런데 난 또 여기에 와 있고…….

혜명은 말을 끝맺지 못했다.

"부처님은 약속을 저버린 뒤 주저앉기보다는 다시 일어서기를 바라시겠지요."

"……."

이번에는 혜명이 말이 없다.

"드세요."

미여가 혜명의 손에 숟가락을 쥐어주었다.

숟가락을 받아들기는 했으나 혜명은 미여의 눈을 뚫어지게 바라보았고, 그녀 역시 작은 각도의 차이로 시선을 비껴 혜명의 얼굴 어딘가를 바라보았다.

혜명이 물었다.

"아이가 있었다고 들었는데…….

아이란 말을 듣는 순간, 미여는 방문 쪽 어딘가를 향해 고개를 돌렸고, 잠시 짓누르듯 침묵이 흘렀다.

"스님은 번뇌가 너무 많네요. 이젠 벗어날 때도 되지 않았습니까?"

그녀의 말은 커튼 뒤의 그림자를 보듯이 모호했지만 혜명은 더 이상 묻지 못했고, 그녀는 자리에서 일어났다.

"그럼 쉬세요. 난 새벽까지 절을 해요. 내일 아침 공양은 하시고 떠나세요."

미여는 방문을 나가다가 다시 돌아보며 한마디를 덧붙였다.

"그리고 걱정하지 마세요. 난 쉬 죽지 않을 것 같아요."

방문이 닫히고 눈앞에서 순지의 모습이 사라졌을 때 혜명은 그 자리에 두 손을 짚고 엎드렸다. 몸이 소금에 절인 듯이 아프게 가라앉았다. 머릿속은 얼음 터지는 소리가 그대로 얼어붙은 것처럼 날카로운 이명이 들리고, 그로 인해 옥죄어진 머릿속은 도무지 한 생각도 만들어낼 수가 없다. 엄청난 중력 때문에 폭발하기 직전의 별처럼.

그렇게 얼마나 시간이 흘렀는지는 혜명도 알지 못했는데, 어느 순간 깜박 졸았다가 깨어나면서 머릿속이 조금씩 풀리기 시작했다. 혜명은 일어나 전등을 끈 뒤 가부좌를 틀고 앉았다. 그 사이 눈은 그치고 달빛이 창호를 적셨다.

'여기에 있는 것 이상의 치료는 없다'고 한 순지의 말은 옳았고, 그녀를 위해 자신이 할 일은 없었다. 또다시 얼음 터지는 소리와 함께 들리는 환청, 그 내면의 소리는 혜명이 용기를 내야 할 때나 결단을 해야 할 때면 복병처럼 숨어 있다가 불쑥 머리를 내밀었다. 혜명은 그 내면의 소리가 스스로의 무력함이나 비겁함을 감추기 위한 핑계로 자신 안의 그 무엇이 만들어 놓은 장치일지도 모른다는 생각을 처음으로 했다.

혜명은 손끝을 움직일 기운마저도 소진된 육신을 달래며 걸망을 챙겨들고 밖으로 나왔다. 요사채 처마에 걸린 둥그런 달이 순백의 세계를 환히 밝혔다.

창호 하나에 불빛이 새어나왔다. 이끌리듯 창호 앞으로 다가선 혜명의 눈에 그림자가 보였다. 끊임없이 오체투지를 하는 그림자, 한 치의 흐트러짐도 없이 절을 하는 그림자의 움직임은 시작도 끝도 없다. 무념무상이며, 불생불멸이다. 그 모습이 눈처럼 희고 곱다.

'순지는 없습니다! 미여가 있을 뿐입니다!'

그림자가 말했다.

"미여⋯⋯."

그녀의 법명을 입속으로 불러보던 혜명은 그림자를 향해 합장했다. 안타까이, 안타까이⋯⋯.

혜명은 양말뿐인 발로 절 마당을 걸으며 눈을 한 움큼 쥐어서 입 안으로 밀어 넣었다. 어제 아침 버스터미널에서 희경이 사준 밥을 먹은 이후로는 아무것도 입에 넣지 못했다.

발목까지 눈 속에 잠겼다. 일주문 주춧돌에 앉아 양말의 눈을 털어내고 시린 발을 주무르는데 도량송 목탁소리가 계곡을 타고 내려왔다. 새벽 세 시였다. 목탁소리는 들릴 듯 말듯 가느다랗게 들리다가 서서히 커지기를 반복했다. 그러다가 어느 순간부터는 고막을 쥐어박는 굉음으로 변했고 골짜기는 온통 목탁소리로 쩡쩡 울렸다. 머리가 어지럽고 메스꺼움이 목으로 넘어왔다.

혜명은 머리를 세차게 흔들며 일어나 눈 속으로 발을 내딛었다. 귓속에서 소용돌이치는 굉음을 밀어내려는 듯 목이 터져라 반야심경을 외쳤다.

"관자재보살 행심반야바라밀다시, 조견오온개공 도일체고액, 사리자 색불이공 공불이색, 색즉시공 공즉시색……."

색즉시공, 공즉시색을 입 밖으로 내보내고 나서 혜명은 더 이상 입을 열지 못했다. '컥!' 목탁소리 한 조각이 목을 틀어막아 소리를 낼 수가 없다. 소리는 목울대에 걸려 삼킬 수도 뱉을 수도 없이 요지부동이다. 혜명은 눈을 부릅뜬 채 한발 한발 걸음만 내디뎠다.

계곡을 가로지르는 다리를 건넜을 때 혜명은 우뚝 멈춰 섰다. '내가 대관절 뭘 하고 있는가? 살겠노라고 허겁지겁 산을 내려가고 있는 것인가?'

'부처님! 차라리 목숨을 버릴지언정 소승이 또다시 약속을 저버리는 일은 없을 것입니다.' 월명사에서 부처님께 두 번째의 약속을 올리면서 다짐했던 말들이 달빛과 함께 쏟아져 내렸다. 혜명은 와작 입술을 깨물었다. 언 입술에서 피가 흘러 입 속에 고였다가 이

내 입술에 얼어붙었다. 그리고 혜명은 한 발자국도 산 아래를 향해
발을 내디딜 수가 없다.

혜명은 눈을 부릅뜨고 하늘을 향해 울부짖었다.

"내 이제 그 누구도 모르는 골짜기에서 눈 속에 묻힐 것이다. 차
라리 부처님과의 약속만이라도 지킬 것이다!"

목소리가 크르릉 거리는 비명처럼 바람소리에 섞여들었다. 혜명
은 발길을 옆으로 돌려 감청색 하늘 아래의 반야봉 능선을 기어오
르기 시작했다. 눈 속으로 양말이 빠져나가고, 바람소리는 지금까
지 들어본 적이 없는 지옥의 소리로 들끓었다. 얼음이 된 눈가루가
눈을 찔렀다.

먼동이 틀 무렵, 미여는 혜명이 없는 빈 방을 확인했다. 공양도
숟가락을 걸친 그대로였다. 미여는 눈 위에 희미하게 보이는 흔적
을 따라 일주문까지 나가보았으나 계곡에는 거친 바람이 불고, 혜
명이 떠난 시간을 말해주듯 일주문 밖은 발자국의 흔적마저도 보
이지 않았다.

'반야봉가든'의 오종수가 길운사로 와서 말을 전한 때는 정오를
훨씬 넘긴 시간이었다.

"저희 집 앞을 지나갔다면 발자국이 남아있어야 됩니다. 그 시간
에는 눈이 그친 뒤니까요. 눈에 아무런 흔적이 없는 것으로 봐서는
산을 내려오지 않은 것이 분명합니다."

"아…, 그렇다면 계곡에서 실족을 하셨는지도 모르잖아요?"

"지금으로선 그렇게 볼 수밖에는 없겠는데요. 확실한 건 눈이 깊어서 아마 한 보름은 지나야 알 수 있을 겁니다. 여름이면 금방 냄새라도 나겠지만 그것도 아니고……."

"아, 어떡해, 혜명 스님! 어쩌면 좋아?"

순식간에 미여의 얼굴에는 거무죽죽한 공포의 그림자가 내려앉기 시작했다. 그러나 잠시 후, 그녀는 의외로 결연한 표정으로 오종수의 손목을 거머쥐었다.

"오 선생님, 좀 도와주세요. 저와 함께 그 스님을 찾아봐주세요. 부탁드립니다!"

그날 밤, 희경은 미여의 전화를 받았다.

"오빠가… 혜명 스님이 없어졌어!"

기진한 미여의 목소리에 희경은 가슴이 덜컥 내려앉았다.

"무슨 얘기야? 자세하게 말해봐!"

"어제 밤늦게 여기 도착했었어. 그리고 새벽에 말없이 떠났는데 종적이 묘연해. 여긴 눈이 많이 왔어, 어제."

"어딘가로 가셨겠지."

"아니야, 산 아래로 내려가지는 않았대. 도중에 산속에서 사라진 거래."

미여가 울먹였다.

"……찾아는 봤어?"

"온종일 계곡을 헤매고 다녔어, 오종수씨랑. 근데 눈이 너무 깊어서 아무것도 보이지 않아. 날이 밝으면 다시 찾아봐야 해."

"사람은 쉽게 죽지 않아. 더구나 오래 수행한 분이잖니. 어쨌든 내가 갈 만한 곳들을 찾아볼 테니까 넌 그곳에서 기다리고 있어. 혜각사는 내가 아는 거고, 너 고향에 그 면사무소에 근무한다는 친구 전화번호 알면 알려주고, 모르면 이름만이라도 알려줘. 그리고 불교 종단에도 내가 얘기해 놓을게. 그런 다음에 내가 바로 너한테로 갈게."

희경은 뭣보다도 먼저 순지가 절을 떠나려 할까 봐, 어떻게 하든 순지를 절에 붙잡아두려고 애를 썼다.

불행한 사건

　토요일 오후, 충주 중원탑 주변의 조각공원에는 나들이 나온 사람들이 드문드문 보였다. 잔디 위로 옅은 아지랑이가 피어오르고 거뭇한 탑신이 되쏘아내는 봄볕이 따스했다. 공원의 잔디는 아직 누릿한 색깔 그대로이나 자세히 보면 사이사이에 봄풀들이 고개를 내밀기 시작했고, 띄엄띄엄 작은 풀꽃들도 보였다.

　강변을 따라 길게 늘어선 식당가에 가끔 승용차가 들어오고, 몇 사람씩 왁자하게 식당으로 들어가는 사람들은 골프를 마친 뒤에 식사를 하기 위해 건너온 사람들이다. 수양버들 아래 길게 늘어 선 벤치는 지난 가을 이후로 사람이 앉지 않은 듯 뽀얀 먼지를 묻힌 채 비어 있다.

　사람들 사이에서 한 사내아이의 손을 잡고 조각 작품들을 돌아보고 있는 남녀는 무성과 인경이다. 무성은 언제나처럼 아래위 검은색의 면 티셔츠와 면바지에 목 짧은 운동화를 신었고, 동지는 블루진 바지에 굵은 가로무늬의 티셔츠와 그 위에 역시 블루진 재킷을 입었다. 황토색 개량 한복을 입은 인경은 투명하고 맑은 모습이 작은 연못 속의 잉어처럼 돋보였다.

　어느덧 초등학교 이 학년인 동지는 무성을 올려다보며 끊임없이 뭔가를 물었고, 대답하는 무성의 얼굴에는 시종 편안한 미소가 피어난다. 인경은 연신 카메라의 셔터를 눌러 두 사람의 모습을 카메라에 담는다.

　따지고 보면 사람에게 닥치는 크고 작은 일들은 모두가 빛살처럼 짧고 얇은 시간과 공간의 교차점에서 이루어진다. 한 사람의 행불행을 결정지을 만한 큰 사건으로부터, 아침에 신문을 가지러 나갔다가 이웃 사람과 시선을 교환하는 작은 일상까지도 무변광대한 공간의 날줄과 무시무종한 시간의 씨줄이 만들어내는 무진수의 교차점, 그 무한한 시공의 조우로 인하여 만들어지는 연緣이다. 그것을 우연이라 하기에는 그 속성이 너무나도 정교하며, 필연이라 한다면 그 연의 속절없음이 지나치게 잔인하다.

　그들이 중원탑을 둘러본 뒤 강변의 식당가 쪽으로 이동하여 오리 백숙을 전문으로 하는 식당에 들어서는 순간, 측면 사오 미터 거리의 주방에서 나오던 한 사내가 우뚝 멈춰서며 그들을 노려보았다. 눈두덩이 위에 쥐똥 크기의 검은 사마귀가 박힌 사내는 무성 일행을 보는 순간 움찔하며 고개를 돌렸으나, 시선만은 마치 자석에 끌리듯이 그들을 놓치지 않았다. 사내는 세 사람이 식당 안으로 들어간 뒤에도 자신의 냉장트럭 운전석에 앉아 뱀처럼 번들거리는 눈으로 식당의 출입문을 지켜보았다.

한 시간가량이 지난 후, 충북 번호판을 단 쥐색 엘란트라가 공원을 빠져나가자 오륙십 미터 거리를 두고 쥐똥 사내의 냉장차가 그 뒤를 따랐다. 차량 통행이 뜸한 샛길을 약 오 분가량 달리다가 주덕삼거리에서 36번 도로에 진입하면서부터는 차량이 급속하게 늘었지만, 엘란트라가 줄곧 주행선을 고수하며 규정 속도를 준수한 덕에 트럭은 쉽게 엘란트라를 뒤따랐다.

음성이 얼마 남지 않은 곳에서 엘란트라는 오른쪽으로 방향을 꺾어 비닐하우스들이 드문드문한 들길로 접어들었다. 대략 이백 미터쯤 되는 들길을 지나 산 아래 횡으로 자리를 잡은 마을은 큰길에서 훤히 보였다. 갓길에 트럭을 세워두고, 엘란트라가 마을을 지나 산기슭의 독립가옥 앞에 멈춰서는 것을 지켜보던 쥐똥의 입꼬리에 비릿한 미소가 번졌다. 쥐똥은 그 자리에서 유턴을 하여 오던 길을 되돌아갔다.

그로부터 십여 일 후 충주 북쪽 교외의 한적한 야산 기슭, 오리고기를 배달하는 냉장트럭 기사인 쥐똥은 자신의 숙소인 컨테이너 앞에서 누군가를 기다리고 있었다.

이윽고 서울 번호판을 단 9인승 봉고 한 대가 큰길에서 샛길로 꺾어 들어 컨테이너 쪽으로 천천히 다가왔다. 봉고차에서는 세 명의 사내가 내렸다. 그들은 수굿하게 굽은 어깨를 좌우로 어기적거리며 쥐똥에게로 다가가서 악수를 했다. 그들의 외양에서 풍기는 인상은 한눈에도 평생 법질서나 공중도덕 따위와는 담을 쌓고 살아온 부류임이 틀림없었다. 그들은 각기 매우 색다른 외양을 하고 있었으나 눈동자는 한결같이 비릿하게 번들거렸고, 끊임없이 뭔가를 경계했다. 약자에게는 한없이 으스대면서도 힘이 달리는 상대를 만나면 이판사판 칼끝에 배때기를 들이밀 것 같은 추접스러움이 온몸에서 풍겨 나왔다. 나이는 마흔이 조금 넘어 보였다.

그들은 함께 컨테이너 속으로 들어갔다. 컨테이너 한쪽 구석에는 허리가 약간 내려앉은 일인용 야전침대 하나가 놓였고 창문 아래는 조그만 싱크대 하나가 붙어있다. 싱크대는 세면대로도 쓰는 듯 칫솔과 치약을 담은 컵과 비누곽이 그릇 몇 개와 함께 자리를 차지하고 있다. 컨테이너 중앙에 놓인 목제 탁자 위에는 쟁반에 생오리고기와 상추 등이 수북이 쌓여있고 소주 여남은 병도 보인다.

쥐똥이 고기를 불판에 올려서 굽기 시작했다.

"그러니까, 그 연놈들이 애까지 낳고 산다 그거지?"

앞머리가 벗어지고 키가 작은 사내가 이미 들어서 알고 있는 얘기를 신음하듯 되뇌었다.

"그 새끼가 국내에 있는 걸 안 이상 그냥 있을 수는 없지. 빚을 졌으면 갚아야지."

윗입술에 언청이를 꿰맨 것 같은 자국이 있고 구레나룻이 더부룩한 사내가 웅얼웅얼 말을 받았다.

"함부로 나서는 건 곤란해. 조심해야 돼."

꽁지머리에 눈이 작고 콧날이 뾰족한 사내가 말을 받자 채 말이 끝나기도 전에 구레나룻의 입에서 욕지거리가 튀어나왔다.

"쓰벌 놈이, 넌 요즘 조금씩 선다며? 난 십 년 동안 꿈속에서도 한 번 못해봤어, 개새끼야!"

"야 인마, 그게 내 탓이야?"

꽁지머리가 마주 쏘아붙였다.

"쓰벌 놈아, 그럼, 아니야? 니들은 이유라도 있지만 난 단지 니들 옆에 있었기 때문에 당한 거잖아, 쓰벌 놈아!"

꽁지머리와 구레나룻이 의자를 박차고 일어서자 대머리가 팔을 뻗쳐 둘의 가슴을 밀어냈다.

"진정해. 얘 말도 틀린 건 아니야. 또 당하면 복수고 뭐고 끝이야. 그리고 이제 와서 누구 탓을 해서 어쩌겠어?"

셋이 자리에 앉기를 기다린 뒤에 쥐똥이 나섰다.

"여기서 그 새끼를 직접 본 건 나뿐이잖아. 그 새끼도 이제 사십 대 중반일 텐데 십 년 전보다 더 강해 보였어. 정말이지 다리가 다 떨리더라구. 그래서 말인데……."

쥐똥은 입꼬리를 비릿하게 말아 올렸다.

"그놈이 우리 인생에 재를 뿌렸듯이 우리도 그놈에게 소중한 것을 찍어버리는 거야. 그자식이 아끼는 게 뭔지 내가 이 두 눈으로 똑똑히 봤거든. 그리고 가장 손쉬운 방법이기도 하고."

이튿날 열두 시쯤, 대터교 쪽으로 봉고 한 대가 들어왔다. 차는 대터교를 건너자마자 바로 방향을 뒤로 돌려 머리를 큰길 쪽을 향해 주차했다.

잠시 후, 마을 앞길에서 초등학생 서넛이 보이다가 하나씩 마을로 들어가고, 한 아이가 대터교 쪽으로 걸어왔다. 초록색 가방을 어깨에 메고 잘 다듬어진 머리를 나풀거리며 걸어오는 아이는 아래위 베이지색 바지와 점퍼를 입었고 점퍼 안에는 검정 체크무늬로 된 남방셔츠에 나비넥타이를 했다.

아이가 봉고차 앞으로 가까이 다가오자 대머리가 차문을 옆으로 밀치고 내려서며 아이에게 물었다.

"얘, 음성으로 가는 길을 좀 가르쳐주겠니?"

아이가 음성 쪽으로 돌아서는 순간 대머리가 아이의 허리를 낚아채서 봉고차 안으로 밀어 넣었다. 봉고차가 들어와서 아이를 싣고 다시 충주 쪽으로 사라져 가는 데는 채 십오 분이 걸리지 않았다.

한 시간쯤 후, 컨테이너 안에서 네 명의 사내는 심각한 혼란에 빠졌다. 아이의 가방에 박힌 이름은 정동지였다. 진동지라야 맞지 않은가? 뭔가 잘못되어 가고 있었다. 그들 중 아무도 인경에게 원

316

한을 품은 사람은 없었다. 오히려 그들 중에서 한 번쯤 인경을 마음에 품지 않은 자가 없을 만큼 그녀에 대해서는 그들 모두가 일말의 애틋함을 지닌 터였다.

"진가 놈의 핏줄이 아닌 건 확실해. 성도 다르지만 놈과는 닮은데가 없어. 여자만 쏙 뺐어."

꽁지머리가 말했다.

"큰 형님하고 니들 셋 중에 닮았는지 잘 봐. 혹시 알 수 있어?"

구레나룻이 빈정거렸다.

"아니야. 그러려면 적어도 사 학년은 됐어야 해."

대머리는 이미 마음속으로 계산을 마친 눈치였다.

"누구 애든 상관이 없잖아. 놈이 얼마나 끔찍이 생각하느냐가 문제지."

꽁지머리였다.

"나쁜 새끼!"

구레나룻이 꽁지머리를 노려보았다.

"뭐?"

"아, 아, 됐어. 그만 둬. 나쁜 새끼가 욕이냐?"

쥐똥이 말렸다.

해질 무렵, 전화가 걸려왔다.

"여보세요?"

인경은 떨리는 목소리로 전화를 받았다.

"진가 놈 바꿔!"

"여보세요? 누구세요? 당신들이 아이를 데려 갔죠. 뭣 때문에 그랬어요? 말씀해주세요. 아이는 어디에 있어요?"

"진가 놈 바꾸라니까! 썅!"

"선생님은 아이 찾으러 나가고 안 계셔요. 여보세요!"

"다시 전화하겠다."

전화가 뚝 끊겼다. 인경의 연락을 받고 무성이 들어왔을 때 전화벨이 다시 울렸다.

"네 아들을 우리가 데리고 있다."

"요구하는 게 뭐냐?"

"오늘 밤 널 만나야겠다. 지금부터 내가 하는 말을 잘 들어라. 시간은 오늘 밤 열두 시 정각, 장소는 탄금대 충혼탑 앞, 미리 탄금대 근처를 기웃거리다가 우리들 눈에 띄지 마라. 너의 집에서 차로 삼십 분이면 족하다. 물론 너 혼자 와야 한다. 경찰에 알린다든지 그런 재수 없는 짓은 하지 마라. 우리의 안전이 확실해질 때까지는 아이의 목줄에 이발소 면도칼 하나가 붙어 있을 것이다. 질문 있나?"

"너희가 요구한 대로 하겠다. 대신 반드시 아이에게는 아무 일이 없어야 한다."

충주경찰서에서 내근 중이던 곽병호 형사는 아들이 유괴당했다며 신고하러 온 여자의 어이없는 요구를 듣고 실소를 금하지 못했다.

"아주머니, 신고를 하시려면 제대로 하셔야지, 이런 식은 곤란합니다. 장소도 알려주지 않고 시간만 덜렁 밤 열두 시다 그러면 어떡합니까? 아주머니가 수사지휘를 하실 작정이세요? 제가 반장님 지시를 받아야지 왜 아주머니 지시를 받습니까?"

"제 아이의 안전이 걸린 문제입니다. 아이나 아이를 찾으러 나간 선생님께 무슨 일이 발생한다면 바로 전화를 드리겠습니다. 일이 급박할 때 전화로 설명 드리기보다는 미리 말씀을 드려 놓는 게 좋을 것 같아서요. 저는 그 아이가 없으면 안 됩니다. 이해하시리라 믿습니다. 그리고 부탁드립니다."

할 말을 잃은 곽 형사가 멀뚱히 쳐다보고 있는 사이 그녀는 자기가 할 말만을 서둘러 마무리하고는 자리에서 일어섰다.

경찰서에서 나온 인경은 택시를 타고 탄금대로 향했다. 인경은 무성과 그자들이 만나는 동안 속수무책으로 기다릴 수만은 없었다. 그녀의 머릿속에서 끊임없이 솟아나는 상상들, 오늘 밤 그들이 만나는 현장에서 결코 일어나서는 안 될 끔찍한 상상들을 그녀는 견딜 수가 없었다. 무성의 초인적인 능력을 믿으면서도 그 믿음은 밀려드는 두려움을 떨쳐내지는 못했다. 두려움은 무성과 동지에 대한 사랑의 깊이만큼 크고 무겁게 인경의 어깨를 찍어 눌렀다.

청바지에 점퍼를 입고 라운드 챙의 등산 모자를 눌러쓴 인경이 택시에서 내렸을 때 탄금대는 산책하는 사람들로 적잖이 붐볐다. 인경은 곧바로 여자화장실 안으로 들어갔다. 자정까지 화장실 안에서 기다릴 작정이었다.

　밤 열한 시, 탄금대로부터 십 분 거리인 주덕 삼거리에 차를 세워둔 무성은 연신 시계를 들여다보았다. 그동안 탄금대 여자화장실 안에 웅크리고 있던 인경으로부터 여러 차례 문자가 날아왔다.
　밤 열한 시 사십 분, 무성의 휴대폰이 울리고 기분 나쁜 목소리가 새어나왔다.
　"어디냐?"
　"걱정 마라. 시간은 정확히 지킬 것이다."
　"장소가 바뀌었다. 음성 쪽으로 방향을 돌려라. 음성을 조금 지나면 오른편에 군부대 간판이 보일 것이다. 군부대로부터 작은 언덕을 사이에 두고 예비군훈련장이 있다. 예비군훈련장 입구의 공터에서 기다린다. 시간은 열두 시 그대로다. 서두르지 않으면 늦는다. 늦으면 우리는 거기에 없다."
　무성은 즉시 차를 돌려 음성 쪽을 향해 전속력으로 달렸다. 그리고 휴대폰으로 인경과 통화했다. 시선은 길 오른편에 고정한 채 언젠가 지나는 길에 본 적이 있는 군부대 간판을 찾았다.
　무성은 군부대 간판을 발견하고, 예비군훈련장 가는 길로 핸들을 꺾었다. 시계는 열한 시 오십오 분을 가리켰다. 좌측으로 약 백

미터 거리에 군부대 위병소의 희미한 불빛이 위장망 사이로 새어 나왔다. 예비군훈련장 앞의 공터로 들어서자 위병소의 불빛은 작은 언덕에 가려 보이지 않았다. 공터의 안쪽 편에는 훈련장의 출입문이 버티고 섰는데, 철주를 용접해서 만든 커다란 철문의 상단만이 하늘을 배경으로 희미하게나마 윤곽을 드러냈다.

흰색 봉고차와 그 옆에 세 녀석의 실루엣이 어른거렸다. 무성은 녀석들의 손짓에 따라 봉고차를 지나 훈련장 출입문 앞에 차를 세운 뒤, 차에서 내려 철문을 등지고 섰다. 맞은편 도로에 자동차들이 지나갈 때마다 훑고 지나가는 전조등 불빛에 봉고차와 녀석들의 모습이 잠깐씩 눈에 들어왔다.

어둠 속에서 목소리가 들렸다.

"오랜만이다. 진무성."

"짐작한 대로 네놈들이구나. 아이를 보여라. 그리고 용건을 말해라."

"어이, 애새끼를 보여줘라."

한 녀석이 봉고차 안에서 아이를 끌어내렸고, 아이의 입에서 낯익은 신음소리가 들렸다.

어둠 속에서 놈들 중 한 녀석이 말했다.

"우리들이 세상에 별 미련이 없다는 것쯤은 네가 더 잘 알 것이다. 서툰 짓을 하지 말라는 소리다."

그 사이 두 녀석이 양쪽에서 무성을 향해 한발 한발 다가섰다.

오 미터, 사 미터, 삼 미터, 가까워질수록 녀석들은 조심스럽게 걸음을 옮겼다.

'놈들은 두려워하고 있다!' 무성은 그들이 느끼는 공포를 감지할 수 있었다. 녀석들은 아이를 잡고 있는 한, 무성이 어쩌지 못하리라 생각하면서도 무성에 대한 두려움을 떨쳐 버리지 못하고 있다.

무성이 입을 열었다.

"한마디만 하겠다."

나직하고도 단호한 목소리에 두 녀석이 멈칫 발을 멈추었다.

"십 년 전의 일은 네놈들이 마땅히 받아야 할 죄의 대가였다. 그럼에도 불구하고 아이를 볼모로 삼아 나에게 복수를 하겠다면 적당한 선을 지키는 것이 좋을 것이다. 만약 지나치게 나를 화나게 만든다면 네놈들은 여기서 한 놈도 살아서 돌아가지 못할 것이다."

구레나룻과 꽁지머리, 두 녀석이 무성의 양쪽으로 숨소리가 들릴 만큼 가까이 다가섰다. 살기가 저릿하게 무성의 옆구리를 찔렀다. 두 녀석은 더 이상 행동으로 옮기지 못한 채 멈칫거렸고 무거운 침묵이 흘렀다.

그때 십여 미터 앞의 놈들 중 하나가 랜턴을 켰다. 비수가 먼저 눈에 들어왔다. 땅바닥에 주저앉은 동지의 뒷머리를 겨누고 있는 비수, 동지의 등 뒤에 버티고 선 녀석이 손에 쥔 한 뼘 길이의 비수가 랜턴 불빛에 기름처럼 번들거렸다.

양쪽 옆구리에 더욱 가까이 다가온 살기를 감지하며 무성은 빠르게 계산을 했다. '동지와의 거리는 십일이 미터, 이대로 달려가서 동지 뒤에 선 녀석을 제압하는 데는 삼 초, 늦으면 사 초다. 녀석이 무성의 움직임을 파악하지 못하여 머뭇거릴 시간은? 그것은 오직 그자의 몫이다. 놈이 얼마나 기민하게 판단하고, 단호하게 행동으로 옮기느냐에 달렸다. 그 시간을 무성이 임의로 판단할 수는 없다. 더구나 동지의 목숨이 걸린 문제다.

'안된다면…? 실패한다면…?' 무성은 망설였다.

그 순간, 무성의 옆구리에 바짝 다가섰던 꽁지머리가 용수철처럼 튀어서 뒤로 물러났다. 동시에 구레나룻도 황급히 두세 발자국 뒷걸음질을 쳤다.

"흐윽!"

무성의 입에서 나지막한 단절음이 터져 나왔다. 하단전 속으로 소리 없이 들어와 박히는 냉기, 그것은 깃털처럼 가벼웠다. 무성은 어둠을 응시한 그대로 하복부 깊숙한 곳에 자리를 잡는 통증 덩어리에 의식을 모았다. 통증의 중심부에서 서서히 더워진 열기는 급기야 불에 달군 돌덩이처럼 뜨거워져 일정한 주파수로 통증을 뿜어내기 시작했다. 전신의 살갗이 도자기의 표면처럼 자잘하게 갈라지듯 했고, 갈라진 틈새를 타고 열기가 비집고 나와 몸이 달아올랐다. 배꼽 아래로부터 벌레가 기어가는 것 같은 가려움이 사타구니와 양쪽 다리를 타고 발등으로 흘러내렸다. 무성의 한쪽 다리가 휘청하다가 고쳐 섰다. 무성이 가만히 하복부에 손을 대보는데,

손끝에 와 닿는 돌출된 비수의 손잡이, '깊다!' 무성은 혼신의 힘을 다해 버텨 섰다.

놈들은 황급히 차에 올라탔다. 어둠 속에서 동지를 차 속으로 도로 밀어 넣으려는 자와 이를 제지하려는 자의 짧은 다툼이 감지되었고, 한 녀석이 동지를 빼앗아 땅바닥에 내려놓았다.

잠시 후 급발진하던 봉고차가 방향을 바꾸기 위한 듯 요란한 기계음을 내면서 후진을 하기 시작했다.

'헉! 차 뒤에 동지가 있는데…….' 무성이 몸을 날렸다.

덜컹, 덜컹, 뒷바퀴 한쪽이 두 번 굽이를 친 다음 차는 예비군훈련장을 빠져나가 충주 쪽을 향해 사라져갔다.

충주 중앙병원, 흰 가운을 입은 사람들이 무성이 누운 들것을 수술실 안으로 밀고 들어가고, 이를 지켜보던 인경은 동지가 있는 병실로 향했다. 동지는 링거를 꽂은 채 막 잠이 들었다. 인경은 동지의 손을 감싸 쥐고 그 위에 이마를 얹었다.

'동지야, 무사히 돌아와 줘서 고마워. 선생님도 무사하실 거야. 선생님께서 이렇게 쓰러지실 분이 아니잖니? 우리 함께 선생님이 무사하도록 기도하자.'

동지와 무언의 대화를 나누는 중에 계시처럼 인경의 가슴속에 들어와 자리를 잡는 한 생각, '무성과 난 이 아이를 위해 세상에 온 건지도 몰라. 이 아이를 위해서라면 어떤 희생도 감수할 수 있어!'

그 생각을 곱씹으며 인경은 동지의 손을 꼭 움켜쥐었다.

무성의 상처는 깊었다. 봉고차 바퀴가 그의 허리를 타고 넘을 때 척추가 탈골된 데다, 하복부에 박혔던 비수까지 짓눌러서 더욱 깊은 상처를 남겼다. 수술은 먼동이 틀 무렵에야 끝이 났다. 의사는 상처의 크기에 비해 출혈이 많지 않은 것은 기적 말고는 달리 설명이 되지 않는다며 놀라움을 감추지 못했다.

한 달 후, 휠체어를 탄 채 퇴원한 무성은 자신의 단전에 비수를 꽂은 자들에게 복수할 생각을 버렸다. 놈들을 찾아 법정에 세우는 일이야 어렵지 않지만, 무성은 놈들과의 원한관계를 여기서 끊어야 한다고 생각했다.

무성이 다친 이튿날 산에서 내려온 덕운은 승복 대신 헐렁한 작업복으로 갈아입고 농장의 일을 도맡았다. 경석의 부탁도 있었지만, 그는 농장 사람들의 신변에 위험이 존재하는 한 자신이 그들을 지켜야 하고, 농장 일 역시 자신이 아니면 마땅히 맡을 사람이 없다고 믿었다.

번데기껍질을 벗고

십 년이 넘는 긴 세월 동안 미여가 한 것은 오직 절이었다. 하루에 천배씩 오체투지를 하는 동안 계절은 그녀가 하는 천배처럼 피었다가 지기를 반복했다.

삼 년 전에는 하루에 일만배씩 절을 하는 만배 백일기도를 견뎌냈다. 지금은 두 번째의 만배 백일기도를 하는 중이며, 닷새 후면 백일이 끝난다. 그래선지 그녀의 절을 하는 동작에는 자신감이 묻어난다.

육 년 전, 일일 삼천배의 백일기도를 마쳤을 때 만약 삼 년 후에도 살아있다면 만배 백일기도를 하겠노라고 원을 세웠었다. 그리고 그 삼 년 뒤에 만배 백일기도를 하였고 기도를 마치던 날, 이후로 삼 년을 더 산다면 다시 만배 백일기도를 하겠노라고 원을 세웠기에 그것을 실행에 옮기는 중이다.

삼 년 전, 첫 번째 만배 백일기도를 시작했을 때 미여는 하루를 넘기기도 전에 그만두고 싶었다. 말로서는 설명하기 어려운 끔찍한 고통을 석 달 열흘 동안 견뎌낼 자신이 없었다. 가장 큰 고통은 시간과의 싸움이었다. 만 번의 절을 하기 위해서는 하루에 열여덟 시간을 쉬지 않고 절을 해야 한다. 자정에 절을 시작해서 이튿날 오후 여섯 시가 되어야 만배를 마칠 수 있다. 만배를 한 후 땀을 씻어내고 저녁 공양을 서둘러 마치면 바로 좌구에 쓰러진다. 그리고 밤 열한 시에 일어나 공양을 하고, 자정에는 다시 만배를 향한 여정이 시작된다.

짧은 수면 시간마저도 고통으로 신음하며 자다 깨기를 반복할 수밖에 없어 잠은 턱없이 부족했다. 식사마저 최소한의 시간에 해결해야 하고, 물이나 과일주스를 마실 때도 절하기를 멈출 수가 없다. 땀이 눈에 들어가 소금을 뿌린 것처럼 따가워도 씻을 시간을 따로 내고서는 만배를 마치지 못한다. 며칠이 아닌 석 달 열흘을 그렇게 견뎌내야 했다.

하루에 만배를 하기 위해서는 다른 한 사람이 늘 곁에서 때맞춰 공양을 수발하고, 세끼 공양 사이에 두 차례씩 과일주스를 손에 쥐어줘야 한다. 삼 년 전 첫 번째 때와 마찬가지로 도명 스님과 행자 하나가 교대로 미여의 곁을 지켰다. 지금은 희경이 와서 막바지 절하는 모습을 지켜보고 있다.

첫 번째 만배 백일기도를 시작한 지 두 달 가까이 지난 무렵에 미여는 몇 차례 마장을 겪었다. 절을 하는 도중에 갑자기 눈앞에

휘황한 불빛이 보이기도 하고, 산과 들이 보석처럼 반짝이기도 했다. 헛것인가? 눈을 부비고 봐도 여전히 보였다. 큰스님께서 오셔서 '마장이다' 하시며 등을 내려치자 그것들이 사라졌다. 며칠 후 또 다른 환영이 나타났다. 수많은 나한들이 시퍼렇게 날이 선 칼을 들고 그녀의 주위를 에워쌌다. 미여는 한 번 겪었던 일이라 정신을 바짝 잡아당겨 절하는 동작에만 집중을 하려고 애썼지만 한 순간 시선이 흔들리는 틈을 놓치지 않고 나한들은 그녀를 향해 칼을 내려 그었다. 이번에는 도명 스님이 미여의 다리가 '휘청' 하는 것을 알아채고 그녀의 등을 후려쳐서 정신을 되찾도록 도왔다.

마장을 떨쳐내지 못하고 그 고개를 넘어버리면 수행은 한 순간에 물거품이 되고 만다. 마장의 고갯마루 저쪽은 끝이 보이지 않는 단애여서, 고개 너머로 한 발짝 내딛는 순간 그 다음은 돌이킬 수 없는 나락이 되고 만다.

두 번째 만배 기도를 시작한 지 일흔 번째가 되던 날의 새벽, 그곳은 사람의 발길이 닿지 않은 태곳적 모습 그대로의 계곡이었다. 맑은 물이 흐르는 계곡 속에 깊은 웅덩이가 있었다. 미여는 알 수 없는 힘에 이끌려 물속으로 몸을 던졌다. 물속 깊숙이 빠져 들어갈 수록 아늑하고 편했다. 미여는 마치 물고기처럼 물속을 누비고 다녔다. 물속에서도 숨을 쉴 수가 있었고, 물이 살갗을 뚫고 몸속으로 스며들었다. 시간이 흐르면서 물이 세포 사이를 투과하기 시작했고, 급기야는 모든 세포가 분리되어 물속을 떠다니는 것처럼 느껴졌다. 미여는 세포 하나하나까지 깨끗하게 헹궈지도록 몸을 이리저리 흔들었다. 그 어떤 것과도 비교할 수 없는 행복감이 온몸을 타고 흘렀다.

미여는 그 신기하고 비현실적인 상황을 즐기면서도 믿어지지가 않았다. 마침내, '이건 꿈일 거야' 생각하며 눈을 떴을 때, 미여는 여전히 절을 하고 있는 자신을 발견했다. 잠이 부족했던 나머지 깜박 잠이 든 순간에도 몸은 기계적으로 절을 계속했던 것이다.

그날 밤, 공양을 하는 미여 곁에서 희경이 말했다.

"병이 나았다는 현몽인 것 같아. 이번 만배를 끝낸 뒤에 나가서 검사를 한번 받아보는 게 어떨까?"

"아니, 이젠 병원에 안 가."

미여는 아무런 망설임도 없이 고개를 저었다.

기도가 끝나는 백 일째의 날이 가까워오자 미여는 육신의 고통을 느끼지 않게 되었다. 마음이 고통을 받아들이지 않았다. 육신이 느끼는 통증이나 그로 인한 마음의 괴로움뿐 아니라 삶과 죽음까지도 놓아버린 무심이 되었고, 고통은 무심의 벽을 뚫지 못했다.

무심으로 오직 절을 하는 동안, 미여의 단전은 빈 항아리의 속처럼 비었고 미여의 눈에 그 속이 들여다보였다. 빈 단전은 허공과 같이 편안했다. 마지막 백 일째, 만배를 마칠 시간이 가까이 다가올수록 텅 빈 단전의 공간은 밤하늘처럼 깊어졌고 미여는 그 속에

유성처럼 뜬 채로 절을 했다.

"장하구나, 미여야!"

만 번째의 절을 마치고 좌구에 꿇어앉는 미여의 어깨 위에 조용한 손길이 닿았다.

"스님!"

고개를 들어 큰스님을 바라보는데 뭔가 매듭이 툭 끊어지는 것 같은 이완이 미여의 전신을 휩쓸고 지나갔다. 그것은 육신에서 일어난 현상인지 정신의 작용인지조차도 구분하기 어려웠지만, 몸속에 오랫동안 존재했던 둑이 터지고 그 속에 갇혔던 물이 한꺼번에 쏟아져 내리는 것 같은 해방감이었다. 미여의 눈에서 눈물이 흘러내렸고, 큰스님은 두 팔로 미여를 감싸 안았다.

한참 후 미여는 고개를 들어 큰스님을 올려다보았다. 스님도 미여의 눈을 보았다. 시선이 섞이는 순간, 미여는 자신이 큰스님의 눈 속으로 빨려 들어간다고 느꼈다. 그 순간 미여는 자신의 눈이 아닌 스님의 눈을 통해 사물을 보고 있었다. 눈에 보이는 모든 사물과 자신의 몸이 하나로 섞이는 듯한 비현실을 생생한 현실로 체험하고 있었다.

이튿날, 아침공양을 마치자마자 희경과 미여는 천왕문 앞으로 나와 희경의 승용차 시트에 나란히 앉았다. 작별의 아쉬움이 큰 만큼 얘기도 길어서 어느새 사시마지 종소리가 들렸다.

"그만 가야지. 아이들하고 신랑이 많이 기다리겠다."

미여가 희경이 떠나기를 재촉했다.

"조금만 더 있다 갈게. 애들은 할머니하고도 잘 놀아. 신랑은 오랜만에 자유를 즐길 테고."

"네가 신랑한테 자유를 안 주는구나."

미여가 짐짓 걱정스러운 표정을 지었다.

"못 말려. 바람둥이야!"

"설마, 기훈 씨가?"

"남자는 몰라. 기훈 씨가 더 별나기도 하지만."

"……."

"나, 갈까? 나랑 빨리 헤어지고 싶어?"

미여가 말이 없자 희경이 삐치는 척했다.

"그래, 가야지. 애 엄마가 집 떠난 지가 벌써 며칠째냐?"

'끝내 지 아이에 대해서는 입도 벙긋 않는구나.' 생각하며 희경은 참았던 말을 꺼냈다.

"지금쯤 초등학교 다니겠지? 보고 싶지 않아?"

"……."

"이런 얘기 힘든 줄은 알지만, 나도 소식은 몰라. 영숙 언니가 유학을 떠났거든. 난 그쪽과는 모르고."

"언젠가 한 번은 보고 싶어."

"그게 언젠데?"

"편한 마음으로 바라볼 수 있을 때."

미여는 여러 번 같은 질문을 받았던 사람처럼 대답했다.

"……혜명 스님 소식은 영 없는 거지?"

희경이 이번에는 혜명의 이름을 입에 올렸다.

"그해 겨울이 지나고 눈이 녹았을 때, 계곡에서 고무신 한 켤레를 찾은 것 말고는 어떤 흔적도 없었어. 그런데도 죽었다는 생각이 들지를 않아. 지리산 어느 골짜기에서 꽃이 됐거나… 새가 돼서라도 내 가까이에 살아 있는 것 같아."

"지금도 그분 사랑해?"

"그럼 사랑하지…. 내가 그분을 사랑하는 한 그분은 죽지 않고 살아계셔. 언젠가 내가 이 세상을 떠나는 날 어디선가 그분이 나타나서 내 손을 잡고 나와 함께 떠날 거야."

입가에 떠올렸던 설핏한 미소를 거두며 미여가 다시 말을 이었다.

"그분이 실종된 뒤로 십 년 동안 꾸준히 찾아다녔어. 지리산 여기저기 참 많이 다녔지.

"근데 이상하지 않니? 어떻게 사람이 그렇게 흔적도 없이 사라질 수가 있지? 이제 만배가 끝났으니까 또 찾아다닐 거니?"

희경이 물었다.

"이젠 그만해야겠지. 지금까지도 꼭 찾기를 바라고 그런 건 아니었어. 그냥 습관처럼 그랬던 것 같아."

말을 마치며 미여의 시선이 잠시 흔들렸다.

두 번째 만배 백일기도를 마치고 난 뒤로 미여는 삶과 죽음에 대한 집착에서 벗어났다. 벗어났다기보다는 삶과 죽음이란 말 자체가 빈껍데기여서 공허한 소리로 들릴 뿐이었다. 마음만이 아니라 몸에서도 변화는 감지되었다. 번데기껍질을 벗고 세상 밖으로 나온 나비의 그것일까? 두꺼운 각질을 훌훌 벗어버린 듯한 그 무엇, 그런 무엇을 오감으로 알아가고 있었다.

초인의 죽음

　무성은 삼 년 전 불행한 사건을 겪은 후 여섯 달이 지난 즈음에 동지를 다시 연무장으로 데리고 나갔다. 휠체어에 앉아 입과 손놀림만으로 수련을 지도하였으나 그가 동지의 수련에 쏟는 열정만은 보는 이의 마음을 숙연하게 하고도 남았다.

　무성은 자신의 생명력을 소진하여 동지의 수련에 쏟아 붓는 것 같았다. 덕운이 보기에 촛불이 몸을 태워서 불을 밝히는 것처럼, 무성의 연소된 생명력이 동지의 몸속으로 전이되는 것처럼 보였다. 덕운은 동지의 연무가 끝날 시간이면 연무장으로 가서 무성이 탄 휠체어를 밀고 별채로 돌아왔다.

　무성은 좀처럼 입을 여는 일이 드물었다. 무성이 처음으로 속마음을 내비친 것은 동지에게 무예를 다시 가르치기 시작한 지 한 달 가량 지난 무렵, 연무를 마치고 별채로 돌아오는 길에서였다.

"십 년 공력을 앞당기려 했는데⋯⋯."

무성은 마치 신음을 하듯 뱉어냈다. 덕운은 말없이 휠체어를 밀며 무성의 말에 귀를 기울였다.

"동지에게는 향후 이삼 년이 참으로 중요합니다. 이 시기에 소주천小周天을 열고, 십 년의 공력을 얻게 할 생각이었는데, 이제는 틀린 듯하군요."

덕운이 조심스럽게 물었다.

"소주천이라면?"

"사람이 모태 안에 있을 때는 기경팔맥奇經八脈이 통해서 선천기가 원활하게 운행됩니다. 선천기 즉, 원기는 생명활동의 근원임과 동시에 후천기가 나오는 발원지이며, 한편으로는 후천기로부터 소모된 기를 보충받기도 합니다. 사람이 세상에 태어나면 그때부터 후천기가 움직이기 시작하는데, 후천기가 십이경을 돌면서부터는 기경팔맥이 서서히 막히게 되지요. 보통의 경우 이차 성징이 시작되는 시기에 기경팔맥은 거의 막히게 됩니다."

"기란 어떻게 감지됩니까?"

덕운이 다시 물었다.

"혈맥을 통해 피가 흐르듯이 기가 흐르는 길이 있는데, 경락經絡이라고 합니다. 경이란 기가 흐르는 간선으로서 열두 정경이 있고, 정경이 넘칠 때를 대비한 기경팔맥 즉, 여덟 기경이 있어 오장육부와 통합니다. '락'은 연락이란 뜻으로 열다섯 개의 낙이 각 경과 통하는데, 이외에도 가느다란 낙맥이 실핏줄처럼 온몸 구석구석에 퍼져있지요. 이때의 기는 감각적으로 느낄 수가 없는 무감의 기입니다. 사람이 수련을 통하여 경락을 통해 흐르는 기를 유감화하게 되면 감각적으로 느낄 수 있는 양기로 변하는데, 선도란 기경팔맥에 유감의 양기가 자유로이 흐르도록 수련하는 것을 말합니다."

"선생님께서는 선도수련을 하셨습니까?"

덕운의 물음에 대답을 하지 않은 채 무성은 하던 얘기를 이어갔다.

"단전에서 생성된 양기를 독맥을 통해 등으로 돌려 정수리의 이환으로 끌어올리고 이것을 다시 임맥을 통해 이마에서 단전으로 내려 보내게 되는데, 이것을 소주천小周天이라 합니다. 선도수련의 첫걸음이기도 하지요.

소주천의 흐름이 자유로우면 차츰 양기의 흐름을 다른 기경으로 확장하여 마침내 기경팔맥을 자유로이 통하게 되고, 여기에서 한 걸음 더 나아가 양기가 원기로 화하여 충맥을 뚫고 천지의 기와 교감하는 경지에 이르게 됩니다. 이것을 대주천이라 하지요. 대주천에서 더 나아가면 초능력의 경계로 들어가게 되는데, 대주천만으로도 불로장생이 가능하다고 합니다."

덕운은 행여 무성의 말을 방해할세라 조용히 휠체어만 밀었다.

"기경팔맥이 자유로운 뒤에야 비로소 무극무 수련을 시작하게 됩니다. 무극무 수련은 대주천을 앞당기는 힘이 되고, 대주천에 도달하게 되면 무극무의 진전에 가속도가 붙습니다. 상생의 원리라 할까요."

한때 기경팔맥을 능히 운행했던 무성이었으나 단전이 깨어진 지금에는 축기마저 어렵다. 아무리 애를 써도 조금 모였다가는 이내 흩어지기를 반복했다. 소주천마저도 이미 지나간 꿈속의 일이 되고 만 것이다.

하지만 무성의 기 수련에 대한 집념은 그 무엇도 막지 못했다. 하루 중 동지의 수련을 지도하는 두 시간과 대략 여섯 시간의 수면 시간을 제하고는 오직 천단天丹 호흡을 통한 기 수련에 진력하였는데, 그런 노력을 삼 년 동안 지속하고 있었다. 덕운이 무성의 속내를 짐작하는 유일한 모습이기도 했다.

무성이 덕운에게 방으로 들기를 청했다. 무성이 먼저 보자고 하는 경우는 드문 일이었는데, 그는 덕운을 불러놓고도 한참 동안 말없이 앉아 있었다. 초인이라 불려 부족함이 없는 사람, 어느새 오십을 바라보는 비범한 능력을 지닌 남자의 눈가에 자잘한 주름이 잡히기 시작했다. 덕운은 무성의 눈빛에서 그의 마음속 말들을 읽으려 애를 쓰며 그의 입이 열리기를 기다렸다.

이윽고 무성이 예사로운 표정으로 돌아오며 덕운을 향해 미소를 지었다.

"스님의 승속을 초탈한 모습이 보기에 좋습니다."

"무슨 말씀인지요?"

"스님은 스님만으로는 뭔가 미진한 듯 보였습니다마는, 여기 농장주를 겸하니 비로소 제격이 나오는 것 같습니다."

"농장주야 선생님이지 왜 저입니까? 저야 그저 일꾼에 불과한걸요."

무성의 마음을 짐작하려 애쓰는 덕운에게 무성은 또다시 뜻 모를 말을 이었다.

"그리고 인경 씨나 동지를 잘 보살펴 주셨으면 합니다."

검고 깊은 눈빛과 한일자로 굳게 다문 입과 갸름한 턱선, 여인의 모습처럼 섬세한 무성의 옆얼굴에 오월의 석양이 붉게 물들고 있었다.

"삼 년 전 저의 일로 가장 깊은 상처를 입은 사람은 인경 씨입니다."

무성이 다시 덕운을 올려다보았다.

"압니다."

무성을 바라보는 인경의 마음을 덕운이 모를 리 없다. 인경은 그 참담한 마음을 한마디도 입 밖에 내지 못한 채 혼자 삭이고 있다. 덕운이 보기에 그녀는 가끔 매우 불안한 심리상태에 빠지기도 했지만, 무성이 보는 앞에서는 믿기 어려울 만큼 자제력을 보였다.

무성이 다시 한마디를 덧붙였다.

"그리고 인경 씨는 참으로 아름다운 여인입니다."

"그러기에 왜 진작 인경 씨의 마음을 헤아려주지 않으셨습니까? 동지를 입양했을 때, 저는 내심 좋은 계기가 되기를 바랐습니다."

덕운이 마음속에 두었던 오랜 아쉬움을 입 밖으로 밀어내었다.

"지난 일입니다. 이미 돌이킬 수 없는… 두 사람을 잘 부탁드립니다."

무성의 눈가에 작은 경련이 번졌다.

그리고 며칠 후 무성은 허망하게 죽었다. 그날은 비가 추적추적 내렸다. 여느 때처럼 무성은 저녁에 동지를 불렀고 동지가 무성의 방에 들어간 지 한 시간가량 지난 무렵, 급하게 방문을 밀어젖히는 소리가 들리고, 이어서 찢는 듯한 동지의 목소리가 정적을 흔들었다.

"스님! 서… 선생님이 이상해요!"

덕운이 벌떡 일어나 달려갔을 때 무성은 상체를 휠체어 아래로 꺾은 채 가쁜 숨을 몰아쉬고 있었다. 그리고 사흘 뒤, 그는 충주대학병원에서 숨을 거두었다.

생각해보면 징후는 있었다. 약 세 달 전부터 무성은 동지에게 무극무를 가르치기 시작했고, 그때부터 몇 가지 새로운 일들을 함께 시작했다. 그 중 하나가 무극무의 본을 그리는 작업이었는데, A4지 크기의 종이를 반으로 나누어 상단부에는 사람의 움직이는 동작을 그려 넣고, 하단부에는 글로써 메웠다. 그림은 움직이는 연속동작인 듯 종이 한 장에 세 개씩을 그렸다.

다른 한 가지는 무성이 직접 동지에게 기 시전을 하는 것이었다. 무성은 저녁이면 동지를 당신의 방으로 불러 동지의 천단에 두 손을 얹고 약 한 시간쯤 기 시전을 하였는데, 그것을 마치고 난 무성은 기운이 탈진하여 마치 빈 껍질만 남은 사람처럼 보였다.

생각해보면 그것이 무성의 죽음에 직접적인 원인이었음이 분명했다. 무성은 혼신의 힘을 다해 조금씩 축적한 단전의 기를 제자의 기경팔맥을 뚫기 위해 소진했던 것이다. 덕운은 무성의 죽음을 자신의 무지 때문이라 자책했다. '왜 말리지 못했을까?' 자책과 후회로 머리를 돌절구에 찧고 싶었다. 한편 '그는 왜 그다지 조급하였을까? 일말의 원망과 야속함도 가지게 되는 덕운이다.

초인은 겉표지에 '무극무無極舞'라 적은 열여덟 페이지로 된 얇은 책 한 권을 완성한 뒤에, 자신의 몸속에 남은 마지막 한 방울의 생명력까지도 고스란히 제자의 몸속에 쏟아 부은 다음, 훌쩍 떠났다.

십 년 암거

그가 눈을 떴다. 결가부좌를 치고 앉은 다리 위에 법계정인으로 포갠 두 손을 올려놓은 그대로, 고요히 눈을 열었다. 전신에 짙은 음영을 드리운 채 희끔한 빛이 스며드는 작은 문을 비스듬히 비껴 앉은 그의 모습은, 오랫동안 삭발을 하지 않은 머리와 턱수염이 어깨 위로 흘러내려 승복의 깃을 덮었고, 입술은 당초에 열린 적이 없었던 것처럼 뽀얗게 붙어 있다.

앞이마로 흘러내린 모발 사이로 보일락 말락 아른거리는 은은한 눈빛이 아니었다면 영락없는 좌탈입망의 모습인 그는, 쪽 곧은 콧날과 섬세하고 고운 턱선과 창백하도록 흰 피부를 지닌 그는, 혜명이다.

무거운 것을 밀어 올리듯이 천천히 어깨를 솟구치며 깊은 숨을 들이쉬는데, 어떤 물건이 차수를 한 손바닥을 간질인다.

'반야로구나!' 고개를 숙여 손바닥을 내려다보는 혜명을 작고 새까만 눈이 올려다본다. 앞발 하나를 들어 제 볼을 두어 번 토닥거리다가 머리를 쫑긋쫑긋하며 혜명의 눈을 마주 바라본다. 그것을 내려다보는 혜명의 눈빛에 미소가 떠오른다. 청설모 도반, 혜명은 녀석을 '반야'라 부른다. 반야봉에서 만난 도반이라 그렇게 이름 지었다.

녀석과 도반이 되는 데는 꽤 많은 시간이 필요했다. 혜명의 앉은 자리를 주뼛거리며 엿보기를 하는 데만 한 해를 넘겼고, 가까이 다가와 발끝을 간질이기까지 또 한 해가 흘렀다. 혜명이 짓는 작은 몸짓에도 놀라 도망치지 않는 데는 또 한 해가 넘게 걸렸다. 녀석은 매우 신중하고 조심스럽게 마음을 열어갔다.

어느 해 가을부터 녀석은 굴의 구석 여기저기에 도토리와 잣 같은 산열매를 물어와 쟁여두고는 혜명과 동거를 시작하더니, 이젠 아예 눈 감고 앉아 있는 중 따윈 안중에도 없다. 혜명이 몇 날 며칠씩 화두삼매에 들 때면 그의 손바닥 위에 올라와 잠을 자기도 하고 대소변을 지려놓기도 한다.

반야와 도반으로서의 정이 깊어가는 만큼 혜명의 수행도 익어갔다. 아니 혜명의 수행이 익어갈수록 반야와의 정도 깊어졌다고 해야 맞을 것이다. 인간의 오욕칠정에서 나오는 파장이 사라지고, 업장이 녹아내려 미세한 먼지만이 남았을 때, 반야는 혜명의 손바닥 위에 올라앉았다. 혜명은 반야에게 나무였고 바위였으며 물이었다. 쩡- 하는 얼음 터지는 소리와 소름끼치는 환청이 그 즈음에 사라졌다는 사실을 혜명은 뒤늦게 깨달았다.

혜명은 나뭇가지로 엮어 붙인 문을 밀치고 밖으로 나왔다. 나뭇가지 사이로 좁은 하늘의 조각들이 눈에 들어왔다. 혜명은 두 팔을 치켜들어 길게 기지개를 켰다. 햇살이 스며든 승복의 솔기와 접힌 부분의 올들이 옛 무덤에서 출토된 옷처럼 하늘하늘 부서졌다. 툭툭 털면 그대로 흘러내릴 듯이.

혜명은 한쪽 다리를 심하게 절뚝거리며 암벽을 끼고 나가, 암벽 아래의 조그만 옹달샘에서 손으로 물을 떠서 입속으로 흘려 넣었다. 무딘 칼로 생살을 가르듯이 차가운 물이 식도를 비집고 내려가며 가슴에 뻐근한 통증이 인다. 혜명은 통증이 가실 때까지 숨을 멈추었다.

십 년 전으로 거슬러 올라가야 한다.

산에서 버섯막을 하는 판호는 꿇어앉아 기도를 시작했다. 산골 생활에 싫증을 내던 베트남에서 시집온 아내가 몰래 집을 나간 지 한 달이 지났다. 그는 아내를 미워하지 않기로 했다. 그저 추위에 약한 아내가 눈 속에서 무사하기만을 빌었다.

그때 '쿵' 하는 소리와 함께 버섯막의 비닐이 찢어지는 소리가 바람소리에 섞여 들렸다. 주린 멧돼지인가? 아니면 혹시 아내가 돌아왔나? 깊은 눈을 뚫고 아내가 돌아올 리 만무했지만 판호는 벌떡 일어나 밖으로 뛰쳐나갔다.

눈 속에서 사람의 신음소리가 들렸다. 판호가 눈 속에서 들어 올린 것은 정신을 잃고 쓰러진 중이었다. 중을 들쳐 업고 방으로 들어온 판호는 젖은 승복을 벗겨내고 자신의 작업복으로 갈아 입혔다. 그리고 언 몸을 주무르며 기도를 했다.

"주님! 오늘 새벽에 불쌍하고 지친 주님의 백성 하나가 저를 찾아왔습니다. 이 자는 주님의 은혜가 아니면 살 수가 없습니다. 주님, 바라옵건대 주님의 크신 은혜를 베풀어 주시옵소서……."

혜명이 어렴풋이 의식을 되찾았을 때 그는 판호가 기도하는 소리를 들었다.

"하나님 아버지! 이 자는 아직 아버지의 은혜를 알지 못합니다. 바라옵건대 이 자로 하여금 아버지의 크신 은혜에 눈 뜨게 하시옵고, 아버지께 기도하게 하옵시며, 아버지께 죄를 사함 받게 하시옵소서… 아버지의 뜻이 하늘에서 이루어진 것과 같이 땅에서도 이루어지기를 주 예수그리스도의 이름으로 기도하옵나이다. 아멘!"

며칠 후, 판호의 도움으로 병원에 실려 간 혜명은 양쪽 발에서 발가락 일곱 개를 잘라냈다.

양쪽 겨드랑이에 목발을 끼고 병원 문을 나설 때 혜명은 자유를 느꼈다. 몽롱한 의식 속에서 지난 과거의 기억들이 먼 전생의 일처럼 명멸할 뿐 이미 내 것이 아닌 듯했다. 어제의 혜명은 죽었는가? 어둡고 긴 죽음의 터널을 지나 마침내 다시 태어났는가? 새로운 바람이 불고, 새로운 햇살이 눈부시게 쏟아졌다. 병원의 출입문이 어머니의 자궁과도 같은 특별한 의미로 다가왔다.

화두가 다시 떠올랐다. 매화 마을로 향하는 혜명의 호흡을 틀어쥐고 한 순간도 떠나지 않는 화두는, 금강경에서 수행의 방법을 찾아야 한다는 묵연 스님의 말이었다.

'구류중생을 제도하여 무여열반에 들게 하리라' 서원함이 마음을 항복받는 길이라면, 그렇다면, 그 구체적인 실천 수행방법이 무엇인가를 알아야 할 텐데, 그것이 곧 금강경에서 찾아내야 할 요지가 아니겠소?'

무여열반에 든다는 것 즉, 부처를 이룬다는 것은 무엇을 말함인가? 그것은 무명을 닦아내어 본래부터 지니고 있던 부처의 속성을 드러나게 하는 것이다. 하지만 '어느 천년에 삼계를 두루 살펴 구류중생을 제도한단 말인가?'

혜명이 그런 생각을 하는 순간, 그 찰나의 순간에, 통발에 잉어가 걸리듯 한마디 말이 드르륵 전신을 흔들었다.

'아둔한 중생아! 구류중생이 따로 있더냐? 어찌하여 진리의 세계에 피차를 두려 하느냐?'

'헉!' 혜명은 숨을 꺾었다.

'붓다가 삼계를 다녔느냐? 달마가 그랬느냐? 어느 선지식이 그랬느냐? 조사어록에 그런 말을 하였느냐? 모두 제 마음 하나 들여다보지 않았더냐?'

'헉, 그렇다면 구류중생이 모두 내 마음속에 있다는 말씀인지……?'

'아니면, 어디에서 찾으려 했더냐? 네 마음속에서 찰나에도 팔만사천 번이나 난생, 태생, 습생, 화생… 구류중생의 인연을 짓고 있지 않았더냐?'

'아!' 혜명은 겨드랑이에서 목발을 밀어버리고 구겨지듯 주저앉았다.

'그래서 어쩌라는 것입니까? 내 마음에서 무시로 일어나는 온갖 번뇌와 망상을 놓아라! 버려라! 결국 그 말을 하려는 겁니까?'

'누가 버려라, 놓아라. 하였느냐. 원을 세우라 하지 않았더냐?'

'원?'

'그렇다! 원… 붓다 앞에서 원을 세우라 했다. 알겠느냐? 아둔한 중생아!'

'……'

'네가 곧 부처임을 왜 모른단 말이냐! 네 속의 부처에 의지함은 의지가 아니라 자력이니라.'

'헉! 의지하라? 지금까지 누가 의지하라 하였던가! 네가 책임져라 하지 않았던가! 중생인 내가 스스로 번뇌를 끊어야 하고, 스스로 망상을 놓아야 한다고 윽박지르지 않았던가. 그런데 내 안의 부처에 의지하라 하는구나. 내 안의 부처가 나를 호념하고 부촉한다는구나. 내 안의 부처! 그래서 자등명 법등명이란 말인가?'

번뇌 망상에서 벗어나려 애쓰는 것 또한 집착이며 번뇌일진데, 그날 이후부터 혜명은 애써 번뇌 망상에서 벗어나려 하지 않았다. 번뇌 망상이 올라오면 올라오는 대로 걷어내서 붓다께 공양 올렸다. '안·의·비·설·신·의' 육근의 촉수 끝에 닿는 작은 바람에도 속절없이 부유하는 티끌들을 올라오는 대로 건져서 붓다의 깊은 바다 가운데로 던져 넣었다. 내 안의 부처에게 의탁하려 한 것이다

'부처님! 여기 번뇌 한 조각 있습니다.'

'여기 망상 한 보따리 공양 올립니다.'

미련 없이 던져 넣었다. 번뇌를 녹여서 보리의 싹을 틔움은 부처의 몫이었고, 중생은 오직 간절한 마음으로 부처를 부르고 공경심을 낼 따름이었다. 그러나 붓다의 바다 한가운데로 버린 망상도 다시 되살아나기를 반복했다. 그 중에서도 그 얼음 터지는 소리와 환청은 참으로 질겼다. 버려도, 버려도 끊임없이 되살아났다. 그리고 수없이 붓다의 바다 가운데로 던져졌다.

반야가 한 발짝씩 다가설 때마다 세세생생 쌓인 업장들이 한 꺼풀씩 허물을 벗었다. 마침내 반야가 손바닥 위에서 놀 때쯤에는 화두의 견고함이 걸어 다닐 때나 섰을 때나 앉아 있을 때나 누워 있을 때나 변함이 없게 되었다. 말을 할 때나 침묵할 때나 움직일 때나 고요히 있을 때도 그랬다. 마침내 깨어 있는 시간은 한결같이 수행으로 일관하는 오시일여寤時一如를 이루었다.

수행은 꿈속에서도 이어지는 몽중일여가 되어야 하고, 거기에서 더욱 깊어지면, 잠자는 시간도 깨어 있을 때와 똑같은 오매일여寤寐一如에 이르게 된다. 오매일여에 이르면 안·의·비·설·신·의 육식六識과 제 칠식인 말나식(잠재의식)에서 일어나는 번뇌, 즉 육신에서 일어나는 번뇌는 모두 평정된다고 한다.

그러나 진정 부처를 이루기 위해서는 제 팔식인 아뢰야식(무의식)에서 일어나는 번뇌까지 평정해야 한다. 아뢰야식은 육신이 없어져도 사라지지 않는 식이라 하여 무몰식無沒識이라고도 하고, 무기와 번뇌를 인因으로 함장하여 중생으로 하여금 육도윤회의 사슬에 얽매이게 하는 원인이 되므로 함장식含藏識이라고도 한다.

혜명은 식도가 뚫리자 다시 한 움큼 물을 떠서 입 안으로 흘려 넣은 뒤에 동굴 속으로 돌아와 걸망을 챙겼다. 헤진 승복 한 벌과 칫솔과 가는 소금, 그리고 금강경과 비닐봉지에 조금 남아 있던 미숫가루를 챙겨 넣었다. 쓰던 대접과 숟가락, 컵은 혹여 있을지도 모를 뒷사람을 위해 남겨두었다.

걸망을 등에 메고 목발을 겨드랑이에 낀 뒤 혜명은 반야와 작별 인사를 나누었다. 혜명이 허리를 굽혀 손을 내밀자 반야가 손바닥 위에 폴짝 올라앉는다.

"여보게, 반야. 나는 이제 이곳을 떠날 참이라네. 잘 있게. 그동안 자네가 있어 외롭지 않았다네. 그리고 다음 생에서는 우리 함께 사람으로 태어나서 멋진 도반이 되어보세."

혜명은 반야를 향해 합장을 해보인 뒤 산 아래로 발걸음을 옮겼다. 반야는 동굴 입구의 후박나무 위에 올라가, 마치 친구를 배웅이라도 하는 양 산을 내려가는 혜명을 빤히 쳐다보았다.

무명암에 내려와 텃밭을 둘러보는 혜명에게 봉수가 달려왔다.

"스님, 어쩐 일이십니꺼? 미숫가루가 떨어졌습니꺼?"

"아닙니다. 아주 내려왔습니다. 그동안 봉수 씨가 뒷바라지 해주시느라 수고가 많았습니다."

"별 말씀을 다 하십니더. 제가 한기 뭐가 있다고예."

"매실농장은 잘 되시겠지요?"

"예, 사람들이 점점 매실이 몸에 좋다는 걸 알아가지고 괜찮습니더. 수요도 늘어나는 추세고, 가격도 좋습니더."

"처사님은 농장 일도 잘 되시고 원하시던 보살님과 결혼도 하셨으니 행복하시지요?"

"아이고 말씀도 마이소. 본래 친구라 그런지 아 둘 놓고 나더니 제가 머슴인지 남편인지 알 수가 없습니더. 안하무인이라예."

"하하하! 머슴 같은 남편을 하면 되겠군요."

싫지 않은 웃음을 흘리던 봉수가 불쑥 물었다.

"스님, 산은 산이요, 물은 물이라 카는 말이 무슨 뜻입니꺼?"

"처사님 생각에는 어떤 뜻일 것 같습니까?"

"살면서 너무 아웅다웅하지 마라, 뭐 그런 뜻 같은 느낌은 드는데 저야 잘 모르지예."

"하하하! 맞습니다. 그런 뜻입니다."

"에이, 놀리지 마시고예."

혜명이 텃밭 옆에 박힌 바윗돌에 걸터앉자 봉수도 따라 앉았다.

"처사님의 말이 틀린 말은 아니지만, 그러나 조금 더 자세히 말씀을 드리자면 이렇습니다. 약 칠백 년 전 중국에서 다섯 분의 큰 스님들이 『금강경오가해金剛經五家解』란 책을 지었습니다. 금강경을 해설한 책이지요. 그 책에 '산시산山是山 수시수水是水 불재하처佛在何處' 즉, '산은 산이요 물은 물인데 부처님은 어디에 계신단 말인가?'라는 야보冶父 스님의 시가 있는데, 성철 스님께서는 그 앞 구절만을 인용하셔서 당신의 깨달음의 경지를 내보이신 것입니다.

사람은 육신의 감각기관을 통해 산은 산으로, 물은 물로 인식하지요. 그러나 깨달음의 눈으로 우주 만물의 본래 자성을 보게 되면 산은 더 이상 산이 아니고, 물은 더 이상 물이 아니기도 합니다. 만물이 본래 하나이므로 산과 물의 분별이 사라짐을 뜻하는 것인데, 그 단계에서는 산이 물이고 물이 산일 뿐 아니라, 그 밖의 일체 만물이 하나로 귀일하게 되는 것입니다."

혜명은 멀리 마을 아래를 바라보며 천천히 말을 이었다. 봉수는 고개를 숙인 채 혜명의 말을 들었다.

"그러나 역시, 사람이 살아가는 현상계는 여전히 산은 산으로 물은 물로서 존재하게 되는데, 이때의 산과 물은 그 본성이 둘이 아님을 깨달은 뒤의 산이요 물이므로, 일체의 현상과 사물을 있는 그대로 인식할 뿐 그것을 보는 마음은 이미 분별심을 넘어서 있습니다. 처음의 산과 물이 단순한 감각적 인식이라면, 나중의 산과 물은 인식의 주체와 객체가 따로 없는 하나로서의 여여한 모습을 말합니다.

분별심이란 사람의 이해관계에서 나오는 용심으로서 모든 호, 불호와 미추와 희비가 여기에서 비롯되는 것이지요. 분별심으로 인해 끝없는 인간의 욕망이 비롯되고, 그로 인해 정의가 바로 서지 못하고, 온갖 부정부패, 시기, 질투, 원망, 자기비하, 열등감, 불안, 초조, 등 행복과는 점점 동떨어진 마음이 되어서, 마침내는 삼계가 불타는 화택이 되고 마는 것입니다. 하지만 인간이 분별하고 시비하는 동안 푸른 산과 들에서, 깊은 물속에서 들짐승과 물고기들은 자연을 있는 그대로 누리며 살고 있지요."

"너무 이것저것 가리지 말고 마음을 편안하게 가지라 카는 말이네예?"

봉수가 한마디 거들었다.

"그렇지요. '평상심이 도'라는 말이나, 금강경의 '응무소주 이생기심'이란 말도 같은 의미를 함축하고 있습니다. 마음을 내되 머무르지 말라. 즉 분별심을 내어 마음에 매듭을 짓지 말라는 뜻이지요. 번뇌의 장애를 받지 않고 직관하는 데서 우러나오는 용심 즉, 평상심을 말합니다.

'산은 산, 물은 물' 짤막한 이 한마디의 말이 속인에게는 세상을 살아가는 지혜를 가르쳐주고, 수행자에게는 진리의 깊은 의미를 일깨워줍니다. 승속을 막론하고 누구나 자신의 처지에 맞는 가르침을 함축한, 그야말로 벽력같은 말씀이지요."

그 말을 끝으로 혜명은 걸망을 둘러매고 자리에서 일어나 봉수를 향해 합장했다.

그때 봉수가 혜명의 옷소매를 잡았다.

"스님, 잠깐만 계시이소. 스님께 보여드릴 것이 있심더."

봉수가 호주머니에서 편지 봉투 하나를 꺼내 혜명에게 내밀었다.

"묵연 스님이 저에게 보내신 편지라예. 오래 전에 받았는데 스님 내려오시면 보여드릴라꼬 갖고 있었습니더."

봉투의 겉에는 경기도 양주시 송추의 무슨 성당이라고 적혀있었다. 혜명은 쫓기듯이 봉투 속 편지를 꺼내 읽었다.

산미나리

  사월, 봄은 어느새 뜰 앞에 다가와 있었다. 작은 가지 끝에 매달린 몽우리는 칼금 같은 생채기를 터트렸고, 벌어진 틈새 사이로 연초록과 진노랑의 보드라운 속살을 드러냈다.

  생채기는 고통을 감내한 뒤의 희열을 꿈꾼다. 생살을 찢은 뒤에야 비로소 첫 대면을 하는 바람과 햇살, 그것은 하늘을 맞아들인 땅의 노래이고, 마침내 오르가즘을 향해 치닫는 마지막 몸짓이기도 하다. 자연은 사람의 기억 속에는 없는, 아득한 태곳적의 약속을 단 한 번의 실수도 없이 지켜왔다. 그래서 더욱 환희롭고 한편으로 잔인하다.

  '내가 왜 이러나?' 무씨를 뿌려둔 밭고랑을 살피던 덕운은 말리듯이 인경에게서 고개를 돌렸다.

  그녀는 산미나리를 담은 바구니를 허리에 끼고 봄꽃이 흐드러지게 핀 밭두렁 길을 걸어왔다. 느슨한 묶음머리가 반쯤 귀를 덮었고, 걷어 올린 스웨터 소매 아래로는 하얀 팔뚝이 눈부시다.

언제부터인지를 덕운은 알지 못한다. 마음은 골백번 '아니다' 하면서도 시선은 늘 그녀의 주변을 서성이고 있다. 자신도 모르는 사이에 별채 언덕에 우두커니 서서, 대나무 숲 사이로 그녀가 보이기를 기다리곤 한다. 그녀가 밭으로 새참을 내올 때면 보자기를 챙겨 조락헌을 향해 걸어가는 그녀의 뒷모습이 대나무 숲속으로 사라진 뒤에도 덕운은 대나무 숲에서 시선을 떼지 못한다. 무성이 죽고, 조락헌에 세 사람만 남게 된 후 언제부턴가 그렇게 되었다고 할밖에 없다.

무성이 죽은 뒤, 이제는 다시 산으로 돌아갈 수 없게 되었다는 생각을 굳히고부터 덕운은 한 달에 두 번 하던 삭발을 그만두었다. 수행에 대한 열의도 차츰 식어서 자신이 승려라는 사실마저 깜박깜박 잊곤 했다.

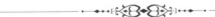

동지가 덕운을 향해 손을 번쩍 치켜들고 뛰어왔다. 초등학교 육학년이라기에는 너무나도 늠름하게 커버린 동지다. 덕운은 두 팔을 벌려 아이의 등을 감싸 안고 잠시 포옹을 한 뒤 아이를 차에 태웠다.

"이젠 괜찮대두요. 그만 오세요."

운전석 옆자리에 앉으며 동지가 아이 같지 않은 미소를 지었다.

"동지가 얼른 보고 싶어서 달려왔지."

덕운은 동지의 얼굴을 들여다보며 익살스러운 표정을 지었다. 동지는 얼굴을 붉히며 혀를 날름 내밀었다. 그럴 때는 영락없는 초등학생의 모습이다. 더 이상 등하굣길에 따라다니지 않아도 된다는 건 덕운도 알고 있다. 열세 살 소년이지만 키가 165센티미터에 몸무게는 60킬로그램이 더 된다. 일전에 우연히 동지의 무도 실력을 알게 된 담임선생님이 동지를 태권도 도장에 데리고 가서 대련을 주선했는데, 고등학생 유단자와 대등한 대련을 펼쳤다고 한다. 공부 역시 전교 일등을 한 번도 놓친 적이 없을 만큼 영리한 아이다.

며칠 전, 농장을 찾아온 경석이 맥락 없는 말을 불쑥 던졌다.

"어이, 두 사람 말이지, 밥만 같이 먹을 게 아니고 잠자리도 합치지 그래?"

'어쩌면 저렇게 말을 막할 수가 있을까?' 덕운은 화가 났다. 목까지 새빨개진 인경은 찻잔을 들고 일어나 싱크대로 향했다.

경석은 유들유들 웃으며 한술 더 떴다.

"나를 무식한 사람이라고 할진 몰라도, 세상일이란 나처럼 사정없이 찔러버리는 사람이 있어야 죽이든 밥이든 해결이 나는 거야."

그날, 서울로 떠나는 경석을 전송하며 덕운이 그를 나무랐다.

"말씀을 가려 하십시오. 농장에 눌러앉아 있지마는 엄연한 승려

신분입니다. 그리고 인경 씨를 모독하지 마십시오. 진 선생님에 대한 인경 씨의 마음을 아시지 않습니까?"

"무성은 이 세상에 없는 사람이야. 그리고 현숙이 떠난 지도 십오 년이고. 죽은 사람들은 이미 역할이 끝났어. 연극은 산 사람이 하는 거 아니야?"

경석이 대뜸 쏘듯이 말을 받았다.

"미스 정이 자네를 보는 눈도 예사롭지는 않아. 틀림없어. 그 방면에는 내가 전문가야."

경석은 덕운의 어깨를 툭 치며 그 특유의 익살스러운 표정을 지었다. 경석은 돌아서다가 다시 고개를 돌려 예의 그 직설화법으로 찔러왔다.

"그리고 그 승려증도 이제 반납하는 게 어때? 어차피 다시 산으로 갈 일도 없잖아."

경석이 떠난 후, 혼자 남은 덕운은 얼굴이 붉게 달아올랐다. 경석이 직접 말하지는 않았으나, 그가 한 말들은 모두 '자네 마음도 내가 알아!' 하는 소리로 탈바꿈을 하여 들려왔고, 그 소리들은 부표처럼 가라앉기를 거부하며 덕운의 마음을 휘저었다.

아! 꿈인가?

　월명사 초입의 산자락에 발을 들여놓으며 혜명은 할아버지 큰스님께서 이미 입적하셨음을 알았다. 얇은 마치 산자락을 가린 커튼을 젖히고 안으로 들어선 것 같이 순식간에 다가왔다.

　주지 소임을 맡은 우일이 혜명을 반겼다. 주지실에서 마주보고 선 마흔 살 동갑인 두 사문은 말 대신 깊은 눈길을 교환하는 것으로 오랜 해후의 정을 나누었다. 그러다가 우일이 느닷없이 무릎을 꿇어 혜명을 향해 절을 하는 바람에 당황한 혜명도 앉은 채 반배로 삼배를 했다.

　우일이 먼저 입을 열었다.

　"스님 모습이 참으로 투명합니다. 마치 거울처럼 맑아서 저의 무명을 훤히 비춰 보는 듯합니다."

　"웬 말씀을요. 듣기 민망합니다."

　우일은 혜명의 눈동자를 집요하게 바라보았다.

"그런데 어째서 목발을 짚으시는지요?"

우일이 물었다.

대답을 하는 대신 혜명은 한쪽 양말을 벗어보였다.

"아니, 발가락을 모두 소지공양하신 겁니까?"

"아닙니다. 불로 태운 것이 아니라 얼어서 잘라냈습니다. 다 제가 못난 탓이지요."

수행자들 중에는 속절없이 끓어오르는 정념과 번뇌 망상을 끊어내기 위한 몸부림으로, 혹은 자신의 수행 의지를 시험하기 위해 기름 먹인 헝겊으로 손가락을 싸맨 뒤 불을 붙여 태우는 소지공양을 하기도 한다. 살이 녹고 뼈가 튀는 고통 속에서 재행무상, 불생불멸의 도리를 만나고자 하는 것이다. 그러나 그와 같이 신체를 훼손하는 고행은 또 다른 번뇌를 이끌어낼 뿐 수행에 도움이 되지 않는다 하여 금기시 되고 있다.

"붓다께서 말씀하기를, 수행자는 관능이 이끄는 대로 애욕에 빠지거나 스스로 육신을 학대하는 두 가지 극단을 버리라 하셨습니다마는……."

일부러 얼음 속에 발을 집어넣어 얼리지 않는 한 저럴 수는 없는 일이기에 우일은 안타까운 마음을 내비쳤으나 이내 말끝을 흐렸다. 언감생심, 자신이 할 말이 아님을 그는 직감하는 것이다.

우일이 다시 말을 바꾸었다.

"이곳에서 오래 계셔주십시오. 후학들의 공부도 돌봐주시면서……."

"어찌……."

혜명은 무슨 말인가를 하려다가 얼버무리고는 자리에서 일어나며 우일에게 청을 했다.

"내일 새벽에는 제가 종을 치고 싶습니다."

"그렇게 하시지요. 일러놓겠습니다."

새벽, 도량석 목탁 소리에 잠을 깬 혜명은 절룩거리는 다리를 끌고 종루를 향해 걸음을 옮겼다. 십여 년 전, 그 희한하고 비현실적인 경험을 하였던 곳이며, 붓다께 두 번째의 약속을 드렸던 바로 그 자리다. 오래 전 그날 새벽에는 함박눈이 쏟아졌는데 오늘 새벽은 가을 햇살에 익은 나뭇잎 냄새가 후끈 끼쳐왔다.

혜명은 종마치의 무명 끈을 부여잡고 당좌를 향해 힘껏 부딪혀 갔다. 크고 깊은 범종 소리가 어둠을 뚫고 산을 타고 넘어 대지를 평정해 나갔다.

과앙~

과앙~

과앙~

스물여덟 번째의 종이 울리고 여음만이 남아서 종루를 휘감을 때, 혜명은 종마치 끈을 잡은 그대로 스르르 눈을 감았다. 범종소리의 여음은, 마치 시간이 정지되기라도 한 것처럼, 끊어지지 않고 종루의 기둥과 혜명의 주위를 맴돌았다. 일렁이는 여음을 타고 혜명의 선정도 깊은 해류처럼 흘렀다.

범종소리의 여음이 종루의 기둥과 혜명의 몸을 아무런 장애도 없이 투과할 때, 혜명은 온몸을 부르르 떨었다. 육신의 세포 하나하나의 결속이 풀어헤쳐지는 듯한 미묘한 느낌이 온몸을 훑고, 이어서 몸이 어딘가로 비상했다. 그곳은 지금까지 경험한 적이 없는 모르는 공간이었고, 지금까지 들어본 적이 없는 신비한 음향이었다. 그 소리의 파동 속으로 혜명의 육신이 스며들었다.

우주 법계를 하나로 아우르는 파동이었던가? 미진수의 항성과 행성과 은하가 파동 속으로 스며들어 사라졌다. 혜명은 파동 속으로 녹아들어 파동과 하나가 되었다가 다시 튕겨지듯 파동 속에서 빠져나오고, 또 다시 파동과 하나가 되었다가 빠져나오기를 거듭했다.

파동 속으로 들어가는 순간은 무한히 빠르고 격렬한 진동이 일어나서 몸과 정신이 동시에 산산이 흩어졌다가, 일단 파동과 하나가 된 순간부터는 모든 현상이 정지된 듯 고요한 가운데, 홀연히 자아가 사라지고, 보되 보이는 것이 아니며, 듣되 들리는 것이 아닌, 주객관의 분별이 허물어진 경계가 나타났다. 주객관이 없는 경계에서는 보는 나와 보이는 네가 따로 있지 않으므로, 그것은 그저 여여한 앎이었다.

파동과 하나가 되었을 때는, 색과 공이 번갈아 나투는 가운데, 생겨나서 존재하고 흩어져서 공으로 돌아가는 삼라만상의 무상함이 정연한 질서 속으로 수렴되었다. 불생불멸, 부증불감한 우주법계의 성주괴공을 하나의 공식으로 아우르는 그 무엇이 여여한 모습으로 펼쳐지는 것이다. 삼천대천세계와 일적수구억충의 법계가 당연한 앎으로 보였다가 어느 순간 일체의 색⾊은 안개가 걷히듯이 사라지고 공적한 밝음만이 존재한다. 색즉시공 공즉시색!

그러기를 반복하던 중 어느 한 순간, 정수리를 칵 내려찍듯 암흑이 천지를 뒤덮고, 이어서 공간마저 사라졌다. 색이 사라지면 텅 빈 공간만이 남는 것인데, 아! 무엇인가? 공간조차도 사라진 절대의 무, 존재의 부재, 개념의 증발, 진공… 학! 그리고 진공 속에서 나타나는 묘유… 아! 그것은 우주법계가 비로소 열리는 순간이었던가?

그때 누군가 혜명의 어깨를 흔들었다. 번쩍 눈을 뜬 혜명을 우일이 들여다보았다.

"왜 오시지 않나 했더니 종마치를 잡으시고 선 채로 잠이 드셨군요. 많이 피곤하셨나 봅니다. 며칠 푹 쉬셔야겠습니다."

혜명은 고개를 좌우로 돌려 주위를 살펴보았다. 범종 뒤로 늘어진 수양버들 가지 사이에 희붐한 잿빛 여명이 서려 있었다.

"아! …그 모든 것이 꿈속의 일이었던가?"

혜명은 눈을 뜨지 않은 채 생각에 잠겼다. 십 년 암거의 바다에서 혜명이 띄운 사유의 돛배는 순풍을 받아 질주했다. 돛대 위에 올라앉은 새 한 마리가 혜명의 시야에 어렴풋이 보였다가 푸드덕 날아오르고, 그 위로 끝없는 푸른 하늘이 펼쳐졌다.

꿈 같이 보았다. 시간이라는 씨줄과 공간이라는 날줄로 이루어진 우주는 그 자체로 충만했다. 어느 한곳에 하나가 늘면 다른 한곳에 하나가 줄었다. 색과 공이 무애하여 끊임없이 변하면서도 양이 불변하고 그 힘도 불변하여 늘지도 줄지도 않는 원만한 법계, 불생불멸 부증불감의 세계가 거기 있었다.

일체의 존재가 하나로 통했다. 하나의 씨줄은 모든 날줄과 교차하고, 하나의 날줄은 모든 씨줄과 교차한다. 해서, 모든 씨줄과 모든 날줄이 통한다. 그리고 선과 면과 공간이 무애하다.

중생의 업연도 맺고 푸는 것이 이와 같은 것이리라. 사람이 살면서 무심하게 하는 말과 행동은 내 자신은 물론 나와 인연 있는 모든 것을 변하게 한다. 즉, 나의 자성自性이 변함과 동시에 그 결과로 인연이 변하고, 인연이 바뀔 때마다 우주 전체의 인연이 바뀐다. 연기緣起의 바다는 고정되어 있는 것이 아니라 찰나생 찰나멸의 인연 따라 변화한다.

한 사람의 삶은 우주 전체의 연기와 연결된다. 그리하여 나의 생은 이 세계의 운명과 하나가 된다. 나의 염念과 원願은 일체 법계의 연기緣起를 바꾸고 나를 바꾸며, 동시에 인류의 운명을 바꾼다. 아무리 사소한 변화라도 그것은 새로운 인연을 만나 업이 되어 다시 돌아온다. 내가 살아가면서 쌓은 업은 나와 우주 전체의 선인선과, 악인악과로 이어지는 것이다.

상주불멸한 가운데 제행무상한 우주 법계의 원리를 어떤 이는 연기라 가르쳤고, 어떤 이는 신의 섭리라 하였다.

그들 중 한쪽이 말했다. '모든 존재의 모습은 인因이 있어 연緣을 만나 과果를 만들고, 과는 다시 인이 되어 또 다른 연을 만나 새로운 과를 만듭니다. 일체 우주 법계의 모습은 이같이 연기의 법칙으로 생겨나고, 연기의 법칙에 의지해 존재하며, 연기의 법칙에 따라 부서져서 사라지는 것이지요.'

다른 한쪽이 말했다. '그 무슨 소리요! 모든 것은 여호와 하나님의 예정하심과 전지전능한 권능으로 이루어지는 것이오. 이것을 신의 섭리라 하는 것이오.'

말을 쓰는 방법이 달랐던 그들은 서로를 곱지 않은 눈길로 바라보았다.

진리는 본래 하나로 여여하나 사람이 사량분별하여 덧칠을 하였다. 인간이 말을 하고 글을 만들어 씀으로써 혼돈은 싹이 텄다. 적잖은 시간이 흐른 뒤, 몇몇 이름 없는 자들이 말했다. '보자기 색깔이 다를 뿐 한 물건입니다'라고. 그러나 그 또한 말인지라 그들의 생소한 목소리에 사람들이 귀를 기울이지 않았다.

'아!…그 모든 것이 꿈속의 일이었던가?' 혜명은 들릴 듯 말 듯 부르짖었다.

낯선 계단

혜명이 구파발 전철역에 내려 의정부행 버스에 올랐을 때는 멀리 북한산의 노적봉 암벽에 가을 석양이 번쩍일 무렵이었다. 송추 계곡 입구에서 버스를 내렸다. 백운대에서 송추 쪽으로 뻗어 내린 능선 위에 일렬로 줄을 선 화강암 덩어리 다섯 개가 보였다.

'나사렛 성당'의 목책 담장 안에는 고목이 된 감나무 두 그루가 붉게 익은 감을 매단 채 담장 밖으로 가지를 내려뜨리고 있었다. 성당 앞의 폭이 넓은 계단은 성당의 현관으로 통했다. 건물의 외양이나 지붕 꼭대기의 십자가보다도 혜명은 계단이 낯설었다.

"허! 이게 누구신가? 혜명 스님 아니시오?"

소리는 등 뒤에서 들렸다.

마당 구석의 작은 텃밭에서 막 허리를 편 듯, 손에 호미자루를 쥔 묵연이 환하게 웃는 얼굴로 혜명을 바라보았다. 삭발한 머리에 서리가 내린 모습은 세수 예순을 말해주었으나 목소리는 젊은이처

럼 카랑카랑하다. 십여 년 전의 깊었던 병색은 이제 보이지 않는
다. 절룩거리며 다가서는 혜명에게 묵연이 얼른 달려와 목발을 잡
은 두 손을 움켜쥐었다.

"건강해지셨군요."

혜명도 묵연의 손을 마주 잡았다.

묵연은 혜명의 손을 끌어서 계단 곁의 나무 벤치에 앉혔다. 가을
해거름 햇살이 사문과 사제의 어깨 위에 내려앉았다. 두 사람은 서
로 시선이 엉긴 채 한참 동안 입을 열지 않다가 이윽고 묵연이 입
을 뗐다.

"변호사를 하는 대학 친구의 도움으로 치료를 했어요. 그리고 병
이 나은 뒤에는 신학공부를 했지요."

"……."

"그런데 혜명 스님은 어쩌다가 목발을 짚고 있소?"

"발가락을 좀 잘라냈습니다."

'머리카락을 잘랐습니다' 하는 말처럼 예사로운 혜명의 대답이었
고, 묵연은 더 이상 묻지 않았다. 다만 그간 혜명의 행적을 미루어
짐작하듯 잠시 아련한 시선을 마당 한쪽에 던져두었다.

어둠이 내려앉자 둘은 사제관 내실로 자리를 옮겨 앉았다. 대개
묵연이 묻고 혜명이 대답했다.

"그동안 어디에 계셨소?"

"스님께서는……."

'스님께서'라 해놓고는 문득 묵연을 쳐다보는데, 묵연이 눈웃음을 지으며 말을 받았다.

"상관없어요. 스님이면 어떻고 신부면 어떻소?"

혜명이 말을 이었다.

"반야봉으로 가라 하지 않으셨습니까?"

둘은 한마디 말을 주고받고 나면 무슨 생각을 하는지 한참 동안 눈과 입을 닫은 채 침묵했다. 이따금씩 바람이 창호를 쓸고 지날 때마다 촛불이 일렁거렸고, 마주 앉은 두 그림자도 따라 흔들렸다.

"그랬었구먼… 거기서 십 년을 살았소? 그곳은 내가 매화마을에 머물기 전에 한 해 겨울을 보낸 곳이라오."

그리고 또 얼마간 풀벌레 소리만이 정적을 헤집었고, 다시 묵연이 물었다.

"그곳에서 뭘 얻었소?"

혜명은 잠시 생각에 잠겨 있다가 천천히 입을 뗐다.

"청설모 도반을 하나 얻었습니다."

"청설모? 미물의 마음을 얻기란 쉽지 않지요. 제상諸相이 비상非相임을 알 때 여래를 본다 했으니 꾸준히 정진할 따름이지요."

말을 하는 중에 가끔 둘의 시선이 마주쳤고, 그때마다 서로의 눈을 지그시 들여다보았다. 마치 무엇을 찾기라도 하려는 듯이.

이튿날, 둘은 함께 감을 땄다. 익은 감을 따서 저장해두면 홍시가 되는데 겨울밤에 하나씩 꺼내 먹기도 하고 혹시 누가 찾아올 때면 내놓을 수 있어 좋다고 묵연이 말했다.

감을 항아리 속에 갈무리해 넣으면서 묵연이 물었다.

"향후 거취는 어떻게 할 참이오?"

"아직 정한 바가 없습니다."

"의식 있는 승려들이 저자로 나가서 불자들의 신행을 바로 이끌어야 하는데……."

묵연은 오봉의 다섯 바위를 바라보았다.

"무엇이 바른 신행입니까?"

"법당에 곰팡이가 핀 것을 보고 삼천 년에 한 번 피는 우담바라가 피었다고 난리를 치고, 신중단에 차려놓은 비스킷이 줄어들자 부처님이 드셨다고 떠벌리다가, 쥐가 물어간 것이 밝혀져 세상에 웃음거리가 되었지요. 그러고도 주지스님은 망신인 줄도 모르고 버젓이 텔레비전에 나와서 인터뷰를 하고… 그 용감무쌍한 얼굴을 쳐다보며 얼마나 많은 불자들이 수치심으로 몸을 떨었을지 짐작이 되오? 그리고 어쩌면 그 일로 해서 불교를 버릴 생각까지 한 이가 없다고 누가 장담하겠소?"

혜명은 말없이 고개를 끄덕였다.

"그리고 중들이 동양 최대는 왜 그다지도 밝히는지, 절마다 아파트만한 불상들을 만들어 세우느라 돈을 퍼붓고 있어요. 그 거대한 불상의 텅 빈 속처럼 불교는 비어가고 있어요. 나는 차라리 절에서 불상을 없애는 편이 옳다고 봐요. 정 법당이 허전하다면 탱화 한 폭 걸어두면 족해요.

　신도들도 마찬가지예요. 기도발이 좋다며 이 암자 저 사찰로 철새처럼 몰려다니고, 아들 낳겠다고 어느 영험 있다는 불상의 코를 반질반질 윤이 나도록 만져대는 한은, 이런 미신과 주술에 빠져 있는 한은, 불교는 희망이 없어요. 사양길을 면치 못할 겁니다. 소수의 수행승들은 어둠 속으로 숨어들어 보이지 않을 것이고, 법당은 참선 마니아들의 동호인 모임 장소로 전락할 날이 멀지 않았다 이 말이에요. 그러는 사이에 사찰을 점령한 조폭들과 기업 승들은 흥청망청 잔치판을 벌일 것이고…….”

　“어떻게 해야 합니까?”

　“신행생활의 기본은 기도에 있다고 봐요. 기도를 바로 해야 돼요. 대다수 불자들은 안 하니만 못한 기도를 합니다. 예배당 사람들은 그 점에서 윗길이에요.”

　혜명은 묵묵히 들었다.

　“불자들은 어떻게 기도하느냐? ‘부처님, 관세음보살님, 내 새끼 입학시험에 합격시켜주세요. 남편사업이 성공하도록 도와주세요. 취직이 되게 해주세요. 병이 낫게 해주세요.’ 이렇게 기도를 하며 절을 하거나 다라니경을 외거나 하지요. 그러면서도 기도에 대한 신념은 모호해서 안 되면 말고 식이에요.

　기독교인들도 비슷한 부류가 없진 않지만, 그래도 조금은 다릅니다. '하느님 아버지, 합격할 수 있도록 지혜와 용기를 주십시오. 시험에 들어 좌절하지 않도록 힘과 용기를 허락해 주십시오.' 이렇게 기도를 하지요. 그리고 기도에 대해 확신을 갖는 편이고……."

"그렇군요."

혜명이 고개를 끄덕였다.

"얼마나 달라요? 한쪽은 내가 열심히 기도했으니 기다려 보겠다는 마음인데 비해, 다른 한쪽은 기도를 통해 용기를 얻어 지금부터 더욱 노력하겠다는 겁니다. '하늘은 스스로 돕는 자를 돕는다!' 이 얼마나 멋진 말이오?"

"그렇다면 왜 스님께서는 직접 대중에게로 다가가지 않으셨습니까?"

"잊으셨군. 나는 신분증이 없었어요."

"혹 그 때문에 붓다를 떠나신 것입니까?"

"붓다를 만난 적도 떠난 적도 없어요. 안 그렇소, 혜명 스님?"

이튿날, 혜명은 북한산 어느 사찰의 사시마지 종소리를 들으며 걸망을 어깨에 걸쳤다.

"어디로 갈 작정이오?"

당장의 행선지를 묻는 말이었다.

"음성에 잠시 볼일이 있습니다."

혜명이 대답했다.

밤바람

 아침 설거지를 끝낸 인경은 커피 잔을 들고 식탁 의자에 앉았다. 덕운은 동지를 학교에 데려다준 뒤, 오전에 밭을 갈 것이라 했다. 어느새 거실 바닥에는 벚나무 그림자가 깊숙이 들어와 어른거린다. 텔레비전 화면에 무심한 시선을 던진 채 커피를 입 안으로 흘려보내던 인경이 깜짝 놀라 허리를 세웠다.

 "아! 저 사람은… 영숙 씨잖아!"

 텔레비전에서는 프랑스 화단에서 인정을 받고 있는 한 젊은 한국인 화가와 프랑스 패션계에서 활동 중인 한 의상디자이너의 귀국 소식을 전하고 있었다. 청바지에 흰색 셔츠와 옅은 황색의 재킷을 입은 젊은 남자와, 그의 곁에서 역시 청바지에 얇은 코트를 걸치고 나란히 걸어 나오는 여자는 분명 영숙이었다.

 "두 분은 언제부터 연인 사이가 되셨습니까, 결혼하실 겁니까, 하신다면 언제쯤 하실 겁니까?"

370

어수선하게 흔들리는 화면 속에서 남자가 여자의 어깨를 감싸 안으며 말했다.

"결혼은 내년 봄쯤으로 생각하고 있습니다."

그리고 그들 남녀가 마중 나온 사람들과 만나는 모습이 비쳐지고, 두 사람의 프랑스에서의 활동을 소개하는 멘트가 좀 더 이어진 뒤 화면이 바뀌었다.

"순지 씨는 어때요?"

서울로 들어오는 승용차 안에서 영숙이 순지의 소식을 물었다.

"저보다 더 생생해요. 세상에 부러울 게 없나 봐요."

희경은 조금 빈정대는 목소리로 대답했다.

"아이 문제는 잘 극복하고 있나요? 지금 몇 살이나 됐나?"

"아마 열세 살이죠. 육 학년쯤 됐을 거예요."

"벌써 그렇게 됐구나. 그동안 희경 씨는 아이가 둘이구."

"네, 아이가 둘이죠, 후훗!"

희경은 대답을 하며 뜻 모를 웃음을 흘렸다.

"우리 순지 씨 보러 갈까? 스님이 된 모습이 너무 궁금해."

영숙이 희경에게로 상체를 기울이며 말했다.

"언닌 언제 프랑스로 가실 예정인가요?"

"음, 이번엔 시간 여유가 좀 있어요."

"그럼, 순지한테 전화해서 한번 다녀가라고 해보죠 뭐. 도대체 몇 년이에요, 산에서 안 나온 지가. 십 년도 넘었어요."

　영숙을 텔레비전에서 본 뒤 열흘 남짓 지난 어느 날, 인경은 영숙의 전화를 받았다. 말없이 수화기만을 쥐고 있던 인경의 표정이 빠르게 굳었다.

　"영숙 씨, 그건 동지를 위해서 결코 좋지 않습니다. 동의하기가 어려워요."

　"언니 마음은 이해를 하지만 그쪽에서는 그냥 얼굴만 한번 보면 된다고 하네요. 동지가 눈치 채지 않게 할 거래요."

　"그게 되겠어요. 동지는 굉장히 영리한 아이예요. 누구도 장담할 수 없는 일이잖아요. 정말 죄송하지만 허락할 수는 없겠네요."

　"그쪽도 비구니로서 수행한 지 십 년이 넘었어요. 담담한 마음으로 아이를 볼 준비가 되었다고 하더라고요."

　수화기를 든 채 말이 없던 인경이 눈을 찔끔 감으며 고개를 저었다.

　"영숙 씨, 전 더 이상 말 안 할래요. 전화 끊을게요. 미안해요."

　그날 밤, 좀체 잠을 이루지 못하고 뒤척이던 인경은 누렁이가 낑낑거리는 소리를 듣고 자리에서 일어나 창문의 커튼을 젖혔다. 그 순간, 그녀는 '컥' 들이마신 숨을 내쉬지 못했다. 어슴푸레한 달빛 아래, 누렁이가 빙글빙글 돌고 있는 조락헌 편액 아래서 물끄러미 이쪽을 바라보고 서 있는 키 큰 사내, 그가 덕운이라는 사실을 깨닫기까지의 짧은 시간 동안 인경은 관자놀이가 터질 것 같은 공포를 느꼈다.

가운을 걸치고 밖으로 나온 인경이 걱정스러운 얼굴로 덕운을 올려다보았다.

"스님, 무슨 일이 있으세요? 왜 여기 혼자서……."

"아, 네 동지를 보고 있었습니다."

덕운은 당황스러운 목소리로 대답을 서둘렀다.

"동지는 지금 자고 있을 텐데……."

"예, 조금 전에 불이 꺼졌습니다.

어둠 속에서 인경이 미소를 지었다.

"좀 앉으실래요?"

인경이 장승 옆의 통나무 벤치로 다가가며 덕운에게 앉기를 권했다. 아랫마을에서 개 짖는 소리가 들리고, 둘 사이에 잠시 어색한 침묵이 흘렀다.

"자주 여길 오셨어요?"

또 한 번 인경의 입가에 미소가 번졌다.

"동지는 제 아들입니다."

덕운의 입에서 이해할 수 없는 말이 불쑥 튀어나왔다. 둘이 나란히 걷다가 한 사람이 발을 헛디뎌서 휘청할 때의 해프닝을 닮은 정황이었다.

"그만큼 동지를 사랑한다는 말씀… 알고 있습니다."

"아뇨. 저는 정말로 그렇게 믿고 있습니다."

덕운의 목소리에 예사롭지 않은 결의가 드러났다. 인경은 무릎을 안은 팔을 풀며 상체를 세웠다.

"무슨 말씀이시죠?"

인경이 의아한 목소리로 물었다.

"물론 현생에서 동지의 부모는 따로 있습니다. 그러나 저는 동지에게서 죽은 제 딸을 봅니다. 허황된 소리라 치부하실 수도 있겠지요. 심리학자가 제 말을 듣는다면, 죽은 딸이 다시 환생하여 눈앞에 나타나기를 바라는 아비의 간절한 마음이 그런 식으로 나타나는 것이라고 심리학 용어를 인용해서 설명하겠지요. 하지만 저는 그 진실을 보았습니다."

덕운은 아내와 망울이의 죽음, 그 일로 인해 무성과 혜명을 만났던 일, 그 후 동지를 만나서 이곳 조락헌으로 입양해오기까지의 일들에 대해 얘기했다. 그리고 동지를 처음 보았을 때와 두 번째 보았을 때 받았던 충격의 정체에 대해서도 담담하게 풀어놓았다. 그는 '단 하나의 소원은 동지가 아무 탈 없이 자라는 것, 그것뿐이다'란 말로 얘기를 마무리 지었다.

덕운의 목소리에는 자신의 마음을 말로써 다 그려내지 못하는 데 대한 아쉬움이 비치기도 하였고, 한편으로는 오랫동안 마음속에 무겁게 담고 있던 얘기들을 마침내 놓아버린 편안함이 드러나

기도 했다.

덕운이 한 말들은 적지 않은 무게로 인경의 어깨를 눌렀다. 그것은 덕운의 삶에서 차지하는 동지의 무게만큼이나 무거운 것이었다. 그래서인지 인경은 덕운에게 할 말을 쉬 생각해내지 못하고 망설였다. 얼마간의 침묵이 흐른 뒤에도 적절한 말이 생각나지 않은 인경은 자신도 모르게 낮에 영숙과 전화로 나눈 얘기를 하기 시작했다.

"그저 한 번 보기만 하면 된다고는 했지만 그 말이 믿어지지가 않아서 허락할 수가 없었습니다."

"동지의 생모가 살아 있었단 말입니까?"

덕운이 놀라서 물었다. 인경은 세운 무릎 위에 이마를 얹고 잠시 말을 다듬듯 틈을 두었다.

"그런가 봐요. 그 후 오래지 않아 스님이 되셨다는데, 다행히 지금은 병이 다 나았다고 하네요."

'그녀가 살아 있었구나!'

덕운의 시선이 어둠 속을 더듬어 과거의 어느 시점을 향해 파고들었다.

십여 년 전, 혜각사의 토굴로 그를 찾아왔던 여대생. 도톰하고 맑았던 이마와 그 아래에 영리하면서도 사려 깊은 눈, 오똑한 코와 꼭 다문 정갈한 입술, 도려낸 듯 고른 턱선, 그 위에 겹쳐지는 병든 얼굴, 그리고 혜명의 여자. 동지를 낳은 여인… 제각기 다른 여인의 모습들이 어둠 속에서 차례로 떠올랐다.

"꼭 한 번이라면 허락하시지요. 어려운 일은 생기지 않으리라 믿습니다."

확신에 찬 덕운의 말을 듣고 인경은 한참 동안 깊은 생각에 잠긴 듯 고개를 숙이고 있었다. 얼마간의 시간이 흐른 뒤 인경이 침묵을 깨뜨렸다.

"이제 그만 주무셔야죠?"

그녀의 목소리는 조금 전에 비해 편안하게 들렸다.

"네, 인경 씨 먼저 들어가세요."

덕운은 벤치에서 일어나며 인경이 먼저 들어가기를 권했다.

방으로 돌아온 인경은 커튼 사이로 밖을 내다보았다. 짐작했던 대로 덕운은 그 자리에 우두커니 서 있었다. 그 후에도 덕운은 대략 반 시간가량을 그 자리에서 움직이지 않았다.

인경은 가운의 앞섶을 여미며 길게 숨을 들이마셨다. 그녀는 현관문을 열려다가 다시 멈춰 서서 가빠오는 호흡을 고르며 잠시 머뭇거렸다. 이윽고 그녀가 조심스럽게 현관문을 열고 나가는데, 그때야 덕운은 천천히 걸음을 옮기기 시작했다. 그는 인경의 시선을 등에 얹은 채 뒷마당을 지나 대숲길 안으로 걸어 들어갔다.

은밀한 노래

　며칠 후, 검정색 체어맨 승용차 한 대가 조락헌 앞마당으로 들어와 멈추었다. 운전석과 뒷문 한쪽이 열리고 희경과 영숙이 차에서 내렸다. 덕운과 인경이 닫힌 뒷좌석을 초조한 시선으로 바라보는데, 이윽고 문이 열리며 하얀 고무신과 옅은 쥐색의 장삼 자락이 천천히 땅을 밟았다.

　"어서 오세요."

　덕운과 인경이 그녀를 맞았다. 눈을 들어 두 사람을 확인한 미여는 두 손을 가슴 앞에 모으고 가만히 허리를 꺾었다.

　"감사합니다."

　덕운은 미여의 얼굴을 찬찬히 살폈다. 마흔을 바라보는 사람이라고는 짐작할 수 없을 만큼 맑고 투명한 피부, 병색이라고는 찾아볼 수가 없다. 승복을 입은 그녀는 한 떨기 구절초처럼 정갈한 모습이었다.

인경은 동지의 손을 잡고 별채를 향해 가며 그들 모자만의 은밀한 노래를 부른다.

"동지는 누~ 구?"

동지는 쑥스러운 듯 웃고, 인경이 다시 노래를 부른다.

"동지는 누~ 구?"

"엄마 아~ 들."

"그냥 아~ 들?"

"외아~ 들."

"그냥?"

"참, 엄마는. 나 유치원 안 다니거든. 육 학년이거든."

"상관없거든."

인경이 다시 노래를 부르고, 동지도 따라 부른다.

"동지는 누~ 구?"

"금쪽같은 엄마 외아~ 들."

엄마와 아들은 동지가 어릴 적부터 함께 불렀던 노래를 반복해서 부른다.

"동지는 누~구?"

"금쪽같은 엄마 외아~들."

별채가 저만치 눈에 들어오자 인경은 걸음을 옮기지 못하고 멈춰 섰다. 둘만의 노래는 그치고 자신도 모르게 동지의 손을 꽉 움켜잡는 인경의 손에서 땀이 배어나왔다.

한편, 황토 집 거실에 모여 앉은 덕운과 미여 일행은 지난 십여 년간 그들에게 일어났던 일들에 대해 얘기를 주고받았다.

덕운은 무성의 죽음과 그로 인해 자신이 조락헌에 정착하게 되기까지의 사정을 얘기할 때, 동지가 납치됐었다는 말은 입 밖에 내지 않았다. 미여가 암을 극복하고 건강을 되찾은 과정에 대해서는 희경이 대신해서 간략히 설명을 했고, 영숙은 프랑스 유학 후 디자이너가 되기까지의 얘기와 그곳에서 만난 화가와 결혼할 예정임을 담담하게 풀어놓았다. 미여만이 눈을 내려감은 채 한 손으로 묵묵히 단주를 헤아렸다.

열린 현관문에서 인기척이 들리고 그들은 일제히 현관 쪽으로 고개를 돌렸다. 인경이 동지의 손을 잡고 현관 안으로 들어서고 있었다. 방 안 사람들의 시선은 약속이라도 한 것처럼 미여에게로 모아졌고, 모두가 숨을 죽인 가운데 미여의 시선만이 어루만지듯이 동지의 얼굴에 머물렀다.

"동지야, 인사드려라. 엄마 친구분들이야."

인경이 동지의 어깨를 감싸 안으며 말했다.

'아! …동지, 동지라 하는구나!'

미여는 '동지' 두 음절을 입속으로 되뇌었다.

"안녕하세요?"

동지가 꾸벅 인사를 했다.

"아, 이름이 동지구나. 어쩌면 이렇게도 잘생길 수가!"

영숙과 희경의 입에서 탄성이 터져 나왔다.

인경과 방문객들 사이에 몇 마디 인사가 오간 뒤, 희경은 등 뒤에서 가방을 끌어당겨 동지에게 줄 선물들을 꺼냈다.

"동지야, 아줌마들과 스님이 네 선물을 하나씩 준비했단다. 이건 세계 위인집인데 이 아줌마 선물이고, 이건 학용품인데 내 선물이야. 그리고 이 옷은 여기 스님이 준비한 거란다."

희경이 세 사람의 선물을 차례로 동지 앞에 꺼내놓았다.

"감사합니다!"

동지는 환한 얼굴로 세 사람을 향해 인사했다. 마냥 귀엽고 귀티가 나는 어린아이지만 겸손하면서도 당당한 말투에서는 초등학생 같지 않은 의젓함과 자존감이 드러나 보였다. 아이의 표정이나 말투에 배어 있는 기품만으로도 아이가 얼마나 많은 사랑을 받으며 자랐는지, 아이를 돌보는 사람들이 아이에게 어떤 본을 보여주었는지 짐작이 되었다.

"동지야, 선물 주신 분들과 악수 한 번씩 하려무나."

덕운이 동지의 등을 쓰다듬으며 말했다. 미여에게 동지의 손을 만져볼 기회를 주려는 덕운의 배려였다.

순간 미여는 눈앞이 뿌옇게 흐려지며 심장이 쿵쿵 뛰기 시작했다. 동지가 무릎으로 일어나 손을 내밀고, 영숙이 동지의 손을 잡았다가 놓았다. 영숙이 웃으며 무슨 말인가를 했다. 이어서 희경과 동지의 손이 만나고, 희경의 입이 웃고, 일체의 소리가 단절된 채로 느린 화면처럼 동지의 손이 미여의 눈앞으로 다가왔다.

미여는 무릎을 꿇고 두 손을 내밀어 아이의 손을 잡았다. 아이의 손은 어느덧 어미의 손보다도 크게 자랐다. 미여는 아이의 손을 쥔 채로 합장을 하며 아이를 향해 허리를 굽혔다.

"고맙습니다!"

미여 일행이 목련당을 나와 조락헌 본채의 마당으로 내려왔을 때, 동지는 처음 보는 체어맨 승용차를 이리저리 살펴보고 있었다.

"동지!"

미여가 작은 소리로 아이를 불렀다.

"네."

한 발 앞으로 다가서며 눈을 반짝이는 동지를, 미여는 비로소 자세히 뜯어보았다.

'닮았어. 고르고 둥근 얼굴, 섬세하면서도 강한 턱선, 그리고 검고 맑은 눈빛.' 그녀의 깊은 기억의 심연에서 동석과 동지의 모습이 겹쳐졌다.

이름을 불러놓고 미여는 입을 열지 못한 채 아이의 얼굴만을 바라보았다. 하고 싶은 수많은 말들 중에서 무슨 말을 할 것인가? 어떤 말을 해도 진정 하고 싶었던 말이 아닐 것만 같다. 미여는 하지 못하면 후회할 그 한마디의 말을 찾으려 마음이 바빴지만, 들끓는 말들 중에서 그 한마디가 생각나지 않는다.

"건강하고… 씩씩하세요!"

미여는 쫓기듯 동지의 손을 잡으며, 이 말을 입 밖으로 밀어냈다.

"네, 스님."

동지는 고개를 꾸벅 숙였다. 미여는 잠시 무슨 생각인가를 하다가 메고 있던 걸망 속을 더듬어 까만 조약돌 하나를 꺼냈다.

"이거, 스님이 소중히 간직하던 건데 동지에게 주고 싶어요."

미여는 아이의 손바닥에 돌을 놓고 두 손으로 말아 쥐었다.

십육 년 전, 순지가 동석이 근무하던 군부대로 면회를 갔던 그날, 남방한계선 근처의 개울에서 한나절 동안 동석이 손에 쥐고 있다가 순지에게 주었던 돌이다. 그리고 삼 년 후, 술에 취해 정신을 잃고 기훈의 오피스텔에서 자고난 이튿날, 순지는 전날 저녁에 앉았던 식당 테이블 밑에서 그 돌을 찾아내고 눈물이 핑 돌았었다.

처음부터 작정한 건 아니었지만, 아비가 손에 쥐었던 그 무엇을 이제 아이의 손에 쥐어주었다. 아이는 돌의 내력을 알 리 없지만 미여는 그것을 동지의 손바닥에 놓고 기뻤다.

곁에서 지켜보던 덕운이 동지의 어깨를 뒤에서 감싸 안으며 미여에게 말을 건넸다.

"스님은 어디로 가실 작정이십니까?"

"네, 내려온 김에 고향 마을에 들려서 어머니 산소를 살펴보고 절로 돌아갈 생각입니다."

주인과 객들이 작별 인사를 나눈 뒤, 미여는 차에 오르기 전에 또 한 번 인경을 향해 깊숙이 허리를 숙였다.

그들이 탄 승용차가 들판을 지나서 큰길의 다른 차들 사이로 섞여들 때까지 덕운과 인경과 동지는 그들을 지켜보았다. 조락헌은 잠시 중단했던 일들을 다시 시작한 듯 산까치들이 나무 사이를 날아다니고, 물든 나뭇잎이 천천히 떨어져 내리고, 울타리의 관목 덤불에는 작은 새들이 들락거렸다. 그때 거실에서 전화벨 소리가 울렸다.

열반의 뒤안길

　겨드랑이에 목발을 짚은 스님이 음성버스터미널 승강장에서 대합실 안으로 들어섰다. 대합실은 방금 도착한 사람들로 잠시 붐볐으나 이내 빠져나가고, 승차 시간을 기다리는 듯한 예닐곱 사람이 드문드문 서 있다.

　스님은 뭔가를 찾는 듯 대합실 안을 휘둘러보다가 출입구 가까운 벽에 붙어 있는 공중전화기 앞으로 다가가, 한 손에 든 종이와 전화기를 번갈아 보며 번호판의 숫자를 눌렀다.

　전화기를 귀에 대고 있던 스님의 얼굴에 환한 미소가 떠올랐다.

　"덕운 스님, 저 혜명입니다."

　덕운은 입을 벌린 채 말문을 열지 못했다. 수화기에서 들린 목소리는 분명 혜명이었다.

　'헉!' 덕운은 전화기를 고쳐 잡았다. 십 년이 넘게 종적을 감추었다가 갑자기 전화를 걸어서 '저 혜명입니다'라고 한다. 덕운은 대답을 하지 못하고 망연히 전화기만 들여다보았다.

"혜명입니다, 덕운 스님!"

다시 혜명의 목소리가 건너왔다.

"어디십니까?"

이윽고 덕운이 입을 뗐다.

"여기 음성버스터미널입니다. 갑자기 나타나면 놀라실까 봐 전화부터 드렸습니다."

"알았습니다. 거기 계십시오. 제가 바로 가겠습니다. 한 십오 분이면 됩니다."

엘란트라 승용차로 들길을 빠져나가며 덕운은 미여 스님을 생각하고 또 다시 두 사람의 일로 혼란스럽다. 두 사람이 만날 기회가 바로 눈앞에 있음에도, 덕운은 그냥 수화기를 놓고 말았다.

'만날 인연이라면 만나겠지. 어쩌면 지금쯤 서로 마주쳤을지도 모를 일이고.' 덕운은 두 사람의 만남을 인연으로 미뤄둔 채 액셀러레이터에 힘을 실었다.

혜명이 공중전화기 앞에서 수화기를 들고 서 있을 때, 미여 일행은 터미널 대합실 안으로 들어섰다. 희경은 매표소 앞에서 노선표를 확인한 뒤, 서너 사람이 서 있는 뒤로 가서 줄을 섰고, 영숙과 미여는 매표소 모서리 벽에 붙은 '화장실' 표식 밑의 화살표를 따라 기역자로 꺾어진 벽 뒤로 모습을 감추었다.

수화기를 놓고 돌아서는 혜명 앞으로 대학생인 듯한 가무잡잡한 젊은 남녀 둘이 다가왔다. 청년은 작은 나무상자 하나를 목에 걸고 있었다.

"스님, 저희는 네팔 유학생입니다. 저희들은 네팔의 어린이들을 위해 학교를 세우려고 모금을 하고 있습니다. 조금만 도와주십시오."

검고 큰 눈과 선량한 눈빛을 지닌 젊은이들이 혜명에게 깊숙이 허리를 숙였다. 그들의 말이 진실인지 거짓인지는 알 길이 없지만 혜명은 맑은 눈빛을 지닌 먼 나라의 청년들에게 만 원짜리 한 장을 건네주고 그들을 향해 손을 모았다.

차표를 받아든 희경은 승강장 문 앞으로 걸어가며 목발을 짚은 비구승과 외국인 학생들을 흘깃 돌아보았다. 잠시 후, 그녀들이 미여가 타고 갈 버스 앞에서 얘기를 나누고 있을 때, 대합실 문 앞에서는 덕운과 혜명이 막 손을 마주 잡고 있었다.

덕운은 길가에 세워두었던 승용차 곁에서 아쉬운 표정으로 주위를 휘둘러본 뒤 운전석에 앉았다. 이윽고 덕운과 혜명이 탄 쥐색 엘란트라가 움직이기 시작했을 때, 미여를 버스에 태워 보낸 영숙과 희경이 대합실 출입문을 걸어 나왔다. 그녀들의 검정색 체어맨은 덕운과는 반대쪽인 중부고속도로 음성인터체인지 방향으로 멀어졌다.

조락헌을 덮은 땅거미 위로 가을비가 내리기 시작했다. 물든 나뭇잎이 조락헌과 목련당의 지붕과 마당에 떨어져 비에 젖었다. 가끔 현관문이 바람에 드르륵 떨었다. 거실 바닥은 덕운이 아궁이에 솔삭정이 한 아름을 밀어 넣어둔 뒤라 따스한 온기가 스며 나왔다.

거실에서 마주앉은 두 사문은 생각날 때마다 한마디씩을 주고받았다.

"덕운 스님과 함께 진 선생님을 뵐 수 있었다면 참으로 좋았을 텐데 안타깝습니다."

혜명이 말했다.

낮에 덕운에게서 무성이 죽었다는 말은 대강 들었으므로 그가 죽게 된 연유에 대해 자세히 묻지는 않았다.

"그분은 초인… 비운의 초인이셨지요."

덕운은 숨소리가 들리지 않을 만치 길게 숨을 들이마셨다가 내쉬었다.

"그분은 무예를 통하여 깨달음을 얻고자 하였습니다마는 몸을 크게 상하셨고, 그 후 제자를 통해 자신이 이루지 못한 꿈을 이루려 했으나 제대로 시작을 하기도 전에 눈을 감고 말았습니다."

"제자라면, 그 소년을 두고 하는 말씀인지요?"

혜명이 말했다.

"소년을 보셨습니까?"

덕운의 입꼬리가 꿈틀했다.

"저녁나절에 잠시 산책을 나갔다가 무예수련을 하는 소년을 보았습니다. 그 소년은 진 선생님의 자제인가요?"

"아닙니다. 본채에 계시는 아주머니의 아들입니다. 두 분은 이곳에서 함께 살았지만 부부가 아니었으니까요."

"그렇다면 그 여자분은 따로 결혼을 했었군요?"

혜명의 목소리에 서운함이 묻어났다. 십여 년 전 며칠 동안 농장에 머물렀을 때, 혜명은 무성과 인경이 잘 어울린다는 생각을 했었다.

"입양을 했습니다."

덕운의 시선이 흔들렸다. 혜명은 덕운의 말이 이어지기를 기다렸으나 덕운은 전혀 엉뚱한 곳으로 화제를 옮겨갔다.

"만법이 공하여 나라고 할 실체가 없는데, 무엇이 윤회를 하며 누가 환생하여 오는 것입니까?"

윤회에 관해서라면 출가 초년에 골백번도 더 의심하는 것이 상식이며 그러다 보면 당연히 공부도 있었을 텐데, 그는 계를 받은 지 십 년이 지난 지금에 와서 새삼스럽게도 사람의 환생에 대해 물었다.

"혹 경전의 말씀에 의문이라도 있으신지요?"

혜명이 되물었다.

"아닙니다. 그런 게 아니라, 부끄럽습니다마는 저의 경전공부가 많이 부족합니다."

잠시 생각을 정리하는 듯 말이 없던 혜명이 입을 열었다.

"실체적 자아에 대해서는 몇 가지 다른 얘기들이 있습니다. 기독교에서는 '영혼'이라 하고, 힌두교에서는 '진아'라 하며, 불교가 성립하기 이전의 브라만교에서는 '아트만'이란 이름으로 실체적 자아를 말했습니다만, 불교에서는 무아, 즉 자아의 존재를 부정하지요.

사람이 육체와 정신으로 이루어졌다는 데는 불교 역시 얘기가 같습니다. 다만 인간의 정신을 보는 관점에서 많이 다릅니다. 불경에서는 인간의 정신을 '수·상·행·식'의 네 가지 현상으로 파악했고, 거기에 신체를 더해서 사람을 다섯 가지 요소로 구성되었다고 말합니다. 이 다섯 가지 요소를 '오온五蘊'이라 하며, '오온'이 사람을 구성하는 전부라는 것, 이것이 불교의 가르침이지요.

이 말은 '오온의 집합' 외에 사람이라든지, 나라든지, 너라고 할 실체적 자아가 따로 존재하지 않는다는 것입니다. 그러나 어두운 중생은 '오온의 집합' 속에 그 모두를 주재하는 독립된 '나'가 있다고 생각하는 아견我見, 즉 유신견有身見에 빠지게 됩니다. 이러한 착각은 어리석음 즉, 무명에서 비롯되는 것이므로 중생이 겪는 모든 괴로움의 근원을 무명이라 설파한 것이지요."

덕운은 작은 몸짓으로 고개를 끄덕이며 반야심경과 금강경의 한 구절을 떠올린다. 반야심경은 '오온이 공함을 깨달아 일체의 고액을 건넜다'라고 했고, 금강경에서는 '아상·인상·중생상·수자상에서 벗어날 때 비로소 보살을 이룬다'라고 하였다.

혜명의 말이 이어졌다.

"사람이 죽는다는 것은 오온 중에서 신체 즉, '색온'이 흩어지는 현상을 의미하며, 색온을 제외한 네 가지 정신현상 즉, '무색온'은 새로운 몸을 만나 또다시 사람이라는 개체가 되어 한 세상을 살아가게 되는데, 이 네 가지의 온은 각 온 별로 시시각각 새로운 연을 만나 새로운 경험을 축적하게 되고, 이렇게 쌓은 경험을 과거생에서 현재생으로, 그리고 다시 미래생으로 상속을 한다는 것입니다. 이처럼 나라고 하는 독립된 영혼이 아닌 네 가지 정신현상의 상속을 통하여 이루어지는 윤회, 이것을 일러 불가에서는 '무아윤회'라 하지요."

덕운은 감았던 눈을 번쩍 떴다. 십 년 넘게 품었던 의문 덩어리 하나가 허물어지는 순간이었다. 붓다가 말한 '무아'와 '환생'은 도저히 공존할 수 없는 개념이었다. 나란 주체가 없는데 무엇이 윤회를 하며 어떻게 환생을 한단 말인가? 이전의 나는 무엇이며 환생한 나는 누구란 말인가? 그랬었는데 네 가지 정신 현상 즉, 무색온의 상속으로 이루어지는 '무아윤회' 개념을 도입함으로써 절대로 공존할 수 없다고 믿었던 두 개념이 아무 일도 없었다는 듯 나란히 서는 것이 아닌가?

반가부좌한 다리를 바꾸어 앉으며 덕운은 자신의 생각을 확인이라도 하듯 물었다.

"'윤회의 주체, 즉 자아가 없는데 무엇이 업을 지으며 과보는 또 누가 받는가?'란 질문 역시 온의 상속과 동일한 이치로 설명이 가능하겠군요?"

혜명은 잠시 덕운과 시선을 마주한 뒤에 다시 말을 이었다.

"그러나 독립된 자아의 유무에 대해 누구도 논리적으로 증명해 보인 적은 없습니다. 믿음과 신념의 몫인 게지요. 다만, 붓다께서는 수행을 통해 무명을 걷어냄으로써 스스로 깨달아 알 수 있음을 몸소 체험하여 길을 열어 보이셨습니다. 스스로 그 문을 열어보는 수밖에 없겠지요."

"열어보셨습니까?"

물을 수 없는 물음, 말할 수 없는 대답임을 모를 리 없지만 덕운은 묻고 만다. 묻지 않고는 견딜 수 없었기에.

"다만 경전의 가르침을 말씀드렸을 뿐입니다."

혜명의 대답이었다. 그의 대답을 끝으로 두 비구는 다시 침묵했다.

시간이 얼마나 흘렀을까? 바람이 대나무 숲을 오래 흔들었다. 비가 그치고 조락헌의 밤은 젖은 달과 함께 깊어가고, 밤새가 생각난 듯 울음을 토하기 시작했을 때, 긴 침묵을 깨뜨린 사람은 덕운이었다.

"가장 놓기 어려운 번뇌는 무엇이었습니까?"

혜명은 한참을 더 침묵하다가 나지막한 목소리를 입 밖으로 밀어냈다.

"……그리움!"

"무엇을 그리도 그리워하셨습니까?"

덕운이 혜명의 시선을 마중했다.

"그리움을 향한 그리움… 중생의 마음속에 부처가 있다고 하나, 부처는 중생을 벗었고 중생은 부처를 모릅니다. 중생의 삶이 고해라 해도 중생이 그 길에 애착하는 습을 지우기란 참으로 어렵지요. 미망에서 벗어나기 위해서는 그 모든 것이 문득 잠을 깨면 여몽환포영임을 보아야 하는데… 그러면 그리움마저도 허환이었음을 깨닫게 될 테지만, 중생의 마음인지라……."

"깨달음이란 무엇입니까? 그리고 깨달음을 얻은 뒤에는 또 무엇이 있을까요?"

덕운이 또 물었다.

덕운이 말을 하는 동안 혜명은 덕운의 눈에서 읽혀지던 한 가닥의 허무를 놓치지 않았다. 그가 진정 내게서 대답을 얻고자 함이 아님은 자명한 것, 혜명은 머릿속에 번지는 미열을 떨쳐내듯이 머리를 찔끔 흔들었다. 그리고 허공 어딘가에 시선을 둔 채 말을 하기 시작했다.

"'이티붓타까'란 초기경전에서 열반의 경지에 대해 이렇게 설명을 합니다."

혜명은 경전을 인용하여 먼저 유여의열반을 말했다.

'비구들이여, 무엇이 유여의열반有餘依涅槃인가? 여기에 한 아라한이 번뇌를 파괴하고, 무거운 짐을 내려놓고, 존재에의 속박을 끊었으며, 궁극의 지혜를 얻어 해탈했다. 그러나 그에게는 다섯 가지 감각기관이 남아있기 때문에 쾌함과 불쾌함을 경험하고 즐거움과 괴로움을 느낀다. 하지만 그에게는 탐욕과 증오와 무지가 소멸되었다. 이것을 비구들이여, 유여의열반이라 한다.'

혜명은 다시 경전을 인용하여 무여의열반을 말했다.

'비구들이여, 무엇이 무여의열반無餘依涅槃인가? 여기에 한 아라한이 번뇌를 파괴하고, 무거운 짐을 내려놓고, 존재에의 속박을 끊었으며, 궁극의 지혜를 얻어 해탈했다. 그러나 비구들이여, 그에게 느껴진 모든 것은 그 어느 것도 그 자신이 향유한 것이 아니므로 여기서 완전히 사라져버릴 것이다. 이것을 비구들이여, 무여의열반이라 한다.'

두 가지의 열반을 말한 뒤 혜명은 잠시 덕운을 응시했고, 덕운의 시선은 방바닥 어딘가로 향한 채 말이 없다. 다시 혜명이 말했다.

"아라한을 증득한 수행자가 육신까지 벗었으므로 그는 이제 오감에 의한 느낌마저 사라졌습니다. 그러나 그 느낌들은 육신을 벗기 전에도 '그'가 향유한 것은 아니라고 했습니다. 앞서 말한 '무아'의 이치로 짚어보면 이해가 되는 것이지요.

그리고 붓다께서는 아라한을 증득한 자가 존재의 세계에서 완전히 사라졌더라도 그가 다른 어느 곳으로 간 것은 아니라고 말합니다. 붓다께서는 '바차'라는 수행자와 대화를 통해 그것을 말했습니다."

덕운은 눈을 감은 채 오직 혜명의 말에 귀를 세웠다.

"붓다가 묻습니다. '바차여, 마치 그대 앞에서 불이 타고 불이 꺼지는 것과 같다. 어떤 사람이 그대에게 아까는 불이 탔는데 지금은 어디 있는가? 동방으로 갔는가, 서방으로 갔는가? 아니면 남방, 북방 어디로 갔는가? 라고 묻는다면 그대는 어떻게 대답하겠는가?'

바차는 이렇게 대답합니다. '고타마시여, 누가 제게 그렇게 묻는다면 저는 당연히, 내 앞에서 불이 탄 것은 섶이 타는 인연을 만났기 때문에 탔다. 만약 섶을 대어주지 않는다면 불은 곧 사라지고 다시는 일어나지 않는다. 동방이나 서방, 남방, 북방 어디론가 갔다는 것은 옳지 않다고 말하겠습니다.' 그리고 붓다가 결론을 내립니다. '나 또한 그와 같이 말할 것이다.'

혜명은 침을 삼켜 목을 축였다. 그리고 다시 말을 이었는데 그의 목소리가 바로 전과 달리 가파르게 오르내리기 시작했다.

"그래서 어떻게 되었다는 것인가? 결국 아무것도 없다는 소린가? 그렇다면 무엇을 위해 수행을 하는가? 왜 아라한이 되고자 하는가? 육신을 벗기 전까지 위없는 해탈의 즐거움을 맛보기 위함인가? 천만에! 붓다께서는 그것마저도 자신이 향유한 것이 아니라고 말하지 않았던가? 이와 같은 당연한 질문이 남겠지요.

일찍이 '우빠시바'라는 이교도가 붓다께 그것을 물었고, 그 물음에 붓다는 이렇게 대답했습니다.

'우빠시바여, 가버린 자는 헤아려질 기준이 없습니다. 사람들이 말할 수 있는 것들은 그에게는 없는 것입니다. 모든 법이 완전히 끊어지면 언어의 길도 그와 함께 끊어져 버리는 것입니다.' 이것이… 이것이 붓다의 대답이었습니다."

혜명의 목소리는 토막토막 끊어졌고, 그 말을 끝으로 그는 입을 다물었다. 덕운도 입을 열지 않았다. 길지 않은 대화였지만 두 사문은 붓다의 문턱을 들어서자마자 단숨에 더 이상 갈 데가 없는 곳까지 치달았고, 마침내 캄캄한 장벽 앞에 멈춰 섰다.

장벽은 영원히 한 올의 빛도 허용하지 않을 절대 암흑 속에 두 사문을 가두고 만다. 그곳은 언어도단, 말의 끝, 사유와 인식과 언어가 도달할 수 없는 막다른 경계…, 방 안은 어둠처럼 침묵이 고이고 이따금 밤새의 목쉰 울음소리가 바람소리에 섞여 창호를 흔들 뿐, 두 사문은 돌처럼 굳어갔다.

얼마나 시간이 흘렀는지 알 수 없는 시간이 지나고, 덕운이 무겁게 눈을 떴다. 그리고 계속 말을 이어 온 사람처럼 예사롭게 입을 열었다.

"어느새 십삼 년 전의 일이 되었습니다마는……."

덕운은 잠시 호흡을 가다듬은 뒤에 말을 이었다.

"혜명 스님이 소백산 불이사로 떠난 뒤에 찾아온 사람이 있었습니다."

"……."

"언젠가 공양주 보살께서 그분의 몸에 병이 깊다는 말씀을 전해 드렸다는데 궁금하지 않으셨습니까?"

"십 년쯤 전에 한 번 보았습니다. 그 후로는 소식을 모릅니다만."

"아하, 그랬었군요!"

덕운은 그들이 어디서 어떻게 만났는지는 묻지 않았다. 대신 자신이 본 그녀의 모습을 전했다.

"지금은 완전히 건강을 회복하셨다고 합니다."

비로소 혜명이 가늘게 뜬 눈을 들어 덕운을 보았다.

"스님께서 어떻게……?"

"우연히 그분을 아는 사람이 있어 소식을 들었을 뿐입니다."

혜명의 얼굴에 반가움과 안도의 빛이 스쳤다. 하지만 혜명은 더 이상 묻지 않고 떴던 눈을 도로 내려감았다. 덕운 역시 거기에서 말을 줄였다.

이튿날 새벽, 혜명은 연무장으로 나와 소년이 수련하는 모습을 지켜보았다. 십삼 년 전 무성이 수련을 하던 바로 그 자리에서 한 아름다운 소년이 똑같은 수련을 하고 있다. 한 가지 다른 것은 연무장에 있는 무덤이다. 그때는 하나였던 무덤이 지금은 하나가 늘어 둘이 되었다.

동녘 하늘이 희붐하게 밝아올 무렵, 소년은 적송들 사이에서 떠 있는 안개처럼 흘렀다. 동정일여, 아! 거기에 언젠가 보았던 무성이 있었다. 수련을 마친 소년은 두 무덤을 향해 합장했다.

"흠!"

혜명은 나직한 목기침으로 인기척을 낸 뒤 목발을 짚고 언덕을 내려갔다.

소년이 '안녕하세요!' 하며 꾸벅 고개를 숙였다. 스님이 한 분 손님으로 와 있다는 사실을 소년은 아는 듯했다.

"무예 수련을 하는군요."

혜명이 말했다.

소년은 '네'라고만 대답을 한 뒤 조락헌 쪽으로 몸을 돌렸다. 소년이 십여 미터쯤 멀어졌을 때 혜명이 소년의 등을 향해 물었다.

"이름을 말해줄 수 있나요?"

소년의 또렷한 목소리가 혜명에게로 찌를 듯이 다가왔다.

"동지입니다. 정동지."

소년은 혜명을 빤히 쳐다보며 대답을 한 뒤 다시 몸을 돌렸고, 소년의 뒷모습이 울타리를 돌아나가 보이지 않을 때까지 혜명의 고적한 시선이 소년의 등을 쫓았다.

그날, 혜명은 사시가 가까울 때쯤 목련당을 나섰다.

"좀 더 계시다가 가시지, 왜 이리 서두르십니까?"

덕운이 화단에 박힌 맷돌에 걸터앉으며 작별 시간을 늦추었다.

"이곳에 던져두었던 마음 한 조각을 가지러 왔을 뿐입니다."

"어디로 가실 작정이십니까?"

"오늘은 고향으로 가서 부모님의 산소를 살펴볼 생각입니다. 그 다음은 또 어딘가로 가게 되겠지요."

혜명도 돌절구에 걸터앉았다.

"혜각사로 가실 생각은 없으십니까?"

"……."

덕운의 물음에는 대답을 않은 채 혜명은 말없이 텅 빈 하늘을 바라보다가 뜬금없는 말을 했다.

"저는 두 번이나 부처님께 죄를 지었습니다."

덕운이 의아한 표정으로 혜명을 보는데, 혜명은 먼 하늘 어딘가로 시선을 보낸 그대로 말을 이었다.

"부처님께 맹세를 드린 두 번째의 약속마저 십 년 전에 제가 그 사람을 찾으면서 저버리고 말았는데, 그 후 아무런 약속도 다시 하지 않은 채 또 한 번 부처님의 품으로 돌아왔습니다."

덕운은 고개만 끄덕였고, 혜명은 잠시 말이 없다가 또 다시 뜬금없는 말을 꺼냈다.

"십 년 암거를 풀고 내려온 뒤에 이상한 꿈을 꾸었습니다."

혜명은 월명사 종루에서 꾸었던 꿈 얘기를 털어놓았다. 그의 꿈 얘기는 간간이 끊어졌다가 짧은 침묵을 사이에 두고 다시 이어지기를 반복했다. 덕운은 반쯤 감은 눈으로 혜명의 꿈 얘기에 귀를 기울였다.

"꿈인지 생신지도 모를 꿈이었습니다."

나뭇잎 서너 개가 두 사문의 가사 위에 내려앉을 무렵 혜명은 꿈 애기를 마쳤다.

덕운이 물었다.

"꿈인지 생시인지 모르는데 어찌 꿈이라 하십니까?"

"생시도 아니었으니까요. 저의 여생은 그 꿈을 다시 꾸기를 기다리는 세월이 될 것 같습니다."

말을 하며 혜명은 돌절구에서 몸을 일으켰다.

"덕운 스님은 이곳에 오래 계실 테지요?"

"네, 아마도."

"인과는 한 곳에 있습니다. 연을 만나 업을 지음은 곧 이전의 업을 푸는 일이기도 하지요."

혜명의 얼굴에 뜻 모를 미소가 떠올랐다.

해후

    미여는 어머니의 묘지가 있는 작은 계곡 건너편을 바라보다가 심한 어지럼증을 느끼고 눈을 찔끔 감았다. 머릿속에 선히 떠오르는 마을 뒷산의 풍경들, 능선을 따라 계단을 이루었던 밭두렁과 거름이 잘된 흙과 군데군데 봉긋봉긋한 분묘들이 보이지 않는다. 보이는 것이라고는 우거진 아카시아와 싸리 덤불이 전부다. 눈을 감고 옛 모습들을 그려본 뒤에 다시 눈을 떠보았으나 여전히 낯설기는 마찬가지다. 눈에 익은 것이라고는 능선 너머로 윗가지만 보이는 소나무 한 그루, 늙은 당산나무뿐이다.

    당산나무 밑은 서낭당 움막 터였다. 어머니가 마을로 시집 올 당시만 해도 매년 정월보름 날이면 마을에서 선택된 그해의 제주가 한밤에 찬물로 몸을 씻고 서낭당 움막 곁에 돌로 쌓은 제단에서 제를 지냈다고 했다.

    당산나무 아래의 마을에서 북소리가 떠올랐다. 북소리는 풍선처

럼 구릉 위로 날아오르고, 어머니를 묻던 날, 상여 위에서 북을 치
며 앞소리를 먹이던 늙은 사내의 어깻짓이 눈앞에서 보듯이 되살
아난다. 북소리는 허공 속으로 흩어지지 않고 구릉과 골짜기에 둥
둥 떠 있다.

눈앞에 보이는 밋밋한 능선과, 잡목 숲 사이 여기저기에 박힌
바윗돌과, 흰 구름 위에 연처럼 나풀거리는 솔개 한 마리가 오래
된 서화집 속의 풍경처럼 연황색으로 물들기 시작했다. 연황의
색조는 안개처럼 흘러서 서로 다른 시간의 세계를 하나로 채색했
다가 풀어놓기를 반복하고, 그와 함께 시간의 경계도 섞였다가
풀어지고 다시 섞였다. 오랜 세월 동안 바랜 고서화집 속의 시간
과, 북소리로 다가오는 어머니의 시간과, 산딸기넝쿨이 장삼자락
을 휘감는 현재의 시간이 아무런 경계도 없이 버무려졌다.

풍경들은 미루나무처럼 천천히 일렁거리고, 미여는 스스로 생각
하기에 긴 시간을 흔들리는 풍경 속에 갇혀 있었다. 미여가 뒤섞인
시간의 혼돈에서 벗어난 것은 고서화집 속의 솔개가 불쑥 그림 밖
으로 빠져나왔을 때였다. 고서화집을 뚫고 나온 솔개는 하늘을 가
로질러 비스듬히 곤두박질쳤고, 솔개가 만든 긴 포물선의 앞머리
에서 가을 오후의 햇살이 자잘한 포말을 일으켰다. 그때야 비로소,
그곳의 옛 풍경들이 미여의 시야에 마치 숨은 그림 찾기처럼 하나
둘씩 되살아나기 시작했다.

묘지는 오랫동안 주인 없이 버려진 모습이 아니었다. 누군가 간간이 보살핀 흔적이 엿보였고, 가을 벌초를 한 지 오래되지 않은 듯 묘지 주변에는 풀이 마르는 비릿한 냄새가 젖어있었다.

무덤 앞 상석 위에는 누군가 들국화와 개망초, 부처꽃 같은 꽃들을 한 다발 묶어서 얹어놓았다. 아마도 벌초를 할 때 자른 산꽃들을 한 움큼 칡넝쿨로 묶어서 놓아두었으리라.

미여는 꽃다발을 두 손으로 들어올렸다. 산꽃 한 다발을 사이에 두고 누군지 모를 한 사람의 질박한 인정과 마주한 미여는 목이 메었고 이내 시야가 부옇게 흐렸다.

'어머니!' 미여는 어머니의 무덤 앞에 꿇어앉았다.

'순지야, 순지가 왔구나!'

'어머니, 제가 어머니를 돌아가시게 했어요. 어머니는 제가 죽는 걸 안 보시려고 서둘러 가셨지요?'

'……'

'어머니, 왜 대답이 없으세요?'

'순지야, 엄마는 오래 살았단다.'

'어머니, 생각해보면 어머니에게는 어머니의 삶이 없었어요. 평생을 오직 저 하나만을 위해 사셨어요. 왜 그러셨어요? 제 마음이 너무 아파요, 어머니!'

'순지야, 그렇지 않단다. 어떻게 살든 모두가 제 인생을 사는 거란다. 누구나 제 생각에 귀한 것을 선택하는 삶이 아니겠느냐. 그

리고 어떤 삶이든 희로애락은 있는 거란다. 너도 알지 않느냐. 삶
이란 마냥 행복하기만 한 것도, 괴로움만 있는 것도 아니란 걸.'

'네, 어머니.'

'순지야, 장하다. 너는 병을 이겨냈구나!'

'어머니, 동지를… 저의 핏줄이자 어머니의 핏줄인 동지를 제 손
으로 거두지 못합니다.'

'순지야, 인연이란 언젠가는 흩어지지 않더냐. 어디서든 잘 자라
고 있으면 그만인 게지, 있는 곳이 어딘들 다를 것이 무엇이겠느냐.'

'어머니, 어머니 앞에서는 저는 언제나 어린 딸이군요.'

'순지야!'

동석의 부모님과 형님의 무덤 앞에도 꽃이 놓여 있었다. 미여는
동석 부모님의 무덤 앞에 무릎을 감싸고 앉았다. 늦은 오후의 햇살
이 듬성듬성한 억새꽃 위에서 하얀 빗살로 흩어졌다. 억새꽃 사이
로 가을걷이를 끝낸 들이 내려다보이고, 그 가운데로 버스 하나가
흙먼지를 뿜으며 지나간다.

해가 서쪽 산 위에 걸릴 무렵까지도 묘지에서 일어나지 못하던
미여의 눈에 사람의 모습이 보였다. 그녀가 올라왔던 그 샛길을 따
라 걸어오고 있는 사람, 비틀걸음으로 힘겹게 구릉을 올라오는 사
람은 비구 명색에 목발을 짚었다.

"아!"

미여는 상체를 곧추세워 잠시 동안 비구를 살펴보다가 벌떡 일어섰다. 그러고는 그 자리에서 깊게 뿌리를 박은 돌처럼 굳었다.

"아, 살았었구나! 살아 있었어!"

이윽고 힘겹게 구릉을 올라와 고개를 든 비구도 그 자리에 우뚝 멈춰 섰다. 자신을 바라보고 서 있는 비구니를 비구는 마주 바라볼 뿐 말이 없다. 죽음과도 같은 침묵이 흐르고, 차츰 비구의 얼굴에 환한 미소가 피어올랐다.

혜명은 미여의 곁으로 다가가 목발을 밀어버리고 털썩 주저앉았다. 그리고 그녀에게 손짓으로 앉으라는 시늉을 했다. 미여는 혜명의 곁에 앉았다. 오래 전 동석과 순지의 그날 바로 그 자리에.

"살아있었군요."

미여가 먼저 말했다. 말끝에 울음 같은 떨림이 섞여들었다.

혜명은 말없이 미여를 바라볼 뿐이었고, 다시 미여가 말을 이었다.

"그날 새벽, 스님이 사라진 뒤에 흔적을 찾지 못해서……."

"미안해요… 눈 속에 묻히려 했는데, 지리산 산신님께서 발가락 몇 개만 가져가셨네요."

"……."

먼 하늘을 바라보는 혜명, 풀잎을 만지작거리는 미여, 둘은 할 말을 쉬 떠올리지 못한다.

짧은 침묵을 미여가 밀어냈다

"어머니가 돌아가신 뒤 십 년이 넘어서야 산소를 찾았네요. 어젯

밤에는 친구네 집에서 잤어요. 우리 동창, 형숙이 알죠? 여기 초등학교에서 아이들을 가르치고 있어요."

"나는 음성에 사는 도반을 찾아가 하룻밤을 묵고 이리로 왔어요."

'음성?' 미여의 눈빛이 흔들렸다. 그녀가 천천히 고개를 돌려 혜명의 얼굴을 살피는데 혜명이 다시 말을 이었다.

"난, 이곳에 떨어뜨린 마음 한 조각이 있어서 그걸 가지러 왔어요. 미여 스님은 어디 다른 행선지가 있나요?"

"아니에요. 가야죠. 며칠 동안 예불을 못 드렸는데……."

잠시 침묵이 흐르고, 이번에는 미여가 물었다.

"스님이 계신 곳은……."

혜명은 무슨 말인가 하려는 듯 고개를 들었으나 입을 열지 않은 채 시선을 갈미벌로 옮겼다. 갈미벌에는 백로 서너 마리가 발목을 담그고 있었다. 미여도 혜명을 따라 순백의 새들을 바라보았다. 새들이 긴 목을 아래위로 움직일 때마다 목덜미에서 해거름 햇살이 떨어져 내렸다.

무슨 생각을 한 듯 미여의 입가에 작은 미소가 맺혔다.

"그때 고등학교 졸업을 앞두고, 왜 산으로 떠났는지 대답을 해주지 않았어요. 오랫동안 혼자 생각해봤지만 모르겠어요. 때로는 알 것도 같았지만, 여전히 내가 생각한 이유만으로는 부족했어요."

혜명은 백로를 바라보던 시선을 거두어 억새꽃 너머 빈들로 향했다.

'내가 산으로 떠난 까닭이 무엇이던가?' 혜명은 마음속으로 대답했다. '그 까닭이 지금은⋯ 지금은 사라지고 없다오.'

둘은 물은 사람도 대답할 사람도 다 잊은 듯이 나란히 갈미벌을 내려다보았다. 긴 상념 속에서 갈미벌에는 사계절이 번갈아 피었다 지고, 두 사람은 많은 것을 묻고 대답했다. 아는 물음이었고 아는 대답이었다.

긴 침묵 끝에 혜명이 목발을 끌어 잡았다. '미여, 고마워! 살아있어서⋯ 너무나도 고마워!'

생각은 입속에서 맴돌 뿐 말이 되어 입 밖으로 나오지 않은 채 혜명은 목발을 짚고 일어났다. 미여가 혜명을 부축했다.

몸을 일으킨 혜명이 목발을 고쳐 잡은 뒤 다시 미여를 향해 고개를 돌리는데, 시선이 미여의 맑은 이마에 머무는 순간, '헉!' 그는 들이 마신 호흡을 내쉬지 못한다. 호흡을 지탱해주던 끈이 툭 끊어져 버린 사람처럼 우뚝, 움직임을 멈춘 그는 눈동자만이 조금씩 커지다가 부릅뜬 채 굳었고, 시선은 아득한 과거를 향해 초점을 잃었다.

'아아! 그랬어! 약속은 두 번만이 아니었어. 난 부처님께 세 번의 약속을 했던 거야!'

처연한 빛이 혜명의 얼굴을 물들였다. 십여 년 전 겨울, 얼어붙은 갈미벌 들길에서 무릎을 꿇고 울부짖었던 말들, 그 말들이 한 글자 한 글자를 밀어 올리듯이 떠올랐다.

'부처님! 제발 순지를 살려주세요. 순지만 살려주시면 소승이 소신공양을 올리겠습니다! 이 한 몸뚱이를 발끝부터 머리끝까지 활활 태워서 소신공양 올리겠습니다!'

마주 선 두 사문의 승복 자락 위로 늦은 오후의 햇살이 어루만지듯 내려앉았다.

"몸조심 하세요. 성불 하시구요."

들릴 듯 말 듯 미여의 입술이 움직였다.

말없이 미여의 얼굴을 바라보던 혜명이 한쪽 팔로 그녀의 어깨를 끌어당겨 안았다. '순지야, 고마워! 살아 있어서… 건강해서…….'

십여 년 전 그가 길운사를 찾았던 때와는 달리 미여는 혜명을 밀어내지 않았다. 혜명은 손바닥으로 미여의 등을 토닥였고, 미여도 팔을 들어 올려 혜명의 등에 두 손을 얹었다.

"아이가 있었어요. …그때 물었었죠?"

혜명의 어깨에 이마를 얹은 채로 미여가 말했다.

"…….”

"잘 컸어요. 가까운 곳에서… 좋은 분들이 너무나도 잘 키워놨어요."

"허…….”

순간 혜명의 얼굴에 놀라움이 드러났다 사라지고, 그는 뭔가를 찾듯 미간을 좁혔다.

"음성의 미여를 꼭 닮은 그 아이… 그 아이군요?"

"네, 맞아요. 나도 어제 처음 봤어요. 그런데 미여보다는 혜명을 닮았던 걸요!"

미여의 얼굴에 미소가…, 환한 미소가 피어올랐다.

'아! 그랬었군, 그래서 이름이 동지였어… 우리들 이름에서 한자 씩 따서 지었어.'

혜명의 목이 천천히 뒤로 젖혀졌다. 꾹 눌러 감은 눈에서 물기가 배어나오고, 그는 목을 젖힌 그대로 눈자위에 고인 눈물이 마르기를 기다렸다.

눈물이 잦아들 때쯤 혜명의 마음 깊숙한 곳에서 샘물이 솟듯 말이 솟아나왔다. '부처님, 감사합니다! 이제는 소승이 약속을 지킬 차렙니다!'

말은 소리가 되어 밖으로 나오지 않았지만, 몰래 깃든 밤새의 울음 같이 은밀하고도 선명했다.

사내아이와 계집아이는 찔레꽃이 핀 돌담 아래서 소꿉놀이를 하며 놀았다. 사내아이가 찔레 순을 벗겨서 주면 계집아이가 받아먹었다. 찔레가시가 계집아이의 손끝을 찔러 피가 나면 사내아이는 작은 손으로 흙가루를 비벼 핏자국 위에 얹어주었다. 계집아이가 무단히 울면 사내아이는 엉거주춤 계집아이의 목을 안고 등을 토닥여서 달랬다.

선선한 바람이 불고, 산그늘을 흔들며 노을빛이 밀려오고, 두 사문의 호흡 속으로 들풀 냄새가 젖어들었다. 사문의 몸에서는 들풀 냄새가 났다.

에필로그

　조락헌에는 동지와 인경과 덕운이 산다. 덕운은 인경이 원하여 승복을 벗었다.

　어느덧 고등학생이 된 동지는 아침저녁 무예 수련을 거르는 법이 없다. 동지의 몸속에는 무성이 살아서 숨을 쉰다. 무성은 그가 가르쳐야 할 것들을 이미 다 가르쳤는지도 모른다.

　동지에게는 든든한 형이 하나 생겼다. 동지를 친동생처럼 여기는 명석은 군 법사가 된 뒤에도 휴가 때면 어김없이 동지를 보기 위해 농장을 찾는다.

　영숙은 화가와 결혼하여 오래 전에 프랑스로 떠났고, 예순이 가까운 경석은 봄가을로 조락헌을 찾는다. 그도 동지가 보고 싶어서 조락헌에 온다고 말한다.

　덕운은 떠난 이들이 그립다. 그리움은 주룩주룩 비로 내리고, 능소화로 피어 속절없이 흔들리고, 어두운 밤에 수런수런 눈으로 내린다. 그리움은 소나기를 몰고 오는 바람처럼 다가온다.

그리움은 독이다. 사탕처럼 녹는 달콤한 독이다. 덕운은 그리움으로 부대끼는 자신이 버겁다. '그들은 왜 내게 그리움을 남겨두고 떠났는가!' 때로는 그들이 원망스럽다.

군불 땐 황토방이 따습다. 대들보와 서까래 사이로 초저녁 어둠이 스민다. 콩기름을 먹인 장판과 미송의 냄새가 누룩처럼 익어서 황토방의 벽과 천정에 배어든다.

불현듯 그리움이 어깨를 짓누른다. 한밤, 잠을 청하지 못하고 내다보는 창 밖에 목화송이 같은 눈이 줄줄 흘러내린다. 창밖은 순백의 장막이 드리웠고, 장막 뒤는 어둠이 깊다. 그리움은 멀리 어둠 저편에 있다. 사람의 손짓이 닿지 않을 그곳에.

무성, 초인이라 불려 모자람이 없는 사람. 그는 당신의 진면목을 드러내 보이지 않았고, 사람들은 그를 알지 못했다.

그는 왜, 마지막 생명의 불씨마저 동지에게 심어주고 떠났는가? 그의 꿈은 어디에 있는가? 그의 꿈은 언젠가 꽃피울 것인가?

혜명은 소식을 모른다. 조락헌을 다녀간 지 두어 달이 지난 무렵, 그는 동국대학으로 명석을 찾아와 인도의 어딘가로 떠날 것이라 했다. 그것이 그가 남긴 마지막 소식이다.

그는 이곳에 남겨두었던 마음 한 조각을 거두어서 갔는가? 그는 이제 다시 못 볼 사람인 듯싶다. 다시 볼 사람이라면 어찌 바람결에 빈 소식이라도 한 번 들리지 않았겠는가? 다시 보지 못하리라 생각할수록 덕운은 그가 못내 그립다. 덕운은 고개를 좌우로 흔든다. 혜명의 흑 보석 같은 눈이 눈에 선하다.

혜명은 그 꿈을 다시 꾸었을까? 그는 왜 꿈이라 했던가? 그가 꾼 꿈이, 꿈이 아닌지도 모른다는 말은 아니 할 말인가? 그는 그 꿈이 꿈인지 꿈이 아닌지를 증명하기 위해 다시 꿈을 꾸려 했던가?

아니면, 꿈이 꿈이었음을 증명하기 위해 다시 꿈을 꾸려 했던가?

늦은 밤, 동지는 잠이 들었다. 잠을 자며 동지는 키를 키운다. 덕운의 입술이 움직거린다. '동지 안에는 혜명과 미여가 있고, 무성과 인경이 있다. 그리고 내가 있다.'

미여, 그녀는 이 밤도 절을 하는가? 예쁜 처녀, 가여운 여인, 한 송이 풀꽃으로 피어난 슬프도록 아름다운 비구니, 그리고 동지를 낳은 여인……

첫닭이 운다. 잠이 덜 깬 날개를 퍼덕이며 장닭이 운다. 눈은 그쳤는가, 바람이 창호를 흔든다. 무덤 속에서 말이 없는 무성, 간 곳을 모르는 혜명, 그리고 한 떨기 꽃처럼 빛나는 여자 사문, 그들은 정녕 떠났는가?

혜명은 말했다, 인과는 한 곳에 있다고. 오늘 연을 만나 업을 지음은 곧 어제의 업을 푸는 일이기도 하다고.

'내가 살아서 풀어야 할 업연은 무엇이던가?'

덕운은 떠난 이름들을 되뇌며 자판을 끌어안는다.

'혜명… 무성… 미여…, 떠난 자는 모르리라, 그리움은 온전히 남은 자의 몫인 것을.'

다시 닭이 울고, 긴 침묵으로 고개를 떨어뜨리던 덕운은 끝내 야속한 이름들을 향해 한마디 푸념을 적지 못한 채, 자판을 밀어내며 헛헛한 웃음을 베어 문다.

용어해설(가나다 순)

가부좌跏趺坐
절에서 스님들이 주로 참선을 할 때 두 다리를 X자로 교차시켜 앉는 자세이며, 결가부좌와 반가부좌가 있다.

거사居士, 처사處士
거사居士란 불교를 믿는 남자 신도란 뜻이다. 산스크리트어는 grhapati이며, 가라월(迦羅越 또는 伽羅越)로 음사했다. 중국에서는 장자長者, 가주家士, 가장家長으로 한역했다. 우리나라에서는 여자 신도를 보통 '보살'이라 칭하고, 남자 신도를 '거사' 또는 '처사'라 부른다.
처사處士는 중국에서 생겨난 호칭으로, 도덕과 학문이 뛰어나면서도 벼슬을 하지 않는 사람에게 황제나 왕이 내리는 시호였는데 우리나라에서는 거사와 처사를 혼용하고 있다.

공양供養, 공양주供養主
일반적으로 절에서 먹는 식사를 공양이라고 하는데, 불가에서는 식사뿐 아니라 스님이나 부처님, 또는 대중에게 드리는 모든 것에 공양이라는 말을 쓴다. 향공양, 등공양, 차공양, 꽃공양, 대중공양 등의 말이 있다. 공양주는 절에서 식사를 준비하는 일을 하는 사람을 말한다.

나무아미타불 관세음보살南舞阿彌陀佛 觀世音菩薩

나무南舞는 산스크리트어 namas(귀의)의 한자표기인데, 우리나라에서는 나무로 발음한다. '아미타불'은 극락세계를 관장하는 부처님의 이름이며 '관세음보살'은 자비의 상징이다. 따라서 '나무아미타불 관세음보살'의 의미는, '아미타불'과 '관세음보살'에 귀의한다는 뜻으로서, 죽어서는 극락세계에 태어나기를 바라고 현세에서는 괴로움 없이 행복하게 살기를 염원하는 기도의 의미를 담고 있다.

다라니陀羅尼

산스크리트 어 'dhārani'의 한자 표기로서 다라니경은 범문을 번역하지 않고 음흡 그대로 외는데, 그 글 자체에 무궁한 뜻이 있어 이를 외는 것만으로도 한없는 기억력을 얻고 모든 재액에서 벗어나는 등 많은 공덕을 받는다고 한다.

도량道場

사찰의 울타리 안을 가리키는 말로서, 수행하는 장소를 일컫는다. 불가에서는 '장場'자를 '량'으로 발음한다.

도반道伴

도道, 즉 불법을 함께 닦는 벗이라는 뜻으로서 스님들 간의 친구를 의미한다.

득도得度

원래는 저 언덕(깨달음의 세계)에 도달한다는 뜻인데, 출가하여 스님이 되는 것을 의미한다. 동음이어로서 득도得道는 '도를 깨치다, 도를 얻다'의 뜻이다.

바랑鉢裹, **걸망**乞網

바랑 또는 걸망이라고도 하며, 원래는 스님들의 밥그릇인 발우를 넣고 다니는 주머니라는 뜻으로, 스님들이 소지품들을 담아서 메고 다니는 배낭과 같다.

법랍法臘, **승랍**僧臘

법랍과 승랍은 같은 말로서 스님이 된 햇수를 의미한다. 랍臘은 나이를 뜻한다.

보리菩提

산스크리트어 보디(Bodhi)의 중국식

음역이며, '깨달음' 또는 '깨닫다'의 뜻으로서 진리의 대명사로 쓰인다. '提'의 발음은 '제'이나 불가에서는 '리'로 발음한다.

보살菩薩
위로는 부처님의 진리를 구하고 아래로는 중생을 교화하는 대승불교의 이상적인 인간상으로서 중생 속에 살면서 지혜와 자비를 실천하는 구도자를 말한다. 우리나라에서 언제부터인가 여성 신도를 '보살님'이라 부르는데 엄밀한 의미에서 맞지 않다.

부전副殿 스님
법당에서 부처님께 향촉을 올리며 마지, 불공, 염불 등의 의식을 맡아 하는 스님을 말한다. 노전 스님 또는 지전 스님이라고도 부른다.

비구比丘, 비구니比丘尼, 사미沙彌, 사미니沙彌尼
행자생활을 거쳐 처음 열 가지 계(10계, 사미계)를 받은 만 20세 미만의 남자 스님을 사미라고 하고 여자 스님은 사미니라 한다. 사미계를 받은 지 3년이 지나고 만 21세 이상으로 구족계를 받은 남자 스님을 비구라 하고 여자 스님은 비구니라 한다.

사부대중四部大衆
모든 사람들이란 뜻으로 구체적으로 네 부류의 집합을 뜻한다. 즉 비구, 비구니, 우바새(남자 신도), 우바이(여자 신도)를 지칭하는 말이다.

사시마지巳時摩旨
부처님 당시 부처님과 제자들은 하루 중 오전에 한 번 탁발을 하여 1일 1식만 하였다. 그런 연유로 오늘날 사찰에서는 오전 중 사시巳時(오전 9시~11시)를 택하여 부처님께 공양을 올리는 제도가 정착되었는데 이것을 사시마지라 한다. 부처님께 올리는 공양을 마지라고 하는 이유는 분명한 기록은 없으나 산스크리트어 maghi(영약의 약초)에서 왔을 가능성이 큰 것으로 보고 있다.

삼매三昧, 무기無記, 무기삼매
삼매는 산스크리트어 사마디의 한역어로, 인도의 요가, 불교 등에서 말하는 고요함·적멸寂滅·적정寂靜의 명상 상태 또는 정신집중 상태를 말한다. 삼매란 깨어있는 상태로 고요한 것이지, 졸면서 고요한 상태를 말하는 것은 아니다.

무기란 번뇌가 일어나지 않을 때의 멍한 상태를 말한다. 번뇌가 없어 고요하고 편안하고 기분 좋은 상태이기 때문에 수행자로 하여금 자칫 무기를 선정禪定으로 착각하게 한다. 수행자들이 무기가 오래 지속되는 무기삼매에 빠지게 되면 한 소식 한 양 우쭐거리는 경우가 있다.

선원禪院, 율원律院, 강원講院, 총림叢林

선원은 선 즉, 참선을 전문으로 공부하는 곳을 말하며 흔히 선방禪房이라고도 한다. 율원은 스님으로서 지켜야 할 계율을 전문으로 공부하는 곳, 강원은 경전을 전문으로 공부하는 곳을 일컫는다. 선원의 경우는 정해진 기간이 없으나 율원은 2년, 강원은 4년 과정으로 하고 있다.

선원, 율원, 강원을 모두 갖춘 사찰을 총림叢林이라 한다. 우리나라에서 가장 오래된 총림은 해인총림(가야산 해인사)을 비롯해서 조계총림(조계산 송광사), 덕숭총림(덕숭산 수덕사), 영축총림(영축산 통도사), 고불총림(백양사) 등 다섯 곳이 있다.

성불成佛

부처를 이룬다는 뜻. 즉 깨달음을 얻어서 부처가 되는 것을 말한다.

수좌首座

원래는 선원(선방)의 수석 직책으로 남의 모범이 되는 스님을 부르는 호칭이다. 그러나 요즘은 선방에 다니면서 참선을 주로 하는 젊은 스님을 가리키는 말로 쓰인다.

업業

산스크리트어 karma(카르마)를 업業으로 번역하였다. 업이란 사람의 행위를 말하는 것으로 몸과 입과 의식을 통해 짓는 온갖 행동, 말, 생각들이 축적된 것을 업이라 한다. 업은 업보 또는 과보라는 말과 함께 사용되는 경우가 많은데, 어떤 작용이 있으면 반드시 그 반작용이 있듯이 업의 결과는 필연적인 인과율에 의해 반드시 선인선과, 악인악과로 돌아오게 되고 이것을 업보 또는 과보라 한다.

여시아문如是我聞

붓다가 입멸한 직후 제자들은 붓다의 말씀을 원형대로 보존하기 위해 왕사성(지금의 라즈기르) 외곽의 칠엽굴(입구에 칠엽수 나무가 우거진 굴)에 모여 경전편찬회의를 가졌다. 이때 기억력이 뛰어난 아난이 붓다의 말씀을 먼저 암송하였는데, 그 첫머리를 '여시아문如是我聞(나는 이와 같이 들었다.)'라는 말로 시작하였기에 그 후 불경의 첫머리는 여시아문으로 시작하게 되었다.

열반涅槃

타고 있는 불을 바람이 불어와 꺼 버리듯이, 타오르는 번뇌의 불꽃을 지혜로 꺼서 일체의 번뇌나 고뇌가 소멸된 상태. '니르바나(nirvāna)'의 음역어로, 불가佛家에서 흔히 수행에 의해 진리를 체득하여 미혹迷惑과 집착執着을 끊고 일체의 속박에서 해탈解脫한 최고의 경지를 이르는 말이다.

한편 승려의 죽음을 수행을 통해 해탈解脫에 이르게 됨에 비유하여 열반이라 하기도 한다.

요사채寮舍寨

사찰 내에서 전각殿閣이나 산문山門외에 승려의 생활과 관련된 건물을 통칭하여 부르는 말로서 요사寮舍라고도 한다.

일주문一柱門, 천왕문天王門, 불이문不二門

일주문一柱門은 사찰에 들어서면서 최초로 통과하는 문으로 기둥이 양쪽에 한 개씩만 있다고 하여 일주문이라 하는데 마음을 하나로 통일 한다는 뜻을 가지고 있다. 일주문으로부터 사찰의 경내에 속하며, 이 문을 경계로 승과 속, 지옥과 극락, 세속과 수행자의 세계가 구분되므로 일주문에 들어서면 잡담이나 잡념을 없애고 행동거지를 경건하게 하도록 권하고 있다. 천왕문天王門은 일주문 다음 두 번째로 통과하는 문이다.

불법을 수호하는 신神인 사천왕을 모신 건물로 봉황문이라고도 한다. 사천왕은 원래 인도의 옛 신으로 여러

신들의 우두머리였는데 부처님께 귀의하여 불법과 사찰을 지키는 수호신이 되었다고 한다.

불이문不二門은 천왕문 다음 세 번째로 통과하는 문이다. 불이不二는 만법은 하나로 귀일한다는 진리를 의미하며, 진리를 터득하면 그것이 곧 해탈이므로 해탈문이라고도 부른다.

우담바라優曇鉢華

무화과나무의 일종으로 봄부터 여름에 걸쳐 잎 겨드랑이에 열매처럼 생긴 꽃 이삭이 달리고 그 속에 작은 꽃이 많이 핀다. 겉보기로는 꽃이 보이지 않으므로 무화과라 부르게 되었다. 이로 인해 우담바라는 삼천 년에 한 번 부처님이 출현하시면 꽃이 핀다는 전설을 갖게 되었다. 불가에서는 우담바라를 불법을 만난 인연이나 또는 깨달음의 순간에 비유하는 등 매우 귀한 상징적인 꽃으로 여겨지고 있다.

입승立繩

절에서 대중大衆의 기강紀綱을 맡은 직책, 또는 그런 소임을 맡은 스님을 말한다.

조실祖室 스님, 방장方丈 스님, 큰스님, 총림의 최고 어른을 방장 스님, 기타 선원이나 사찰의 어른 스님을 조실 스님이라 한다. 일반적으로 사찰의 어른 스님이나 법력이 높은 스님을 높여 부를 때 통칭하여 큰스님이란 호칭을 쓰기도 한다.

주장자拄杖子

스님들이 좌선할 때나 설법할 때 또는 걸어 다닐 때 짚는 지팡이. 하지만 지팡이라는 개념보다는 큰스님의 상징물 또는 설법할 때 '진리의 상징물'이란 의미를 갖는다.

죽비竹篦

불가에서 쓰는 도구로서 주로 참선이나 공양의 시작과 마침을 알리는 신호로 쓴다.

중생衆生

중생이란 온갖 미물에서부터 사람에 이르기까지 생명을 가진 모든 것을 지칭하며 나무나 돌 같은 무정물은 제외된다. 하지만 일반적으로는 그 범위를 좁혀서 사람을 지칭하는 대명사로 쓰며, 그 속성은 부처와 대칭되는 개념으로서 탐.진.치 즉, 탐욕과 노여움과 어리석음을 지니 존재를 말한다.

탱화

부처님과 보살, 제자, 신중神衆들의 모습을 그린 그림으로 교화와 예배의 대상이 되는 불교 회화이다. 탱화는 그림 속에 그려진 인물에 따라 분류되는데, 석가모니 부처님을 주존으로 하는 대웅전의 탱화를 '상단탱화' 또는 '후불탱화'라 하고 그 외 아미타극락회상도 등 몇 가지 탱화가 있다.

토굴土窟

원래는 땅을 파서 사람이 살 수 있게 한 집이라는 뜻인데, 불가에서는 2~3인 정도 살 수 있는 작은 암자나 혼자 살면서 수행하는 허름한 집을 의미한다.

하안거夏安居, 동안거冬安居, 결제結制, 해제解制

하안거는 음력 4.15~7.15일, 동안거는 음력 10.15~이듬해 1.15일 사이를 말하는데 이 기간을 결제기간이라 하고, 그 외의 기간을 해제기간이라 한다. 결제기간 동안은 스님들은 모두 한 곳에 머물면서 수행 정진하는 기간으로 삼으며, 해제기간 동안에는 개인적인 일을 보거나 만행을 한다. 이 제도는 부처님 당시에 만들어진 제도로서 당시 인도에서는 여름 한 철 우기에만 안거 수행을 하였으나 중국으로 건너오면서 기후를 고려하여 동안거를 두게 되었고 차츰 기간을 정하여 제도화하였다.

화두話頭

불교에서 참선수행자參禪修行者가 깨달음을 얻기 위하여 참구參究(참선하여 진리를 찾음)하는 문제를 화두라 한다. 불교 선종禪宗의 조사들이 만들어 낸 문답이 1,700여 개가 있는데 이를 공안公案이라 하며, 이 중에서 스승의 지도를 받아 하나의 공안을 선택하여 화두로 삼는다.

참선수행자들이 널리 채택하여 참구하는 화두로서 '구자무불성狗子無佛性', '이뭣고?是甚麼', '뜰 앞의 잣나무庭前栢樹子', '삼 서근麻三斤', '마른 똥막대기乾屎橛' 등이 있다.

'구자무불성'은 무자화두無字話頭라고
도 하는데, 한 승려가 조주趙州스님
을 찾아가서 "개에게도 불성이 있는
가?"를 물었을 때 "무無"라고 답하
여 이 화두가 생겨났다. 부처님은 일
체 중생이 모두 불성이 있다고 하였
는데, 조주스님은 왜 없다고 하였는
가를 의심하는 것이 무자화두이다.
'이뭣고?' 화두는 이 몸을 움직이게
하는 참된 주인공이 무엇인가를 의심
하는 것으로, 무자화두 다음으로 널
리 채택되고 있다. 이와 같이 화두는
일반적인 상식을 뛰어넘는 문답에 대
하여 의문을 일으켜 그 해답을 참구
하는 것이다.